Jamel Brinkley · Unverschämtes Glück

JAMEL BRINKLEY

Unverschämtes Glück

Aus dem Amerikanischen
von Uda Strätling

KEIN & ABER

Für meine Mutter und meinen Bruder,
Marilyn und Christopher

Das Gedicht von Carl Phillips auf Seite 5 stammt
aus *Quiver of Arrows*, erschienen 2007
bei Farrar, Straus and Giroux, New York.
Das Zitat von William Blake auf Seite 97 stammt aus
Lieder der Unschuld und Erfahrung, erschienen 1975
bei Insel Verlag, Frankfurt, übersetzt von W. Wilhelm.

Die Originalausgabe erschien 2018 unter dem
Titel *A Lucky Man* bei Graywolf Press, Minneapolis
Copyright © 2018 by Jamel Brinkley

Deutsche Erstausgabe
Alle Rechte vorbehalten
Copyright © 2019 by Kein & Aber AG Zürich – Berlin
Coverbilder: Leandro Crespi und Westend 61/Giorgio Fochesato
Autorenfoto: Arash Saedinia
Satz: Fotosatz Amann, Memmingen
Druck und Bindung: CPI books GmbH, Leck
ISBN 978-3-0369-5816-3
Auch als eBook erhältlich

www.keinundaber.ch

»Der Unterschied zwischen
Gott und Glück ist, dass das Glück, wenn es geht,
nicht sehr weit geht: der Trick ist zu glauben,
du könntest es fast mit Händen greifen …«
Carl Phillips, aus »If a Wilderness«

Inhalt

Wie prickelnd

Das war damals. Wir standen am Rand der Tanzfläche im Schalldruck der vibrierenden Boxen, Claudius Van Clyde und ich, und wir waren schon bei der dritten Flasche von irgend so einem Wunderbräu. Auf die Musik achteten wir gar nicht. Schon seit wir bei der Party aufgeschlagen waren, lag ich meinem Freund mit tragischem Zeug über meinen Vater in den Ohren. Irgendwann um Mitternacht ließ er das mechanische Nicken und stieß das Kinn Richtung Treppe. »Schau mal die beiden da«, sagte er. Hinter den wogenden Köpfen der Tänzer und Möchtegernverführer sah ich die zwei Mädchen, die er anscheinend meinte. Sie fassten sich gegenseitig abwechselnd an die Taille und rissen die Hände zurück, als hätten sie sich die Finger verbrannt. Nach ein paar kurzen Runden dieses Spiels zogen sie lachend ab. Wir schlängelten uns hinterher, fort vom Set-up des DJs vor den nachtgeschleckten Erkerfenstern rüber in die Küche, wo wir die Lage sondierten. Eine der Frauen war schlaksig und obenrum eher schmal, aber um die Hüften wohlgerundet. Sie trug ein weißes Tanktop, das im gedimmten Licht ihr Gesicht und die lackierten Fingernägel aufleuchten ließ. Um ihren Kopf bauschte sich ein manierlicher Afro, und sie war etwas heller braun als ihre Freundin mit dem Buzzcut, die war der absolute Hammer.

Die Party stieg Ende September 1995 wenige Wochen vor Jom Kippur bei irgendwelchen Harvard-Absolventen. Claudius hatte nachmittags nach dem Footballspiel ein paar Typen davon reden hören, Achtsemester, die oben am blau patinierten Baker-Field-Löwen abhingen und rauchten. Er hatte mich abends aus meiner Wohnheimbude geschleift. Wir schlichen zu den Uni-Toren hinaus und nahmen die U-Bahn nach Brooklyn, entschlossen, die Party zu crashen. Die war erklärtermaßen für Singles, als Erstes mussten alle gleich mal ihren Namen auf einen Sticker schreiben und sich den ankleben. Die lange Frau mit dem Afro, Iris, trug ihren am Oberarm wie einen Dienststreifen. Ihre Freundin hatte ihren ziemlich clever platziert, praktisch und zugleich so, dass er alle Gaffer verhöhnte. »Hallo«, verkündete ihr Arsch, »ich heiße Sybil.«

»Edgy«, sagte Claudius zu mir, und wir grinsten uns blöde vielsagend an. Der wesentliche Unterschied zwischen einer privaten Party in Brooklyn und einer Collegeparty an der Upper West Side war der, dass auf dem Campus alles bloß Trockenübung blieb. Du hattest die Wahl: dilettieren oder ranschmeißen, an der Bar hängen oder blankziehen, aber es stand nie wirklich viel auf dem Spiel, es gab keine verschärften Konsequenzen. Keine Klinge, der du dich entgegenwerfen, keine Klippe, von der du springen, keine Gefahr, der du trotzen musstest. Du konntest gedisst werden, du konntest zum Zug kommen. Du konntest dir mit an Sicherheit grenzender Wahrscheinlichkeit billig die Kante geben. Aber irgendwann zu später Stunde landetest du doch in deinem schmalen Wohnheimbett, geborgen zwischen Leichtbetonwänden und extralangen, von irgendjemandes Mom besorgten Laken.

Wir pirschten uns an die Girls ran und zeigten, statt zu sprechen, auf unsere Sticker. Die Lange mit dem Afro stellte sich als Iris vor, näselnd und mit nachdrücklich betontem I. Ganz im Sinne dieser Äußerung schien sie von beiden die Intensivere und Irrsinnigere zu sein. Sie knisterte förmlich. Wir fragten die zwei, woher sie stammten. Iris' Familie kam überwiegend aus Belize. Sybil war Dominikanerin. Claudius und ich legten Wert auf so was.

»Amüsiert ihr euch?«, fragte ich. Iris antwortete nicht. Sie war mit ihrer Aufmerksamkeit überall und nirgends. Das Haus, in dem die Party stattfand, war alt – die Holzdielen gaben nach, ihr Ächzen bloß überlagert von der Musik und den mit den Lachsalven an- und abschwellenden Gesprächen. Erstarb mal der Lärm, hörte man das Holz knarren, dann wieder klirrende Gläser, quietschendes Plastik, ein deutliches Grundbrummen. Iris schien auf all das kalibriert, auf jedes Detail des Hauses und seine diversen heimlichen Sphären. Jetzt starrte sie durch die Glastüren in den Hof, wo brennende Fackeln die Raucher unter ihren Wolken ausleuchteten.

Ich tippte ihr auf die Schulter, und sie drehte sich um.

»Ach, du wieder.« Sie wechselte mit ihrer Freundin einen ratlosen Blick.

»Yep, die sind immer noch da«, sagte Sybil.

»Amüsiert ihr euch?«, fragte ich erneut.

Iris ließ sich Zeit mit der Antwort: »Wir prickeln.« Im Wohnzimmer wechselte der DJ den Track. »Was ist das gleich wieder?«, sagte sie. »Das kenn ich.«

»Echt jetzt?«, meinte ein Typ, der in der Nähe stand. Er hatte spärlichen Bartwuchs und in den Fäusten zwei rote schäumende Bierbecher. Vielleicht war er ein Harvard-Mann. »Keine Ahnung, was? Das ist ›Brooklyn Zoo‹ von Ol' Dirty Bastard.«

Claudius und die Mädels nickten kennerisch, aber für mich hörte sich das an wie eine Fremdsprache.

»Wieso heißt der so?«, fragte ich.

Der Typ lachte über meine Ignoranz. »Weil«, sagte er, »sein Style keinen Daddy hat.«

Die Mädels wandten sich einander zu und legten eine Art Stampftanz hin. »Verdammt!«, rief Iris. »Der Song prickelt!«

Sie lebten ganz im Wortsinn das volle Programm: schillernd und vielversprechend überschäumend. Ihre Gesichter wurden zu Fratzen, Nasenflügel und Münder geweitet im Tanz. Iris hielt die Arme eng am Körper, Sybil pumpte mit den Ellbogen. Claudius deutete mit einem Kopfnicken auf Sybil und raunte: »Die nehm ich.«

»Moment mal.«

»Schon vergeben«, sagte er.

Wir zogen beide eher üppige, kurvige Frauen vor – teils, vermute ich, weil schwarze Typen das angeblich tun. Die Vorliebe ist gleichsam Bestätigung einer schwarzen Herkunft, unsere Art, uns Authentizität zu bescheinigen. Nun würde mir Iris zufallen, Prophetin des Prickelns. Na gut, halb so wild. Sollte er doch. Das Ganze war sowieso seine Idee. Ohne ihn wären wir gar nicht da. Er wusste, dass ich dringend Ablenkung brauchte.

Ein paar Wochen zuvor hatte ich vor Beginn meines zweiten Studienjahrs an einem Augustvormittag in Philadelphia mit meinem Vater Leo am Küchentisch gesessen und mich zum ersten Mal überhaupt mit ihm betrunken. Er hatte mich vor wilden Frauen gewarnt, zornigen, leiden-

schaftlichen Frauen. Er sagte, die würden mich fertig-
machen. »Aber es sind andererseits die besten Frauen«,
sagte er, »die besten im Bett, zwischen den Schenkeln ein
Dschungel und wild, das muss man ein Mal erlebt haben.«

Ich glaubte zu wissen, was für Frauen er meinte, ich
wusste jedenfalls mit Sicherheit, dass er von meiner Mutter Doreen sprach, aber scheiß drauf. Sie hatte uns verlassen, ihn verlassen, schon vor ein paar Jahren, und neu-
lich hatte sie verkündet, sie werde wieder heiraten. Ich sah
tagtäglich, wie das meinen Vater mitnahm. Er war den
ganzen Sommer durchs Haus getigert und von Woche zu
Woche kleiner und verzweifelter geworden. Er suchte, als
verberge sich die Antwort auf die Frage, wie sein Leben
nur hatte so schiefgehen können, in einem der Zimmer.
Völlig fertig musterte mich mein Vater an jenem Vormittag unter schweren Lidern und langen mediterranen
Wimpern. Von seinem eigenen Vater hatte er die schlechten Zähne geerbt, und schon vor seinem sechzigsten Geburtstag hatte er sich etliche rausreißen lassen. Er hatte
eine Teilprothese, die er aber jetzt bei unserem Gelage
nicht trug. Seine untere Gesichtspartie war eingedellt wie
Fallobst.

»Die besten«, wiederholte er. »Und deshalb …« Sein
italienischer Akzent schlug umso stärker durch, je mehr er
trank. Aus dem Zahnlückengrinsen guckte die Zunge
vor. »Und deshalb muss ein Mann das wenigstens ein Mal
erleben, Ben«, sagte er. »Ein Mal.« Er hielt einen abge-
kauten Fingernagel vor seine hohe Nasenwurzel und
kramte etwas aus seiner Hosentasche hervor. Ein Kondom in Silberfolie. »Hebs auf für ein Teufelsweib, *una
pazza*. Lass dich ficken, dass dir Hören und Sehen ver-

geht, ein Mal und nie wieder. Und dann heirate ein nettes, langweiliges, fettes Mädchen mit Händen und Schenkeln wie saure Milch. Mach dir ein langweiliges Leben. Nur so wirst du glücklich.« Er überreichte mir das Kondom.

Der Ritus kam zur falschen Zeit – ich war ja schon hinausgezogen in die Welt. Aber er glaubte dran, so wie er glaubte, es gebe eine unfehlbare Methode, glücklich zu werden. Und da ich sein Jünger war und an diesem Vormittag selbst ziemlich betrunken, glaubte ich es auch.

Claudius und ich schoben uns hinter die Chicks und tanzten gleich dort in der Küche mit ihnen. Iris bewegte sich gut, aber aggressiv. Sie fuhr herum, hakte ihre Finger in meine Gürtelschlaufen und rammte ihr Becken an meins. Sie rieb und wand sich eine Weile, zog sich dann wieder zurück, bleckte die perfekten Zähne und zeigte mir die Krallen. Sie war ein Wildkätzchen, das nach einem Ball sprang.

Ich beugte mich vor und fragte, ob sie auch in Harvard gewesen sei. Ich gab mir Mühe, älter zu klingen, als wäre ich mit dem Studium schon fertig und ein ganzer Mann.

»Wir sind Hawks«, näselte Iris. Sie breitete die Arme aus und deutete Flügelschläge an. Claudius hatte eine Theorie über näselnde Frauen, die mir gefiel. Ihm zufolge schoben Frauen, die so sprachen, die ihre Stimme von Lunge und Bauch abschnitten, eine Penetranz vor, die Männer vom Fleischlichen ablenken sollte.

»Hawks?«, wiederholte ich.

»Hunter College, '94. Hey, warum besorgst du mir und meinem Girl nicht mal einen prickelnden Whiskey?«

»Und damit meinst du Whiskey mit …?

»Magie.«

»Wo kriegt man so was?«

Sie schüttelte enttäuscht den Kopf. »Mann«, greinte sie, »Whiskey eben. Los jetzt, husch.«

Im Vorbeigehen gab ich Claudius, der mit Sybil tanzte, zwinkernd zu verstehen, dass die Chancen gut standen. Das Gefühl von Iris' mahlenden Hüften geisterte noch. Ihr hübsches Lächeln und ihre dunklen, mit Goldglimmer gesprenkelten Augen schwebten vor mir im Glas des Küchenschranks.

Ich schenkte vier ordentliche Schuss Jack ein und trug die Becher zurück. Sybil schnupperte am Whiskey und verdrehte genussvoll die Augen. Iris hob ihren Becher und sprach in würdigem Ton mit passender Miene dem Universum und seinen unverwechselbaren Momenten ihren Dank aus. »Und dem Whiskey und der Musik und dem Wahn und dem Recht und der Liebe«, ergänzte sie.

»Und dem Himmel«, sagte Sybil. »Habt ihr heut Abend den Wahnsinnshimmel gesehen?«

Ihre Worte waren vollkommen belanglos. Sie waren ein Toast auf den Nonsens.

»Und deinen Titten«, sagte Iris. Sie streckte die Hand aus und kniff Sybil in die rechte Brust. »Hat sie nicht tolle Titten?«

Claudius starrte ungeniert hin. »Wort drauf. Das hat sie«, sagte er.

Er war mit bestimmten Vorstellungen vom New Yorker Leben aus West Oakland hergezogen: dass die sommerliche Hitze der Stadt und der Staub und das rußverkrustete Wintereis einen kulturellen Kometen ausmachten, den er unbedingt wenn nicht bezwingen, dann wenigstens bezeugen müsse. Auf diese Vorstellung richtete er seine sämtlichen Gesten und seine ganze Maskerade aus, schob den inneren Kern seines Seins so sehr nach außen, dass du in seinem Gesicht und den geblähten Flügeln der breiten Nase die wahre Power der Soul-Nummer spürtest, von der die Leute faseln. Obwohl die einzelnen Züge nicht ganz stimmig waren, kaufte man ihm ein blendendes Aussehen locker ab. Zur Staffage des Schwindels gehörten eine Sammlung morgenländisch anmutender Hüte und Mehrfingerringe im Retrolook. Angebot des Abends: ein Fez, so tief in die Stirn gedrückt, dass wir uns dank der obszön tastenden Schwünge der Quaste gleich alle zwei mutig vorkamen.

Claudius und ich wussten nur zu gut, worauf *wir* anstießen: den nächsten Lebensabschnitt. Auf Partys wie dieser waren die Studenten gewöhnlich älter, meist standen sie kurz vor dem Abschluss und hatten bereits Apartments in New York, Graduierte auf der Überholspur, Typen, die ihre Jugend schon lange genug lebten, um sie infrage zu stellen. Der Alk war besser und der Hasch klebrig gut. Die Frauen waren natürlich umwerfend, besonders hier. Es lag ein vorwiegend karibisches Flair in der Luft, als wäre dies schon immer die Zielgerade der Labor-Day-Parade. Diejenigen Frauen, die nicht karibisch waren wie Sybil, waren anders unverwechselbar aus der weiten Welt. Jede umgab ein eigenes Klima. Wir waren überzeugt, dass sie bessere, knappere Wäsche trugen als die Frauen, die wir kannten, überzeugt, dass sie verrückte Hohepriesterinnen ihrer Körper waren.

»Und wo seid ihr ausgebrochen?«, fragte Iris, deren Blick schon wieder hinaus auf den Hof wanderte.

»Uptown«, sagte Claudius. »Columbia.«

»*Roar, Lion, Roar*«, skandierte Sybil.

»Wir haben im Mai den Abschluss gemacht«, log ich.

»Mazel tov«, sagte Iris.

Sybil schüttelte den Kopf.

Das zog Iris' Aufmerksamkeit umgehend zurück. »Was denn? Das kann ich aber so was von sagen.«

Sybil machte mit dem Mund ein poppendes Geräusch, und die beiden lachten.

Claudius und ich lachten mit, obwohl keiner von uns eigentlich wusste, was daran komisch sein sollte. Bevor wir das Gespräch aber wieder aufnehmen konnten, ließen uns die beiden wortlos stehen.

Wir glitten hinter ihnen die Treppe hinauf, wanden uns an Partygästen vorbei, die dort schwatzten oder flirteten oder sich in labyrinthischen Gedanken verloren. Im ersten Stock stand eine Gruppe Feiernder Schulter an Schulter im Eingang zu einem der Zimmer, als gelte es, etwas Verbotenes abzuschirmen. Claudius und ich drängelten uns vor und landeten in einem gigantischen Badezimmer, wo die Stimmen von den Kacheln widerhallten. Zwei Frauen standen voll bekleidet in einem protzigen, taubenblauen Jacuzzi, ihre Köpfe Silhouetten im Schein einer von hinten beleuchteten Glasmalerei, aber es waren nicht unsere Frauen. Wir kehrten in den Flur zurück, und da kamen Iris und Sybil gerade aus einem Schlafzimmer, aus dem der stinkig süße Duft von Dope waberte. Wir folgten ihnen nach unten und hinaus in den Hof.

Claudius sprang den beiden ins Blickfeld und sagte: »Lasst uns ein Spiel spielen.«

Einen Augenblick taten sie so, als hätten sie uns noch nie gesehen, dann weiteten sich Sybils Augen. »Wie prickelnd«, meinte sie trocken.

Claudius verkündete, wir müssten jetzt alle voreinander etwas beichten. »Peinliche Geschichten«, sagte er, »Geheimnisse. Je schlimmer, desto besser.« Die Idee war ihm wohl wegen des Refrains von »Brooklyn Zoo« gekommen: *Shame on you! Shame on you!* Die Mädchen schienen belustigt, allerdings nicht unbedingt dazu aufgelegt; Claudius machte trotzdem weiter. »Wer fängt an?«, fragte er und wartete. Aber das Warten war Taktik. Selbstverständlich würde er anfangen.

Worauf wir in solchen Momenten aus waren, verlangte Geduld und strategische Pausen. Wenn wir dann endlich sprachen, senkten wir die Stimmen – auch, wenn es sehr laut war –, damit alle näher zusammenrücken mussten. Wir blickten ihnen in die Augen, gleichzeitig fest und weich, aber keinesfalls starr, und wir ließen den Blick gelegentlich an ihren Körpern hinabwandern. Das durfte nicht notgeil rüberkommen, sondern musste mehr einem unmerklichen Ausziehen gleichen. Es sollte letztlich auf eine Art Hypnose hinauslaufen, infolge derer sich die Frauen ergaben. Diese von uns entwickelte Masche hatte bei uns auf dem Campus oft genug gezogen, was natürlich kein Grund zu Stolz war. College war schließlich nichts anderes als ein Haufen Leute, die sich einander vier Jahre lang an den Hals warfen.

Affektiert murmelnd, erzählte Claudius uns eine Geschichte, die ich schon kannte. Sie mag wahr gewesen sein oder auch nicht, jedenfalls schockierte oder erregte sie die Leute oder machte sie verletzlich und traurig. Geduld war nicht Claudius' Stärke. Er musste immer möglichst schnell wissen, wo die Leute standen, vor allem Frauen. Hier die Geschichte: Er war noch auf der Highschool, als er merkte, dass die alleinstehende alte Dame, die nebenan wohnte, ihn von ihrem Fenster aus beobachtete. Jeden Morgen und jeden Abend schloss er sich vor seiner alkoholkranken Mutter in seinem Zimmer ein und absolvierte in Boxershorts sein Training. Nervös blinzelnd, erzählte Claudius: »Wadenheben, Liegestütze, Klimmzüge, Bauchpressen bis zum Umfallen. Und immer die alte Schachtel mit ihrer Strassbrille auf Posten, als wäre ich abonniert, als würde ich eine Show bieten. Also habe ich genau das getan. Ich stellte mich ins Fenster und starrte zurück, strich mir über Brust und Waschbrettbauch. Dann, nachdem ich das ungefähr eine Woche lang gemacht hatte, rieb ich mich mit Babyöl ein. Drehte die Schraube weiter, indem ich splitterfasernackt rumlief, und als auch das sie nicht aus der Fassung brachte, habe ich meine Freundin bequatscht, mit mir auf Liveshow zu machen. Davon wollte die nichts wissen. Wohl zu unschuldig, also habe ich, und jetzt passt auf, stattdessen masturbiert, mir dort direkt vorm Fenster einen runtergeholt. Auch das hat sich die alte Schachtel angesehen, aber am Abend drauf war sie weg. Zack, weg. Ließ sich auch am nächsten Abend nicht blicken. Hat mich nie wieder bespitzelt. Vermutlich hat sie zu sehen gekriegt, worauf sie die ganze Zeit aus war.«

Iris und Sybil kreischten unisono, dann verfielen sie in ein Gackern, das fremdländisch klang. Selbst im Halblicht der Party stachen ihre blitzenden Augen hervor, hübsche rostbraune und bernsteingelbe Murmeln. Sie schüttelten sich vor Lachen, sie schlugen sich auf die Schenkel und warfen die Köpfe zurück. Ihr Getue setzte einen Moschus aus herbem Schweiß und Vanilleöl mit Spuren von Mandel frei. Iris' kreisrunder Afro schluckte auf seiner Bahn große Teile des Raums. Andere Frauen waren von der Geschichte entweder abgestoßen oder, unzweideutig, erregt gewesen. Keine hatte je so reagiert. Und es stimmte noch was anderes nicht. Iris' wilder Mund und ihre Augen bewegten sich unabhängig von den übrigen Gesichtszügen. Sie sah aus wie eine defekte Klappaugenpuppe.

»Fuck, unglaublich«, sagte schließlich Sybil. Wir lauschten ihrem *Fuck* eine erotische Betonung ab. »Der hält sich für schräg«, sagte sie und ließ Claudius' Quaste mit einem Fingerschnicken kreiseln.

»Scham ist Name und Plan«, erwiderte er mit bebenden Nasenflügeln. »Jugendsünden.« Er redete jetzt ein bisschen zu geschwollen, selbst für seine Verhältnisse. »Schreiten wir voran zu den *heutigen* Sünden.«

Die Mädchen tuschelten miteinander, bliesen sich Kauderwelsch in die Halsbeuge.

»Nun«, sagte Claudius, »wer macht weiter?«

»Der«, sagte Iris. Wir hatten jetzt ihre ungeteilte Aufmerksamkeit. »Was hat der denn zu bieten?«

Alle drei starrten mich erwartungsvoll an. Ich hätte diverse Richtungen einschlagen können, aber in meinem Kopf führte jeder Weg an denselben Punkt.

»Mein Dad«, begann ich mit den ersten und einzigen Wörtern, die mir einfielen. Ich erklärte, dass er weiß sei, geboren und aufgewachsen in Italien. Der habe von meiner Mutter immer als seiner *cioccolata* gesprochen. Wenn sie wütend wurde, ihn aus diesem oder jenem Grund anbrüllte, lachte er bloß und tätschelte ihre Wange. Dann nannte er sie außerdem *agrodulce*, also immer auch ein bisschen süß.

Claudius grinste, als ich es sagte. Er mochte es, wenn ich den Frauen mit Italienisch kam.

Ich erzählte ihnen, wie sehr mein Vater meine Mutter und ihre Familie geliebt hatte. Besonders gefiel ihm, wenn ihre jüngeren Schwestern uns besuchen kamen. Da war ich noch klein. Ich hockte vor dem Damenbesuch bei ihm auf dem Badewannenrand, strich mit dem Finger am Duschvorhang entlang und guckte ihm bei seinen Vorbereitungen zu. Er betupfte sich mit Rasierwasser und überlegte, ob er einen oder zwei Knöpfe seines besten Hemds auflassen solle. Er achtete darauf, dass seine Wangen im richtigen Maß stoppelig waren. Bei diesen Besuchen bot er seinen ganzen Charme auf, mixte Drinks, küsste Handrücken und bewunderte neue Frisuren. Er bedachte meine hübschen Tanten mit wohldosiertem Lob. Ich vergötterte ihn.

Claudius grinste nicht mehr. Ich erzählte keine peinliche Geschichte. Meine Geschichte beförderte unsere Sache nicht im Geringsten. Ich war mir selbst nicht sicher, was ich da trieb, aber ich machte weiter.

Meine Mutter habe das immer sehr geärgert, erzählte ich, sie warf ihm schamlose Flirtversuche vor und beklagte sich lauthals über seine Respektlosigkeit. Eines Tages, ich war zwölf, versetzte sie etwas richtig in Rage. Sie war früher als sonst von der Arbeit heimgekommen und fand mich am Küchentisch vor den Pornoheften meines Vaters. Ich kannte die Nacktbilder schon, hatte aber bis dahin immer nur mal einen Blick riskiert, doch diesmal hatte ich begriffen – oder nicht mehr leugnen können –, dass mein Vater spezielle Vorlieben hatte. Ich war gebannt von den runden Pobacken der Frauen, ihren dunklen Brustwarzen und dem Tiefschwarz zwischen ihren Beinen. Meine Mutter wühlte in dem Stapel – mir war nicht klar, wie viele Hefte es wirklich gab – und berührte immer wieder mit kurzen Seitenblicken auf mich eines der stummen Gesichter der abgebildeten, bemüht lustvoll blickenden Frauen. Ihre eigene tiefbraune Haut auf den Fotos der tiefbraunen Frauen. Mir machte ihr Schweigen Angst. Ich hoffte verzweifelt darauf, dass sie irgendwas sagen würde, egal was, aber das tat sie nicht. Sie nahm einfach den gesamten Stapel vom Tisch und schickte mich mit einer knappen Geste auf mein Zimmer.

Als mein Vater heimkam, stritten sie sich im Wohnzimmer. Ich schlich mich in den Flur und belauschte sie.

»Er ist zwölf«, sagte sie immer wieder zu ihm. Als hätte mein Vater mich eigenhändig vor die Hefte gesetzt oder, schlimmer noch, ins Bordell geschleift. Warum warf sie ihm vor, was ich getan hatte? Ich verstand das nicht.

»Benito ist neugierig, Doreen, und fast ein Mann«, sagte mein Vater. Er fand nichts dabei, sah keinen Grund zur Aufregung, und ich auch nicht. »Ist es nicht gut, dass er lernt, dass diese Frauen schön sind? Dass seine *mamma* schön ist?«

»Aber das ist es nicht, was er lernt!«, hatte meine Mutter geschrien, und in dem Moment fand ich sie hässlich. »Begreifst du denn nicht, was du ihn lehrst? *Siehst* du denn gar nicht, was du da tust?«

Da hatte er sie in die Arme genommen, ihren Hals geküsst, eine großzügige Reaktion auf ihr wildes Zetern. Sie wehrte sich erst ein bisschen, erzürnt mehr von seinem Verhalten als von seinen Worten. Aber er küsste weiter ihren Hals. Er neutralisierte ihren Ärger mit seiner Umarmung, er lachte und murmelte: *cioccolata, agrodulce.* Mir auf meinem Beobachtungsposten schwoll die Brust vor Stolz.

An dieser Stelle brach ich die Geschichte ab, konnte und wusste nicht weiter. Eine Zeit lang sagte niemand etwas. Iris trank von ihrem Jack. Sybil sah sich um, als hätte sie irgendwo etwas liegenlassen. Die Musik dröhnte. Schließlich packte mich Claudius im Nacken und lachte.

»Der Kerl ist ein pathologischer Grübler«, sagte er. »Eine empfindsame Seele, ein Spielverderber. Er trägt Herz und Geist auf der Zunge.«

Die Mädchen blieben skeptisch.

»Gut, Ladys«, sagte Claudius. »Ihr seid dran.«

»Dazu haben wir längst noch nicht genug getrunken«, sagte Iris. »Prickelt nicht so richtig.«

Sybil nickte. »Außerdem, wie heißt es doch gleich: Frauen und ihre Geheimnisse.«

»Oder ihr Prickeln«, fügte Iris zwinkernd hinzu.

Dann kehrten sie uns den Rücken und stellten uns einfach kalt. Ich staunte einen Augenblick über diese Demonstration weiblicher Macht. Claudius starrte auf Sybils Arsch, erhob unbeirrbar Anspruch auf sie, auf die einzige Weise, die ihm im Moment der Abfuhr blieb. »*Den* nenn ich prickelnd, verdammt«, raunte er mir zu. Die engen Jeans und die hohen Absätze stellten den Arsch optimal zur Schau. Der Sticker löste sich langsam. Claudius warf mir einen Blick zu und faselte weiter was vom Wunder hautenger Jeans – das, erklärte er, seien *brasilianische*, das wisse er zufällig genau, und nickte zu dem andächtig ausgesprochenen Wort. Dann verstummte er. Den Blick wieder auf Sybil gerichtet, auf die ausladende Linie, die sie darbot und die seine niederen Triebe ansprach, bewegte er die Lippen wie auf der Suche nach einer vergessenen Sprache. Aber sie und Iris waren für uns verloren, und das endgültig, wie es schien. Obwohl Claudius kein Wort sagte, kam ich nicht umhin, unsere beiden Geschichten noch mal gedanklich gegeneinander abzuwägen. Es war meine Schuld, keine Frage.

Gut zwei Stunden verbrachten er und ich damit, draußen im Hof, wo die Fackeln alle Gesichter verflachten und glänzen ließen, zu schwafeln, rauchen und trinken. Irgendwann kehrten wir ins Haus zurück. In der Küche verdrückte ich Cookies und einen matschigen Rest Rumkuchen. Ich hatte jetzt gegen Ende der Nacht und trotz meiner eigenen problematischen Zähne Heißhunger auf Süßes. Claudius, der sich wieder gefangen hatte, begann, das sich lichtende Terrain nach anderen, unserer Aufmerksamkeit würdigen Frauen abzugrasen.

Nicht lange nach dem Vorfall mit den Zeitschriften hatte uns meine Mutter verlassen und letztlich die Scheidung eingereicht. Sie behauptete, er liebe sie mit den Augen, aber nicht mehr mit dem Herzen. Sie sagte, eine Frau könne nicht ihr ganzes Leben mit einem solchen Mann verbringen. Aber sie lag mit den Gefühlen meines Vaters falsch. Davon war ich bis zur Anmaßung überzeugt und betete es mir unerbittlich vor. Mein Vater verehrte meine Mutter in allen Einzel- und Eigenheiten. Er hatte sie doch immer nur mit Zuneigung überschüttet. Als sie ging, wurde er bitter. Eines Tages klagte er, sie sei gar nicht wirklich fort, für solches Erbarmen sei sie viel zu gemein. Sie sei noch da, sagte er, gäre in ihm weiter: schäume in seinen Adern, verseuche sein Blut. Und so wurde sie für mich zunehmend eine Krankheit, ein Verrat auf zellulärer Ebene. Meine Entscheidung, bei ihm zu bleiben, wurde zum Loyalitätsbeweis, und den hielt ich ihr so oft wie möglich unter die Nase, bis sie aufhörte, vernünftig mit mir reden zu wollen. Zu meinem siebzehnten Geburtstag hatte sie mir noch einmal geschrieben und mich aufgefordert, sie in Newark zu besuchen, um ihren neuen Partner und dessen Kinder kennenzulernen. Sie rief auch am Ende meines ersten Collegejahrs im Wohnheim an, direkt vor den Prüfungen, um mir von ihrer Verlobung zu erzählen und mich wissen zu lassen, wie viel ihr daran liege, dass ich zur Hochzeit komme.

»Du glaubst, das würde ich *jemals* tun?«, fragte ich.

Sie schwieg einen Augenblick, und noch diese Denkpause erboste mich, schürte den Drang, mich auf jede ihrer Äußerungen zu stürzen. Ich starrte in die schirmlose Lampe auf meinem Schreibtisch und zwang meinen Blick in den Glutkern des Lichts.

»Du glaubst, du würdest es nicht?«, entgegnete sie. »Irgendwann, mein Junge, wirst du loslassen müssen, was immer du dir da in den Kopf gesetzt hast.«

Ich fluchte und legte auf, zitternd, blind vor Wut, vollkommen zu. Sie war feige, unfähig, die Wucht der Zuneigung meines Vaters zu ertragen, als gäbe es überhaupt so was wie zu viel Liebe.

Mein Vater. Sein altes Ich hätte diese Party genossen. Schmunzelnd über diese Vorstellung, schlenderte ich ins Wohnzimmer. Es hatte Zeiten gegeben, da schmiss er solche Partys selbst, verteilte links und rechts Einladungen an junge, bunte, prächtige Menschen, die er als »Essenz alles Irdischen« bezeichnete. Bei diesen Partys ließ er mich aufbleiben – die ganze Nacht, wenn ich es schaffte. Demnach konnte ich mir mühelos vorstellen, wie er die Wangen der vier Mädels küssen würde, die jetzt der Tür zustrebten, deren braune Füße so verlockend waren in den Stöckelschuhen und Sandalen, ihre Körper in Jeans wie angegossenem blauem Öl und Sommerkleidern wie Heiligengewänder. Mein Vater würde ihre Hände ergreifen und sie anflehen, doch noch zu bleiben. Er würde eine besondere Flasche erwähnen, einen Jahrgang, den er für den richtigen Anlass aufgehoben habe, und versprechen, ihnen bei Sonnenaufgang ein fürstliches Frühstück zu bereiten. Er würde fast alles sagen, was ihm in den Sinne käme, um ein Lächeln auf eines ihrer Gesichter zu zaubern, sie zum Bleiben zu bewegen, die Party so lang in Gang zu halten wie möglich.

Aber mein Vater kümmerte in Philly dahin, war nicht hier und längst nicht mehr der Alte, also ließ man die vier Frauen anstandslos ziehen. Jetzt waren merklich mehr Männer als Frauen übrig, deren lange Gesichter angesichts der langweiligen Musik, die der DJ inzwischen spielte, noch blöder aussahen.

Iris und Sybil standen an einem selbstgebauten Bücherregal und verführen mit drei Typen genauso wie vorher mit mir und Claudius. Inzwischen high oder betrunken, vielleicht beides, tanzten sie ab und ruderten mit den

Armen, trieben in einem Sumpf der Albernheit. Dann klammerte sich einer der Loser an Sybils Arm und bettelte sie an, doch zu bleiben, ihm ihre Telefonnummer zu geben, mit ihm nach Hause zu gehen. Der Kerl wirkte älter – alt, ehrlich gesagt –, und er und seine Kumpels waren wahrscheinlich auch Partycrasher, wenn auch nicht so wie wir. Sie wirkten, als kämen sie von ganz woanders, aus einer anderen Zeit, anderen Dimension, man roch es förmlich. Ja, genau. Irgendwas ließ ihre Anmache grob, gemein und gefährlich erscheinen. Ich hätte einschreiten können, den galanten Helden spielen, wie es mein Vater getan hätte, aber Iris konnte ihre Freundin von den Assis wegzerren. Gemeinsam verließen sie das Haus.

Claudius tauchte im Wohnzimmer auf, den Fez in der Hand gestülpt wie einen Eimer ohne Henkel. Sein Haar war verfilzt und kraus, er ähnelte manchen Obdachlosen, die knisternd vor schlechtem Karma beleidigt zeternd in der U-Bahn bettelten. Er stürmte vorbei und rannte mich fast um.

»Kein Glück?«

»Der reinste Männerverein«, rief er zur Antwort.

Ich folgte ihm nach draußen. Er setzte sich den Fez wieder auf, und die Quaste schlug im Wind. Ich kannte das an ihm schon, diesen inneren Aufruhr. Mit Untätigkeit kam er nicht klar, viel schlechter als ich, und er verlor schnell die Peilung. Ohne konkretes Ziel hatte die Landkarte seines Lebens weder Sinn noch Gestalt. Wir standen am Tor zum Haus, umzingelt vom Gebell eines Nachbarhunds, dem Brummen einer defekten Straßenlaterne und einem fernen metallischen Klimpern. Ich schlug ihm auf die Schulter und sagte, wir sollten uns auf den Heimweg machen. Er zog seinen Pager hervor. Der grünliche Schimmer des Displays verriet uns, dass es fast vier Uhr morgens war. Es würden kaum U-Bahnen fahren.

In dem Moment eierten Iris und Sybil auf Fahrrädern mit spastisch tanzenden Vorderreifen auf dem Gehweg vorbei. Sie waren schon ein Stück weiter, als Sybil ausscherte und ihr Rad mit dem von Iris zusammenstieß. Sie fing sich, aber Iris stürzte. Wir liefen durchs Tor zu ihnen hinüber, und ich half Iris hoch. Sie hatte Tränen in den Augen, doch ihr Blubbern entpuppte sich als Lachen. Sybil lachte auch.

»Wir sind platt«, gab Iris zu. Ungeniert rülpste sie in ihre Faust und untersuchte dann ihren Unterarm, über den sich eine dreckverschmierte Schramme zog. Sie tupfte auf die Wunde und starrte auf ihre rote Fingerkuppe.

Als ich sie fragte, ob's schlimm sei, bestand ihre Antwort darin, mich mit dem Blutstropfen zeichnen zu wollen. Ich machte einen Satz nach hinten, und sie lachte. Claudius und ich wechselten einen raschen Blick, und ich schlug vor, die Mädels nach Haus zu begleiten.

Iris schälte sich summend das Etikett mit ihrem Namen vom Oberarm. »Ha, richtige Gentlemen«, sagte sie. »Ritterlichkeit ist untot.«

Wir schoben die Fahrräder, während die Frauen Hand in Hand vor uns herwankten. Allein die Bewegungen, in ihrer trunkenen Übertreibung synchron, verhießen einen neuen Rhythmus zur Verlängerung der Nacht. Es war wie die LPs, die mein Vater zu später Stunde auf seinen Partys spielte, wenn die zartbesaiteten Gäste schon gegangen waren und die verbliebenen herumsaßen und auf

Uhrzeiger starrten. Er besaß eine erlesene Vinyl-Samm-lung, überwiegend Bebop, der die Dinge wieder kalt-starten konnte, weit entfernt von der freudlosen Musik, die der DJ eben gespielt hatte. Die Musik meines Vaters konnte dich davon überzeugen, dass nichts jemals enden musste.

Jetzt wieder obenauf, starrten Claudius und ich die Frauen an. Iris' Waden und Schenkel waren für eine so dünne Frau sehr ansehnlich, aber Sybils Arsch blieb der absolute Hammer.

»Ein obergeiler Arsch«, sagte ich, ohne den Blick davon abzuwenden.

»Treibt einem die Tränen in die Augen«, bestätigte Claudius. Dann warf er mir einen misstrauischen Blick zu. »Du wüsstest ja gar nichts damit anzufangen. Ist außer-dem schon vergeben, falls du's vergessen hast.« Er deutete mit dem Kinn auf Iris. »Die ist doch eher dein Stil, B. Man nehme zum Feuerbohren zwei dürre Stecken.«

Mit einem Zwinkern beschleunigte er seinen Schritt und riss den an Sybils Jeanshosenboden baumelnden Sticker ab. Darüber konnten sie erst einmal ablachen und gingen nun nebeneinanderher, sodass ich schließlich, als ich aufholte, wieder bei Iris landete. Eine weitere Schramme zierte die Haut dicht an ihrem Handgelenk. Wann immer daraus das Blut quoll, lutschte sie daran wie ein verletztes Kind. Trotz ihres sonderlichen Verhaltens malte ich mir aus, wie es wäre, mit ihr zu schlafen, ihre Schenkel und Hüften so mühelos zu dirigieren wie den Lenker ihres Fahrrads.

Wir gingen lange, tauchten immer weiter in Brooklyn ein. Als würden wir langsam sinken. Die Fenster der

Wohnungen über einem Eckladen waren kreuz und quer mit Brettern vernagelt, zähes Unkraut wucherte aus den Rissen im Gehweg. Wir kamen an einer Bar namens Salt vorbei, die aussah, als wäre dort seit Jahren nichts mehr los, und an der Ecke zierten Tags eine Backsteinmauer. Die Namen hatten alle nur drei Buchstaben – SER, EVE, RON, REL, MED –, und die verlaufene Farbe bildete schmuddelig bunte Eiszapfen. Die Erde war hier zunehmend mit zerknüllten Papiertüten, leeren Starkbierflaschen und anderen formlosen Müllbrocken übersät. Ich lenkte Iris' Rad um undefinierbare, soßige Pfützen herum. Es hatte seit Wochen nicht geregnet, und das würde es auch in dieser Nacht nicht. Männer hockten auf maroden Verandastufen oder standen vor verrammelten Kiosk-Shops. Sie schielten nach uns, doch es fühlte sich nicht bedrohlich an, sondern einfach nur geheimnisvoll. Empfänglich für diese eindringlichen Blicke der Männer, fühlte ich mich verstrahlt bis in die Knochen.

Iris redete ununterbrochen, beschwor ihr Prickeln, wählte ihre Worte mit trunkenem Bedacht. »Es geht nicht um Tiefsinn oder so'n Scheiß«, sagte sie. »Darum geht es gar nicht. Es ist mehr wie: Kann man über alles hinwegtrippeln? Kann man überallhin und für jedes kleinste Ding offen sein?«

Ich heuchelte nach besten Kräften Interesse an dem, was sie zu sagen hatte. Keinesfalls würde ich uns die Sache ein zweites Mal vermasseln. Ich fraß Kreide und fragte: »Was habt ihr eigentlich ständig mit diesem Prickeln?«

Sybils Lachen trieb vor uns her. Erneut platzte Hundegebell los. Iris sagte etwas, das ich nicht verstand, und ich musste nachhaken.

»Das ist japanisch: *mono no aware*«, sagte sie. »Ein Gefühl für die Dinge. Aufmerksamkeit. Alles ist vergänglich. Es bedeutet Sinn für die Schönheit. Ich hatte auf dem College interkulturelle Philosophie und war ein Jahr im Ausland.« Als Beispiel führte sie *sakura* an, die Kirschblüte.

Das klang erst einmal nur nach weiterem Kiffer-Quatsch. Dann machte mich allmählich die Vorstellung von *Ausland* mit der rätselhaften Weltlichkeit, die da mitschwang, genauso an wie ihre Hüften. Iris war schwarz, mittelamerikanisch, vielleicht irgendwie jüdisch und wer weiß, was alles. Sie war noch exotischer, als ich gedacht hatte.

Sie sprach von einem Traum, den sie gehabt hatte, von Kirschblüten, eine Vision wie ein Video im Zeitraffer: rosa Blüten, die sich entfalteten, verblassten, in Büscheln herabschwebten und sich wie zarte Röckchen auf den Rasen legten. »Ich habe meine Mom gefragt«, sagte sie. »Die kann Träume deuten. Sie sagt, so ist das Leben.«

Iris bot mir etwas an, etwas Wahres, aber ich konnte es nicht recht fassen. »Was ich ja gern wissen würde«, sagte ich und platzte damit heraus: »Ob du es schon mal im Gras gemacht hast?«

Sie zog die Stirn kraus und hatte gerade den Mund zur Antwort geöffnet. Da tauchte zwischen zwei geparkten Wagen ein strohgelber Hund auf. Claudius erschrak und ließ Sybils Fahrrad fallen. Als der Hund knurrte und bellte, versuchten wir, schnell an ihm vorbeizukommen. Aber er schnitt uns seltsam taumelnd den Weg ab. Vielleicht war er tollwütig. Hier und da gab es im Fell rosa Stellen, und im Schein der Straßenlaternen sah er aus wie eine Kreuzung aus Hyäne und Schwein. Die trüben Augen schimmerten, das Knurren lag fast unter der wahrnehmbaren Schwelle. Ich behielt ihn im Blick. Es war jetzt, spätnachts, kühler, und doch kriegte ich einen heißen Kopf. Mein Kiefer spannte sich an, die Brust wurde enger.

Der Hund schob sich weiter vor und schien, als wir immer mehr zurückwichen, zum Sprung anzusetzen. Claudius drückte sich seinen Fez an die Brust und fluchte leise. Er schlüpfte hinter uns und benutzte uns als Schutzschild. Ich hob Iris' Fahrrad als Wurfgeschoss, doch da stürmte Sybil auf den Hund zu und versetzte ihm einen Tritt gegen die Schnauze. Der Hund wankte einen Augenblick, jaulte fast dankbar und fiel um. Iris kam ihrer Freundin zu Hilfe, und ehe es vorbei war, traten sie dem Tier noch mehrfach wild gegen den Kopf und in den eingesunkenen Bauch. Dann rührte sich der Hund nicht mehr. Alles Rabiate war ausgelöscht. Ich wandte mich von der Gewaltszene ab, und doch drangen das seltsame Gemurmel, die beunruhigenden Laute der Frauen an meine Ohren. Irgendjemand umschlang mich fest – ich selbst, wie ich erkannte. Unweit von mir klappte Claudius die Kinnlade weiter und weiter herunter.

Die Frauen wurden still. Sybil schob ihr Fahrrad zu uns herüber. Sie schnaufte schwer, ihre Haut schimmerte feucht. Sie ging direkt zu Claudius, packte ihn am Hinterkopf und zog ihn zu einem unsanften, hungrigen Kuss zu sich herab. Sein Fez zerknautschte in der Umarmung.

Wankend wandte ich mich Iris zu. Sie stand über dem reglosen Hund, ihre Schultern hoben und senkten sich. Sie drehte sich zu mir um und strich mir mit der flachen

Hand über die Stirn, glättete sie. »Sei doch nicht immer so … *erstaunt*«, sagte sie. »Du siehst dann alt aus.«

In dem Moment rief uns ein Mann von der anderen Seite der Straße hinter einem vergitterten Fenster etwas zu. »Verdammt!«, johlte er. »Ihr Bitches habt es dem *motherfucker* aber ordentlich gegeben!«

Wir lachten, erst die »Bitches«, dann stimmte ich ein. Claudius, in der Hand seinen ruinierten Hut, tat es nicht. Ich lachte mit und empfand Erleichterung. Plötzlich schien die Welt in Ordnung – was die beiden getan hatten und wie, dass sie diejenigen waren, die Mut gezeigt hatten. Das war nicht nur in Ordnung, das war aufregend und mehr.

Als wir weitergingen, starrte Iris vor sich hin, wie in Trance. »Was hat der Hund uns geboten?«, fragte sie. »Was hat sein Todeswille in die Welt gebracht?«

Ich konnte dazu nichts sagen. Ich war mir nicht einmal sicher, ob die Frage an mich gerichtet war.

Wir näherten uns der Haltestelle einer U-Bahn-Linie, die ich noch nie genommen hatte, und Claudius sah sich nach mir um. Auf seinem müden, argwöhnischen Gesicht stieg eine Frage auf, und ich verstand. Ich schüttelte den Kopf, und er verstand. Als ich nickte, war auch das klar. Wir würden nicht auf den Campus zurückfahren. Wo immer diese Nacht hinführte, wir würden ihr bis ans Ende folgen.

Das Wohnhaus der Mädchen lag weit von der Straße zurückgesetzt und vereinigte zwei Baustile: unten regulärer Backstein, oben graue Plastikverschalung. Aus der Verkleidung guckte wie ein Schielauge ein einsames Fenster.

Die beiden tanzten durchs Tor zur Haustür und warteten dort auf uns.

»Wo *sind* wir?«, murmelte Claudius.

»Egal.«

»Ich glaub, mir reichts, Mann«, sagte er. »Wir haben sie sicher nach Hause gebracht. Als hätten die es überhaupt nötig, verdammt.«

»Und jetzt wollen sie uns danken«, sagte ich. »Uns echten Gentlemen.«

»Scheiße, Mann, ich weiß nicht mal, wo wir hier sind.«

Ich legte ihm eine Hand auf die Schulter. »Spielt es eine Rolle? Heute Nacht gehört die Welt uns, Baby.«

Iris fragte, ob wir denn nun hochkämen oder was, bisschen Beeilung, sie müsse pinkeln. Ich schenkte Claudius eines unserer blödsinnigen Grinsen. Er glotzte nur. Schließlich meinte er gedämpft, na gut, grinste aber nicht zurück. Wir trugen die Fahrräder hinein.

Bis auf zwei Drucke von Elizabeth Catlett an den Wänden war das Wohnzimmer so karg, dass es unbewohnt schien. Wohnte hier überhaupt jemand? Die Vorstellung, dass die Räume jedem zur Verfügung standen, der Bescheid wusste, der eine wilde Nacht erleben wollte oder für den sie das Schicksal vorsah, törnte mich an.

Die Frauen gaben uns Tabletten auf die Hand – »Liebespillen«, meinten sie –, und ich nahm meine mit einem ordentlichen Schluck ihres Original-Rums. Claudius folgte meinem Beispiel. Die Frauen sagten, wir sollten warten, sie würden ein Bad nehmen. Wir versanken in der weichen Couch, und ich ließ mich von den Stimmen hinter der angelehnten Tür liebkosen. Die Mädchen in der Wanne unterhielten sich so ernst wie zwei Weise.

»Tuts weh?«, fragte Sybil.

»Schon«, meinte Iris, »aber ich fürchte den Schmerz nicht.«

»Gut so. Nimm ihn an.«

»Wir nehmen nichts, was die Wahrnehmung beeinträchtigen kann.«

Ich scherzte, die Mädels nähmen wohl ein prickelndes Schaumbad. Claudius sagte kein Wort. Ihm lief unter dem zerdellten Hut der Schweiß in die Augen. Die Stimmen der Frauen waberten weiter, die Zeit wurde fett und träge, das Herz hämmerte mir in der Brust. So betrunken und high und nervös ich auch war, ich war bereit.

Schließlich tauchten sie nach einer gefühlt halben Ewigkeit auf, angetan zunächst nur mit dem sich verziehenden Dampf des Badezimmers, dann im Grunde gar nichts, nur ein paar vereinzelten Schaumflocken. Iris hatte Heftpflaster am Arm. Sie standen vor uns und warfen sich in Pose, drehten sich langsam um die eigene Achse, damit wir sie von allen Seiten bewundern könnten. Ihre nassen Füße hinterließen Spuren auf dem Hartholzboden. Noch nie hatte ich derart unverfrorene weibliche Nacktheit erlebt. Immer, wenn ich nach einer von ihnen griff, begierig darauf, die Dinge von diesem retardierenden Moment voranzutreiben, wichen sie zurück. Sie ließen mich nicht ran. »Nur gucken«, sagte Iris, und das tat ich, taten wir, bis Sybil in einem der Schlafzimmer verschwand und Claudius zu sich winkte.

In dem anderen Raum entzündete Iris Kerzen und ließ mich auf dem Bett Platz nehmen. Als sie näher kam, ging die Tür auf, und Sybil huschte herein. Claudius schlurfte voll bekleidet hinterdrein. »Ich war so allein«, sagte Sybil,

»du hast mir gefehlt.« Die Frauen küssten sich im zuckenden Kerzenlicht. Dann lud uns Sybil zum Mitmachen ein. Ich sagte Okay, und sie lachten darüber, wie schnell ich zugestimmt hatte. Sybil befahl uns, uns auszuziehen. Nicht minder schnell begann ich, mich zu entkleiden, während Claudius einfach dastand und sich im Zimmer umsah. Es war, als wollte er sich alles ganz genau einprägen – das große Bett, die flackernden Kerzen, die schweren Gardinen – als Rahmen, den er vielleicht für eine ganz andere Geschichte verwenden könnte. Er merkte sich anscheinend alles bis auf die anwesenden Menschen, denn uns ignorierte er. Vielleicht ignorierte er auch sich selbst.

Während Sybil uns antrieb, weil sie, wie sie sagte, wissen wollte, was wir zu bieten hätten, richtete Claudius seine Aufmerksamkeit durch den Gardinenspalt in die Dunkelheit vor dem Fenster, als wollte er sich ihrer Stimme verweigern. Aber dann holte ich ihn mit tadelndem Ton zurück, und er wandte sich wieder dem Raum zu. Was war es? Der viele Alkohol, die Drogen, das wilde Gerede, der Anblick des toten Tiers auf der Straße, oder einfach die Frauen selbst? Das alles, zusammengenommen, ergab für mich herrlichen Sinn. Wir hatten in dieser Nacht das Ziel erreicht. Gut, Claudius und ich hatten uns nie voreinander entkleidet – na und? Die Frauen, auf die wir es von Anfang an abgesehen hatten, boten uns endlich ihre duftenden braunen Leiber dar, und wir brauchten weiter nichts zu tun, als uns auch nackt zu machen, beide. Warum sollte uns jetzt noch Scheu, sofern es um die überhaupt ging, oder Angst oder ein bisschen weitere Fremdheit aufhalten, die nichts war als ein kleiner Knick im anbrechenden Tag?

Ich starrte Claudius an, bis er begriff, dass er mitmachen sollte. Er hätte Nein sagen können, zu den Frauen, zu mir, zu dem Teil von sich, der ja auch wollte, und einen Augenblick, als er den Mund aufmachte, rechnete ich damit, dass er genau das tun, dass er sein Veto herausbrüllen würde. Aber er stand bloß da und nickte brav.

Dann zog er sich ebenfalls aus, beobachtete die Frauen, die uns beobachteten. Als Claudius und ich nackt waren, unternahmen sie gar nichts. Sie waren noch nicht zufrieden.

»Also«, sagte Sybil, »betrachte ihn.«

Ich war einen Augenblick verwirrt, aber die Aufforderung galt uns beiden.

»Ihr müsst ganz präsent sein«, sagte Iris, die ersten Worte seit Langem aus ihrem Mund.

»Sieh ihn an.«

»Er ist dein Freund.«

»Tu nicht so, als wär er nicht da.«

»An dem, was du willst, ist immer mehr, als du wolltest.« Das war wieder Iris. »Das musst du auch mitnehmen.«

Ich drehte mich Claudius zu, der dastand und sich die Hände vors Geschlecht hielt. Sybil ging zu ihm hin und zog seine Hände weg. Seine Waden waren im Vergleich zu seinen muskulösen Schenkeln dünn. Er hatte eine breite Brust, aber einen kugeligen Bauch, über den ein senkrechter Trennstrich krauser Haare verlief. Sein Schwanz war halb steif. Sybil setzte ihm den zerdrückten Fez auf den Kopf und vervollständigte den Akt.

Die Frauen befahlen uns, uns weiter zu betrachten, durch die Angst und die Verlegenheit hindurch bis zur vollen Blöße. Sonst würden wir nicht weiter dürfen. Vier nackte Körper im Begriff, gemeinsam Sex zu haben, müssten genau das sein.

Und wir kamen dann tatsächlich zum Sex – Iris mit mir und Sybil mit Claudius –, während das erste Licht sich durch die Gardinenritzen in den Raum stahl. Ich konnte Iris' Körper nicht auskosten, nicht richtig. Ich war zu sehr damit beschäftigt, geordnet vorzugehen, annähernd so etwas wie die Kontrolle zu behalten, eine Orgie zu verhindern. Ich war mir zu sehr der anderen und meines eigenen Körpers auf dem Bett bewusst. Das Kondom meines Vaters kam allerdings zum Einsatz. Das hatte ich ja immer gewollt, war darauf ganz versessen gewesen, und nun tat ich es schließlich, so wie Claudius – als vielleicht weiterer wahrer Sohn eines weiteren verwirrten Vaters – Gelegenheit bekam, das Kondom einzusetzen, das er in *seiner* Tasche herumtrug. Wir hatten unsere wilden sogenannten Teufelsweiber gefunden, und sie schliefen mit uns. Aber erst zwangen sie uns, lange hinzusehen, sehr lange.

Mein Vater ist vor einem Jahr gestorben. Oder er hat das Ende eines langen Sterbewegs erreicht. Am Tag seiner Beisetzung blickte ich, flankiert von meiner Mutter und ihrer neuen Familie, auf das starre, fast schmunzelnde Gesicht im Sarg. Ich hatte ein gutes Jahrzehnt lang Abstand gehalten, hatte mich entfremdet und sie daher ewig, wie mir schien, nicht mehr gesehen. Zwischendurch drückte sie mir kurz den Arm, und dann nickte sie. Sie zwang mich nicht, mit ihr zu reden. Alles, was sie mir zu sagen hatte, lag in diesen beiden Gesten. In ihrem

schwarzen Blazer zum schwarzen Kleid, mit grau ge-
strähntem Haar unter einem schräg sitzenden Hut,
machte sie noch immer eine gute Figur. Vielleicht hätte
mein Vater das auch so gesehen. Was mir noch mehr
Eindruck machte als die Eleganz und Würde, mit der sie
alterte, war die Anwesenheit ihres Mannes und seiner,
ihrer, erwachsenen Kinder. Sie hätten ja nicht kommen
müssen. Später, unfähig, meinen Magen oder meine Gedanken in den Griff zu bekommen, stand ich alleine etwas
abseits, während meine Mutter und ihre Familie sich am
anderen Ende des Raums unterhielten. Abgesehen von
mir, sah ich, waren sie die einzigen anwesenden Schwarzen. Die vier ergaben ein Bild der Ausgeglichenheit und
Anmut, bei dem mir noch mulmiger wurde. Ich musste
an mein letztes gemeinsames öffentliches Auftreten mit
meinem Vater denken, eine Würdigung seiner langen
und erfolgreichen Berufsjahre. Die Art, wie er mich am
Arm von einem Gast zum nächsten schleifte, hatte etwas
Verzweifeltes. Jedem, der es nicht schon wusste, und
einigen, bei denen das der Fall war, sagte er: »Das ist
mein Junge. Das ist mein Sohn.« Er führte mich vor wie
eine Trophäe, als wollte er jeden Zweifel ausräumen,
dass ich zu ihm gehörte. Das hatte er seit meiner Kindheit getan. An diesem Tag erfüllte es mich zum ersten
Mal nicht mit Stolz.

Was hatte er bloß gemeint an jenem Augustvormittag
in Philadelphia kurz vor meiner Rückkehr ans College?
Glaubte er selbst, was er mir vom Glück erzählte? War es
ihm ernst gewesen? Oder sprach da ein Mann mit gebrochenem Herzen, bitter, betrunken? Vielleicht wusste
er, dass er mit einem unbedarften Naivling sprach. Viel-

leicht glaubte er, das, was ich aus meinem weiteren Leben machte, würde ihm eine Erklärung liefern. Ich weiß es nicht. Ich weiß es nicht, aber ich stelle mir immer noch vor, wie das sein muss, Vater eines Jungen zu sein, der mich liebt und an mich glaubt und trotz unserer Differenzen nichts lieber will, als ein Mann nach meinem Bilde zu sein. Ich sehe diesen schemenhaften Jungen, meinen Sohn, sehr deutlich, und ich kriege Angst, wenn er näher kommt. Ich möchte mit ihm reden, habe aber keine Ahnung, was ich sagen soll.

Manchmal scheint mir, das Einzige, was ich, abgesehen von Fragen, zu bieten hätte, wären meine Erinnerungen an die Zeit damals in Brooklyn und die schreckliche Wohnung, in die ich uns mit meiner Besessenheit trieb. Es klingt albern, selbst für mich, aber es stimmt. Zu den seltsamsten Berührungen dort gehörte die Hand meines Freundes, die, lange nachdem Iris und Sybil uns im Schlafzimmer allein gelassen hatten, meine Schulter packte. Mir blieb die Luft weg, als Claudius mich das erste Mal berührte. Ich sah mich nicht nach ihm um, und ich schob seine Hand nicht weg. Ich lag dort einfach auf der Seite mit geschlossenen Augen und versuchte, nicht mehr wach zu sein. Als ich endlich aufstand, war es nach zwölf. Mir brummte der Schädel, von ferne hörte ich die Stimmen der Frauen. Claudius saß aufrecht im Bett und starrte mich an. Mit einem Mal kam eine extreme Hässlichkeit zum Vorschein, offenbarte sich in seinem Gesicht ein anderes Gesicht, und das Gleiche muss er bei mir gesehen haben. So ist es mit Menschen in meinem Leben gewesen, mit Menschen, die ich geliebt habe: Etwas verflüchtigt sich still und leise, es tut sich ein Riss so unmerklich auf, wie zwei Lippen sich öffnen, etwas ist morgens anders, so plötzlich und sachte, dass du dich fragst, wie sie überhaupt jemals schön sein konnten.

J'Ouvert, 1996

Ich wollte bloß fünfzehn Dollar für den Barbershop, aber bei der Vorstellung, darum bitten zu müssen, hätte ich die Faust in die Wand rammen können. Es machte mich fertig, Ma anzubetteln, ausgerechnet diesen Sommer, wo ich beschlossen hatte, die Kindheit hinter mir zu lassen. Pop hätte genau die richtigen Worte gefunden, mich beruhigt oder zum Lachen gebracht. Aber der war weg, und er beantwortete auch meine Briefe nicht mehr. Also ging ich auf unser Zimmer, um mich wieder einzukriegen und mir ein paar gute Argumente zu überlegen, aber da störte natürlich mal wieder mein kleiner bizarrer Bruder. Omari trug noch immer diese blöde Gummimaske, Zerrbild eines Virginia-Uhus. Unter dem zerwetzten Schnabel baumelte eine Kaugummizigarette. Omari saß an unserem Schreibtisch auf einem Stuhl, den sein Arsch komplett unter sich begrub, und der Radiowecker dudelte die weiße Seichmusik, die er mag. Der schlenkernde Ventilator fegte seine Zeitungsschnipsel über den Boden. Es wimmelte im Zimmer von Streifen zusammengestückelter Schlagzeilen. Während er in einer von den Nachbarn entsorgten Ausgabe der *Daily News* blätterte, sprangen mir einzelne Headlines in die Augen: OBDACHLOSER JUNGE UNTER HAUSARREST, STERBLICHKEIT TODESURSACHE NR. 1, EINARMIGER APPLAUDIERT HILFSBEREI–

TEN FREMDEN. Zusammen ergaben sie einen Flickenteppich universaler Absurdität.

Von Omaris Kippe rieselte als erbärmlicher Pseudorauch der Puderzucker. Er freute sich gerade über einen Fund, eine kleine und doch vielsagende Kuriosität. Er schnippte probeweise mit seiner Schere, dann schnitt er theatralisch exakt eine Schlagzeile aus.

»September ist der blödste Monat«, sagte er. Die Zigarette wippte unter dem Schnabel dazu.

»Der September hat gerade erst begonnen, Blödmann.«

»Ich weiß es aber jetzt schon.« Er stand auf und reckte sich. Mit elf Jahren war er fast so groß wie ich und breit wie Pop, sein Körper ein unbehauener Klotz. Die Hörner seiner Maske waren scharf genug, einen zu ritzen. Er schob sich zwischen Ventilator und unserem Etagenbett ans Fenster. Obwohl die Küche am anderen Ende der Wohnung lag, hörten wir das Wasser durch die Rohre schießen.

Wir lebten im ersten Stock, nicht einmal hoch genug, den Wipfel des Baums zu sehen, der direkt vor dem Haus stand und seine Blätter gegen unser Fenster drückte. In vier Wochen würde die Aussicht hübsch sein, die Scheibe ein Schachbrett herbstlicher Farben, aber jetzt war sie es nicht. Als ich jünger war, ungefähr zu der Zeit, als Pop aufhörte vorbeizuschauen, träumte ich davon, wie der Baum durchs Glas platzte und mit seinen Ästen nach mir griff.

»Ich habe heut jemanden eingeladen«, trällerte Omari. Er deutete auf den Fensterrahmen. Offenbar hockte dort sein neuster Fantasiefreund. »Sie heißt Angela.«

»Na und?«, sagte ich.

Omari drehte mir das Gesicht zu, er wendete den Hals, soweit es ging. Er schälte das Papier von seiner Zigarette und bog das harte Kaugummi, bis es brach. Sich unter den schon auf Nasenhöhe gebogenen Schnabel fassend, schob er sich die Hälften in den Mund. Die bernsteinschwarzen Augen seiner Maske waren groß und rund. Richtig gespenstisch aber waren Omaris Augen in den Augen. Sie starrten mich jetzt unverwandt an, zwei in einen Eimer versenkte Pennys.

Da, wo wir wohnten, war es egal, wie ein Zimmer hieß. Ma wusch sich die Haare in der Küche, wo sie aufpassen musste, sich den Kopf nach dem Ausspülen nicht am Küchenschrank zu stoßen. Anrufe nahm sie manchmal im Badezimmer entgegen oder hörte dort Radio. Wenn sie meinen Zoff mit Omari leid war, trug sie abends ihren Teller durchs Schlafzimmer, setzte sich raus und aß in Ruhe auf der Feuertreppe.

Jetzt gerade machte sie in der Küche den Abwasch. Sie nahm dazu brühheißes Wasser, trug allerdings keine Gummihandschuhe. Ihre Hände waren lang und rau. Sie war überhaupt rau, zäh, hatte sehnige, muskulöse Arme. An diesem Nachmittag aber versteckte sie beim Hantieren die Frau, die ich kannte, hinter weichem und femininem Getue. Ihr Haar steckte voll rosa Plastikwickler. Von ihrer Haut stieg der Duft des aufgetupften Florida Waters. Sie erwartete ihren neuen Freund Mike.

Unser Abtropfgestell stand auf dem Kühlschrank – es gab nirgends sonst Platz –, und während ich mein Anliegen vorbrachte, reichte sie mir die gespülten Teller zum Wegräumen. Dann lehnte sie sich, scheinbar erschöpft, an die Wand, ihr langer Unterrock gefleckt mit Spritzwasser.

»Ich muss jeden Cent dreimal umdrehen«, sagte sie. »Das weißt du, Ty. Ich hab dir gesagt, du sollst dir für den Sommer einen Job besorgen, aber du bist ja so stur. Um nicht einen Schritt zu machen, macht der Faule zwei.«

Sie stieß mir eine Faustvoll nasses Besteck vor die Brust, ich glotzte bloß. Ich wollte zu dem Friseur, zu dem früher Pop gegangen war. Ich war siebzehn und noch nie im Barbershop gewesen: ein Leben lang Natur-Afros und Cornrows. Vielleicht würde ich kein Wort herausbringen, wenn ich erst dort war. Vielleicht würde ich um das Falsche bitten oder im falschen Moment lachen, inmitten der gestandenen Männer, die dort gemeinsam ihre Männlichkeit pflegten. Trotzdem, auch wenn ich mich blamierte, ich war so weit. Ich war fast erwachsen, kein Kind mehr. Außerdem war morgen die West Indian Day Parade. Zum ersten Mal wollte Ma mich allein hingehen lassen.

»Wenn du nicht mit anpacken willst«, sagte sie, »dann geh mir aus dem Weg und nerv nicht.«

Jetzt starrten wir beide auf die Gabeln und Messer in ihrer Hand.

»Ma, ich will gut aussehen.«

Sie drehte das Wasser ab, stopfte das Besteck in den Korb und schob sich an mir vorbei. »Dem Jungen schneid ich schon sein Lebtag die Haare«, brummte sie. »Das krieg ich allein hin.« Sie polterte in dem begehbaren Kleiderschrank herum, in dem wir die Fotoalben, Kartons mit Sparaktions-Klopapier und Pops alte Wintermäntel aufbewahrten. Ehe ich michs versah, saß ich mit einem Handtuch um die Schultern im Wohnzimmer. Das war die Frau, die ich kannte – eine Naturgewalt –, und ich konnte ihr nichts entgegensetzen.

Vielleicht, vielleicht würde ja eine höhere Macht Ma die Hand führen, aber wem machte ich da etwas vor? Ich stolperte ihr mal wieder auf den Leim, klebte auf meiner Vertrauensseligkeit. Es war idiotisch, zu glauben, dass mal was gutgehen könnte, aber mir blieb keine Wahl. Ich beschrieb den Schnitt, der mir vorschwebte, hatte ihn genau vor Augen: einen Fade, wie Pop ihn hatte, die Übergänge unmerklich fein, rundum gleich perfekt. Ein zeitloser Schnitt.

Ma hörte gar nicht zu. Sie kramte in der Schachtel, auf der ein Weißer vor Stolz auf seine Topffrisur grinste. »Du willst nicht lieber so einen High Top?« Sie hielt die Hand ein paar Zoll über ihren Kopf. »Der ist bestimmt nicht schwer zu schneiden.«

Ich rutschte hin und her und versuchte es ein letztes Mal. »Bei uns an der Schule gehen alle in den Barbershop«, sagte ich ihr. »Trip war da schon, als er kaum laufen konnte.«

»Was geht mich ein Spinner an, der sich Trip nennt«, sagte Ma. »*Trip*. Trip ist nicht Teil dieser Familie. Trip muss keine Opfer bringen wie wir.«

»Opfer …«

»Genau. Für deinen Bruder, und auch für dich.«

»Oder meinst du vielleicht für Mike?«

Mein Ohr wurde schnell heiß nach der Backpfeife, die Wange brannte von ihrer noch feuchten Hand. Obwohl sie mich reichlich anschrie, Omari fast nie, schlug Ma mich selten. Bevor sie ihren Ärger weiter an mir auslassen konnte, brummte die Gegensprechanlage.

Mas Stimme wurde ganz zuckrig, als sie nach Omari rief und ihn bat, Mike reinzulassen, während sie sich umgehend an meine Haare machte. Kurz darauf spazierte Mike mit einer Flasche knallrosa Wein und einem dämlichen Grinsen herein. Ma wurde ihrerseits dämlich und entschuldigte sich für ihren Aufzug.

»Du, Babe, bist immer eine Augenweide«, sagte Mike.

Er küsste sie auf die Wange, warf sich auf die Couch und keilte damit zwischen uns den Couchtisch fest. Omari setzte sich dazu, genau dorthin, wo Pop sich früher mit einem Bier vor dem Fernseher entspannte.

»Du ritzt mich dauernd«, sagte ich. Ma hantierte nicht gerade sanft mit dem elektrischen Trimmer.

»Dann halt den Rand. Dein ganzer Kopf wackelt, wenn du redest.«

»Nicht ich bin hier der Spasti.«

»Was habe ich dir zu dem *Spasti* gesagt?«

Mike genoss die Show und grinste extra breit. »Ruth«, sagte er, »was bist du für eine vielseitig begabte Frau.«

Ma ritzte mich schon wieder, als sie lachte, und der Trimmer jaulte bei jedem verunglückten Kontakt mit meiner Kopfhaut. Als sie zurücktrat, um ihr Werk zu begutachten, summte die Maschine in ihrer Hand.

Mike sagte: »Der Junge sieht aus, als könnt er im Fernsehen auftreten, stimmts, Birdman?«

Omaris Augen wanderten in denen des Uhus; er grinste. Obwohl er in Mikes Gegenwart schüchtern war, schien er gegen den Kerl nichts zu haben. Das stank mir, selbst wenn er zu jung war, sich erinnern zu können, dass es bei uns im Haus mal einen echten Mann gegeben hatte.

Als Mike anbot, letzte Hand anzulegen, schoss ich hoch, und Haare rieselten mir von den Schultern. Ich stürzte an den Spiegel neben der Haustür. Ich traute meinen Augen kaum. Ich sah einen hohen, zerfressenen Backstein Haare, drum herum eine gezackte Linie, eine scharf mäandernde Grenze. Kein bisschen Fade, überhaupt kein nennenswerter Übergang. Mein Mund wurde spitz, setzte zu lautem und langem Fluchen an, aber ein Blick von Ma verknotete mir die Zunge. Sie sagte, ich solle mit Omari eine Weile nach draußen gehen.

»Wozu?«, sagte ich. »*Seinetwegen?*«

Mike warf die Arme auseinander, eine Geste, die besagte: *Wie redest du mit deiner Mutter!,* und zugleich: *Hey, Kleiner, was kann ich denn dafür.*

»Hast du damit vielleicht ein Problem, Ty?«, sagte Ma.

»Nicht ich mach hier die Probleme.«

»Zahlst du etwa die Miete? Irgendwelche Rechnungen? Ich bring das Essen auf den Tisch, ich reiß mir den Arsch auf. Da werde ich doch verdammt noch mal einen Freund einladen können.«

Omari trällerte »Everybody needs to have a friend«. Ich sagte ihm, er solle den Rand halten.

»Ich muss noch mal unter die Dusche«, sagte Ma müde. »Wenn ich fertig bin, seid ihr weg. Unternehmt was Schönes.«

»Kriegen wir wenigstens ein bisschen Geld?«, fragte ich.

Ma ging ans Fenster und schaltete die klobige Klimaanlage an, die wir selten benutzten. »Seid rechtzeitig zurück, um den Tisch zu decken. Punkt sechs. Bis dahin kommt ihr auch so klar.«

Als sie sich ins Bad einschloss, schnickte Mike mir etwas zu. Einen Quarter.

»Falls ihr eher zurückwollt«, sagte er und schielte nach seinem Wein, »ruf vorher an.«

Es war heiß, die Luft stand, sie war feucht und wattig. Die Sonne brannte hoch oben am Himmel, ein einsam fernes Himmelsobjekt, doch ihre Kraft schien von überall her zu strahlen. Ich irrte durch die Nachbarschaft und zerrte mir dabei immer wieder verschämt den Schirm meiner Knicks-Mütze in die Stirn. Omari tappte hinterher. Familien kehrten, in ihren Sonntagssachen schwitzend, vom nachmittäglichen Kirchgang heim. Väter lösten über dicken Bäuchen die Knöpfe dunkler Jacketts und lockerten Schlipsknoten. Einer, mit einem struppigen Soul Patch, rief nach seiner kleinen Tochter, die gerade auf eine Kreuzung zurannte.

So ähnlich war das Wetter gewesen, als ich mit Pop bei der West Indian Day Parade gewesen war. Damals war er noch da, ich war sieben und Omari noch ein Baby. Früh am Labor-Day-Morgen hörte ich Pop bei der Heimkehr in die Falle gehen. Ma kreischte rum, weil er die ganze Nacht unterwegs gewesen war. Sie fetzten sich ordentlich und weckten Omari, und da kam Pop übernächtigt zu mir ins Zimmer und meinte, ich soll mich anziehen. Als wir gingen, kreischte Ma mit dem weinenden Omari im Arm immer noch.

Der Karnevalsumzug war Hitze und Lachen, Fahnen und Festwagen, Musik so laut, dass sie mich nach und nach wachrüttelte. Ich kostete zum ersten Mal Jerk Pork. Ich durfte die Stücke an der verqualmten Grillbude sogar selbst aussuchen. Als wir gegessen hatten, hob Pop mich auf seine Schultern, damit ich über das Meer der Köpfe am Eastern Parkway schauen könnte. Die im Festzug tanzenden Frauen waren halbnackt, aber gefiedert, spreizten Pfauenräder bunt schillernder Federn. Als ich wegsah von den Körpern, lachte Pop und meinte, hingucken wär vollkommen okay.

Mikes Münze lag warm und schmuddelig in der Tasche meiner Shorts. Am liebsten hätte ich sie einfach weggepfeffert. Omari stapfte grummelnd hinter mir her, einen Fuß auf dem Gehweg, einen auf der Straße. Ich schmorte unter meiner Mütze, und er trug immerhin seine dicke Maske. Damit hatte er angefangen, als Mike bei uns auftauchte. Plötzlich machte Ma so albern auf Girlie, verhielt sich komplett unmöglich. Selbst ihr Lächeln wurde geziert, wie auf den alten Highschoolfotos. Sämtliche Zähne waren zu sehen und dazwischen, wie eine winzige Blüte, die knallrote Zungenspitze. Sie schlug die Beine mal so und mal so übereinander, in dem Wissen, dass Mike ihr gern dabei zusah, und sie freute sich darüber, als wäre sie irgendeine und nicht unsere Mutter.

Als sie uns das erste Mal aus der Wohnung geschickt hatte, im Juni, war Mike zur verabredeten Zeit unserer Heimkehr noch nicht weg. Sie waren bei ihr im Zimmer. Wir hörten gedämpft einen schmalzigen alten Song spielen, und dazu andere Geräusche. Ich wusste, was sie trieben. Ich schob Omari rasch in unser Zimmer und knallte die Tür zu; nicht dass es viel nützte. Wir konnten sie immer noch hören. Ich drehte durch. Ich zerrte die Laken von unseren Betten, stieß Spielsachen von Omaris Regalen, riss seine Zeichnungen und Poster von den Wänden und zerfetzte sogar ein paar Schlagzeilen. Als ich mich schließlich einkriegte, kauerte er in der Ecke und rieb sich die Schläfen. Er glotzte mich an, als wüsste er nicht, wer ich war. Als Mike endlich ging, sich davonstahl wie ein Dieb, wirkte Ma verlegen. Sie entschuldigte sich, aber nur dafür, dass sie mit dem Essen spät dran war. Sie machte uns was Besonderes, aber vergeblich. Ehe der Abend um war, hatte Omari sein Gesicht hinter der Maske versteckt.

Jetzt dackelte er mir brav hinterher. »Aber sogar der Mond will von der Erde weg ...«, sagte er. Auf der Straße kroch ein Jeep neben uns entlang, die Musik so krass dröhnend, dass der Rahmen vibrierte: *Ready or not, here I come, you can't hide. Gonna find you and make you want me ...*

Als der Wagen vorbei war, rief ich Omari zu: »Hey, Blödmann! Ist dir nicht heiß mit dem Ding?«

Seine Antwort war ein keckerndes Lachen, ein gewollt künstliches Vogelkrächzen.

Zu dem Park, den ich mochte, war es nicht weit, er lag gleich hinter der Myrtle Avenue. Auf dem Weg dorthin kamen wir an ein paar finster dreinblickenden Männern vorbei, die an den Straßenecken herumlungerten, und an einem Mann im Netzhemd, der vor einem chinesischen Takeaway auf einer Getränkekiste saß. Sein grimmiger Blick folgte uns. Er nahm die erloschene Zigarette aus dem Mundwinkel und formte übertrieben langsam die Worte: »Fuck you.« Dann schloss er die Augen und warf den Kopf in den Nacken. Auch sein Gelächter war fast stumm, nur Atem. Als lohnten wir nicht mal die Mühe seiner Stimme.

Nachdem Ma ihn rausgeschmissen hatte, suchte mich Pop manchmal in der Stadtbücherei auf. Im Lesezimmer leckte er sich die trockenen Lippen und lachte leise über Dinge, die eigentlich nicht witzig waren. Er fläzte auf seinem Stuhl, ständig von allem ringsherum abgelenkt, Büchern, die zurückgestellt wurden, geflüsterten Worten, zum Schweigen gebrachten Kindern. Bei unserer allerletzten Begegnung, bevor er den Ärger bekam, sah er meinen Stapel Fantasybücher durch. Seine missbilligende Miene besagte: *Du solltest nicht so einen Mist lesen*, aber er sprach den Gedanken nicht aus, brachte es vielleicht nicht über sich.

Wir waren jetzt nicht mehr weit von dem kleinen Park. Mit auf den Boden gehefteten Blick wich ich den Hundehaufen und den klebrigen Kaugummis und den dunklen Flecken der vor Monaten abgefallenen Maulbeeren aus. Hinter mir hüpfte Omari mit ausgestreckter Hand herum, als klammerte sich eine ängstliche Angela daran. Ihm machte es Spaß, so zu tun, als wäre die Welt voller Hindernisse.

Aus dem Nichts schlug mir jemand in den Nacken. Dann wurde meine Mütze weggeschnappt.

»Scheiße, Mann, haben sie dich abgerippt? Was auf die Nuss gekriegt, wie?«

Es war Trip. Er war jünger als ich, bloß zehnte Klasse, aber schon über eins achtzig groß. Er hielt meine Mütze so hoch, dass ich nicht drankam. Als er seinen Spaß gehabt hatte, gab er sie schließlich zurück. »Was hast du bloß immer mit dem verwarzten Ding?«, fragte er.

Ich zuckte mit den Achseln und setzte die Mütze schräg nach rechts gedreht auf, so wie Trip seine auch trug. Er sagte, er sei auf dem Heimweg, raus aus der Hitze. Während er sprach, umschwirrte ihn Omari in einer Art Kriegstanz. »Nein, so. Du musst es so machen«, brabbelte er vor sich hin. Trip verpasste auch ihm einen Nackenschlag, und ich lachte. Er schnappte nach der Maske, aber Omari entwischte ihm.

»Yo«, sagte ich, »gehst du morgen zum Umzug?«

Trip schnalzte. »Scheiß auf den Umzug. J'Ouvert ist das Ding.«

»J'Ouvert?«

»*Da* gehts ab.«

Ich hatte davon irgendwie gehört, wusste aber nicht wirklich, worum's ging. »Wann denn?«

Er strich sich übers Kinn und sah sich um, als warteten irgendwo weit interessantere Gesprächspartner. »Heut Abend. Wenn du längst im Bett liegst, Kleiner. Wenn die Monster aus ihren Löchern kriechen.«

»Wo?«

»Du hast echt keine Ahnung, oder?«

»Ich hab so einiges gehört.«

»Ja, klar.«

»Hab ich *wohl*. Mein Pops ist da früher hin.« Das rutschte mir so raus, aber ich bereute es nicht. Mir gefiel, dass es jetzt gesagt war. Es klang wahr.

Trip lachte. Er reckte den Hals, wandte sich hierhin und dorthin, spähte an mir vorbei. »Dann kann dein Pops dich doch mitnehmen.«

»Komm schon.«

»Falls er mal Zeit hat.«

»Fick dich.«

Plötzlich hatte ich Trips Faust vor der Nase und zuckte zurück, aber er zog nicht durch. Er riss am Schirm meiner Mütze, und sie flog weg. Er kam mir zuvor und schnappte sie vom Boden.

»Trip, lass den Scheiß.«

Er konnte mich locker abwehren und stopfte sich die Mütze vorn in die weiten Basketballshorts. »Du willst sie? Hol sie dir, Schwuchtel. Na los, greif zu.«

Ich starrte auf die Beule in seinem Schritt. Die Mütze hatte meinem Vater gehört. Er hatte sie immer getragen, wenn wir im Radio Spiele der Knicks verfolgten. Ich starrte hin, bis Trip mir einen Stoß vor die Brust gab und ich zurückstolperte und auf dem Arsch landete. Er stand mit verzerrtem Gesicht über mir. »So verdammt schwul.« Dann, die Mütze noch immer in den Shorts, schwengelte er breitbeinig davon. Von Weitem rief er: »Man sieht sich, Bitch. Dich, deinen grenzdebilen Bruder und deinen abgefuckten Fade!«

Ich blieb gleich dort auf der Erde sitzen und wünschte, ich könnte drin versinken. Alle Augen der Stadt schienen auf mich gerichtet. Omari stand vor mir und tätschelte die Luft. »Ist ja gut«, wiederholte er in einem fort. »Ist ja gut.« Irgendwann begriff ich, dass er gar nicht mit mir, sondern mit Angela sprach. Ich rappelte mich hoch, die Hände zu Fäusten verkrampft, und drosch blind drauflos, mit vor Verwünschungen weit aufgerissenem Mund. Als mir schließlich die Worte ausgingen, war Omari derjenige auf der Erde, als hätte Trip *ihn* geschubst. Er war so klein wie damals an jenem Tag im Sommer, als er in unserem Zimmer in der Ecke kauerte.

Das Lachen der Männer tröstete mich etwas. Es stieg aus dem Park wie ein ausgeworfenes Netz aus Tönen, und ich wollte mich zu gern darin verfangen. Bevor ich meine Schritte aber dorthin lenkte, befühlte ich meine nun auch noch von der Sonne gereizte Kopfhaut. Der blöde Haarschnitt. Ich zerrte mir das T-Shirt vom Leib, wand es mir um den Kopf und verknotete es. Jetzt hatte ich so etwas wie einen Turban. Omari glotzte.

»Was guckst du, Schwuli?«, sagte ich und marschierte los, für den Fall, dass er blöd genug wäre zu antworten.

Der Park zog sich als schmaler Rasenkeil an der Willoughby Avenue entlang. Die Männer, fast alle um die fünfzig, sechzig, hielten die Bänke um die Betonschachtische besetzt. Sie verdrückten ganze Packungen Cookies und becherweise *coco helado* und tranken aus Bierdosen in kleinen braunen, zwischen die Beine geklemmten Papiertüten. Manchmal spielten sie tatsächlich Schach, aber meist redeten sie bloß einen Haufen Scheiße daher, wie alles nur immer schlimmer wurde.

Bei anderen Erwachsenen störte mich das Gesülze, aber diese Typen waren *gut,* so wortgewandt wie die Jungs, die drüben bei Marcy freestylten. Ich liebte den Slang, mit dem sie ihr Gerede würzten und der in meinen Ohren so archaisch und fremd und wunderbar klang. Und dann lag in ihrem Umgang miteinander eine unausgesprochene Zärtlichkeit. Sie erinnerten mich ein bisschen an Pop. Manchmal stellte ich mir vor, ich würde ihn eines Tages hier bei ihnen wiederfinden.

Ich überquerte den Spielplatz, blieb an dem brusthohen Maschendrahtzaun hinter den belagerten Bänken stehen und stützte die Unterarme darauf ab. In meinem Rücken vergnügte sich Omari mit Angela, stieß sie auf der quietschenden leeren Schaukel an, höher und höher. Ich war wegen der Knicks-Mütze den Tränen nahe. Auf der anderen Seite des Zauns klopfte der Wortführer

Mr Boone seine Sprüche. Die Sonne neigte sich nach Westen – es war schon nach vier –, und sein schweißnasses Gesicht wirkte im Schatten eines großen Baums bläulich.

»Von wegen Einbildung. Ich träum doch nicht und ihr auch nicht. *Ist* so, kein Zufall, die jungen Dinger, die aussehen wie Pam Grier. Liegt am *Hühnerfleisch.*« Er machte eine vielsagende Pause und wischte sich den Schweiß von der Nase. »Das spritzen sie mit so viel Scheißchemie, dass unsere Frauen dick werden, noch bevor sie den Milchatem verlieren.«

»Was redest du da, Boone? Wozu denn?«, fragte ein jüngerer, mir unbekannter Mann. Er trug seinen Trilby ganz hinten am Kopf.

»Was redest *du*, was ich da rede? Die machen das, um uns Schwarze verrückt zu machen. Dass wir nicht mehr wissen, wo unten und oben, recht und unrecht ist beim Anblick der Weiber. Atombusen und im Arm Babypuppen. Babys kriegen Babys. Da sind schwarze Familien ordentlich gearscht. *Dazu* tun sie das.«

»*Experimente*«, sagte ein dritter Mann, Sidney, als hasste er alles, was mit Wissenschaft zu tun hat. Er saß mir am nächsten. Ein Hauch rumduftendes Rasierwasser stieg mir von seinem Nacken in die Nase.

»Soviel ich weiß, kommt das von dem Relaxer, den sie nehmen. Chemie.«

»Soviel du weißt?«, sagte der Mann mit dem Trilby. »Und von wem weißt du so viel, Boris oder Natasha?« Er betonte jeden seiner Lacher wie ein Wort, die Stimme an den Rändern etwas ausgefranst. »Ihr Jive-Schwätzer. Wie ihr redet. Ihr seid doch alle paranoid.«

»Und du redest hohles Zeug daher«, sagte Boone. »Schon mal was von Tuskegee gehört? Holmesburg? Die machen den Scheiß immer noch. Was weißt du denn schon, du Penner?«

Da platzten die Männer los, auch der mit dem Trilby, sie wieherten und johlten. Ich lachte mit, und da fiel Boones Blick auf mich. »Du meinst also, ich spinne, Cuffy«, sagte er. »Fragen wir doch Ali Baba hier, was Sache ist.« Alle drehten sich nach mir um. Omari kam und baute sich rechts von mir auf, ließ sich schwer gegen den Zaun sacken, aber ich ignorierte ihn. Boone sagte: »Ist dir letztes Jahr was an den Mädchen in deiner Klasse aufgefallen, Kleiner?«

»Was fragst du *mich*?«

»Nur keine falsche Bescheidenheit«, sagte Sidney. »Du weißt schon.« Seine Hände malten in der Luft übertriebene Kurven.

Ich sah jeden der Reihe nach an. Ihre Mienen waren ernst. »Mister, ich bin fast achtzehn.«

Da gab es kein Halten mehr vor Lachen. Hände schlugen auf die Tische, eine Dose fiel von einer Bank und füllte die Risse im Beton mit Schaum.

»Verdammt, Junge, am besten bestellst du dir von Boones Hähnchen selber zehn Eimer.«

Das Gelächter riss nicht ab, bis Boone sich zu Wort meldete. »Läuft so nicht«, sagte er plötzlich wieder ernst. »Keine Chance. Die Chemie pimpt nur die Weiber. Seht euch doch das schmale Handtuch an, unseren Ali Baba. Seine Brust ist wie der Käfig, aus dem Tweety schwirrt. Aber da geht mir ein Licht auf: Sie wollen unsere Jungs kleinhalten. Damit's keine Männer werden.«

»Scheiße, jetzt geht das wieder los«, sagte Cuffy. »Lass gut sein.«

Boone höhnte: »Hast wohl noch nie was von CO-INTELPRO gehört, Dummlack. Da musst du anfangen und dann weiter zurückgehen und noch weiter. Glaubst du, du findest eine Zeit, wo sie uns nicht bekriegt haben? Nein. Tun sie auf immer und amen. Nur waren wir früher wenigstens schlau genug, es zu merken.«

Die Männer verstummten. Ich hatte noch nicht verwunden, dass sie mich ausgelacht hatten, aber da beugte sich Sidney zu mir rüber und hielt seine Bierdose über den Zaun. »Na los«, sagte er, »das hilft.«

»Mann, das Pisswasser bringt dem Kleinen kein einziges neues Haar an den Sack. Baut bei dem gar nichts auf.«

Ich überging die Bemerkung und verkniff mir das Lachen. Drüben am verrosteten Klettergerüst spielten Kinder ein ruppiges Fangspiel. Ein junger Vater mit Flechtfrisur versuchte, seinen Sohn von den Schaukeln wegzuschwatzen. Der Junge schob bockig die Unterlippe vor, bis der Vater zum Nachtisch Apfelkuchen mit Eis versprach. Ich nahm das Bier. Neben mir schob sich Omari eine Hand unter den Schnabel. Er machte große Augen.

»Na los«, wiederholte Sidney.

Die feuchte, fast volle Dose machte die durchweichte Papiertüte zu einer schrumpeligen braunen Haut. Ich legte den Kopf zurück und nahm große Schlucke. So wässrig und lauwarm das Bier auch war, es schmeckte mir so gut wie schon lange nichts mehr.

»Der Junge wills wissen.«

»Der weiß es doch längst. Sieh ihn dir an.«

»Ist eben ein Großer.«

»Hat sogar ein klitzeklein bisschen Bart.«

»Hey, Baba, was ist mit deinem Kumpel? Auch einen Schluck, Tweety?«

Ich wischte mir das Nass vom Amorbogen und sah Omari fragend an. So muss Pop sich beim Festumzug gefühlt haben, als er mir sagte, es wäre in Ordnung, bei den halbnackten Frauen zu gucken. Er hatte mich gucken sehen wollen, also guckte ich. Ich wollte ihn nicht enttäuschen. »Wie siehts aus, Idi? Ich sags auch niemandem.«

Omari schüttelte heftig den Kopf, nein, und trat gegen den Zaun, dass die Maschen klirrten. »Bin kein Tweety«, sagte er. »Und ich bin kein Idi. Und ich bin kein Schwuli.« Er stieß sich vom Zaun ab und kehrte zu den Schaukeln zurück.

»Wir sind für unseren Tweety wohl ein Vogelschiss«, meinte Sidney. Wir anderen johlten, und Boone warf eine Handvoll zerkrümelnder Cookies nach ihm.

Bald war Omari das einzige Kind an den Schaukeln. Der junge Vater und sein Sohn waren längst abgezogen – zu Essen, Apfelkuchen und Eis. Von dem Fangspiel war ein Junge geblieben, er hing mitten im Klettergerüst. Er schaukelte fast unmerklich hin und her, das Gesicht finster vor Dreck. Die Sonne rollte weiter den Himmel hinab, eine leichte Brise kam auf, aber die Luft blieb drückend. Die Männer hatten mich in ihren Kreis eingeladen, aufgefordert, den Platz eines nach Hause Eilenden einzunehmen, den sie als hoffnungslos fotzengeknechtet bezeichneten. Es war kurz nach sechs – wir waren spät dran –, aber ich schob mich um den Zaun herum und nahm Platz. Pop war nie geknechtet, und ich würde es auch nicht sein.

Die Männer wurden das Lästern nicht leid. Dauernd nannten sie mich »Ali Baba« und »Großer« und gaben mir weiter zu trinken. Schließlich kriegte ich meine eigene Dose, dann noch eine, und ich passte mich ihrem Schlucktempo an, der ungenierten Art, wie sie sich das Bier zwischen die Beine klemmten. Eine Zeit lang sprachen sie über den Präsidenten, obligatorische Mindeststrafen und das »Three-Strikes-Gesetz«. Sie machten sich über O. J. Simpson lustig. Dann ging es um die Zahl der inhaftierten Schwarzen und wie sehr alles aus dem Lot war. Sidney führte das Wort.

»Ihr kennt doch Portia Brown?«

»Wen?«

»Ihr wisst schon.«

»Nein.«

»Mit dem Vorbau. Ordentlich was dran.«

»Mann, das kann jede sein.«

»Du meinst Paula Brown.«

»Nein, Mann, nicht die. Von Weitem gut, aber bei Weitem nicht so gut.«

»Ich weiß, wen du meinst. Portia. Wohnt drüben an der Vernon Ave.«

»Genau, du sagst es.«

»Richtiges Teufelsweib.«

»Eben *gut*«, fuhr Sidney fort. »Aber du weißt, dass sie ihrem Kerl zwanzig Jahre aufgebrummt haben, für irgendeinen Bagatellscheiß. Und Portia ist, was? Vierzig? Ich finde das jung. Was soll sie denn machen?«

Die Männer zuckten mit den Achseln und tranken.

»*Was* sie macht, kann ich euch sagen. Mittwochabend war ich drüben im Lowdown, genehmige mir schnell einen, und wer hängt da in der Ecke? Portia, hackezu, kann kaum noch gerade gucken. Hat so einen Kerl zwischen den Knien, der schiebt ihr den Rock hoch. Hässlicher Kerl, reinste Kakerlake, der Motherfucker. Und wisst ihr was? Portia Brown hatte nichts drunter.«

»Verdammt.«

»Ich weiß. Und das an einem Mittwoch.«

»*Verdammt.*«

»Ich weiß«, sagte Sidney. »Ich *weiß*. Aber Scheiße, Mann, was soll sie denn machen?«

»Vielleicht aufhören, rumzuhuren. Schlampe«, sagte ich. Mir gefiel nicht, wie brüchig meine Stimme klang. Totenstille, und alle Augen auf mir, und ich nahm einen Schluck Bier und hielt den warmen, bitteren Sud lange im Mund, ehe ich ihn die Kehle herabrinnen ließ. Ich stellte die inzwischen fast leere Dose auf den Betonschachtisch. Es war meine dritte.

»Was sagst du da, Großer?«, meinte jemand. Ich weiß nicht, wer.

»Wenn ich in den Knast muss«, sagte ich, »will ich nicht, dass mein Mädchen mit irgendwem rummacht, egal, wie viel Jahre sie mir aufbrummen. Nicht, wenn sie mich angeblich liebt.«

Cuffy schob sich den Hut auf dem Kopf noch weiter zurück. »Du *willst* also in den Knast?«

»Warum nicht? Wenn's doch sowieso drauf hinausläuft. Wenn sowieso alle sitzen.«

Er sah sich um. Sidney räusperte sich und sagte: »Fährt nicht jeder ein, der schwarz ist, Sohn.« Sein Ton war jetzt ein ganz anderer. »Schau *uns* an.« Er sprach, als wäre ich sehr klein und säße auf seinem Knie.

»Schön für euch«, warf ich hin. Plötzlich war ich auf den Beinen.

Alle glotzten. Ich hatte vergessen, wie ich aussah. Sie glotzten, und es fühlte sich an wie verabredet, wie eine kollektive Ohrfeige. Die Brise strich mir warm über die nackte Brust. Auf meinem Kopf fühlte sich das T-Shirt aufgedunsen und schwer an.

»Ihr seid auch nicht besser als die«, sagte ich.

»Behauptet auch keiner, kleiner Mann. Deswegen brauchst du nicht gleich zu schreien.«

Mein Blick suchte den Mann, der gesprochen hatte. »Wer schreit denn hier?«

»Du solltest dich beruhigen, Kleiner.«

»Die Leute sollten aufhören, mir zu sagen, ich soll mich beruhigen.« Ich schlug meine Bierdose vom Tisch, sie flog nach links weg, Richtung Eingang. Ohne ein weiteres Wort stapfte ich hinterher. Ich begann, sie vor mir herzukicken, und folgte ihr mit einem plötzlich befreiten Gefühl aus dem Park hinaus. Ich war noch nicht weit gekommen, als jemand mir hinterherrief: »Junge! Hey, Junge! Kleiner!« Ich drehte mich um. Es war Cuffy; er stand hinter Omari und hielt ihn an den Schultern.

»Hast deinen Vogel vergessen«, sagte Cuffy mit leicht gequältem Grinsen.

Omari riss sich los und blieb außer Reichweite stehen.

Cuffys Blick wanderte zwischen uns hin und her, ehe er auf mir liegen blieb. »Irgendwas stimmt doch nicht. Warum hast du den Scheiß auf dem Kopf?«

»Ich?«

»Ja, was soll das?«, meinte er.

Das fragte er *mich*? Ich dachte einen Augenblick über

seine Frage nach, aber wo am besten anfangen und wo am besten enden, wenn jede einfache Antwort eine barg, die wahrhaftiger und verwirrender wäre. Wie sollte man das alles erklären? Ich griff hoch, das T-Shirt hatte sich mittlerweile gelockert, ein weiches, loses Knäuel Stoff. Ich zog es mir vom Kopf und streifte es mir über.

Cuffy machte beim Anblick meiner Frisur große Augen. Omari atmete unter seinem Schnabel mit offenem Mund.

»Sitzt bei euch jemand?«, fragte Cuffy.

Ich nickte.

»Dein Daddy?«

»Er hat nicht mal was Schlimmes getan«, sagte ich. Was stimmte. Bloß Besitz von so Zeug, das er nicht hätte haben sollen.

Cuffy sagte nichts. Er hütete sich, tröstliche Worte zu suchen.

Unvermittelt sagte ich: »Erzähl mir, was du von J'Ouvert weißt.«

»J'Ouvert?« Er rieb sich die Nase. »Wieso?«

»Sag schon.«

»Mag langweilig sein, aber das ist nicht mein Ding.« Er nahm den Trilby ab und betrachtete ihn. Sein zerfurchter geschorener Kopf erinnerte an eine Erdnuss – hätte Pop gesagt. Nach kurzem Zögern hielt Cuffy mir den Hut über den Kopf und ließ ihn sinken. Er war mir zu groß und rutschte mir über die Augen. Von der Krone breitete sich ein Hauch von Minze und süßem Kokosöl aus. »Ich bin eine rastlose Seele«, sagte er. »Gilt für die meisten von uns, würde ich sagen. Und das hat nichts mit Verschwörungen zu tun. Einfach damit, schwarz zu sein und am

Leben. Wir brauchen unsere Ruhe. Wollen entspannen, uns locker machen.«

Er packte meine Schulter, mahnte mich, auf meinen Vogel aufzupassen, und spazierte davon, aber nicht zurück in den Park. Verwirrt und ein wenig betrunken blickte ich ihm hinterher. Er entfernte sich wie in Zeitlupe. Was er mit seiner ausgefransten Stimme gesagt hatte, ließ vermuten, dass er mal ein ganz anderer gewesen war.

»Du gehst nicht wieder zu den anderen?«, rief ich.

»Ich hab Familie, Kleiner. Ich geh heim«, sagte er. »Und das solltest du auch tun. Die Irren da drin? Die haben nichts Besseres.«

Nach Hause gehen kam nicht infrage, und weil es auch keinen Zweck hatte, noch rumzuhängen, zogen wir weiter, betraten Neuland. Mir gefiel mein benebelter Zustand. Meine Arme wurden schwer und schlaff, meine Sohlen klatschten auf eine zum Lachen derbe, unvorhersehbare Art aufs Pflaster. Cuffys Hut machte die Knicks-Mütze zwar nicht vergessen, aber ich war für die Kopfbedeckung dankbar, auch wenn ich sie mir alle paar Minuten aus den Augen schieben musste. Wir gingen die Straßen entlang, und ich staunte über die feinen Unterschiede. Wie die Bauweise der Häuser sich allmählich veränderte und die Menschen auch, je nachdem, ob sie Gebäude mit wenigen oder vielen Stockwerken betraten und verließen, Brownstones oder Wohnblocks.

Ma und Pop waren doch mal zusammen glücklich gewesen, oder nicht? Das waren wir alle, ganz bestimmt. Jetzt nahm sie mich nicht einmal zu Besuchen mit. Sobald er eingefahren war, hatte sie sich geweigert, mich mitzunehmen, sie sagte nur, eines Tages könne ich ihn ja selber besuchen. In seinem letzten Brief vor fast einem Jahr hatte Pop komplett ignoriert, was ich über den großen Marsch in D. C. geschrieben hatte, eine Million Mann stark, und wie sehr ich wünschte, wir könnten dort zusammen hin. Er meinte stattdessen, ich soll aufhören, ihm Fotos von mir zu schicken. Sosehr er sich nämlich auch bemühe, er sehe, wenn er meine Briefe lese oder beantworten wolle, nur noch eine dieser an die Wand gepinnten Versionen von mir: »gefangen auf deinem Bett, auf der Couch, an der Straßenecke«, schrieb er, »gefangen hier an der Zellenwand, unfähig, dich zu rühren«. Er schrieb, er denke dann kleiner, knausriger, eingeschrumpft auf die Fotovierecke, die ich ihm schickte, verfange sich im Muster meiner Hemden. »Tappe in die Falle der Raster, auf die die Fotos dein Gesicht reduzieren«, hieß es am Schluss. Er hatte nicht einmal unterschrieben.

Lange wackelte Omari klaglos hinter mir her; hin und wieder tuschelte er, während ich langsam nüchtern wurde, mit Angela. Es war immer noch heiß, selbst jetzt, wo der Himmel dunkel wurde, also fächelte ich mir, wenn gerade niemand guckte, mit dem Trilby Luft zu. Bald taten mir die Füße weh, und ich legte Pausen ein und hockte mich auf Eingangsstufen. Omari setzte sich auch, rückte aber immer ein Stück ab. Er folgte mir in Kiosk-Shops und sah zu, wie ich den Kopf in Gefriertruhen und Getränkekühlschränke hielt. »Der kriegt noch Ärger«, sagte er zu Angela, und prompt brüllten sie mich schon im nächsten Laden an, ich solle abhauen. Draußen kauerte Omari auf dem Kantstein, vornübergekrümmt. Er sah aus wie ein abgelegter Müllsack. Wir hätten längst zu Hause sein müssen.

»Ma bringt uns um«, sagte er.

»Die denkt gar nicht an uns.«

»Sechs, hat sie gesagt.«

»Mike ist ja noch da.«

»Und?«

»Er bleibt über Nacht«, sagte ich. »Ma arbeitet morgen nicht, und ich wette, er selber hat keinen Job. Weißt du noch, wie er das erste Mal übernachtet hat? Willst du das noch mal erleben?«

Omari sah zu mir hoch, dann ließ er den Kopf sinken und holte bebend Luft.

»Wir gehen auf Abenteuer«, sagte ich. »Ziehen es durch. Du und ich. Und Angela natürlich.« Er wäre leichter zu überreden, wenn ich sie mit einschloss.

Ich hielt ihm die Hand hin, wollte ihm aufhelfen, aber er stand auf, ohne nach ihr zu greifen. Als wir wieder losgingen, blieb er weniger weit zurück.

»Seepferdchen haben keine Beine, und Meerjungfrauen auch nicht«, sagte er zwischendurch. »Wenn du ihm also aus Rache die Beine abhackst und es dann bereust, brauchst du ihn nur ins Meer zu werfen.«

Bis auf beiläufige Bemerkungen wie diese blieb alles still, dicht und unheimlich und seltsam wie die Hitze ohne Sonne. Es gefiel mir nicht.

»Erzähl mir von Angela«, sagte ich.

Er überlegte angestrengt. »Ich hab sie gefunden«, sagte er.

»Hatte sie sich verirrt?«

»Das steht oft so in der Zeitung. ›Angela Adams vermisst‹. Ist sie aber nicht, bist du auch nicht. Gefunden«, trällerte er, »gefunden, gefunden, gefunden, gefunden. Und sie mich.«

Fragen über Fragen wucherten diffus, wie Flechten, in meinem Kopf. Ich wollte, musste etwas sagen, irgendwas. »Hey, hab ich dir schon erzählt, wo wir hinwollen? Zum J'Ouvert?«

»Äh«, sagte er. »Nein.«

Und da schilderte ich ihm eine fantastische Version der West Indian Day Parade, mit Festwagen, die die Straße hinabsegelten wie Wolken, und Musik, die dich schon nach den ersten Takten zum Tanzen brachte. Ich sagte, es gäbe überall zu essen, alles, was man sich nur denken könnte, und dass es Menschen wie ihn gäbe, Vogelmenschen mit Federn, die fliegen könnten. Dabei zu sein, wäre das beste Gefühl auf der ganzen Welt. Irgendwer gab immer auf dich acht und kümmerte sich und ließ dich wissen, dass du alles darfst.

Eine Zeit lang begeisterte ihn das, und Angela offenbar auch. Aber irgendwann begann er zu jammern, dass sie Hunger und Durst hätten und müde seien. Ich ignorierte die Klagen. Als es spät genug schien, lange nach Mitternacht, machten wir uns auf den Weg zum Eastern Parkway. Ich hatte mich, obwohl mir das vor wenigen Stunden bloß so rausgerutscht war, drauf versteift, dass Pop damals, als ich sieben war, tatsächlich beim J'Ouvert gewesen war. Ich hatte ja immer gewusst, dass er einen guten Grund gehabt haben musste, die ganze Nacht wegzubleiben. Es war falsch von Ma gewesen, ihn anzubrüllen. Ich verstand, weshalb er übernächtigt gewirkt hatte, als er mich holte. Er war auf Achse gewesen und hatte noch Besseres als den Karneval erlebt, etwas, für das ich damals noch zu klein war.

Am Parkway säumten Absperrgitter die Umzugsroute, aber es gab keine plötzlichen Musiksalven, keine Wagen, keinen Grilldunst, kein Gewimmel, keine Vogelmenschen, überhaupt kaum Menschen. Wir gingen an den Absperrungen entlang, und ich war erschöpft wie noch nie im Leben. Ich war mir sicher gewesen, dass J'Ouvert wie die West Indian Day Parade hier stattfand.

»Wir haben solchen Hunger«, sagte Omari.

Ich war längst über den Punkt hinaus: als hätte der Teil des Körpers, der Hunger empfand, aufgegeben und sich selbst verzehrt. Am nächsten Kiosk-Shop kaufte ich mit Mikes Geld eine Tüte Kartoffelchips, und wir gingen weiter. In regelmäßigen Abständen war hinter mir das Knistern der Tüte und ein verstörendes Knirschen zu hören. Sonst war alles so verdammt einsam und still. Selbst Omari und Angela hatten sich nichts mehr zu sagen.

Ich hielt schließlich eine alte, in schweren Stiefeln da hinschlurfende Frau an, wusste aber nicht, wie ich es anstellen sollte. Omari tupfte mit einem feuchten Finger den letzten Kartoffelchipstaub aus den Ecken seiner Tüte, beguckte sich das eine Weile und fragte sie dann, wo wir J'Ouvert finden könnten. Die alte Frau blinzelte uns an, lachte zahnlos und sagte mit schwerem haitianischem Zungenschlag: »Grand Army Plaza.«

Als wir den Platz erreichten, waren die Stufen der Brooklyn Public Library bereits schwarz vor Menschen. Sie schienen im ersten Moment alle gesichtslos, im nächsten vertraut. Gesichter, die ich zu kennen glaubte, von der Schule oder aus der Nachbarschaft, nahmen immer neue Gestalt an oder lösten sich einfach auf. Da war ein Mann, der Mike hätte sein können, und in seiner Nähe sogar eine Frau, die Ma glich. Jeder konnte sonst wer sein. Ein Stimmengewirr schwoll erwartungsvoll an. Dann rollte von Weitem die weiche, quecksilbrige Klangwalze der Steeldrums heran. Die Leute, ein bunt gemischtes Völkchen, trugen ihre schäbigsten Sachen und hielten Musikinstrumente, die aussahen wie selbstgezimmert, nicht im Entferntesten so wie meine Erinnerungen an die Massen am Eastern Parkway. Sie warteten auf irgendwas. Oder vielleicht war das hier auch schon alles.

Doch dann hörte man ein Horn, oder auch mehrere Hörner. Im Festzug zuckten und fuchtelten Mistgabeln. Sie gehörten einem johlenden, jubilierenden Pulk Leuten, die blau aussahen. *Blaue* Leute. Gesichter und Körper waren mit Farbe verschmiert. Sie hampelten hinter einem Transporter herum, und als der sich auf der Avenue in Bewegung setzte, im Schlepptau ein langes Festwagenskelett voll hektischer Musikanten, zogen sie mit.

Uns diesem Rattenschwanz anschließend, der sich die Flatbush Avenue hinabschlängelte, stapften wir ganz an seinem äußersten Rand am Prospect Park entlang, während die meisten Leute sich mitten ins Gewühl stürzten. Sie rückten in einer Art Squat-Tanzformation vor, ein geschmeidiger Galoppschritt, bei dem man leicht in die Knie ging, wiegend stolzierte, abgestimmt auf die jetzt dringlicheren Rhythmen der Steeldrums und Cowbells und Fanfaren. Im Gedränge wogten und wiegten sich kleinere Gruppen mit T-Shirts in derselben grellen Farbe oder nur mit knappen Tüchern bekleidete hüftkreisende Frauen oder Männer mit Schellengürteln und strassbesetzten Hosen, Hälse gereckt zum Wechselgesang. Vielleicht waren sie aber auch nach den vielen, hoch über den Köpfen geschwenkten, als wehende Capes getragenen oder auf Tücher aufgedruckten Fahnen geordnet, die oft nach Banditenart um Mund und Nase oder um den Kopf gewickelt waren. Viele davon kannte ich. Trinidad und Tobago, Jamaika und Barbados und Haiti, Puerto Rico und Kuba und Dominikanische Republik, aber es gab auch viele, die ich nicht kannte. Gerade dieses ganze bunte Spektrum gefiel mir.

Wir bewegten uns von einem Lichtkegel zum nächsten, den Straßenlaternen und den von den Generatoren der Polizei betriebenen Scheinwerfern, und staunten. Der Umzug hatte etwas Zerfleddertes. Viele trugen Masken, billige wie die von Omari. Ein Wolfsmann umkreiste die Nachzügler. Eine fette Pocahontas stolperte in einem lottrigen Fransenkleid voraus. Eine Frau mit Duschhaube hob das eine und dann das andere Bein und präsentierte den Glitter an ihren Innenschenkeln. Plastikhelme verwandelten Köpfe in Pyramiden. Ein Mann auf Stelzen in gelbem Jackett und Zylinder, dreimal so hoch wie ein normaler Mensch, hüpfte eine Zeit lang auf einem Stangenbein entlang, um dann wieder mit Siebenmeilenschritten vorzustaksen.

Plötzlich ging es nicht weiter, und die Menschen tanzten und trippelten auf der Stelle. Frauen jeder Größe in den knappsten Shorts, die ich je gesehen hatte, ließen ihre Hüften kreisen, allein oder mit einem Partner oder einer Partnerin. Wir stellten uns in einen Kreis um eine tanzende Frau mit schmutzig blonder Perücke. Sie hatte einen dicken Bauch und schlaffe Brüste, die bei ihren Beckenstößen klatschten. Der Kreis öffnete sich, um einen muskulösen Mann mit nacktem Oberkörper einzulassen, der an einer Kette einen zweiten Mann auf allen vieren mitführte. Sie sahen aus wie Zwillinge, nur hatte der Zweite sich als Hund geschminkt. Er lief schnurstracks zu der dicken Frau hin und schob ihr die Nase in den Schritt. Sie drehte sich um und beugte sich vor, und er steckte auch dort die Nase hin. »Schon gut«, sagte ich, wie es Pop getan hätte. »Schon gut. Du kannst ruhig hingucken.«

Als wir uns weiter die Avenue hinabschoben, stürmten wieder andere Gestalten mit Mistgabeln auf uns zu, schwarz geölte Teufel, die mit Farbe und Fettschmiere und Puder oder Färbemittel um sich warfen. Gerade uns knöpften sie sich vor, die am Rand Lungernden, die Zaungäste, sie mischten uns auf, trieben uns auseinander, begossen uns aus verkrusteten Putzmittelflaschen oder sauten uns mit der Schmiere an ihren Körpern ein. Ich hielt Cuffys Hut fest, als wären die Teufel ein heulender Wind. Sie teilten ordentlich aus – Blau und Weiß und Orange und Schwarz – und ließen uns in Farbe ertrinken, als wollten sie sagen: *Hier gibt es keine Zuschauer.* Und wie zur Bestätigung kreischte eine Alte, vielleicht die Haitianerin von vorhin (konnte das sein?), nur jetzt als französisches Zimmermädchen verkleidet: »Tanzt oder haut ab!« Sie schrie es ein zweites Mal: »Tanzt oder haut ab!«, und sagte es mir todernst zum dritten Mal direkt ins Gesicht.

Und da riss es mich hin, zog es mich rein, zwirbelte es mich in die Musik und das Gebrüll und Gelächter; vor mir auf dem Festwagen blitzten die Trommeln, und der Rhythmus riss mich erneut mit. Als der Sog kurz nachließ, stieß mir eine Frau, die doppelt so breit war wie ich, ihren gewaltigen Arsch vors Becken, fing an, ihn an mir zu reiben und im Takt der Trommeln langsam in die Knie zu gehen. Ich lachte und stöhnte, versuchte, das Gleichgewicht zu halten und ihre Taille zu umschlingen, wie ich es andere hatte tun sehen, aber meine Hände glitten an ihrem geölten Leib ab. Als sich die Menge mit einem Ruck wieder in Bewegung setzte, rammte die Frau mich ein letztes Mal, ich stürzte und spürte nur Ellbogen und Knie, bis Fremde mich an Armen und Hals packten, aufrichteten und weiterschoben. Ich lachte und tanzte unter dem lichter werdenden Himmel weiter, vorbei an den leeren Blicken der Polizisten, stampfte und hüpfte und wand mich und wackelte im Rhythmus der Musik, bis meine Schenkel brannten. Plötzlich glaubte ich, Trips höhnische Fratze vorbeiwippen zu sehen. Die Mütze meines Vaters. Es sah ganz so aus, als hätte er die auf. Ich zwängte mich an den Leuten vorbei, nahm auf den Fußballen die Verfolgung auf, vor Augen das Blau und Orange des Knicks-Logos. Ich kämpfte mich aus dem Musikstrudel des einen Festwagens ins schnellere Tempo des anderen. Trotz aller Bemühungen aber holte ich ihn nicht ein. Trip, wenn es Trip war, entfernte sich weiter und weiter, verschwand in der Menge und war fort.

In dem Moment merkte ich, dass mein Kopf bloß war. Eine weitere Kopfbedeckung weg, mein Kopf wieder den Blicken preisgegeben. Und plötzlich war es mir egal. Mir war egal, dass meine Frisur eine Katastrophe war, dass meine Füße wehtaten, meine Schenkel brannten und mir der Magen knurrte. Mir war meine Statur egal. Ich kam mir nicht klein vor. Ich spürte, wie müde meine Augen waren, aber es gefiel mir, und ich stellte mir vor, dass ich genauso aussah wie Pop, als er vor Jahren hier war. Klar, dass ein Mann wie er, der seinen Körper liebte und den Tanz, die ganze Nacht weggeblieben und bereit gewesen war, sich von Ma anbrüllen zu lassen, nicht nur an dem Morgen damals, sondern an den vielen Tagen, die noch gefolgt waren, bis das Gekeif und Gezänk ihn vertrieben. Er war danach nicht mehr derselbe gewesen, aber selbst dort, wo er jetzt lag, eingelocht in Otisville, hielt er bestimmt an der Nacht damals und an dem Gefühl fest, das jetzt mich durchströmte: schamlose Lebendigkeit. Wer würde dafür nicht alles opfern?

Plötzlich durchwogte etwas die Menge um mich herum, und es gab einen seltsamen Aufschrei, einen hohen gequälten Ton. Ich fuhr herum, Leute mit Cowbells und Hörnern strömten an mir vorbei. Ich sah meinen Bruder nicht mehr. Ich lief ein Stück vor, für den Fall, dass er weiter nach vorn geraten war. Ein Schild verriet, dass wir fast den Empire Boulevard erreicht hatten. Ich hatte keine Ahnung, wo das war. Ich kehrte um und wühlte mich zurück, schob mich außen gegen den Strom vorwärts, rief Omaris Namen. Da hörte ich einen weiteren Schrei und war mir diesmal sicher, dass er es war. Unter den Teilnehmern wirbelte ein Pulk maskierter Männer wild herum, warf sich röhrend hierhin und dorthin. Mittendrin erspähte ich im Viertellicht Omaris Maske, schreckweite Eulenaugen. Er wurde herumgestoßen, hatte Mühe, auf den Füßen zu bleiben, und er schrie abermals auf, als er blind fortgedrängt wurde.

Ich schob mich wieder ins Gedränge und auf ihn zu. Ich war bereit, mich, wenn nötig, mit den Männern anzulegen, aber als ich sie erreichte, verschlang mich ihr

Kreis wie ein kochender Strudel. Eingekeilt zwischen Körpern, sah ich ihre Masken und die menschlichen Züge dahinter aus nächster Nähe, die hysterischen Augen und keckernden Münder, und die Not der Schreie Omaris ging in ihrer Raserei unter. Sie amüsierten sich. Es war nicht ihre Absicht, ihn zu erschrecken, aber so war es, sie hatten nicht vor, ihm etwas zu tun, hatten es aber womöglich schon. Ich packte einen Kerl am Nacken und hangelte mich näher an meinen Bruder heran, dann griff eine Hand hoch und riss mich an der Schulter runter, und ich verlor ihn ganz aus den Augen. Als ich das Gleichgewicht wiedererlangt hatte, sah ich ihn nicht sofort, erst auf den zweiten Blick. Er war von der breiten Woge der Männer an den Rand der Menge gespült worden. Er rappelte sich hoch und rannte los. Bis ich mich aus dem Pulk herausgewunden hatte und ihm nachsetzen konnte, hatte er schon einen ziemlichen Vorsprung.

Wir waren in der Richtung unterwegs, aus der wir gekommen waren. Der Zug verlief sich, tröpfelte und versiegte schließlich. Mit einer seitlich abgespreizten Hand humpelte Omari fort, als stimmte mit seinem Bein etwas nicht, aber er war trotzdem flink. Ich rief ihm hinterher, und da blickte er zurück. Als ich ein zweites Mal rief, schaute er noch mal und schaute länger, als müsste er sich vergewissern, als könnte er nicht glauben, dass ich es war, der ihn verfolgte und seinen Namen rief. Er griff hoch und zog seine Maske herunter. Dann spreizte er die Hand wieder ab. Er legte jetzt einen Zahn zu, als ginge es um ein Spiel, das er in Gang halten wollte.

Im Dämmerlicht lief ich ihm mit einem flauen Gefühl hinterher, das etwas anderes als Hunger war. Die Luft erhitzte sich schon wieder. Tauben schwangen sich auf. An der Straße stiegen aus dichten, diffusen Schatten die Bäume.

Omari scherte nach links aus. Er sah sich noch einmal um, seine Gesichtszüge bei meinem Anblick jetzt offener. Er ließ seine Maske zu Boden fallen, dann kletterte er über einen durchhängenden Zaunabschnitt in den Prospect Park.

Als ich den Zaun erreichte, hielt ich inne, um zu verschnaufen, Hände auf die Knie gestützt. Die Sonne war aufgegangen, und im Licht des anbrechenden Tages sah ich auf die leeren Augen der Uhumaske herab. Sie war mit Puder und Farbe verschmiert. Meine Sneaker und Socken und Waden waren ebenfalls verfärbt, Shorts und T-Shirt auch. Mein ganzer Körper war gezeichnet.

An dem Labor-Day-Morgen aber, an dem Pop bei seiner Heimkehr mit blutunterlaufenen Augen und nach Schweiß stinkend Mas Zorn entfacht hatte, waren seine Sachen, wurde mir jetzt klar, kein bisschen verfärbt gewesen. Was hatte das zu bedeuten? Was konnte es bedeuten? Ich wusste es nicht recht, aber er war offenbar woanders gewesen. Pop war kein Zuschauer, also musste er woanders gewesen sein. Es musste einen anderen Grund gehabt haben. Mas Stimme an jenem Morgen vor Jahren stieg in mir auf: *Wo warst du?*, hatte sie immer wieder gekreischt. *Wo warst du?* Wenn ich ihn wiedersah, *wenn*, würde ich ihn zwingen, es mir zu sagen. Aber was, wenn das nicht einmal die richtige Frage war?

Ich stieg über den Zaun in den Park. Nach meinem Bruder musste ich nicht lange suchen. Er stand mitten auf einer kleinen Lichtung. Er hielt die Arme auf Schulterhöhe nach vorn ausgestreckt und drehte sich im diesigen Morgenlicht im Kreis, ein weiteres Spiel. Ich erhaschte immer wieder kurz einen Blick auf sein vorbeiwischendes Gesicht – ich hatte es so lange nicht mehr gesehen. Der Anblick war ein Schock: die Augen wieder vereint mit seinen eigenen Zügen. Seine Wangen und seine Stirn waren hektisch gefleckt, aber er wirkte glücklich, sprachlos vor Glück. Unter den Bäumen, wo eine leichte Brise mir über die Kopfhaut strich, hob ich eine Hand und winkte, aber er sah es nicht. Er lachte, ohne einen Ton von sich zu geben, drehte sich mit ausgestreckten Armen und verschränkten Händen weiter, als hielte er etwas fest. Es war Angela, begriff ich; seine Hände hielten ihre. Er drehte sich mit ihr, immer weiter, schneller und schneller. Ich wartete eine Weile, ehe ich zu ihnen hinging. Ich wollte sehen, ob sie ihn loslassen würde.

Froh bin

Wenn Freddy zum Roboter wurde, erschien in seinem Kopf eine spezielle Karte. Sie zeigte ihm Hindernisse an und wies ihm den kürzesten Weg von A nach B. Eines Morgens segelte er, statt auf den Fahrstuhl zu warten, gleich ein Dutzend Stufen hinab und übersprang dabei geschickt eine große Urinpfütze auf dem Treppenabsatz im vierten Stock. Draußen duckte er sich durch das Loch im kaputten Spielplatzzaun. Im Durchlass hinter dem Spirituosenladen kam ihm eine schlurfende Obdachlose mit Einkaufswagen in die Quere. Er schloss die Augen und ballte die metallenen Fäuste, als er mit ihr zusammenstieß. Ihr Mief platzte wie eine Bombe, konnte ihm aber nichts anhaben. Als er weiterschoss, brüllte ihm diese geschlagene, vor Wut heulende Widersacherin einen Haufen schlimmer Wörter hinterher. Zum Tagescamp von St. Rita's waren es nur noch wenige Straßen, doch als er ankam, war es nach neun.

Die anderen Kinder aus seiner Gruppe waren schon in den Transporter gestiegen. Schwester Pamela stand vor dem Feriencampcenter, den Rücken ans Tor des gedrungenen Baus gedrückt. Ihre Ordenstracht aus schlichter weißer Baumwolle mit blauen Zierstreifen passte exakt um ihr blasses, verschwitztes Gesicht. Sie sah Freddy aus schmalen Augen an und bleckte die bräunlichen Zähne.

Diese Grimasse schnitt sie schon den ganzen Sommer, wenn er zu spät kam, aber wie üblich war es nicht seine Schuld. Seine Mutter hatte vergessen zu unterschreiben. Er hatte lange gebraucht, sie dafür zu wecken.

»Wo ist deine Einverständniserklärung?«, fragte Schwester Pamela.

Plötzlich wusste er es nicht. Er konnte ihr keine Antwort geben.

Sie blickte herab. »Gib sie mir einfach.«

Sie war direkt da in seinen Fingern, einmal gefaltet und zerknittert, an einer Stelle durchsichtig von seiner feuchten Hand. Sie packte den Zettel an einer trockenen Ecke und zupfte daran, bis seine Finger begriffen und sich ungelenk öffneten. Freddy war schon Zauberer, Engel und Ritter gewesen. Neuerdings fand er es, wenn er nervös war, besser, Roboter zu sein. Am besten gefielen ihm die, die er im Fernsehen sah.

Schwester Pamela hielt die Einverständniserklärung von sich weg und studierte sie lange. Vorhin, in der Wohnung, hatte Freddys Mutter den Kuli in der zitternden Faust gepackt wie ein Kleinkind einen Wachsmalstift. Sie hatte mit ihrem einen geweckten Auge von der Couch aus zu ihm hochgeschielt, anscheinend mal wieder enttäuscht, dass er nicht die Person war, von der sie träumte, deren Namen sie im Schlaf murmelte. Ihre Unterschrift war schlimmer als die, um die er Monate zuvor für die Anmeldung zum Feriencamp gebettelt hatte, kaum mehr als ein dicker, über den Blattrand hinaus rutschender Zug. Die Stiftspitze hatte sich in die Plastikschutzhülle der Couch gebohrt, neben andere Löcher und Brandflecken. Seine Mutter bat ihn, bei der Arbeit anzurufen und zu sagen, dass es ihr nicht gut gehe und sie sich verspäten werde. Aber er hasste die motzige Stimme ihres Chefs, die so viele Fragen stellte, und da keine Zeit zu verlieren war, tat er es nicht. In einsamen Momenten wie diesem wünschte Freddy, er hätte Geschwister, einen jüngeren Bruder, mit dem er sich verbünden oder den er rumkommandieren könnte, ihm jede unangenehme Pflicht aufbürden. Stattdessen war ihm, als könnte Schwester Pamela der Einverständniserklärung seinen kompletten Morgen ablesen, selbst seine Gedanken und Gefühle.

»Nun?«, meinte sie schließlich. »Steig ein.«

Neben Santos war ein Platz frei, weil die anderen Kinder ihn mieden. Sie sagten, er habe Mundgeruch und mit dem kleinen Rattenschwanz auf dem sonst kahl geschorenen Kopf sehe er irgendwie schmutzig aus, aber das fand Freddy nicht. Er mochte den filzigen geflochtenen Stummel und hätte sogar gern selbst einen gehabt. Und er fand Santos' Atem angenehm. Er war vollsüß wie die Pfirsiche mit den Druckstellen, die seine Mutter manchmal von dem alten Mann bei C-Town umsonst kriegte, der behauptete, in sie verknallt zu sein. Die Pfirsiche waren Sirup mit Haut, so überreif, dass sie geradezu zerflossen.

Freddy war neun. Er konnte sich nicht erklären, wie die Meinung über bestimmte Kinder so urplötzlich umschlagen konnte. Die Ansichten über Santos hatten sich nicht geändert – bisher jedenfalls –, also musste er nicht befürchten, den Freund an andere Jungen zu verlieren.

Santos begann, Schwester Pamela nachzuäffen, schnitt die gleiche Grimasse, mit der er auch Chinesen nachmachte. Freddy lachte.

»Eine richtige Bitch«, sagte Santos. Er flüsterte, weil sie ziemlich weit vorne saßen.

Freddy lachte erneut. »So darfst du nicht über sie reden.«

»Sie ist eine runzlige Rosine in einem Bettlaken.«

Er erwies sich als Freund, indem er sich über sie lustig machte, aber Freddy wollte trotzdem das Thema wechseln. Er mochte es nicht, wenn Santos solche Sachen sagte. Bevor sie krank geworden war, hatte Aunt Ava davon gesprochen, Nonne werden zu wollen.

Als der Transporter auf die Straße bog, klatschten und jubelten die zwölf Kinder, allesamt Jungen. Schwester Pamela saß neben dem Fahrer und sah sich um, wenn es zu laut wurde oder jemand ein schlimmes Wort sagte.

»Meinst du, der Pool ist gut?«, fragte Freddy. »Und das Haus? Und was kommt auf den Grill?«

»Das Essen ist immer *super*«, sagte Santos. »Burger, Hotdogs, was du willst. Es gibt sogar Steak. Du kannst einen Nachschlag haben, zwei sogar.«

Sein Klugscheißer-Ton ärgerte Freddy, aber er grinste trotzdem. Er hatte sich auf die Fahrt gefreut, hatte sie sich viele Wochen lang vorgestellt. Es war sein erstes Mal beim Feriencamp, für seinen Freund das dritte. St. Rita's wurde von den Missionarinnen der Nächstenliebe geführt, und jeden Sommer fuhren sie mehrmals mit einem Transporter hinaus in die Vorstädte irgendwo nach New Jersey oder Connecticut oder Westchester, wo irgendwelche freundlichen weißen Menschen Stadtkinder wie sie herzlich aufnahmen. Das war wohl ihre Art, sich Gott oder zumindest Mutter Teresa näher zu fühlen. Die hatte den Orden gegründet. Letzten Sommer hatte sie die Bronx besucht. Sogar Freddys Mutter war gucken gegangen. Es war ihr wichtig gewesen, selbst ein Auge auf Mutter Teresa zu werfen, als würde das ihrer jüngeren Schwester Ava irgendwie helfen.

»Das Haus ist auch super«, sagte Santos. »Scheißgroß.«

»Wie groß?«, fragte Freddy, obwohl er schon mal danach gefragt hatte.

Santos grinste. »Wirst schon sehen. Ich weiß es ja schon.«

»Lügner.«

»Deine Mutter!«

Freddy schnalzte ärgerlich. »Wie denn, wie kannst du es wissen?«

»Ich *weiß* es eben. Ich hab gehört, wie Schwester Pamela gesagt hat, wir fahren nach Scarsdale. Und da war ich schon mal«, sagte Santos. »Zweimal«, ergänzte er und hielt Freddy zwei Finger vor die Nase. »Wenn es Scarsdale ist, dann geht es um das Haus der Johnsons. Da fahren wir immer hin.«

Freddy hatte sich bereits ein Bild vom Haus der Johnsons gemacht, und jetzt schmückte er es weiter aus. Während der Transporter sich aus der Stadt wand, sah er die offene Garage, wie die im Fernsehen. Drinnen standen Seite an Seite zwei Wagen, die Motorhauben blitzten in der Sonne. Die Büsche links und rechts, die ihn zur Haustür geleiteten, waren wie Tiere geformt: ein bulliger kleiner Elefant, zwei fette Tauben, ein rücklings hingestreckter Panda. Das Haus war weiß, das schon, mit blauen Fensterläden und blauem Dach, aber es gab verschiedene Arten von Weiß, und dieses Weiß war besonders, wie frisch gefallener Schnee. In der Küche, in die Freddys halbe Wohnung gepasst hätte, war der Kühlschrank silbern, nicht braun, er ragte hoch und breit auf und tat keinen Mucks. In den Keller zu steigen, wo Fußboden und Wände wie Gold waren, war schwindelerregend, und dann wieder hoch ins Erdgeschoss und von dort hinauf ins Obergeschoss, wo er in alle Schlafzimmer spähte, bevor er wieder hinunterging, um in die Badehose zu steigen. Der Weg von der Hintertür, seltsam blasse Steinplatten, war warm unter den Fußsohlen. Zur Rechten hatte der Garten fast jede Farbe, die er je gesehen hatte, und die Blumen nickten und schwankten vom Hin und Her fetter Käfer. Im Becken war mehr als genug Platz für alle Kinder – es wären fast noch mal so viele reingegangen –, und wenn jemand am tiefen Ende hineinsprang oder von der Rutsche ins kühle, klare Wasser sauste, war das gar kein Problem. Mittags saßen sie alle in einem Unterstand im Freien, der einem kleinen Haus glich, und das Dach und die Bäume drum herum schützten sie vor der Sonne und vor Sommerregen. Sie atmeten den rauchigen Duft der Fleischstücke vom Holzkohlegrill. Dann aßen sie zarte Steakhappen und lachten, und ihr Lachen war lauter sogar und ausgelassener als der Lärm im Transporter auf dem Weg aus der Stadt. Die ganze Zeit umschwebte sie Mrs Johnson wie ein guter Geist, ein besserer, als er sie aus seiner Welt kannte, ihr Haar golden wie die Wände des Kellers, ihre lächelnde Miene so sanft.

Aber das Haus, bei dem sie vorfuhren, war nicht weiß und blau. Es war von einem stumpfen Gelbbraun, der Farbe alter Ingwerplätzchen. Santos fluchte, als der Transporter hielt. Schwester Pamela drehte sich um und sah ihn streng an, aber nur kurz. Auch ihr schien nicht zu behagen, wo sie gelandet war. Freddy redete sich gut zu. Für einen Roboter gab es keine bösen Überraschungen.

»Das muss es sein«, sagte der Fahrer und kratzte sich unter dem Schirm seiner Mütze. Er zeigte Schwester Pamela die Adresse auf seinem Zettel und dann mit demselben dicken Finger auf die Hausnummer. »Das ist das Haus, zu dem ich auch die andere Schwester gebracht habe.«

Schwester Pamela holte tief Luft, sagte, das hätten sie gleich, stieg aus und schob sich zwischen den armseligen Hecken zum Haus hin. Noch bevor sie die Tür erreichte, erschien eine Frau auf der Schwelle. Freddy wusste sofort, dass das nicht Mrs Johnson sein konnte, obwohl ihm nicht klar gewesen war, dass er noch Hoffnungen hegte.

Trotz des Protests des Fahrers stießen die Jungen die schwere Schiebetür auf und quollen aus dem Transporter. Sie bildeten auf dem Asphalt eine Traube, aber Freddy entfernte sich vom Gestöhne und den geflüsterten Klagen der anderen Richtung Haus, um mithören zu können, was Schwester Pamela und die Frau sagten. Die Frau war schwarz, genauso wie er. Ihre Haut war vom gleichen dunklen Ton wie seine. Sie sah nicht nach Hausangestellter oder überhaupt einer aus, die in einem großen Haus in der Vorstadt arbeitete. Sie kam ihm älter vor als seine Mutter, aber gesünder, und sie trug ein dunkel geblümtes Kleid, das ihr nur bis zur Mitte der schweren Schenkel reichte. Die Riemen ihrer rosa Sandalen entsprachen den kleinen Farbschocks ihrer Fingernägel. Ihre Augen waren hinter einer großen Sonnenbrille verborgen, und wenn sie den Arm hob oder senkte, flirrten dünne Silberreife über ihr Handgelenk. Ihr schulterlanges Haar war auf raffinierte Art frisiert und gelegt. Es glänzte wie Haar, das er von TV-Spots kannte, viel schöner als das seiner Mutter. Aber sonst hätte sie ebenso gut eine seiner Nachbarinnen in der South Bronx sein können, die Art Frau, die seine Mutter in ihren schlimmsten Phasen als Schlampe bezeichnete und ihm zu meiden befahl. Das Einzige, was er selbst an diesen Frauen anders fand, war ihre Aufmachung, die Kleider, die ziemlich teuer aussahen. Wenn er einer von denen im Fahrstuhl begegnete, kam ihm das vor wie ein Versehen. Er fragte sich, wo sie den ganzen Tag hingingen in ihren teuren Sachen. Er hätte sie gern gefragt, weshalb sie nicht wüssten, wo sie waren.

Freddy pirschte sich noch näher ans Haus ran. »Bei mir sind Sie goldrichtig, Schwester«, sagte die Frau. Sie war auch genauso laut wie seine Nachbarinnen. Worauf die Kommentare der Jungen hinter ihm ebenfalls zu mehr als einem Flüstern anschwollen. Schwester Pamela warf einen strengen Blick über die Schulter und nahm das Gespräch wieder auf, fragte nach dem Herrn des Hauses.

Die Frau nickte und sagte: »Der ist geschäftlich unterwegs. Ist er oft.«

Da erwähnte Schwester Pamela die Johnsons.

»Wie gesagt. Die gehören zur selben Kirche.«

»Wie Ihr Mann, wollen Sie damit sagen?«, meinte Schwester Pamela spitz.

»Was wollen *Sie* damit sagen?«, empörte sich die Frau. »Hey, ich bin *auch* Christin, Schwester!« Sie neigte sich zur Seite und reckte den Hals, um Freddy und die anderen zu beäugen. »Jedenfalls sind Jungs wie die«, sagte sie, »für mich wie Söhne.«

Bevor sie hineindurften, stellte die Frau die Jungen Schulter an Schulter in einer Reihe auf und ließ sie ihre Namen wiederholen, bis sie sich jeden gemerkt hatte. Sie ging vor ihnen auf und ab, kühlte sich das verschwitzte Gesicht mit einem Fächer und ärgerte sich über sich selbst, wenn sie Namen verwechselte. Freddys Hände wurden steif wie Metall, als sie vor ihm stehen blieb und ihn durch die dunklen Gläser musterte. Dann aber lächelte sie wieder und riet bei ihm richtig. »Ich bin Arlene«, sagte sie ihnen, »aber wenn ihr wollt, könnt ihr zu mir Mrs Clinksdale sagen.«

Im Innern war das Haus eine etwas größere Version der Wohnung, in der Freddy lebte: Sofas mit Plastiküberzügen, eine Bibel auf dem Couchtisch, ein riesiger Holzlöffel und eine ebenso große Holzgabel an der Küchenwand. In einer Hinsicht war es schlimmer: kein Fernseher. Die Jungs benutzten der Reihe nach das Badezimmer im Erdgeschoss. Während Freddy wartete, starrte Schwester Pamela auf ein Bild an der Wand. Er war als Letzter dran mit dem Umziehen. Auf dem Badewannenrand sah er Flaschen mit derselben rosa Lotion, die dem Haar seiner Mutter Feuchtigkeit spendete.

Wieder im Wohnzimmer, stand er verlegen in seiner Badehose herum. Er legte die Ellbogen an. Er kannte das Gefühl von zu Hause. Vor ein paar Monaten hatte seine Mutter einen Handwerker reingelassen, als er Zeichentrickfilme schaute, bekleidet nur mit seiner schlabbrigen Superman-Unterhose. Sie hatte dem Kerl erlaubt, direkt an Freddy vorbeizugehen und seinen Körper zu begaffen. Der Mann war seit Langem der erste Besucher in der Wohnung gewesen; seither war niemand mehr gekommen.

Die anderen Jungen waren schon draußen am Pool. Wenn er die Augen auf Teleskopsicht stellte, konnte Freddy sie durch die Glasschiebetür sehen. Er wollte sich ungern zu ihnen gesellen und das Bild weiter verderben, das er noch im Sinn hatte. Eine ganze Stunde zu fahren, um am Ende lediglich in einer größeren Version des eigenen Zuhauses zu landen, war ihm unangenehm. Ehe er hinausging, sagte er sich, es könnte ja immer noch alles ganz super werden.

Aber der Pool war klein, ein schlichtes Rechteck mit einer trüben Brühe, und es gab weder Sprungbrett noch Rutsche. Ein paar Jungen, schon brusttief im Wasser, bespritzten sich oder planschten herum, triefend vor Badespaß. Zwischen Pool und Haus beschatteten schäbige Schirme an verrosteten weißen Stangen zwei runde Tische. An einem saß Schwester Pamela, die Hand vor dem Mund. Gelegentlich rief sie zur Ordnung, aber es beachtete sie niemand. Arlene stand hinter ihr und strahlte die Kinder im Pool an, eine Hand in die linke Hüfte ihres avocadoförmigen Körpers gestemmt, mit der anderen fächelte sie sich Luft zu. Sie trug jetzt einen Sonnenhut, ebenfalls rosa, und der nach Kunststroh aussehende Rand hing ihr ins Gesicht. Ihr Kopf ruckte von Junge zu Junge, ihre Lippen formten lautlos Worte. Freddy hatte seine Mutter Ähnliches tun sehen, wenn sie in den Schlaf hinüberwelkte.

»Alle mal herhören«, verkündete Arlene. »Ich werfe jetzt die Burger und Hotdogs auf den Grill!«

»Was?«, riefen ein paar Jungs. Sie sahen sich ratlos an und wandten sich flehend Schwester Pamela zu. Offenbar lief es sonst anders.

»Sehen Sie«, sagte Schwester Pamela zu Arlene, »wir sind ja gerade erst eingetroffen.«

»Tja«, meinte Arlene, »ich hätt gleich alles auffahren sollen. Tut mir leid.«

»Aber es ist halb elf, Mrs Clinksdale. Noch nicht einmal.«

»Wem sagen Sie das? Ich weiß. Uns knurrt hier der Magen, wenn wir bis elf nichts zwischen die Zähne kriegen. Sehen Sie doch, die sind ja alle nur Haut und Knochen. Als hätten sie seit Wochen nicht mehr ordentlich gegessen. Kommt nicht in die Tüte, bei uns muss keiner hungern.«

Sie verschwand im Haus und kehrte mit zwei Krügen Limonade zurück. Es folgte eine Aluschale mit Hotdogs und fetten rohen Burger-Fladen. Wenige Meter von den zwei Tischen entfernt stand ein kleiner Grill. Er sah billig aus und war halb von einem tief hängenden Ast und einem Wust hoher haariger Gewächse verdeckt. Freddy ging näher heran. Der Grill war elektrisch, nicht Holzkohle wie die, die er weiße Familien im Van Cortlandt Park hatte benutzen sehen. Arlene bereitete vergnügt summend das Essen zu, aber der Garten füllte sich nicht mit aromatischem Rauch. Freddy hatte überhaupt keinen Hunger, und er sah, dass es den anderen genauso ging.

Freddy rührte die Beilagen kaum an, den senflastigen Kartoffelsalat und den Tiefkühlmais aus der Mikrowelle. Und obwohl er Steak eigentlich gar nicht mochte, war er trotzdem enttäuscht, dass es keins gab. Die Jungen waren vor halb zwölf mit dem Essen fertig, und dann meinte Arlene auch noch, sie müssten mit dem Baden eine Stunde warten, sonst würden sie Krämpfe kriegen. Schwester Pamela kniff die Lippen zusammen und meinte, das sei doch ein Märchen.

»Lieber nicht drauf ankommen lassen«, sagte Arlene. »Außerdem ist es heute so heiß.«

»So?«, meinte Schwester Pamela. »Letzte Woche war es heiß. Heute kommt es mir recht angenehm vor.«

»Sagen Sie. Aber bei unseren Kleinen wollen wir es lieber nicht drauf ankommen lassen.«

Die Jungs blieben diese geschlagene Stunde um die Tische sitzen, naschten nicht einmal von den Schüsseln fettiger Karoffelchips, aus Angst, die ihnen aufgezwungene Pause noch zu verlängern. Bis auf die paar wenigen Minuten Spaß am Anfang hockten sie nun schon den ganzen Vormittag herum. Arlene summte beim Abräumen wieder. Sie war noch nicht ganz fertig, als sie sich mit einem kleinen Stöhnen fragte, wo nur ihre Wasserflasche abgeblieben war. Sie sah sich um, und ihr verschatteter Blick traf Freddys – er spürte, wie die Augen sich in seine bohrten, wie sie ihn musterte.

Als die Stunde um war, nahmen die meisten Jungen ihre Albereien wieder auf, aber Freddy hatte keine Lust. Er trank ein Glas herbe Limonade und ging ans hintere Poolende, hockte sich hin und hielt die Hand ins Wasser. Es war lauwarm, wie altes Badewasser, und roch stark nach Chlor. Santos watete zu ihm hin, stemmte sich hoch und ließ sich neben ihm niederplatschen. Er hebelte die Schwimmbrille auf seine Stirn und schlenkerte unter Wasser mit den Beinen.

»Ist doch scheiße«, sagte er.

Freddy wollte es ungern zugeben, aber es stimmte.

»Die Hotdogs? Grottig.«

»Die Burger auch. Alles.«

»Und der Pool. Das tiefe Ende reicht mir gerade mal ans Kinn. Was soll daran tief sein?«

»Nichts ist, wie es sein sollte.«

»Scheiße«, bekräftigte Santos. Er schlenkerte stärker, bis seine Füße die Oberfläche durchbrachen.

»Wie konnte das passieren?«

Santos zuckte mit den Achseln. »Mich darfst du nicht fragen.«

»Du hast gesagt, es wäre ein großes weißes Haus. Du hast gesagt, es gäbe eine Rutsche und einen Garten und Tiere in den Büschen.«

»Tiere? Was redest du da?«

»Hast du gesagt«, sagte Freddy.

»Es war von Scarsdale die Rede. Scarsdale heißt normal immer die Johnsons.«

Freddy sah ihn böse an. »Warum höre ich auch auf dich?«

»Mich? Ist doch nicht meine Schuld!«

»Wahrscheinlich gibt es gar keine Mrs Johnson.«

»Es gibt *tausend* Mrs Johnsons«, sagte Santos. »Sie haben uns aber hierhergebracht, damit *du* dich nicht vor Aufregung nass machst wie ein Baby.«

»Nenn mich nicht Baby.«

»Bist du aber doch. Deine Mama hat dich geboren, aber nicht großgezogen. Sagen alle.«

»Lügner!«

»Sag das noch einmal«, drohte Santos.

Freddy ballte die zitternden Hände zu Fäusten. Sie fühlten sich fest, schwer und stark an. »Du bist ein Lügner, und du stinkst nach Müll, deshalb hängt sonst keiner mit dir ab.«

Angst brachte ihn dazu, Santos zu schlagen, als könnte die Tat die unerwartete Härte seiner Worte wettmachen. Aber Santos eine Faust an die Schläfe zu hauen, tat nicht die erhoffte Wirkung. Stattdessen verhedderte Freddy sich mit dem Freund, mit rudernden Armen und verknäulten Beinen stürzten sie ins Becken. Ein Schwall warmes Wasser strömte Freddy in den Mund, es schmeckte nach Bleichmittel. Sein linkes Knie schrappte an der rauen Poolwand entlang. Santos rammte ihm einen Ellbogen in den Bauch, und Freddy riss in der trüben, von graugrünen Schlieren durchzogenen Brühe die Augen auf. Santos trat wild um sich und stieß sich nach oben, während Freddy noch mehr Wasser schluckte und die Augen noch weiter aufriss. Im Pool sah er die Umrisse der anderen Jungen. Als er fremde Hände an seinem Körper spürte, tastete er mit den Zehen nach dem Grund. Sein Kopf tauchte auf, er kam japsend und spuckend auf die Füße, umschwirrt von den Rufen ringsum, mit brennenden Augen, die versuchten, die Welt wegzublinzeln.

Arlene hatte ihn aus dem Pool gefischt. Ein Handtuch um den noch nassen Körper gewickelt, lauschte sie der Strafpredigt von Schwester Pamela, unterbrach schließlich und befahl ihnen, sich die Hand zu reichen. Santos schien es aufrichtig zu meinen, als er sich entschuldigte, aber Freddy mied jeden Blickkontakt, als er es seinerseits murmelnd tat. Er schüttelte die ausgestreckte Hand weniger, als dass er sie wegschob.

»Dann vergiss es eben!«, brüllte Santos.

Arlene regte sich auf. Nun schimpfte sie selbst viel schlimmer als eben Schwester Pamela, brach plötzlich ab und fasste sich ans Gesicht. Sie wiegte den Kopf und meinte, ihr sei schummrig. Gleich drauf sagte sie: »Vielleicht sollte ich mich einen Augenblick hinlegen«, und ging ins Haus.

Schwester Pamela sagte, als Strafe müssten die Jungen den restlichen Nachmittag an getrennten Tischen sitzen und den anderen beim Spielen zusehen. Um weiterem Ärger vorzubeugen, hockte sie sich auf einen Stuhl dazwischen. Als sie gerade nicht hinsah, ahmte Santos hinter ihrem Rücken stumm ein hässlich greinendes Baby nach. Seine Augen waren nicht rot, während Freddy spürte, dass es seine sehr wohl waren. Er trank etwas Limonade, und er hielt den Blick auf das schwitzende Glas gerichtet, in dem die Eissicheln schmolzen.

Was Santos über Freddys Mutter gesagt hatte, stimmte nicht. Sie war mal gut darin gewesen, ihn großzuziehen, mindestens so gut wie die weißen Mütter, die er im Fernsehen sah, die, bei denen es jeden Freitag Steak gab. Als er noch klein war, hatte sie ihn gelehrt, dass die Welt ein grimmiger Bär sei, dass man ihn aber bezwingen könnte, wenn man sich größer machte, als man war. Sie sagte ihm, man könne immer mehr, als man glaube. Auch sie selbst folgte diesem Prinzip und fand auch dann Geld für Dinge, die sie brauchten, wenn es völlig aussichtslos schien, half fernen Cousinen und Tanten und manchmal sogar Nachbarn, wo es doch schien, als reiche es nicht mal für sie beide. Aber das war, bevor Ava, ihre Schwester und einzige richtige Freundin, so krank geworden war.

Während die Jungen im Pool Fangen spielten, knibbelte Freddy an altem Schorf an seinem Knie. Er überlegte ein bisschen, was jetzt am besten wäre – der Zauberer oder der Engel –, und verlegte sich lieber wieder auf Roboter. Roboter weinten nicht oder fühlten sich einsam. Ihnen war völlig egal, ob ein Pool eine Rutsche hatte oder ein Sprungbrett oder ob eine enttäuschende Lady ihnen verkohlte Burger vorsetzte statt Steak. Robotern war der Unterschied zwischen einer Mrs Johnson und einer Mrs Clinksdale schnurz, und ihnen war schnurz, ob ihre Freunde Lügen erzählten. Sie spürten kein Brust- oder Bauchweh, und für sie war es keine Strafe, den ganzen Nachmittag neben Schwester Pamela zu sitzen. Es war einfach so.

Als Freddys Mutter ihm gesagt hatte, dass Aunt Ava wahrscheinlich nicht mehr gesund werden würde, dass das einer der grimmigsten Bären im ganzen Leben sei, hatte sie ihre Haltung zum Starksein in der Welt noch nicht aufgegeben. Sie hielt Freddy von Aunt Ava fern und sorgte dafür, dass jemand bei ihm blieb, wenn sie nach Newark hinausfuhr. Vor ihrem Aufbruch und nach ihrer Rückkehr sagte sie über ihre Schwester hoffnungsvolle Sachen, was Freddy verwirrte. Weil sie die aber so oft sagte, bat und bettelte er schließlich, mitgehen zu dürfen. Sie gab nach und nahm ihn eines Tages mit, keine zwei Monate vor der Beerdigung. Als sie ankamen, erschreckte ihn, wie dünn Aunt Ava war, wie hohläugig und hohlwangig das vorher rundliche Gesicht. Freddys Mutter guckte auch erschrocken, als wären dieses Gesicht und dieser Körper ganz und gar nicht die, die sie beim letzten Besuch gesehen hatte. Ärzte und Krankenschwestern übergingen ihre Beschwerden, sie konnte nichts weiter tun als ihrer Schwester die Hand halten, alle Aufmerksamkeit dorthin lenken und die Ringe drehen, die an Avas Fingern jetzt so lose waren. Der Besuch in jenem Zimmer wurde zur ersten von vielen Erinnerungen Freddys an eine weinende, wie vor großer Kälte schlotternde Mutter, und auf der Rückfahrt in der Bahn wartete er vergeblich darauf, dass sie die Lippen wieder zu einem Lächeln bog.

Freddy hatte vorgehabt, am Pool zu sitzen, bis es Zeit wäre, sich umzuziehen und aufzubrechen, aber er musste mal. Er sagte sich wiederholt, dass Roboter doch nicht mussten und sich auch nicht fragten, ob sie es sich noch verkneifen könnten. Aber der Druck wurde schlimmer. Als er es nicht mehr aushielt, stand er auf und sagte Bescheid. Schwester Pamela verfolgte seinen Weg ins Haus mit strengem Blick, das Gesicht stramm vor Missmut, aber sie hielt ihn nicht auf. Stattdessen versuchte sie, Santos' höhnisches Gelächter zu dämpfen, um gleich darauf einen Jungen anzubrüllen, der im Pool über die Stränge schlug. Niemand hörte auf sie.

Santos' Gelächter hallte Freddy noch drinnen in den Ohren. Als er aus dem Bad kam, schaute er sich im Erdgeschoss um. Er suchte nach Interessantem, mit dem er Santos neidisch machen könnte. Vielleicht würde er Freddy dann sogar anbetteln, wieder Freunde zu sein. Er probierte eine Tür, die vielleicht zum Keller führte, aber sie war verriegelt.

Über der Couch im Wohnzimmer hing das Bild, das Schwester Pamela vorhin betrachtet hatte. Es war das gerahmte Bild eines braunhäutigen Mannes mit dichtem

dunklen Haar und Vollbart. Ein schwaches Licht umspielte sein Gesicht, und er blickte sanft himmelwärts. Es
dauerte etwas, bis Freddy begriff, dass das Jesus sein sollte.
Das war rätselhaft. Er hatte reichlich Bilder dieser Art gesehen – in der Diele daheim hing eins –, aber noch nie
einen Jesus, der nicht weiß war. Er sah sich um, und er
war zugleich erleichtert und traurig, dass niemand da war.
Er wollte nicht erwischt werden, aber er wollte auch
nicht der Einzige sein, der das gesehen hatte.

Draußen forderte Schwester Pamela immer noch schrill
den Gehorsam der Jungen. Freddy stand am Fuß der mit
Teppich belegten Treppe. War ein schwarzer Jesus anders
als ein weißer? War es leichter, mit ihm zu reden? Wer
hatte schon einen schwarzen Jesus? Und was hatte sie vielleicht sonst noch? Von unten schielte er hoch ins obere
Stockwerk, das dunkel wirkte, obwohl es Tag war.

In den Comics und in Filmen konnten Roboter
durch Wände gucken und auch enorm weit, sie konnten
die Wärme eines Körpers orten und merkten an kleinsten Unstimmigkeiten, wenn was faul war. Freddy versuchte, sich entsprechend zu öffnen, so wie er es tat,
wenn seine Mutter sich in ihrem Zimmer einsperrte
oder abends viel länger wegblieb, als sie versprochen
hatte. In seinem Innern legte er eine Karte von allem an,
was ihn umgab: dem lachenden Santos und der bei den
Tischen brüllenden Schwester Pamela, den im Pool
langsam überschnappenden Jungen, dem Keller hinter
der verschlossenen Tür, den Geheimnissen oben. Er
horchte nach der Glasschiebetür in ihrer Schiene und
danach, ob Schwester Pamela nach ihm rief, aber er
hörte nur unverändert das Kreischen und Lachen. Dann

kam von oben etwas, ein kleines und vertrautes Geräusch, ein Husten, das zugleich Stöhnen war, ein Ächzen.

Er wollte es ignorieren, wie er das daheim mit solchen Geräuschen tat, und er war drauf und dran, an den Pool zurückzukehren. Aber wo lag das Problem? Er hatte ja schon Ärger. Schwer zu sagen, was passieren würde, wenn seine Mutter von der Rauferei hörte. Wenn es ihr nicht gleichgültig war, würde sie das nächste Mal vielleicht die Einverständniserklärung nicht mehr unterschreiben. Sie würde ihn vielleicht überhaupt nicht mehr auf die St. Rita's gehen lassen. Die Karte in seinem Kopf zeigte ihm eine gewisse Gefahr da oben an, aber er wollte mutig sein, nicht ängstlich und sich immerzu fragen müssen, was er versäumt hatte. Er setzte einen Fuß auf die erste teppichbelegte Stufe und wunderte sich, wie einfach es war, weiter hochzusteigen.

Freddy schlich in ein Zimmer, das ihm den Atem verschlug. Es war unmöbliert und in zwei verschiedenen Farben gestrichen. Die rechte Seite war zartgelb und an einer Wand mit einem hohen weißen Baum verziert. Weiße Papierblumen hingen von den Ästen oder schwebten in hübschen Mustern von ihnen herab. An dieser Wand lehnte eine lange, schmale Pappschachtel, ungeöffnet und ohne Aufschrift. Die linke Seite des Zimmers war hellgrün gestrichen und hatte Wörter in geschwungenen weißen Buchstaben:

Wie ruf ich dich bloß?
Froh bin ich,
nenn mich so.

Er kehrte immer wieder zur zweiten Zeile zurück. Als er noch kleiner war, hatte er auch gern absichtlich Fehler gemacht, Wörter falsch geschrieben oder wie hier in der falschen Reihenfolge. Damals hatte ihm seine Mutter bei den Hausaufgaben geholfen, Fehler verbessert, bevor er zur Schule ging, aber das machte sie nicht mehr. Seit Aunt Ava gestorben war, blickte sie auf sein Heft wie auf alles andere, auch ihr eigenes Spiegelbild, auch ihn: mit toten Augen, als wäre sie müde – bis in die Knochen, sagte sie gern –, und als müsste das, was in der Welt übrig blieb, einfach warten. Wenn Freddy jetzt zur Schule ging, blamierte er sich manchmal.

Eine gute Weile starrte er die zwei Wände an und versuchte, in Gedanken dort im Zimmer zu spielen. Er erwartete, dass die Wörter sich umsortieren oder aus dem gemalten Baum irgendwas Erstaunliches springen würde. Es geschah nichts. Nichts rührte sich. Er wanderte im Zimmer herum, ahnte etwas Unsichtbares. Aber es gab nur ein leichtes Schaudern, als würden Federn über seinen ganzen Körper streichen.

Er warf einen Blick ins nächste Zimmer. Dort lag auf einem Bett, der Tür und somit ihm zugewandt, Arlene.

»Hereinspaziert«, sagte sie. »Hier sind keine Ungeheuer, keine üblen Gestalten. Hier bin bloß ich.« Ihre Stimme war weicher, aber wackliger als vorher. »Freddy, oder?«

Er nickte und tat scheue Schritte ins dämmrige, gardinenverhangene Licht. Ihr Kopf ruhte auf einem Berg Kissen, ihre gefalteten Hände unter der Brust. Sie trug dasselbe wie vorhin, bis auf ein Paar weite Kakishorts, und sie war barfuß. Ihre dunkle Sonnenbrille lag neben der Lampe auf dem Nachttisch. Er hatte ihre Augen noch gar nicht gesehen. Eines war weiter offen als das andere.

»Hast du dich etwas beruhigt?«, fragte sie.

Er nickte.

»Du bist ein guter Junge, oder?«

Er musterte den Fußboden, spürte noch immer die Federn von nebenan auf der Haut. Er wusste nicht, ob er gut war.

»Schnüffelst du gern in fremden Häusern herum?«

Freddy schüttelte den Kopf.

»Aber sag mir wenigstens, wie du's findest.«

Er überlegte, was er sagen sollte. »Find ich gut.«

Sie lachte und hielt sich umschlungen, als könnte sie zerbrechen. »Setz dich ans Fußende«, sagte sie ihm, und er folgte. »Sag ehrlich, Kind. Würdest du hier wohnen wollen?«

»Mrs Clinksdale, ich —«

»Arlene.«

»Ich hab schon ein Zuhause«, sagte er. »Wir alle.«

»Das weiß ich doch. Aber wenn du und deine Familie tauschen könntet …«

»Sind bloß ich und meine Mom.«

»Gut. Wenn also du und deine Mama für eine Weile tauschen könntet, eine Woche oder so, würdet ihr es tun?«

Freddy zuckte mit den Achseln. »Es ist eine gute Gegend, oder?«

»Nicht die beste, aber ganz gut, ja.«

»Leben die Johnsons hier?«

»In der Nähe«, sagte sie.

»Ich hab gehört, dass die ein richtig schönes Haus haben. Ich hab gehört, das wären richtig gute Menschen.«

Arlene lächelte und nickte langsam, als würde sie sich für einen aufwallenden Schmerz wappnen. »Oh ja, sie haben ein sehr schönes Haus«, sagte sie ihm.

»Mit denen würde ich tauschen«, sagte er.

Sie schnitt ein Gesicht. »Aber Freddy, du hast es doch gar nicht gesehen.«

Er zuckte noch mal mit den Achseln. »Na ja.« Er wusste erst nicht, was er noch sagen sollte, aber dann sagte er: »Ich will nicht mehr im Getto leben. Im Getto leben Getto-Leute.«

Arlenes Augen weiteten sich, bis sie beide gleich groß waren, und wurden dann wieder normal. Sie machte ein Gesicht, als müsste sie feste nachdenken. »Komm her«, sagte sie ihm.

Er stellte sich näher ans Kopfende vom Bett.

»Die Johnsons … Tja, die haben in ihrem Salon lauter Fotos, Schnappschüsse von allen Kids von Feriencamps wie St. Rita's, die über die Jahre in ihrem Pool waren. So viele Jungen – braune Jungen wie du – mit breitem Grinsen, immer auf Kommando den Daumen hoch.« Sie reckte selbst ihren Daumen empor. »Die Fotos sind in so schicken Holzrahmen und hängen gleich neben den Plaketten und Trophäen und Auszeichnungen. Die Johnsons zeigen die Fotos allen ihren Gästen. Verstehst du?«

»Klingt doch nett, Mrs Clinksdale –«

»Ich heiß Arlene.«

Freddy zog die Stirn kraus.

»Was denkst du, Kind?«

Er stellte die einfachste seiner Fragen. »Was ist ein Salon?«

Arlene lachte jetzt wieder und wackelte mit den Zehen. »Tja, was ist ein Salon?«, sagte sie. »Ein Zimmer, wo du alles reinpackst, womit du unbedingt vor anderen angeben willst, würd ich sagen. Das, was es hier in diesem Haus nicht gibt.«

Auf dem Nachttisch lag neben der Sonnenbrille mit dem Gesicht zuoberst ein Foto im Plastikrahmen. Darauf war Arlene zu sehen, etwas jünger und dünner. Sie lächelte in den Armen eines Mannes mit Schnurrbart, eines weißen Mannes. War das Mr Clinksdale? Er sah gut aus, hochgewachsen wie die Männer, die Freddys Mutter gern in Seifenopern sah, aber dieser Mann hielt sich komisch, sodass nur der obere Teil seines Körpers den von Arlene berührte.

»Macht nichts«, sagte Freddy. »Bestimmt haben Sie eines Tages auch einen Salon.« Es waren Worte, wie sie seine Mutter sprach, um ihn in den Schlaf zu wiegen.

Arlenes Lächeln war dem der Fotografie ähnlich. »Ich bin einundvierzig«, sagte sie wie zu sich selbst oder zu jemand anderem als Freddy. »Einundvierzig. Es gibt Dinge, die ich mal wollte und einfach nicht mehr will, sogar ein paar, die ich inzwischen habe. Aber es gibt andere Dinge, die ich von Herzen gern hätte, und wenn ich sie nicht bald kriege, kriege ich sie nie.«

Dann schlug sie ihr Gewand auseinander und legte ihre Shorts und das Oberteil ihres Badeanzugs frei. Dazwischen wölbte sich eine kleine Kugel. Sie war etwas größer als der Speckbauch, den seine Mutter hatte, seit sie spät wegblieb, aber bei Arlene saß er anders. Ihn zu sehen und die Teile ihres Körpers, die nicht von den Shorts und dem Badeanzug bedeckt waren, ließ Freddy sich seiner eigenen weitgehenden Blöße bewusst werden. Er wollte weg, wollte aber auch bleiben.

»Du meinst, meinem Baby wird das Haus nicht gefallen?«

»Das ist ein *Baby*?«, staunte Freddy.

»Natürlich, Dummchen. Die ersten fünfzehn Wochen jedenfalls. So weit hab ich's noch nie gebracht.«

»Ist es ein Junge? Oder ein Mädchen?«

»Weißt du«, sagte Arlene, »diesmal hab ich bisher gedacht, eindeutig Mädchen, aber gerade eben, kurz bevor du gekommen bist, habe ich beschlossen, dass ein Junge vielleicht auch ganz nett wär. Aber nicht, wenn er sich haut wie du und Santos. Nicht, wenn er nicht vergeben und eine Entschuldigung ernst meinen kann. Er muss es richtig machen, besser.«

Freddy senkte den Kopf.

»Aber ich gebs zu. Mir gehen haufenweise Jungennamen durch den Kopf.«

Er starrte auf ihren Bauch. »Ist der Mann da Ihr Mann?«, fragte er.

Arlene blickte auf das gerahmte Bild auf dem Nachttisch, als hätte sie vergessen, es wegzuräumen. »Das ist einer, der für mich sorgt. Oder es mal getan hat. Ich glaube, jetzt will er das nicht mehr.« Sie schien wieder mit jemand anderem zu reden.

Freddy glotzte noch immer auf ihren Bauch. Er wollte die Fäuste zwischen die Knie schieben, aber er konnte sich nicht rühren.

»Fass ruhig mal an«, sagte Arlene.

»Was?«

»Na los.«

»Das kann ich nicht.«

»Klar kannst du«, sagte sie. »Ich hab irgendwo gelesen, das bringt Glück. Man braucht in dieser schrecklichen Welt jede Menge Glück. Vielleicht wirkt es sogar auch andersrum. Ein bisschen Glück für dich und ein bisschen für mich. Mich und mein Baby. Hier, gib mal deine Hände.«

Freddys Hände waren so verkrampft, dass sie zitterten und schmerzten. Er schob sich näher heran, zögernd zunächst, aber dann überließ er sie ihr. In ihren Händen lösten sich seine, und sie drehte sie und legte sie sich flach auf den Bauch. Er war weicher, als er gedacht hätte, und wärmer.

»Na, was meinst du?«, sagte sie.

Er wusste nicht recht, was sie meinte. Er sah nur seine Mutter vor sich, die halb wach auf der Couch alles warten ließ, ihn und den alten Mann mit den Pfirsichen und den Rest der Welt.

»Was meinst du, was es ist?«, fragte sie. »Sag du. Junge oder Mädchen?«

Er starrte wieder auf ihren Bauch, aber der verriet ihm nichts.

»Junge oder Mädchen?«, wiederholte sie, und die Frage kam wie ein Echo von ihr, vom Bett und dem Zimmer zurück.

Freddys Fantasie konnte ihn in einen Engel oder einen Zauberer oder einen Ritter verwandeln. Mit ihrer Hilfe konnte er zum Roboter werden, einer, der zur Sicherheit Karten anlegte. Der Roboter wusste, was geschah und was geschehen würde. Draußen am Pool war es jetzt still. Unten im Haus rief Schwester Pamela nach ihm. Jeden

Moment würde sie beschließen, heraufzukommen. Sie würde in das erste Zimmer schauen und ihn nicht finden. Er würde sie näher kommen hören, und wenn er in ihre erstaunten Augen und bräunlichen Zähne hochblickte, würden seine Hände, einem gemeinsamen Wunsch entsprechend, noch immer offen auf der Wölbung des Bauchs dieser Frau ruhen.

Aber es war nicht Freddys Fantasie, die Arlene ansprach und die von jedem weiteren Moment des Kontakts mit ihrer Haut befeuert wurde. Sie sprach vielmehr das an, was diese Fantasie hütete. Was in Gedanken und Gefühlen über Mütter und Babys und Salons und im dunklen, braunen Gesicht eines Jesus nur in Ansätzen greifbar war. Dieser Teil von ihm, noch nicht erwachsen, kannte weder die Antwort auf ihre Frage noch irgendeine der Fragen, die sich hinter ihrer Frage verbargen, und wusste daher nicht, wie er antworten sollte. Er wusste zwar, dass das hier, was hier geschah, etwas war, was er nie vergessen würde, aber im Augenblick wusste er nichts weiter zu sagen.

Alles, was der Mund isst

Ich habe diese Geschichte viele Male angefangen und die Seiten viele Male gelöscht. Der Grund ist kein großes Geheimnis. Ich sehe immerzu das Gesicht meines Bruders, es überschattet alles, und dann bin ich verloren. Aber vielleicht geht es nicht anders. Das Gesicht meines Bruders, das meinem Gesicht viel ähnlicher ist, als ich je zuzugeben bereit war, *ist* in vieler Hinsicht die Geschichte. Und wenn ich ehrlich bin, sollte ich von vornherein einräumen, dass ich immer schon furchtbar verloren war. Ich möchte diese Geschichte erzählen, und ich möchte sie ehrlich erzählen.

Für die Fahrt zu dem Capoeira-Treffen an jenem Morgen vor mittlerweile etlichen Jahren hätten wir weniger als eine Stunde brauchen müssen, aber irgendwie schaffte ich es, uns westlich über Arlington hinauszukatapultieren, und bei Springfield verfranzte ich mich dann noch mal. Mein Bruder Carlos saß mit Baby Rosa hinten. Neben mir auf dem Beifahrersitz war seine Freundin Sulay zunehmend ratlos. Ihre haselnussbraunen Augen wurden immer größer, ihr Mund öffnete und schloss sich wieder, widerstrebend hielt auch sie das eiserne Schweigen, das Carlos und ich uns allen auferlegten. Sie hatte gewiss jede unserer Bemühungen registriert, die stumme Saat erst auszubringen und sie reifen zu lassen, einig nur in der Absicht, uns gegenseitig zu quälen.

Wir waren in dem verbeulten schwarzen Honda der beiden unterwegs. Überall flogen Folien von Energieriegeln, Wasserflaschen, Trinkpäckchen und schlaffe Orangenschalen herum. Die roten Ecken eines Kinderbuchs und eine Leihausgabe von *In unserer Zeit* guckten aus der Ritze zwischen Beifahrersitz und Mittelkonsole. Neben Carlos hatte jemand drei Paar unverschnürte Sneaker auf einen Stapel gefalteter Hosen und T-Shirts gepackt. Hinter ihm war die Heckablage vollgestopft mit Musikinstrumenten oder Teilen davon: drei bemalten Cabaças, ein paar Caxixis und Ersatzsaiten, den Arame. Die klimatisierte Luft war gesättigt vom penetrant süßen und sauren Geruch eines Kleinkinds, ein Geruch, den Carlos und Sulay wahrscheinlich gar nicht mehr wahrnahmen und der sich mit dem abgestandenen Zigarettengestank im Wagen vermischte.

Als ich darauf bestanden hatte zu fahren, erklärte Carlos prompt, er werde sich mit Rosa nach hinten setzen. Ich hatte behauptet, ich kenne D. C. und könne uns locker von dort in den Prince William Forest Park in Virginia kutschieren. Das alles aufgrund meiner Kurztrips von New York zu einer Frau dort in der Gegend, die ich mich nicht durchringen konnte zu lieben. Aber ich bin ein mieser Fahrer. Besonders auf Highways werde ich nervös. An denen ist irgendwas apokalyptisch. Die Menschen in den anderen Autos sind immer kaum zu erkennen, und die Geschwindigkeit des Ganzen erinnert an die Verzweiflung einer Flucht. Ich kann ganz schlecht entscheiden, wann ich die Spur wechseln soll. Die trügerische Einförmigkeit setzt mir zu, und Pfeile zeigen in alle Richtungen. Mein Blick huscht von Spiegel zu Spiegel, und am Ende lese ich die Schilder falsch oder übersehe sie gleich ganz.

Irgendwie hatte ich die Interstate verpasst, und da konnte Sulay nicht mehr an sich halten. Sie drehte sich nach Carlos um und warf ihm einen flehenden Blick zu, aber umsonst. Obwohl sie gestresst wirkte, klang sie ganz ruhig, als sie sich wieder nach vorne drehte und zu mir in ihrem Singsang sagte: »Eric, soll wirklich nicht einer von uns übernehmen?«

Ich schüttelte unwillig den Kopf, teilte zweimal mit dem Kinn die Luft. Ich umklammerte das Lenkrad noch fester, als Carlos, den ich im Rückspiegel seit unserer Abfahrt in Takoma Park hatte grinsen sehen, sich offenbar endlich zu einem Eröffnungszug entschied. Unsere Blicke trafen sich flüchtig.

»Du weißt, dass die 95 ziemlich heftig ist, oder?«, sagte er nicht zu mir, sondern zu Sulay. »Eine der längsten Interstates landesweit, wenn ich mich recht entsinne. Hauptverkehrsader der Ostküste. Aber das weißt du natürlich.«

Er hatte eine Hand von der Rückbank gehoben, um – Dirigent seiner eigenen Worte – in der Luft Schlangenlinien zu beschreiben, und sich dann einen Finger ans Kinn gelegt und über den struppigen Bartstreifen unter seiner Unterlippe gestrichen. Seine andere Hand kramte rastlos in seiner Hosentasche, klimperte mit Schlüsseln und Münzen, während Rosa sich mit einem Niesen selbst weckte.

»Dein Onkel ist genau wie ich«, sagte er zu seiner Tochter. »Hat dieselben dicken, fetten Venen an den

Armen. Traum jedes Arztes. Aber hin und wieder erwischst du einen, der nicht weiß, was er tut, und der zersticht dir bei der Blutentnahme den ganzen Arm. Dabei ist die dicke, fette Vene doch *gleich da*.«

»Wovon redest du?«, sagte Sulay.

Carlos lachte kurz auf. »Einmal hätte ich mir um ein Haar die verdammte Nadel geschnappt und selbst reingeschoben, ich schwörs. Ungelogen.« Das rhythmisch metallene Klirren in seiner Tasche hatte aufgehört. »Das Leben ist kompliziert genug«, sagte er. »Es tut richtig weh – körperlich weh –, wenn Leute die einfachsten Sachen verbocken.«

Ich holte zur Beruhigung tief Luft und lächelte Sulay an. »Also raucht er noch, wie?«, sagte ich.

Carlos zwinkerte ihr zu. »Babe, sag meinem Bruder, dass es inzwischen Monate sind. Nein, nein, sag ihm, dass es einfach lange dauert, bis der Geruch sich verzieht.«

Ich hatte mit meinem Bruder seit vielen Jahren nicht mehr geredet – richtig geredet. Vielleicht nie. Anscheinend wussten wir beide nicht, wo wir überhaupt hätten anfangen sollen. In Wahrheit wollte ich auch eigentlich gar nicht mit ihm reden, fühlte mich aber schuldig oder um unserer Mutter willen moralisch verpflichtet. Also machte ich mir auf dieser Fahrt vor, ich würde mir einen Ruck geben.

Im Augenblick aber konnte jedes Gespräch zwischen Carlos und mir nur in Streit ausarten. Da ich nicht wollte, dass gleich im Wagen die Fetzen flogen, fragte ich Sulay nicht nach seinem Alkoholkonsum oder der Suche nach einem festen Job. Die relativ »guten« Beziehungen zwischen uns waren eine neue und brüchige Entwicklung.

Bestimmt kostete es ihn genauso viel Kraft wie mich, so behutsam – Wort für Wort, Geste für Geste – vorzugehen. Wir hatten vorsichtig wiederangeknüpft, als ich von unserer Mutter erfuhr, dass er praktisch auf der Straße gelandet war. Zusammen zum Capoeira-Treffen zu fahren, gehörte zu diesem Neubeginn. Ich wollte echtes Interesse an ihm und an dem, was ihm wichtig war, demonstrieren. Außerdem wollte ich – was ich bisher nie zugegeben hätte – verstehen, wie zum Teufel ausgerechnet er eine Frau wie Sulay an Land gezogen hatte.

Seit wir wieder redeten, ließ sich Carlos endlos über das aus, was alles ein »Segen« gewesen war und ihm, wie er sagte, das Leben gerettet hatte. Das waren vor allem zwei Dinge: Sulay und Capoeira Angola. Rosa kam als dritter »Segen« dazu. Er hörte gar nicht mehr auf; Wiederholungen bildeten im Getue unserer Kommunikationsversuche eine verlässliche Stütze. Eines Tages hatte ich beim Tee in einem szenig kühlen Café am Dupont Circle, als ich seine Wiederholungen leid wurde, Sulay angestarrt – ich starrte sie schon den ganzen Nachmittag an – und nach der Capoeira gefragt. Ein bisschen Ahnung hatte ich ja. Ich arbeitete in Manhattan als Lehrbeauftragter für Literatur und hatte im Union Square Park ein paar Menschen Capoeira ausüben oder vielmehr andere Menschen die umringen sehen, die es taten. Inmitten des Verkehrslärms der Fourteenth Street, der Fußgängerströme und des weißen Rauschens meiner eigenen Gedanken war da eine angedeutete Musik: *Wah-wah*-Klänge, durchsetzt mit einem diffusen Brummen und schrillen Flatterechos. Ich hatte die Frage an Sulay gerichtet, aber es antwortete mein Bruder.

»Erstens«, sagte er, »übt man Capoeira nicht aus, man *spielt* sie. Man *lebt* Capoeira.« Er fing von afrikanischen Kampfkunsttraditionen an und versklavten Afrikanern in Brasilien, der Entwicklung der Kunstform dort, ihrer Ausbreitung bis in die Vereinigten Staaten und andere Länder. Er sprach, schneller jetzt, von der Musik und den Ritualen und der Lebenssicht. Als der Begriff »antagonistische Kooperation« fiel, bei dem ich eher an den Schriftsteller Ralph Ellison dachte, geriet er ins Philosophieren, und zwar darüber, was es bedeute, die »Welt auf den Kopf zu stellen«. Er beantwortete keine Frage, er dozierte.

»Sag mir doch einfach, was Capoeira ist«, drängte ich.

Er griff nach Sulay und hielt eine ihrer blau behandschuhten Hände. »*A capoeira é tudo que a boca come*«, sagte er zu ihr und verstummte. Sein Schweigen damals sollte genauso tiefsinnig sein wie das, in das er sich jetzt hinten im schwarzen Honda hüllte, nachdem es ihm gelungen war, das letzte Wort zu haben. Es wäre eine Erleichterung, endlich anzukommen, der Enge des Wagens zu entkommen, die mit jeder zurückgelegten Meile beklemmender wurde.

Carlos und ich bezeichnen uns als Brüder, obwohl wir streng genommen Halbbrüder sind. Mich hat unsere Mutter in Fayetteville, North Carolina, zur Welt gebracht, ihn in New York City. Den Mann, der mein Stiefvater werden sollte, Carlos' Vater, lernte unsere Mutter in Brooklyn kennen, als sie sich mit allem und auch mit ihrem Job bei Montgomery Ward schwertat. Er war damals Berufsberater und behandelte meine Mutter – schwer zu glauben – sehr gut. Sie sagt, er habe sie gut beraten, aber vor allem sich für mehr als nur ihre Anstellung interessiert, und sein Interesse habe ihre Einsamkeit gelindert. Bald gingen sie miteinander aus, und wenig später zogen wir von Brooklyn zu ihm in die Bronx. Von meinem eigenen Vater fehlt jede Erinnerung und jede Spur.

Die ersten klaren Bilder, die ich von meinem Stiefvater habe, stammen vom Tag unseres Umzugs, da war ich vier. Er wohnte weit oben in einem Hochhaus in der South Bronx in genau der Wohnung, in der er selbst aufgewachsen war. Ich staunte über die wuchtige Bauart des Backsteinblocks und der Blöcke ringsum, die überall riesige Schatten warfen, und so wurde auch er für mich überlebensgroß. Er war ein dicklicher, aber gutaussehender Puerto-Ricaner mit großen Händen, heller Haut und weiten, lebhaften Augen. Mit seinem dichten schwarzen Walrossbart wollte er wohl Willie Colón gleichen oder übertreffen, dessen Gesicht wieder und wieder auf den Plattenhüllen seiner Sammlung erschien. Ich war so beeindruckt, sprich eingeschüchtert – von den Wohnblocks, von dem Mann, von den neuen Lebensdimensionen –, dass ich mir, als wir den Fahrstuhl hinauf in unser neues Zuhause besteigen sollten, in die Hose machte.

Die Siedlung muss voll eingeschüchterter, nervöser Menschen gewesen sein, denn der Fahrstuhl roch immer nach Pisse. Manchmal konntest du sehen, wo ein Strahl zur Pfütze verlaufen war, und dann fuhrst du mit dem Rücken zur Wand rauf oder runter und tatst so, als wäre die Lache nicht da, tatst so, als hätte nicht eine eingeschüchterte, nervöse Person, die du kanntest und jeden Tag sahst, sich dort im Fahrstuhl erleichtert.

Wenn er gerade nicht außer Betrieb war, brachte der Fahrstuhl uns über zehn Jahre lang nach Hause in den zehnten Stock oder von dort weg. Irgendwann in den ersten Jahren wurde meine Mutter mit meinem Bruder schwanger. Ich weiß nichts mehr von seiner Geburt oder seinem ersten Auftauchen in unserer Wohnung, aber ich erinnere mich an die leise Empörung, jetzt nicht mehr Einzelkind zu sein. Ich erinnere mich auch, dass Carlos als Baby quengelig war, von niemandem gehalten werden wollte als unserer Mutter, aber später dann mir gegenüber sehr anhänglich wurde, obwohl ich mich weder bemühte noch sonderlich begeistert war. Zu den ersten Wörtern, die er aus dem Gitterbett krähte, gehörte »Ba-dee«, sein Nonsens-Kosename für mich. Weil er aber irgendwie lachhaft und launisch war, empfand ich nicht die Zuneigung, die von einem Bruder zu erwarten gewesen wäre. Er, der dort im zehnten Stock gezeugt worden war und dessen winzige Lungen in nicht unerheblichem Maß die Luft des versifften Fahrstuhls geatmet hatten, diente mir als Fallbeispiel für das, was meiner Theorie zufolge Sozialbausiedlungen aus Menschen machten.

Regen von vor zwei Tagen hatte einen süßen Moschus aus der Erde gespült und unter dem Blätterdach der Tulpenbäume und Virginia-Kiefern gebunden. Carlos und Sulay sorgten sich, dass das schlechte Wetter das Treffen beeinträchtigen könnte, aber es waren sonnige Tage vorhergesagt. Es war weniger schwül als zu Beginn der Woche, und die Wolken hatten sich am Dienstag abgeregnet. Carlos raffte unsere Sachen aus dem Wagen, während Sulay in ihrer Tarnhose mit vorgeschobener Hüfte und

Rosa im Arm daneben stand. Sie deutete mit einem braunen Finger auf ein Rotahornwäldchen, dann zeigte sie ihrer Tochter auf der anderen Seite des Wagens Weißwurzen, Hartriegel und Sassafras. Sulays Lippen schmeichelten jeder Silbe. Rosa fuchtelte in ausgelassener Nachahmung der Mutter und kreischte vor Vergnügen.

Ich marschierte los, schlug den Weg unter dem Rotahorn ein, doch Sulay rief mir hinterher, ich würde in die falsche Richtung gehen. Wir folgten eine Zeit lang der Reihe der geparkten Autos, bis der hohe, singende Ton einer einzigen Berimbau ertönte und wir ein Schild entdeckten, das auf Camp 5 beziehungsweise »Happyland« verwies. Wenige Meter hinter dem Schild hing ein gelbes Banner, dessen schwarze Buchstaben die 6. internationalen Capoeira-Angola-Tage ankündigten. Über dem Text war so schlicht wie stilvoll ein kopfstehendes Paar abgebildet, Mann und Frau, einander zugewandt. Kaum hatte mir Sulay verraten, dass die Vorlage von ihr stammte, küsste Carlos sie knapp neben einen Schmollmund, der bereits anhob, weitere Bäume zu benennen.

Wir erreichten eine Lichtung, auf der sich einige Leute um mehrere Blockhütten versammelt hatten. Auf den Stufen der größten Hütte saß mit ein paar anderen Leuten der Berimbauspieler. Im Gras vor ihnen stand eine Frau, die für die Arame Stahldraht aus dem Gewebe eines Autoreifens zog. Wortlos drückte mir Sulay Rosa in die Arme und ließ mir auch den Kampfergeruch ihres Haars. Sie lief ins Gras und gab der Frau einen Klaps auf den Hintern. Sie jauchzten vor Freude und umarmten sich lang und innig und traten dann einen Schritt auseinander, musterten sich und hielten sich an den Händen wie

Schulmädchen, die gleich loshüpfen wollen. Plötzlich, ein Lächeln noch auf den Lippen, riss die Fremde Sulay zu sich heran und versuchte, ihr einen Kopfstoß zu verpassen. Sulay entzog sich ihren Händen, ließ ihren Körper knochenlos hinschmelzen und entging durch diese Ausweichbewegung nach unten der *cabeçada*. Sie machte sich gewissermaßen zum Teil des Angriffs, tauchte in einer fließenden Bewegung durch ihn hindurch und ab. Sie nahm die Energie des verfehlten Stoßes auf und wurde eins mit dem Ablauf.

Der Berimbauspieler auf den Stufen spielte nun schneller und variierte stärker, und ein zweiter Mann begleitete ihn mit dem Takt seines Pandeiro. Vor ihnen umkreisten sich die beiden Frauen im Gegenuhrzeigersinn, drehten sich, täuschten mit weit ausholenden Bewegungen und Tritten Angriffe an, wirbelten auf den Fersen oder Fußballen herum, immerzu lachend und lächelnd. Sulay bewegte sich geschmeidig wie ein Aal im Wasser, dann wieder hielt sie sich sehr aufrecht mit eng angewinkelten Ellbogen. Dagegen blieb die *ginga* der anderen Frau, ihr Rhythmus, kraftvoll geduckt und kantig, entschiedenere Schritte und ruckhafte Bewegungen der Ellbogen und Schultern ihres schwereren Körpers deuteten auf eine große Kraft hin. Die beiden spielten eine Reihe Angriffe, Ausweichmanöver und Gegenangriffe durch und hielten sich strikt an die Regel, dass nur Hände, Kopf oder Füße je den Boden berühren dürfen. Die Ausfälle – Dreh- und gerade Tritte – wurden härter und raffinierter, flossen oftmals aus dem, was eben noch Vakuum war. Nach einer besonders geschmeidigen, abwechslungsreichen Sequenz schlugen beide wie in Zeitlupe herrliche

Räder und hielten plötzlich mitten in der Bewegung inne, wetteiferten darum, möglichst lange den Handstand zu halten: Sulay hatte dabei ein Bein himmelwärts durchgestreckt und das zweite anmutig drum herumgeschlungen, die andere Frau die Knie angehockt und gegen die Brust gedrückt. So standfest wie auf Füßen grinsten sie sich mit schiefen Hälsen an und warteten ab, wer zuerst das Gleichgewicht verlieren würde.

Wie immer, wenn ich bei einer Spielbegegnung zusah, konnte ich nur auf einen der Capoeiristas achten. Es war, als würde ich ein Gedicht mit raffinierten Zeilensprüngen und komplizierter Syntax lesen: Mein Sinn für die Dynamik zwischen zwei Spielern veränderte sich laufend, immer ein wenig zeitversetzt ein bis zwei Sekunden nach dem Staunen über den eigentlichen Abtausch. Sulay begab sich mühelos in einen Kopfstand, winkelte die Beine nach hinten ab und bog sich langsam zur Brücke. Dafür, was die andere Frau in dem Moment tat, hatte ich keine Augen, und da Rosa auf meinem Arm unruhig wurde, verpasste ich den Abschluss ihres spontanen Spiels. Carlos schielte zu mir rüber und grinste vielsagend. Als ich Rosa absetzte, wackelte sie zu ihm hin und packte seine Knie. Und dann war Sulay bei ihnen, keuchend und schweißnass, das Gesicht wie poliertes Holz. Mein Bruder setzte sich Rosa auf die Hüfte, und Sulay wischte sich an seiner Wange den Schweiß von der Stirn.

Carlos' Vater hatte mit uns gern ein Spiel gespielt, besonders, wenn unsere Mutter abends ihren Buchhaltungskurs besuchte und wir beide mit ihm allein waren. Er fing damit an, sobald Carlos sprechen konnte. Er setzte sich einen von uns auf den Schoß und fragte: »*De quien tú eres?*« Wir lernten schnell, dass die richtige Antwort »Daddy« lautete, doch wir waren mit ihr nie schnell genug. Sobald er fragte – und selbst wenn die Antwort wie aus der Pistole schon in die Frage geschossen kam –, kitzelte er längst den jeweiligen Jungen auf seinem Schoß durch. Unzählige Male bohrten sich seine dicken Finger unter meine schmalen Rippen, und ganz gleich, wie oft ich das Wort *Daddy* brüllte, am Ende rang ich, den Tränen nahe, nach Luft. Auch Carlos wurde durchgekitzelt, bis er kreischend und strampelnd vom Schoß seines Vaters glitt und wie ich glücklich am Boden lag. Anschließend mussten wir ihm oft die Füße massieren. Er lag auf der Couch, wir noch auf dem Fußboden mit je einem nackten Fuß in den Händen. Ich erinnere mich an den käsigen Geruch und die raue Haut an der Sohle und am großen Zeh.

Das Spiel war das geringere Übel: Kam er von der Arbeit heim und schickte uns durchgekitzelt zu Boden, hatte er gute Laune. An solchen Abenden legte er vielleicht auch ein paar seiner Pop-Alben auf. Wenn dann die Musik aus den Lautsprechern schallte, tanzte er, mit feierlich gerunzelter Stirn und eingesogener Unterlippe, wirbelte und sauste auf dünnen Anzugsocken umher. Mein Beitrag bestand weitgehend darin, auf und ab zu hüpfen. Carlos war wendiger und einfallsreicher. Er hatte Gespür für Bein- und Hüftbewegungen, für Takt und Rhythmus. Schon damals war er ein geschickter und überlegter Tänzer.

Zu der Zeit arbeitete Carlos' Vater als Bewährungshelfer. Einmal, als mein Bruder und ich wegen irgendeines Feiertags keine Schule hatten, nahm mein Stiefvater uns erstmals auf die Arbeit mit. Sein Büro befand sich in einem imposanten, strengen Bau in der Centre Street am unteren Ende von Manhattan. Angeblich wurden dort Rechtssachen verhandelt, aber trotzdem sah das Gebäude einfach nach Knast aus. Zu dritt passierten wir die Metalldetektoren und glitten im Fahrstuhl in eines der obersten Stockwerke. Es war noch Morgen, doch mein Bruder und ich durften uns aus den Automaten Chips, rote Lakritze und Limonade holen. Auf dem Weg durch den Flur ließ Carlos' Vater uns die Köpfe in bestimmte Bürozimmer und -zellen strecken, um uns seinen Kollegen vorzuführen. Als wir sein Büro erreichten, schaute kurz eine mittelalte weiße Frau mit langem Hals und engem Haarknoten vorbei.

Sie zeigte auf meinen Bruder und sagte: »Ach, ist das dein Sohn?«

»Sind sie beide.«

»Aber der ist dir wie aus dem Gesicht geschnitten – das gleiche Lächeln, das gewellte Haar … und dazu der niedliche Babyspeck!«

»Das sind meine zwei Jungs«, sagte er.

»Aber der lange, der ist kein eigener, oder?«

Da sah er sie auf die Art an, die wir nur zu gut kannten, mit weit aufgerissenen, vortretenden Augen. Sie gehörte wohl zu denen, die im Büro herumlaufen und unüberlegte, ungehörige Dinge von sich geben. Hätte er selbst das Sagen gehabt, er hätte sie vielleicht auf der Stelle gefeuert. So aber stellte er sich hinter mich und legte mir je eine starke Hand auf die Schultern.

»Doch, ist er«, sagte er seelenruhig. »Sind sie beide, wie gesagt.«

Jeder im Raum bis auf vielleicht Carlos, der noch sehr jung war – aber vielleicht etwas ahnte –, wusste, dass das eine unsinnige Behauptung war. Die Kollegen meines Stiefvaters dürften seine häusliche Situation zumindest in Grundzügen gekannt haben. Außerdem sah ich ihm nicht im Geringsten ähnlich und damals auch nicht Carlos. Dessen Haar war weicher und lockiger, meines um ein paar Nuancen heller; erst später würden sich die Nasen und Wangen, die wir beide von unserer Mutter geerbt hatten, angleichen. Damals wäre glaubhafter gewesen, er hätte mich auf der Ecke der Centre Street aufgelesen, um sich im Büro einen Scherz zu erlauben. Die Frau kniff die Lippen zusammen, rauschte zur Tür hinaus und ließ uns mit der Lüge meines Stiefvaters im Raum zurück.

»Du *bist* mein Sohn«, sagte er keineswegs sanft. »Das weißt du, oder?« Sein Gesichtsausdruck war nicht viel anders als der gegenüber der Frau, und sein Tonfall war ein doppelter. Dem unterschwelligen entnahm ich einen Befehl, nickte also. Er setzte sich auf den Stuhl neben seinem Schreibtisch und ließ Carlos und mich vor sich antreten. Plötzlich klaffte zwischen mir und meinem Bruder eine große Lücke, für jedes Jahr, das unsere Geburten trennte, ein weiteres Stück Wüste.

»*De quien tú eres?*«, fragte er uns. Es drohte kein Durchkitzeln, aber das machte die Sache noch schlimmer.

»Daddy«, sagten wir.

Auf den Verandastufen zur großen Blockhütte, in der wir in Happyland alle Mahlzeiten einnehmen würden, saßen etliche Capoeiristas herum, überwiegend Männer. Drinnen waren andere damit beschäftigt, Küchenvorräte he-

rumzuschleppen und Deko und Schilder an die Decken-
balken zu hängen. Der Berimbauspieler war ein Brasilianer mittleren Alters mit altmodischer, grau melierter
Brikettfrisur. Er grinste dauernd und wirkte sehr listig. Es
stellte sich heraus, dass es sich um einen berühmten
mestre handelte, den ich von Fotos und Videos kannte,
einen gefeierten Kenner der Kunst, Musik, Geschichte
und Philosophie der Capoeira Angola. Die anderen ihn
umlagernden Meister und Lehrer unterhielten sich in
einem portugiesischen Singsang, der um Carlos und Sulay
kreiste. Ich verstand kaum etwas von dem, was sie sagten, nahm aber an der Art, wie ihre Stimmen die Vokale
umspielten, etwas wie ein Werben wahr, ein Verlangen.
Hauptsächlich galt die Aufmerksamkeit Sulay; vielleicht
zollten sie ihrem schönen Kampftanz von vorhin Res-
pekt oder ihrer eigenen Schönheit, so bald nach der
Schwangerschaft wiederhergestellt und sogar gesteigert.
Sie priesen auch Rosa, die sich scheu hinter den Beinen
meines Bruders verbarg. Und wie einige der Männer sich
übers Kinn strichen, verriet, dass sie sich über Carlos'
Bart mokierten. Er ließ ihn sich gerade wachsen, und er
wirkte ums Kinn kümmerlich und ungepflegt.

Als ich den berühmten *mestre* erkannt hatte, murmelte
ich überrascht den Namen. Carlos bedachte mich mit
einem Seitenblick und schnaubte. Er strich sich seinerseits
übers Kinn und stellte mich dann dem Meister leise auf
Portugiesisch vor. Ich kriegte nur die ersten Worte mit.
Er sagte, ich sei sein »*irmáo de Nova Iorque*« und hätte »*trei-
nando na capoeira angola por um ano, mais ou menos*«. Dann
aber legte er richtig los und deutete wiederholt mit einem
verschlagenen Blick auf mich.

Der *mestre* schien nachdenklich. Er wandte mir das flache, braune Gesicht zu und musterte mich, während Carlos redete. Mit einem fast höhnischen Gesichtsausdruck schüttelte er mir die Hand und hielt sie fest, um zu sagen: »*Você quer jogar comigo, rapaz? Hm? Eu acho que pode acontecer.*«

Die anderen auf den Verandastufen johlten und schnippten mit den Fingern, gespannt auf meine Reaktion. Da begriff ich, was mein Bruder getan hatte. Eine unhaltbare Situation. Es kam weder ein Ja noch ein Nein infrage, also schwieg ich. Ich schüttelte ihm einfach noch mal die Hand und lächelte.

Ungefähr ein Jahr zuvor hatte ich in Harlem begonnen, bei einem alten, gebeugten Brasilianer namens Big John Capoeira zu trainieren. Mich reizten Geschichte und Philosophie des Kampftanzes, außerdem suchte ich für die vielen reglos am Schreibtisch verbrachten Stunden einen dynamischen Ausgleich. Ich erhoffte mir außerdem mehr Gesprächsstoff mit Carlos, doch wir sprachen kaum drüber. Das Training war hart, aber immer noch einfacher, als mich mit meinem Bruder auszutauschen. Eines Abends saß ich nach einer meiner ersten Stunden in der Männerumkleide. Es war anstrengend gewesen, die Bewegungsabläufe hatten lauter Brücken, Drehungen und Kopfstände verlangt, und mir war etwas schwindlig. Ich hatte die weißen Sachen abgelegt, in denen wir trainierten, und bückte mich gerade vorsichtig, um mir die Schuhe zu schnüren. In dem Wimpernschlag, den ich zum Blinzeln brauchte, hatte ich einen gestreckten Fuß vor der Nase. Der Fuß gehörte einem langjährigen Schüler, einem

Rastafari aus Jamaika, dessen lange, dicke Locken eine gewaltige Tam füllten. Er stand über mir und tippte an sein Auge. »Offen halten«, sagte er, »sonst hast du ein blaues.« Anderswo wäre das eine Kampfansage gewesen, aber an diesem Abend lud mich der Rasta, als wir uns umgezogen hatten, zu einem vegetarischen Essen ein. Auf dem Weg zum Restaurant schimpfte er über meinen Gang und weihte mich in einen Rat unseres *mestre* ein. »Immer schön langsam«, sagte er mir, »bleib wachsam, mach an Ecken weite Bögen. Du weißt nie, was dahinter liegt.«

Teil der Initiation in die Welt der Capoeira Angola ist das unablässige Schulen der Sinne, der Wachsamkeit, und das nicht nur während des eigentlichen Spiels. Finten und Tricks werden so in die Weltsicht des Capoeiristas integriert, dass sie in die Textur des täglichen Lebens übergehen. Heute sehe ich, wie seltsam es ist, überhaupt anders zu leben, besonders in einer großen Stadt, und ich staune, wie Leute sich kopfüber in alles Mögliche stürzen, wie vertrauensselig sie sind, wie blind für das, was hinter dem blauen Dunst eines Lächelns lauern kann. Und ist nicht die harte Schule dieser Einsicht die Familie? Ist es nicht die Familie, die auf vielerlei Art unseren Umgang mit Täuschungen bestimmt?

Nachdem Carlos' Vater im Büro darauf bestanden hatte, auch mein Vater zu sein, würgte mich das Lachen bei den Kitzeleien und wurde zum Schrei. Ich sah ihm bei der Antwort »Daddy« nicht mehr ins Gesicht.

Zusätzlich zu ihren Abendkursen hatte unsere Mutter inzwischen einen Job angenommen, und das hieß, dass ich Carlos zur nahe gelegenen Schule bringen und abholen und auf ihn aufpassen musste, bis ein Elternteil nach Hause kam. Während dieser unbeaufsichtigten Stunden hatten wir uns nie viel zu sagen. Wir spielten zwar miteinander, aber ich übertrieb es auch häufig. Damals schauten wir Profiwrestling im Fernsehen, und er war leicht zu überreden, mich die Griffe an sich ausprobieren zu lassen. Wenn wir spielten, übernahm ich immer die Rolle des Schurken. Ich hob ihn hoch und knallte ihn auf unsere schäbige Couch, drückte ihm das Knie ins Kreuz, setzte Würgegriffe ein, tat so, als wollte ich seinen Kopf gegen die Wand schlagen. Wir wussten beide, dass Profiwrestling Theater mit bisweilen völlig unrealistischen Aktionen war, und wir hielten es genauso. Das baute normalerweise die Aggressionen ab, die sich in mir anstauten.

Eines Tages – ich war in der achten Klasse, Carlos in der dritten – rangen wir, bis ich ihn im Schwitzkasten hatte. Ich war hinter ihm und hatte einen Arm um seinen Hals und drückte mit dem anderen gegen seine Schläfe. Das war für uns normal. Ich gab vor, ihm die Luft abzudrücken, er tat so, als kriegte er keine, ruderte wild mit den Armen, bis er zum Schein das Bewusstsein verlor. Nur dachte ich diesmal an nichts als meinen Bizeps. Carlos schlug umso mehr um sich, je mehr ich den anspannte und bewunderte, wie ich einen Teil meines Körpers zu Stein werden lassen konnte. Selbst dann noch, als sein volles Gewicht gegen mich sank und er aufhörte zu zappeln. Ich machte weiter, und zwar jetzt als Ringrichter. Ich ließ ihn gegen die Couch sacken, riss seinen Arm am Handgelenk hoch und ließ ihn fallen. Ich riss ihn erneut hoch und ließ ihn fallen, und da sackte Carlos zur Seite. Wenn sein Arm zum dritten Mal fiele, hätte ich ein

Knock-out erzielt und das Match gewonnen. Nur hatte es das noch nie gegeben. Carlos hatte noch nie ein drittes Mal den Arm fallen lassen. Normalerweise reckte er ihn hoch, zeigte damit an, dass er wieder im Spiel war, schlug die Augen auf und ging erneut zum Angriff über. An dem Nachmittag aber fiel sein Arm ein drittes Mal.

Da riss ich in Siegerpose meinerseits die Arme hoch und stampfte im Wohnzimmer herum, stachelte die imaginären Zuschauer auf, die uns umgaben, während mein Bruder auf dem Boden lag. Ich lachte voll entfesselter Kraft, zeigte mit dem Finger auf ihn, führte seinen Fans vor, wie armselig ihr Held war. Ich stellte einen Fuß auf seine Hüfte und hob erneut die Fäuste, aber als er sich überhaupt nicht rührte, kriegte ich es mit der Angst zu tun. Seine Finger waren eingerollt wie verkrumpelte Herbstblätter, eines seiner Beine war unnatürlich verdreht. Ich stupste ihn mit dem Fuß an. Atmete er? Ich hockte mich neben seinen verknäulten Körper und schüttelte ihn. Tränen liefen mir an den Nasenflügen herunter zum Kinn. »Carlos, es tut mir leid, bitte, wach auf«, sagte ich immer wieder, »Carlos, wach auf. Es tut mir leid. Bitte, wach auf. Es tut mir so leid.«

Als er schließlich zu sich kam, blinzelte er konfus. Vielleicht weil er begriff, was passiert war, vielleicht weil er meine Tränen sah, jedenfalls heulte auch er los. Er streckte die Arme nach mir aus, aber ich zuckte erschrocken zurück. Wie konnten er und ich in diesem Moment glauben, es wäre gut, sich überhaupt zu berühren? Ich wischte mir die Wangen ab. »Warum hast du nicht geatmet?«, sagte ich. »Du sollst doch nicht aufhören zu atmen. Warum hast du nichts gesagt?« Er nickte und nickte, nahm weinend die Schuld auf sich. »Aber du darfst nichts sagen«, sagte ich. »Carlos, du darfst es niemandem erzählen. Wir kriegen Ärger. Beide. Es setzt Schläge, also darfst du nichts sagen.«

Und Carlos verpfiff mich nicht. Er war überzeugt, dass ich uns Prügel erspart hätte, und glaubte vielleicht sogar, ich hätte ihm das Leben gerettet. Zum Dank erschuf er eine kleine Religion und erhob mich zur obersten Gottheit. Das ging über die normale Verehrung für den älteren Bruder hinaus. Ich wurde quasi wieder »Ba-dee«, Alpha seiner ersten und intimsten Sprache. Er war so fanatisch ergeben, dass es fast ein Schock war, von ihm nicht meinen Namen zu hören, wenn sein Vater ihn kitzelte und fragte: »*De quien tú eres?*«

Besonders viel schien ihm daran zu liegen, seine Ergebenheit in der Schule zu beweisen. Wir besuchten beide die Pfarrschule unserer Gemeinde. Sie lag in einem zweistöckigen Backsteinhaus mit Sandsteineinfassungen neben dem Pfarrhaus. Die Klassen sechs bis acht hatten Räume im Erdgeschoss, die Kleinen waren oben. Nach Schulbeginn gab es bis Schulschluss eigentlich keinen Grund, weshalb Carlos und ich uns sehen sollten, aber er fand Wege und Mittel. Er wusste, dass die Klassen im Erdgeschoss in den Pausen die Räume wechselten, also schlich er sich mit seinem Toilettenschein runter, um mich im Gang abzufangen. Das war anfangs lustig und machte mich, indirekt, für die Mädchen interessant. »Ach, dein kleiner Bruder ist ja so *süß*«, sagten sie, aber das hieß noch lange nicht, dass der große Bruder süß war. Das Zahnlückengrinsen, die Umarmungen und Huldigungstänze, die er erfand, erhöhten keineswegs die Bereitschaft der

Mädchen, mir tieferen Einblick in ihre Geheimnisse zu gewähren.

Ich war ein guter Schüler und sollte später auf der Abschlussfeier die Rede halten. Mein Lieblingslehrer Mr Taylor nannte mich einen »Überflieger« und »reichlich mit Talent gesegnet«. Er sagte mir unentwegt eine große Zukunft voraus, meinte, ich sei einer der Glücklichen, die die South Bronx hinter sich lassen und etwas aus sich machen könnten. Ich aber hatte mir für die achte Klasse, mein letztes Schuljahr, zum obersten Ziel gesetzt, Mädchen zu enträtseln. Die meisten hatten angefangen, ihre Schottenröcke in der Taille umzukrempeln, und nichts, was irgendein Lehrer in irgendeiner Klasse sagte, und sei es Mr Taylor, war so interessant wie die Beine einer Vierzehnjährigen. Was meine Freunde und ich in Taylors Mathestunden errechneten, waren die neu entblößten Fingerbreit strammer Mädchenschenkel. Besonders liebten wir Mrs Nelsons Englischunterricht. Sie ließ uns einen großen Kreis bilden, was uns den freien Blick auf Evelyn Martinez erlaubte, die, jedenfalls aus unserer Sicht, schon eine richtige Frau war. Die Mädchen passten nicht immer so auf, wenn sie die Beine übereinanderschlugen, und gelegentlich erhaschten wir einen Blick auf blitzende Wäsche – oder taten so. Darius zuckte, wenn er angeblich was gesehen hatte, auf seinem Platz zusammen, als wäre der Anblick ein Stromschlag. Sheldon bog sich vor Lachen. Mrs Nelson begriff, dass wir irgendeinen Unfug trieben, und behielt uns genauer im Auge. Sie muss ihren Verdacht den übrigen Lehrern mitgeteilt haben. Denn auch sie wurden im Unterricht nun wachsamer. Wir fanden andere Möglichkeiten, unsere Neugier zu befriedigen, nur mussten wir außerhalb des Schonraums der Klassenzimmer mit Carlos rechnen, meinem lästigen Schatten.

Die Schulcafeteria lag im Keller. Wir kamen dahinter, dass Stromschläge am ehesten zu haben waren, wenn wir nach dem Essen trödelten und die Mädchen aus unserer Klasse vor uns ins Erdgeschoss hochsteigen ließen. Ein paar Tage waren uns wahre elektrische Gewitterstürme vergönnt, dann kam Carlos mit heraushängendem Hemd von seinem Platz am randalierenden Drittklässlertisch zu uns herübergeflitzt. Er hatte mich zu den Mädchen hochschielen und kichern, hatte mich an meiner Clipkrawatte zerren sehen, also folgte er meinem Blick. Sein anfänglich verdutzter Ausdruck schwand, und es brach aus ihm heraus – ein hässliches, unangemessenes Lachen, das ihn zum kleinen, erschreckenden Clown mit Horrormund machte. Ich zerrte ihn am Arm in die Cafeteria zurück und sagte, er solle bei seinen Klassenkameraden bleiben.

»Benimm dich«, sagte ich, zu mehr zu erschrocken.

Ich selbst habe keine Kinder und bezweifle inzwischen, dass sich das noch ändern wird. Aber ich habe einen Bruder, und es liegen zwischen uns genug Jahre und andere Entfernungen, dass ich die Unsinnigkeit dieser beiden Wörter begreife, besonders gerichtet an ein kleines Kind. Bis zum heutigen Tag steht mir der fast mitleidige Ausdruck auf seinem Gesicht vor Augen.

Carlos und Sulay wollten bei den letzten Vorbereitungen für das Treffen helfen – Anmeldungstisch und Instrumente herrichten, Kisten mit Essen und Wasserflaschen in die Küche schleppen. Man hatte beschlossen, dass Rosa und ich bloß im Weg wären, aber die Leute, die während des Treffens die Kinder betreuen würden, waren noch nicht eingetroffen. Sulay schwor, ihre Tochter werde schon noch mit mir warmwerden, aber es sah nicht so aus. Alle meine Versuche, Rosa am Lagerfeuer für irgendwelche Spiele zu gewinnen, waren gescheitert. Trotz meiner Bemühungen verlangte sie so penetrant nach ihren Eltern, dass ich es aufgab und sie in die Haupthütte zurückbrachte. Dort ging das Kindergeschrei allen so auf die Nerven, dass einer der *mestres*, ein rastalockiger Brasilianer mit dünner, krächzender Stimme, es leid wurde. Er stemmte die Hände in die hohe, schmale Taille und befahl uns vieren in gebrochenem Englisch, eine Zeit lang zu verschwinden. Zwei Stunden blieben noch bis zur feierlichen Eröffnung.

Wir schnappten uns unsere Badesachen und liefen zu dem nahe gelegenen Bach. Es war nicht weit. Nachmittägliche Sonne drang durchs Blätterdach und verteilte sich wie ein Goldschatz über den Waldboden, und flötende Rufe – *ih-oh-ley* – ertönten. Rosa beäugte mich über Sulays Schulter hinweg misstrauisch, als Carlos und ich ihnen den Pfad hinab folgten. Linker Hand hörte man es im Gestrüpp rascheln.

»Hoffentlich gibt es keine Schlangen«, sagte ich.

Carlos schnaubte. »Die Schlangen, die er fürchten muss, sind im Camp. Hoffentlich hat mein großer Bruder feste trainiert.«

Ich hatte in den drei Wochen vor dem Treffen tatsächlich etwas häufiger trainiert, wobei mir die Übungen stärker mental als körperlich zugesetzt hatten. Was ich auch tat, Capoeira Angola blieb mir ein Rätsel, und wenn ich spielte, dann tendenziell mit dem Kopf. Ein *jogo* kann langsam verlaufen, besonders in den ersten Minuten, muss aber nicht. Ich bevorzugte das langsame Spiel, fand es ästhetisch befriedigender, es war dem Schach ähnlich. Die süße Qual kontrollierter, besonnener Bewegungen gefiel mir. Wenn ein Spiel sich beschleunigte, wurde ich fahrig. Ich konnte nicht schnell genug *denken*. Vor Schlangen musste ich mich hüten.

Der Quantico Creek bot sich als schmales, windge-kräuseltes Band dar. Flirrend spiegelten sich darin Bäume. Weiter unten floss das Wasser schneller und schäumte weiß über Felsen, bei uns jedoch hatte sich eine stille Bucht gebildet. Sulay behandelte den Besuch am Bach wie einen Strandausflug in Leme. Sobald wir das südliche Ufer erreichten, setzte sie Rosa ab und entledigte sich ruck, zuck ihrer Kleider. Sie reckte ihre langen Arme him-melwärts und führte sie dann nach hinten, um an ihrer knappen Bikinihose herumzuzupfen. Im Nu war auch Rosa im Badeanzug, wieder auf dem Arm ihrer Mutter und beide unterwegs ins Wasser. Carlos entkleidete sich bis auf die winzige Badehose, die Sulay für ihn ausgesucht haben musste. Obwohl meine viel länger und weiter war, zog ich nur Hemd und Schuhe aus. In meiner Jeans ließ ich mich ein annehmbares Stück von Carlos entfernt nie-der, beide hockten wir mit angezogenen Knien auf einer kreisrunden, glatten, aufgeheizten Felsplatte, die Füße auf deren Mitte ausgerichtet.

»*Porra!*«, rief Sulay. Sie watete vorsichtig in die Bucht hinein, setzte die Füße im Kies behutsamer. Das Wasser reichte ihr schon bis zur Hüfte, und Rosas über die Ober-fläche streichende Zehen machten Platscher und Spritzer. Carlos und ich sahen stumm zu. Ein Sonnenstrahl malte einen weißen Strich auf Sulays Wange, beschien ihren Schopf hochgesteckter Locken und färbte sie rot, bleichte lose zitternde Strähnen und die Ringel im Nacken. Sie winkte uns und animierte auch Rosa dazu. Carlos, zu meiner Rechten, beobachtete mich angespannt.

»Was ist eigentlich mit dieser Frau, die hier in der Gegend lebt?«, fragte er. Das hatte ihn viel Überwindung gekostet.

»Sie hat ein trauriges Gesicht«, sagte ich.

»Ich finde sie hübsch. Jedenfalls war sie es an dem *einen* Tag, an dem ich sie mal sehen durfte.«

»Ich ertrage ihr Depri-Gesicht einfach nicht mehr.«

»Und ich dachte, du willst ihr deinen verdammten Roman widmen.«

»Nicht einmal das.«

»Aber sie liebt dich«, neckte er. »Oder nicht?«

Ich fuhr mit dem Daumennagel an einem Riss im Fels entlang. »Frauen verlieben sich viel zu leicht.«

Sein Lachen, ein Bellen fast, ließ die Vögel verstummen und scheuchte sie aus Zweigen und Laubstreu. Der Himmel war voll gelber Flucht. »Zu leicht ist wohl kaum das Problem.«

Bachaufwärts bewegte sich etwas mit dem Strom. Die Kreatur – oder war es ein Schatten? – glitt dicht an Sulay vorbei, die sich und Rosa mit federnden Knien bis zu den Schultern ins Nass tauchte. Sie richtete sich lachend mit der Kleinen auf. Ihre Schlüsselbeine lagen über dem trägerlosen Oberteil frei, hübsche Kuhlen, in denen je ein Teelöffel Wasser schimmerte.

Ich zeigte stromabwärts. »Dort liegt, glaub ich, der See«, sagte ich.

Der Blick meines Bruders durchbohrte mich. »Nein. Dort gehts zum Potomac. Der See liegt in der anderen Richtung.« Eine Zeit lang, während Mutter und Tochter sich auf Portugiesisch und Babybrabbeln unterhielten, schwiegen wir. Dann sagte er: »Also, was ist? Was wird aus wieheißtsienochgleich – Millie, oder? Der große Bruder wird nicht jünger.«

»Was ist Mildred überhaupt für ein Name?«, maulte ich. »*Mildred.* Wer zum Teufel gibt einem Neugeborenen so einen Namen? Kaum das Licht erblickt und schon jemandes hässliche Großmutter.«

»Die Frau ist nicht hässlich. Sie macht einen netten Eindruck, vernünftig, als wüsste sie, was Sache ist. *Du* hast dich doch alle paar Wochen zu ihr nach D. C. aufgemacht. Mich wolltest du bestimmt nicht besuchen.«

»Wusste ja keiner, wo du steckst.«

»Hat auch niemanden interessiert«, sagte er.

»Jetzt hör aber auf. Mom hat dich schließlich gesucht und gefunden.«

»Wollen wir wirklich damit anfangen? Na gut. Du hast recht. Mom hat es interessiert«, sagte er mit schon leicht erhobener Stimme. »Aber du kennst sie ja, bloß an nichts rühren. Und manchmal braucht man einfach jemanden, den es *wirklich* interessiert. Manchmal wird es so hart, dass nur hammerhart hilft.«

Ich erwiderte nichts, und er beließ es dabei. Die Sonne stand jetzt über dem See, hob grüne und bernsteingelbe Scherben heraus.

»Hey«, sagte er plötzlich, »erinnerst du dich, wie wir an der St. Francis Ärger bekommen haben? Du weißt schon. Mann ...« – er lachte –, »... das ist eine meiner intensivsten Erinnerungen, aber ich hatte keine Ahnung, was los ist, erst viel später habe ich's kapiert. Mädchen, Sex … Erst viel später habe ich es *richtig* begriffen.«

»Was begriffen?«

»Na ja, wie sauer du warst. Wie sauer wir beide waren. Erinnerst du dich?«

»Muss ich verdrängt haben«, sagte ich.

»Was? Von wegen, Eric. Wie kannst du das vergessen haben?« Ein wehmütiges Lächeln spielte über sein Gesicht. »Das klingt jetzt vielleicht verrückt, aber ich glaube, so nahe habe ich mich dir nie wieder gefühlt. Du hast mich initiiert, mein Freund.«

Der Himmel glich in diesem Moment einem erwartungsvoll offenen Mund.

»Du erinnerst dich. Musst du doch«, sagte mein Bruder ganz aufgeregt. »Komm schon, hilf mir auf die Sprünge. Wer war —«

»Warum musst du mit dem alten Scheiß anfangen?«, sagte ich. Wir belauerten uns einen Augenblick.

»Schrei mich nicht an, Mann«, sagte er.

»Ich schrei doch gar nicht. Ich mein bloß. Wir sind hier, oder? Ich bin mit dir hier, *oder?* Ich will nicht über Millie oder St. Francis oder die Bronx reden. Nichts von alledem. Lass uns doch einfach das hier genießen.«

Er schüttelte den Kopf und stand auf. Mir fiel auf, wie muskulös sein Körper geworden war, die Haut strotzte vor Gesundheit. Er winkte Sulay und Rosa zu, die jetzt umkehrten. Wieder tastete Sulay sich vorsichtig voran, hob ihren geneigten Oberkörper so aus dem Wasser, dass ihre Bikinihose noch tiefer gezogen wurde. Ihr Bauch war von Rosas Geburt gezeichnet, und in diesem Moment zeichnete ein seltsamer Ausdruck ihr Gesicht.

»Eric«, sagte Carlos. Er fixierte mich böse. »Siehst du die Frau dort – meine Frau, die Mutter meiner Tochter? Klar siehst du sie. Aber was du vielleicht nicht siehst, weil sie so hübsch lächelt und in ihrem Bikini so aussieht. So schöne Augen und Haare hat, den Akzent, einen Namen, der dem Mund guttut. Aber täusch dich nicht. Die Frau ist wie der Fels da unter deinem Arsch. Sie gibt mir die harten Brocken zu schlucken, so wie ich das brauche, verstehst du? Sie liebt mich *hammerhart*, aber sie liebt mich.«

Er schien mehr sagen zu wollen, oder vielleicht wollte er von mir was hören. Ich sagte kein Wort. Er blinzelte in die Sonne hoch, schüttelte noch mal den Kopf, und dann ging er vor, bis seine Füße im Wasser waren, und öffnete für seine Familie die Arme.

Wie würde mein Bruder die Geschichte erzählen, die ich jetzt erzählen werde? Welche Worte würde er wählen? Was hatte ihn an jenem Nachmittag am Bach so erregt? Was er sagte, stimmte nicht, oder? Wie konnte es sein, dass er sich mir nie mehr so nah gefühlt hatte?

Mein letztes Jahr an der St. Francis ging gerade zu Ende, meine Freunde und ich standen im Saft, wie es heißt. Wir alle hatten Probleme daheim, oder behaupteten es, also trieben wir uns nach der Schule noch so lange wie möglich draußen herum. Wir gingen nach der letzten Stunde zum Eckladen und kauften uns schachtelweise Ferrara Pan Candy. Dann stromerten wir herum, naschten und redeten darüber, was uns im nächsten Jahr erwarten würde.

Darius, Sheldon und ich würden alle auf verschiedene Highschools kommen.

Wir waren jetzt noch besessener von Mädchen, konnten aber nicht frei reden, weil Carlos an uns hing wie eine Klette. An warmen, klaren Tagen hatten wir es leichter. Dann stapften wir rüber auf den Schulhof der P. S. 49 und jagten ihn aufs Klettergerüst oder auf die Rutsche. Eines Nachmittags aber gab Carlos einfach keine Ruhe. Er stellte laufend unsinnige Forderungen. Schließlich, als ich versprach, später mit ihm auf die Wippe zu gehen, ließ er ab.

Wir hechelten die Mädchen an der Schule durch, deren Höschen wir an dem Tag gesehen hatten oder noch mal sehen wollten. Das ging eine ganze Weile so, bis ich tönte, ich sei es leid, nur zu gaffen. Das reichte nicht. Ich wollte mehr. Ich erzählte ihnen von der Sache von vor wenigen Tagen.

An der Schule war Schulschluss immer ein Riesenakt. Da die ältesten Schüler im Erdgeschoss Unterricht hatten, versammelten wir uns als Erste am Hauptportal vor dem grinsenden Schulleiter. Die kleineren Kinder drängten von hinten nach und stauten sich im Treppenhaus. Der Schulleiter wartete, bis Ruhe war, dann sagte er: »Wiedersehen, St. Francis!« Und wir erwiderten: »Wiedersehen, Sir«, und dann öffneten er und sein Stellvertreter das Tor. Es war nicht ungewöhnlich, dass wir uns darum balgten, als Erste draußen zu sein. Ich erklärte meinen Freunden, dass ich, als ich mich hinausschob, mit dem Handrücken versehentlich – das behauptete ich jedenfalls – hinten Kayla Valentines Rock gestreift hatte. Sie glaubten mir zunächst nicht, aber ich bestand darauf. Die fragliche Hand zu heben, schien sie zu überzeugen. Als

Sheldon mich fragte, wie es gewesen war, grinste ich. »Weich«, erklärte ich. »Himmlisch.«

Beide wollten sie es mir gleichtun, und ich wollte es wiederholen. Drei Wochen lang machten wir ein Ding draus, uns täglich bei Schulschluss am Portal vorzudrängeln und die Mädchen mit dem Handrücken zu berühren. Wir konnten über nichts anderes mehr sprechen als über den Kick, den es uns verschaffte, die Knöchel über ihre Röcke gleiten zu lassen. Wenn wir nach der Schule die Bänke auf dem P.-S.-49-Spielplatz besetzten, prahlten wir mit den Mädchen, die wir erwischt hatten, besonders den hübschen, denen, die uns die kalte Schulter zeigten. Manchmal wählten wir Ziele für den nächsten Tag aus. Carlos war ständig mit dabei, kriegte alles mit, aber das war mir inzwischen egal. Ich wollte noch mehr wagen.

»Ich werd die ganze Hand nehmen«, sagte ich. »Grapschen.«

Meine Freunde erklärten mich für verrückt und außerdem für geliefert, wenn mich jemand erwischte. »Chill mal«, gab Sheldon zu bedenken. »Dein Bruder.«

Aber mir war es egal. Ich gab nicht mehr viel auf die Pflicht, Carlos vor unserem »Erwachsenengerede« zu schützen. Mit einem Seitenblick auf ihn sagte ich: »Der steht so drauf, mit uns abzuhängen, soll er. Soll er doch hören. Soll er doch sehen. Du sagst nichts, Zwerg, oder?«

Als Nächste hatte ich mir Beth vorgenommen. Beth war eine der Erwachsenen, Kindergartenhelferin mit einer Tochter in der zweiten Klasse. Sie trug die engsten Hosen aller Zeiten, und ihr Körper erinnerte uns an die überlebensgroßen Heldinnen unserer Comichefte. Aus unserer Sicht schlug sie die weißen Hungerhaken auf den

Titelblättern der Modezeitschriften um Längen. Sie war der Gipfel adoleszenter Begierden. Wir träumten von ihr, und in unserer Fantasie eroberten wir sie. Auf mein Drängen hin versprachen Sheldon und Darius, mitzuziehen. Morgen war Freitag, letzte Gelegenheit vor dem Wochenende, mahnte ich. Mein Verlangen war brachial, war wie ein Wahn.

Am nächsten Tag sausten wir drei bei Schulschluss mit Carlos im Schlepptau die Vortreppe hinab und lungerten an den Toren. Beth kam wie immer mit wiegenden Hüften die Stufen herab. Sie blieb draußen vor den Toren stehen, um mit ein paar Kindergartenkindern zu sprechen, und sah sich um, wahrscheinlich nach ihrer Tochter. Es war zwar etwas wenig Gedränge, aber ich hielt, bevor ich die Nerven verlieren konnte, schnurstracks auf sie zu. Ich befahl meiner Hand, bloß nicht zu zittern. Ich schob sie flach an den Hosenboden ihrer Jeans, und als ich es tat, wurde mir bis in die wackligen Knie ganz anders. Ein paar Schritte weiter drehte ich mich mit einem breiten Grinsen um, aber das verging mir schlagartig. Beth hielt Carlos am Arm gepackt, schüttelte ihn regelrecht, zeigte auf mich und brüllte. Darius und Sheldon waren nirgends zu sehen.

Carlos und ich wurden ins Büro des Schulleiters gebracht. Mr Taylor und sein Stellvertreter saßen uns gegenüber, schwarze Jungen vor schwarzen Männern. Mr Taylor war sonst kaum aus der Ruhe zu bringen, aber als ich bei gesenktem Kopf zu ihm hochschielte, zitterte er regelrecht. Er sagte mir, ich sei ein guter Junge, ein *Überflieger*, einer der besten Schüler, die er je erlebt habe, entsprechend tief sei er von mir enttäuscht. Wüsste ich nicht, dass es meine Pflicht sei, meinem Bruder ein Vorbild zu sein? Hilflos räumte er ein, er wisse, dass mein Körper eine Wandlung durchmache und meine Hormone verrücktspielten. Als er mich fragte, ob ich wüsste, warum das, was ich getan hätte, falsch sei, nickte ich. Der stellvertretende Schulleiter kniete sich vor Carlos hin und schärfte ihm ein, man fasse anderen da nie, nie hin. Mein Bruder begann zu weinen.

Sie riefen Beth herein, damit wir uns entschuldigen könnten, aber es war klar, dass sie uns nicht einmal ansehen mochte. Ich sie auch nicht. Als sie weg war, sprachen Mr Taylor und sein Stellvertreter von der Notwendigkeit, unsere Eltern zu informieren. Mr Taylor seufzte und sagte, das werde er übernehmen. »Eric hat jetzt seit drei Jahren bei mir Mathe. Ich kenne die Eltern recht gut. Ich werde sie heute Abend anrufen.«

Bestimmt würde ich für die Sache die schlimmsten Prügel meines Lebens beziehen. Wahrscheinlich würde ich es monatelang büßen. Und die Vorstellung, dass Mr Taylor die Nachricht überbringen würde, machte alles noch schlimmer. Auf dem Heimweg sah Carlos ständig zu mir hoch. Er nahm bei der Überquerung der Straßen meine Hand, die allerdings kraftlos und zittrig blieb. Beide sagten wir keinen Ton, bis wir im Wohnblock waren. Im Fahrstuhl, der wie üblich nach Pisse stank, sagte Carlos: »Kriegen wir Haue?« Er nannte es immer noch so.

Bis überhaupt jemand nach Hause kam, hatte er sich etwas beruhigt. Wir hingen in den Seilen und aßen schweigend. Als wir gefragt wurden, was denn los sei, sagten wir beide keinen Ton. Wir wollten das Unvermeidliche so lange wie möglich hinauszögern. Wir rechneten jeden Moment mit dem Anruf, und das, bis aus Abend Nacht wurde. Aber Mr Taylor rief weder an diesem noch an einem anderen Abend an. Montag bedachte er mich in der Schule während der ersten Stunde mit einem knappen Nicken. Von dem Vorfall war nie mehr die Rede. Ich weiß nicht, weshalb er nicht anrief, oder vielleicht möchte ich einfach nicht darüber nachdenken. Ich war ihm damals unendlich dankbar – waren wir beide, Carlos genauso –, auch wenn Mr Taylor es eigentlich hätte tun müssen.

Mir fällt auf, wie oft ich gerade das Wort *wir* benutzt habe, und ich frage mich, ob die Häufigkeit Indiz für die Nähe ist, von der Carlos an dem Nachmittag am Quantico Creek sprach. Ich weiß es nicht. Ich weiß nur, dass die Geschichte, die ich gerade erzählt habe, nicht die einzige Geschichte ist, sie ist nicht die eigentliche Geschichte, die, die erzählt werden muss. Ich versuche, sie mir vorzustellen. Ich versuche zu verstehen.

Um diese Zeit herum, bevor mein Bruder und ich an der Schule Ärger kriegten, begann unsere Mutter mit ihrem letzten Abendkurs. Der war montags, mittwochs und freitags, und an diesen Tagen kam Carlos' Vater erschöpft von der Arbeit und ging schnurstracks ins Elternschlafzimmer. Carlos und ich hatten dann schon die Hausaufgaben fertig, und wir spielten meist im Wohnzimmer Videospiele oder schauten fern. Nach einer Weile rief Carlos mich dann zu sich, nur mich, und ich ging nach hinten.

Der Mann lag rücklings in der Unterwäsche auf dem Bett und befahl dem Jungen, die Tür zu schließen. Es ging immer mit seinen Füßen los, der Junge massierte, der Mann gab Anweisungen. Wenn es der Junge machte, wie es dem Mann gefiel, sagte er es ihm. Das ist gut, sagte er, genau so. Dein Bruder ist noch nicht stark genug, sagte er. Also musst du dich um die Familie kümmern, um deinen alten Dad kümmern. *De quien tú eres?*, fragte er. (Daddy, antwortete der Junge.) Füße bedeuten Arbeit, sagte er. Entsprechend sehen sie aus. Hart. Nimm die Fingernägel, nimm die Fingerknöchel. Gut, jetzt weiter rauf. Vorsicht mit den Knochen, den Knöcheln und Schienbeinen. Vorsicht mit den Kniescheiben. Beweg sie ganz vorsichtig. Gut. Weiter. Oft schlief der Mann schon, wenn die Hände des Jungen die Schenkel erreichten. Oder der Mann, noch wach, befahl dem Jungen, sich sein Gesicht vorzunehmen. Fühl mein Gesicht, Junge, sagte er. Fühlst du das? Das ist das Gesicht eines Mannes, auf dem das Leben herumgetrampelt hat. Der Kopf des Menschen steckt jeden Tag Schläge ein, sagte er, ob man es merkt oder nicht. Leg deine Finger an meine Schläfen und drück. Ja, gut so. Jetzt die Daumen, leg sie leicht, ganz leicht, auf meine Augenlider. Kreise, sagte er, beschreib Kreise. Spürst du darunter die Augäpfel? Sind sie heiß? Das liegt an dem Scheiß, den sie tagtäglich sehen. Kleine Kreise, gut. Sehr gut. *De quien tú eres?* (Daddy.) Und ob. Gott, fühlst du den Knoten da in meiner Schulter? Drück mit dem Daumen drauf. Ja, gut. Früher hat deine Mutter das gemacht, sagte er, aber die ist ja nie da. Du bist wahrscheinlich ohnehin stärker, mein Sohn. Lass mal deine Muskeln sehen. Gut. Jetzt tiefer. *Coño*, Vorsicht mit den Brusthaaren. Besser. Schultern und Brust eines Mannes verraten den Feigling oder Kämpfer. Ein Mann mit geschwellter Brust, sagte er, gewinnt die Hälfte seiner Kämpfe vor dem ersten Schlag. Und den Bauch muss man einziehen. Für mich inzwischen nicht mehr so leicht. Nur zu, pack den Bauchspeck. Der beißt nicht, keine Angst. Nur zu, noch mal. Weiter so. Auch du wirst dir in diesem Leben den Bauchspeck verdienen, und wenn du Glück hast, auch eine Frau, die ihn dir kneift. Gut, so ist es gut. *De quien tú eres?* (Daddy.) Manchmal schlief der Mann hierbei ein, Worte über die Frau murmelnd, während die Hände des Jungen seinen Bauchspeck kneteten. Immer sprach der Mann über die Frau, und vielleicht erinnerten ihn die zitternden Hände des Jungen an das Zittern der Frau. Vielleicht erinnerte das Gesicht des Jungen ihn an das Gesicht der Frau, und wenn der Mann noch wach war und die Augen aufschlug, sah er im Gesicht des Jungen vielleicht ihr fragendes Gesicht, das ständige *Warum*, das dem Mann im Magen lag. Der Mann glaubte nicht an *warum*, er glaubte nur an *ja*. Der Mund der Frau hatte einst nach dem *Warum* ihrer Lage gefragt, aber der Mann hatte Dinge zu der Frau gesagt und dafür gesorgt, dass ihr Mund keine Fragen mehr stellte. Jetzt fragte nur noch ihr Gesicht, und das tat das Gesicht des Jungen auch. Wenn der Mann den Jungen schlug, beide Jungen schlug, dann geschah das vielleicht, weil die Fragen der Mutter in seinem Kopf rumorten, ihm im Magen lagen. Aber offenbar konnte er die Fragen der Mutter nicht aus dem Jungen herausprügeln; sie standen ihm ins Gesicht, in die Augen geschrieben, und der Mann spürte ein Ja in sich brodeln. An Abenden also, an denen der Mann wach blieb und die zitternden Finger des Jungen spürte und die fragenden Augen des Jungen sah und den im Fenster sich verdunkelnden Himmel, lag ihm das im Magen und drückte ihm auf den Magen, und sagte er *höher* oder *tiefer*, die Wörter drohend scharf, und dann gab es das verhohlene Schwellen und die unverhohlenen Tränen und das sich ergießende *Ja*.

Am zweiten Tag des Treffens bekam ich von Carlos und Sulay nicht viel mit. Carlos schien mir seit dem Quantico Creek aus dem Weg zu gehen, aber es kann auch schlicht an den vielen Menschen gelegen haben. Außerdem waren die Gruppen nach Kenntnisstand eingeteilt – ich war bei den Anfängern, während er und Sulay bei den Fortgeschrittenen mitmachten.

Ich hatte noch nie derart anstrengende Übungen erlebt, und ich hatte nie zu Livemusik gespielt. Beim Capoeiratraining läuft immer Musik, aber in Harlem hatten wir CDs verwendet. Hier ließen uns die Lehrer die *negativa*, eine tief geduckte Defensivhaltung, beibehalten, bis uns die Arme zitterten. Wir kauerten und hüpften wie Frösche, bis unsere Schenkel brannten. Wir übten bis zum Umfallen die *ginga*, den Grundschritt der Capoeira, die Verlagerungen, das Wiegen, den Tanz. Obendrein mussten wir zu den pulsierenden Rhythmen der Bateria singen. Wenn ich mal verschnaufen wollte und innehielt oder nicht mitsang, herrschte mich der *mestre* an, der bei unserer Ankunft im Camp die Berimbau gespielt hatte. »Wenn du in die Disco gehst«, brüllte er auf Englisch, »kannst du die ganze Nacht tanzen, oder nicht? Da wirst du nicht müde. Tanz! Hör die Musik! Lass locker! Tanz! Singe!«

An diesem Freitagmorgen waren am Ende des Trainings mein Hemd komplett durchgeschwitzt und meine

Beine Spaghetti. Was Carlos und Sulay bei den Fort-geschrittenen getrieben hatten, mochte ich mir gar nicht erst vorstellen. Beim Essen sah ich sie auch diesmal nicht. Die Schüler der Organisatoren nutzten die Zeit für eine Sitzung. Nach dem Essen bot ein *bate-papo* Gelegenheit, der Weisheit der *mestres* zu lauschen. Andauernd wurden die Worte des Mestre Pastinha zitiert, unseres bedeu-tendsten Ahnherrn, Vater und Schutzpatron der Capoeira Angola. Es waren dieselben, die mein Bruder mir vor fast zwei Jahren vordoziert hatte: *A capoeira é tudo que a boca come.* Ich verstand sie nicht, auch nicht in der Über-setzung. Bis heute grübele ich darüber nach.

Nach dem Musik- und Bewegungstraining am Nach-mittag war ich völlig erschlagen. Beim Abendessen brachte ich die Gabel kaum an den Mund, ging Gesprä-chen aus dem Weg, schwänzte die abendliche *roda*, die Capoeira-Runde, und verzog mich in meine Hütte. Als ich am Samstagmorgen aufwachte, tat mir alles weh, jede einzelne Körperzelle brannte. Ich stand unter dem Strahl der Dusche und überlegte, ob ich abreisen sollte. Beim Frühstück starrte ich lange auf meinen Teller, mir war, als müsste mich jemand füttern. Im Saal brummte es vor Unterhaltungen auf Englisch und Portugiesisch. Gegen Ende des Mahls setzte Sulay ihr Tablett gegenüber von mir ab und nahm Platz.

»Carlos bereitet draußen die Instrumente für die mor-gendlichen Kurse vor«, sagte sie, »falls du ihn suchst.«

»Scheiß auf die Kurse. Ich bin fix und fertig.«

»Du warst gestern Abend nicht bei der *roda*.«

»Scheiß auf die *roda*«, sagte ich. »Das Ganze ist eine Sekte, ein Kult.«

»Na, komm schon«, drängte sie. »Du bist den ganzen Weg hierhergekommen für dieses Wochenende. *Mais forte, Eric.* Sei kein Kotzbrocken.«

Ich spießte einen Bissen Melone auf und kaute unter ihrem Blick demonstrativ.

»Du bist den ganzen Weg hierhergekommen, um deinen Bruder zu sehen, um Capoeira zu spielen«, sagte sie in ihrem singenden Akzent. »Und gibst nach einem Tag auf?«

»Ich muss hier nichts beweisen«, sagte ich und musterte sie böse.

Sulay quiekte ungläubig. »*Von wegen*«, sagte sie gedehnt. »Du musst viel beweisen.«

Ich stieß heftig die Luft aus. »Zick hier nicht rum, ja? Du gehst mir langsam auf die Nerven.«

Ihre Lippen wurden schmal. Sie wartete einen Moment, dann sagte sie: »Siehst du den Typen dort in dem roten Hemd? Er ist aus Chicago. Er kommt, um Carlos zu treffen und zu trainieren. Manchmal fahren wir auch zu ihm. Wir kochen und essen zusammen. Wir reden, wenn die Kinder im Bett sind. Der Typ daneben ist aus Philadelphia. Das Gleiche. Das sind seine Brüder. Der Typ dort in dem gelben Hemd? Er ist aus Baltimore. Er war gerade bei einer *roda* in D. C., als es Carlos nicht gutging. Die Tür unserer *academia* steht immer offen. Carlos ist dem Typen aus Baltimore aufgefallen, er ist zu ihm hin und hat mit ihm geredet. Er hat ihm geholfen. *Wir* haben ihm geholfen. Das ist Capoeira. Wir haben ihn aufgenommen, weil wir wussten, er ist *família,* und sieh ihn dir heute an.«

Ich sah mich im Raum um, als wäre mein Bruder da. »Sulay«, sagte ich, dann verstummte ich. In ihren Augen waren Sprenkel aus Stahl. Carlos hatte mit Frauen viel Ärger gehabt, gelegentlich bis zur Gewalt. Er hatte sie nicht gut behandelt. Er hatte sich nicht gut behandelt. Aber jetzt war er mit dieser Frau zusammen, und er war wie ausgewechselt. »Was soll ich denn deiner Meinung nach tun?«, sagte ich.

Sie stand mit ihrem Tablett auf, ohne einen Bissen gegessen zu haben. »Sei ihm ein Bruder. *Das* musst du beweisen, Eric. Und das kostet.«

Mir ist etwas in Erinnerung, was unsere Mutter gesagt hat und was sich in meinem Kopf mit anderem mischt. Es gibt zwei Möglichkeiten, wann sie es gesagt hat. Die eine ist damals in der South Bronx, die andere fünfzehn Jahre später, als sie mich anrief, um mir mitzuteilen, dass Carlos in D. C. sei und in Schwierigkeiten stecke.

An jenem Abend in der South Bronx saßen meine Mutter und ich am Küchentisch, während Carlos schlief. Er machte neuerdings an der Schule Ärger. Seiner Lehrerin zufolge verhielt er sich Mädchen gegenüber unangemessen, schlug sie und begrapschte sie. Ich glaubte, meine Mutter wolle mit mir darüber reden.

Die Trennung von Carlos' Vater stand noch bevor, aber er besuchte gerade Verwandte in Puerto Rico, und wir drei waren allein in der Wohnung. Ich war in letzter Zeit so wütend gewesen, meines Stiefvaters wegen, der schlimmen Dinge wegen, die er tat und mich zu tun zwang, wenn er mich nach hinten ins Schlafzimmer rief. An dem Tag hatte ich mich schon mit Carlos gestritten, der damals zwölf war. Ich hatte gehöhnt, er würde einmal genauso ein fetter, nutzloser, perverser Bastard wie sein Vater. Er hatte schon ziemlich zugelegt und genierte sich deswegen. Meine Worte verletzten ihn offenbar sogar noch tiefer, als ich gewollt hatte, und ich hatte ihn durchaus verletzen wollen.

Meine Mutter setzte die Brille ab und sah mich an. Sie war müde, hatte Ringe unter den Augen und ungekämmtes Haar. Die Brille hatte Druckstellen zu beiden Seiten der Nase hinterlassen. »So redet man nicht mit Familie«, sagte sie.

»Er nervt«, sagte ich ihr. »Klebt mir immer am Arsch.«

»Hüte deine Zunge, Junge. Und damit meine ich nicht nur die Ausdrucksweise. So was darfst du zu deinem Bruder nicht sagen.«

»Er ist nicht mal mein Bruder. Er ist mein *Halb*bruder.«

Sie schlug mir auf den Mund. Schläge war ich gewohnt – Prügel gab es in letzter Zeit immer häufiger –, aber meine Mutter hatte mich, seit ich Kind war, nicht mehr geschlagen. Mit der erschrocken an die Wange gelegten Hand stand sie auf und trat ans Fenster über der Spüle. Sie zog eine Schublade auf und holte ein Messer heraus. Sie legte es vor mir auf den Tisch.

»Welche Hälfte?«, fragte sie. »Nimm es und geh ins Schlafzimmer und sag mir, welche Hälfte du nimmst.«

Ich wollte sie wegen des alttestamentarischen Getues auslachen, aber ich tat es nicht. Nie zuvor hatte sie mich so durchdringend angesehen. Ich wusste nicht, ob sie mich erneut schlagen oder in Tränen ausbrechen würde.

»Es gibt kein ›halb‹, Eric. Bist du nicht bei Trost? Halb? Mach du nur weiter mit deinem Halb, und du hast am Ende nichts.«

Ich starrte auf die Klinge des Messers, bis sie weitersprach.

»Ich hatte mal einen Bruder«, sagte sie. »Du kennst deine Aunties, aber von Junior weißt du überhaupt nichts. So hieß er bei uns. Er war nach deinem Großvater benannt: Henderson. Bei meiner Geburt war er schon Teenager. Junior machte, was er wollte. Hörte auf keinen in der Familie. Er schien immerzu auf dem Sprung. Er verließ das Haus, verließ die Stadt, verließ schließlich das Land. Er ging nach Vietnam, und irgendwie kam er nie zurück. Schon. Er kam schon zurück, aber wir hatten kein Auge drauf. Wir haben nicht nach ihm geschaut. Es wäre vielleicht nicht ganz leicht gewesen, ihn zu finden, aber das ist eine faule Ausrede. Wir haben es nicht versucht. Wir haben ihn nicht einmal bei seinem Namen gerufen.« Sie schüttelte den Kopf. »Junior ist vor fast zehn Jahren in Jacksonville, Florida, gestorben. Hab ich erst letztes Jahr erfahren. Mein Bruder, für immer fort, ohne Abschied begraben an einem Ort, von dem ich gar nicht wusste, dass er dort war.«

In meiner Erinnerung folgen die Worte, die sie möglicherweise erst viel später äußerte, oder möglicherweise hat sie es so oder ähnlich beide Male gesagt.

»Verlier deinen Bruder nicht aus den Augen«, sagte sie. »Du wirst vielleicht schlimme Dinge sehen – du *wirst* schlimme Dinge sehen –, aber du darfst nicht wegsehen. Bleib ihm nah. Er muss wissen, dass du für ihn da bist.«

Aber ich blieb ihm nicht nah. Ich weigerte mich. Meine Mutter wollte, dass ich in New York aufs College gehe, und Carlos auch. Sie sagte, ich sei nun ein Mann und die Familie brauche mich, mein Bruder brauche mich, aber ich bewarb mich an keiner einzigen Hochschule der Stadt. Ich war schließlich ein »Überflieger«. Ich hatte die Chance, zu entkommen, und die würde ich mir keinesfalls nehmen lassen. Ich bewarb mich im Süden, an der Westküste, so weit weg wie nur möglich. Als von den Unis in Kalifornien Zusagen eintrudelten, war ich so gut wie weg. Es kam nicht drauf an, welche ich wählte. Jede Zusage, jedes ferne *Ja* verstärkte das Gefühl von Bestimmung.

Inzwischen war es mit meinem Stiefvater schlimmer als je zuvor. Er rief mich immer noch ins Schlafzimmer, wenn unsere Mutter nicht da war, noch häufiger sogar, und er hatte angefangen, auch Carlos zu sich zu rufen. Das wusste ich, aber es war mir egal. Ich war so voller Scham und Zorn, so verzweifelt darauf aus, meine Haut zu retten, dass ich meine Mutter und meinen Bruder, ohne mit der Wimper zu zucken, zurückließ.

Nicht lange nach Sulay verließ ich den Frühstücksraum, aber ich besuchte an dem Tag keine Kurse. Ich kehrte an den Quantico Creek zurück und fand sogar die Stelle wieder, an der Carlos und ich uns vor zwei Tagen unterhalten hatten. Von der Felsplatte folgte ich dem Wasser Richtung Potomac. Ich ging rund drei Meilen ans östliche Ende des Parks bis zum Besucherzentrum. Ich erwog, den Park ganz zu verlassen, mich im Auto mitnehmen zu lassen, aber ich blieb einfach nur sehr lange vor dem Zentrum sitzen. Als die Sonne langsam unterging, lief ich wieder los. Ich musste ein paarmal umkehren, aber ich fand schließlich nach Happyland zurück. Im Grunde war es ein Schock, nicht für immer verlorengegangen zu sein.

Inzwischen waren die Kurse vorbei, und die Bateria zur abendlichen *roda* spielte. Ich war vom langen Gehen erschöpft und noch gerädert von den Kursen des Vortags. Eigentlich wollte ich gleich ins Bett, aber ich folgte der Musik. Sie kam aus der großen Blockhütte, die uns als Speisesaal diente. Ich schlüpfte hinein und stellte mich an die Tür. Die Tische waren für den Kreis beiseitegeschoben worden, die Klänge der Berimbau flogen hinauf unters Dach. Eine einzelne Stimme erklang:

Deus que me deu, Deus que me dá
Capoeira de angola pra nós vadiar

Im Chor erwiderten die anderen im Kreis: *»Deus que me deu, Deus que me dá«,* und der Wechselgesang ging weiter:

Tudo o que eu tenho é deus quem me da
Deus que me deu, Deus que me dá
Na roda da capoeira eu quero jogar
Deus que me deu, Deus que me dá

Carlos spielte, und seiner Kleidung und dem Schweiß nach zu urteilen, tat er es schon eine ganze Weile. Ich hatte ihn noch nie wirklich beim Capoeiraspiel gesehen. Trotz seines großen, starken Körpers war er unglaublich geschmeidig und wendig. Ich musste an früher denken, als er tanzte, um mir zu gefallen.

Sein Mitspieler war ihm unterlegen. Wo immer er sich hinwendete, mein Bruder war schon da. Er gab dem Mann zu verstehen: *Ich kenne die Stelle, habe längst dran gedacht, nein, pass auf, das geht besser.* Er zeigte dem Mann alle Schwächen auf, und zwar schon mit einer einzigen Fußstellung, einem wunderbar ausgeführten Fußfeger, der ihn sanft fällte und zeigte, dass es Schlimmeres gab als fallen. Das Gesicht meines Bruders strahlte vor Freude, aber ich sah auch, dass er listig war und eiskalt kalkulieren konnte – wenn er sich langsam in einen mühelos vermiedenen Tritt hineindrehte und dann sofort noch einmal viel schneller, bis er den Fuß knapp vor dem verdutzten Gesicht seines Mitspielers stoppte. Während die Umstehenden im Kreis vor Bewunderung für den angedeuteten Treffer murmelten und pfiffen, formte er mit dem Mund unhörbar Worte, als müsse er sich gut zureden. Er hatte erkennbar das – mühsam unterdrückte – Verlangen, durchzuziehen und den anderen Mann zu treffen. Den Tritt voll auszuführen, hätte ihn eindeutig tief befriedigt.

Carlos beendete das Spiel, reichte dem Mann die Hand und umarmte ihn. Er wollte den Kreis verlassen, aber der berühmte *mestre* hielt ihn auf. Eine Frau rief: »*Opa!*«, und etliche Leute stießen kleine Juchzer der Freude aus. Sulay gehörte zur Bateria, sie trommelte auf der Atabaque und lachte. Als die beiden sich tief geduckt vor den Berimbaus gegenüberstanden, stimmte sie das nächste Lied an:

Valha-me Deus, Senhor São Bento
Buraco velho tem cobra dentro
Valha-me Deus, Senhor São Bento
Quando vê cobra assanhada
Valha-me Deus, Senhor São Bento
A cobra assanhada morde
Valha-me Deus, Senhor São Bento

Die Männer reichten sich die Hand und begannen. Jetzt war mein Bruder der Unterlegene. Der *mestre*, eine wahre Schlange, spielte wahrscheinlich schon länger Capoeira, als Carlos lebte, und nun war er derjenige, der immer schon wusste, wo der andere hinwollte. Seine Beinarbeit war unglaublich, seine Finten so vieldeutig, dass man den tatsächlichen Angriff nicht kommen sah. Er setzte nun zu einem Tritt an, Carlos versuchte, ihm das Standbein wegzufegen, aber der Tritt war ebenfalls Finte, und diesmal landete mein Bruder auf dem Boden. Der *mestre* stolzierte in der *roda* herum, und alle lachten, mein Bruder auch. Sie reichten sich erneut die Hand, und das Spiel ging weiter. In dieser zweiten Runde, nachdem er in der ersten zu Boden geschickt worden war, wurde mein Bruder wachsamer und wirkte zugleich entspannter. Er setzte stärker seine Wendigkeit ein, er tanzte wie in dem vorausgegangenen Spiel. Er und der *mestre* lieferten sich einige herrlich raffinierte Sequenzen, und auch wenn der *mestre* nach wie vor die *roda* beherrschte und Druck machte, spielte Carlos gut. Nach weiteren Minuten reichten sie sich die Hand und umarmten sich und beendeten eines der besten Spiele, die ich je gesehen hatte. Der *mestre* stand in der *roda*, einen Arm um meinen Bruder, als präsentiere er ihn voller Stolz, und die Umstehenden fingen an zu klatschen. Ich klatschte auch. Da bemerkte mein Bruder mich, und ich hob zaghaft die Hand. Er zeigte mich dem *mestre*, aber bevor es zu irgendetwas kommen konnte, schlüpfte ich zur Tür hinaus.

»Wir alle sind Lehrlinge einer Kunst, in der nie jemand Meisterschaft erlangt.« Dieser Satz, oft zitiert, wird

Hemingway zugeschrieben. Ich lehre sein Werk gelegentlich noch heute, obwohl es mich inzwischen eher kaltlässt. Was er sagt, mag auf Schriftsteller zutreffen. Auf mich allemal. Bei meinem Bruder ist das eine andere Geschichte. Als ich ihn an diesem Abend sah, wusste ich, eines Tages würde er *mestre* sein, Meister der kleinen *roda* wie auch, in mancher Hinsicht, der großen. Ich lag im Bett in der sonst leeren Hütte, lauschte den fernen Klängen der Berimbaus, ihrem Sirren, und dachte über Meisterschaft nach. Darüber, was erforderlich war, sie zu erlangen. Über den Drang, sie zu erringen, sich fortlaufend zu verbessern, über das unablässige Streben nach Vollendung. Ein hartes Leben, schien mir. Meister einer Kunst sind charismatische Figuren, das schon, wir fühlen uns zu ihnen hingezogen, sind fasziniert von ihnen und ihrem enormen Können. Mit wenigen Ausnahmen aber müssen sie doch auch einsam sein. Es wissen so wenige von uns, was sie wissen. Es fühlen sich so wenige von uns ihrer würdig. Unser Staunen hält sie auf Distanz.

Am nächsten Morgen, als das Treffen zu Ende ging, spazierte ich in den Frühstückslärm der Haupthütte. Carlos war bereits da, er saß bei den Männern, die Sulay als seine Brüder bezeichnet hatte. Ich holte mir etwas zu essen und setzte mich allein ans Ende eines kaum besetzten Tischs. Die Hitze und der Schweiß der abendlichen *roda* standen noch im Raum. Carlos kam herüber und setzte sich neben mich. Ich aß, und eine Weile schwiegen wir und starrten in denselben leeren Raum vor uns.

»Du bist gestern Abend weggelaufen«, sagte er grinsend. »Der *mestre* hat dich gesucht.«

»Das ist mir ein bisschen zu heftig«, sagte ich. »Aber du hast eine gute Figur gemacht – eine großartige Figur.«

Wir schwiegen wieder inmitten des Geschnatters. Dann sagte ich, etwas scheinheilig: »Was ist nur mit uns passiert?«

Er lachte leise. »Ich weiß nicht, was mit *uns* passiert ist, großer Bruder, aber was *mir* passiert ist, weiß ich nur zu gut.«

Ich nickte, dachte an die schlimmen Dinge, von denen ich wusste und die ich vielleicht hätte verhindern können. Und ich fragte mich, welche Dinge, bekannt und unbekannt, vielleicht auf mein Konto gingen.

»Eigentlich«, sagte er und sah mich nun an, »weiß ich schon, dass es ein paar Dinge gibt, die uns beiden passiert sind.« Er rang ungelenk die Hände und stierte sie an. »Ich bin so weit, darüber reden zu können, wenn du auch so weit bist und wenn du es hören kannst.«

»Ja, das sollten wir tun«, stimmte ich zu, vielleicht etwas zu schnell.

Einen Augenblick später stand er auf und sagte: »Hey, heute Abend kommst du aber zur Abschlussroda.«

»Klar.«

»Ich meine, in den Kreis«, sagte er. »Nicht nur, um von der Scheißtür aus zuzusehen. Oder ist dir das auch zu heftig?«

»Nein, das kriege ich wohl hin. Solange du mir die alte Schlange vom Hals hältst.«

»Kann nichts versprechen, mein Freund.«

»Weißt du«, fügte ich hinzu, »in Harlem habe ich ein paar Sachen gelernt, die könnten dich überraschen.«

Er lachte aus vollem Hals und packte meine Schulter. »Dann bis dann«, sagte er und kehrte zu seinen Brüdern zurück.

An dem Abend trugen alle Weiß. Der Kreis war ein schöner Anblick, ein heller und fester Ring. Der berühmte *mestre* hielt die *gunga*, die größte Berimbau, und leitete die *roda* durchgehend. Er führte auch bei den Liedern an. Einer der Gründe für sein Renommee war seine Singstimme, und ich bin versucht zu sagen, dass sie an ihm auch das Beste war. Sie erinnerte an den Ozean oder, eine Stufe tiefer, an Sonar, an das Wehklagen der vielen Ertrunkenen und Verlorenen. Nein, seine Stimme war ein Schiff; sie bohrte sich in dich hinein wie ein Bug in die Wellen.

Carlos saß in der Runde neben mir. Er schloss eine Weile die Augen, im Bann der Stimme des *mestre*. Dann beugte er sich zu mir herüber und meinte: »Bringt einen einfach in andere Sphären, oder?«

Bald war er mit dem Spiel wieder an der Reihe, aber statt den zu nehmen, der gegenübersaß, wie es eigentlich üblich ist, packte er meine Hand und führte mich in die Mitte. Er bedeutete allen Umstehenden, sie möchten zusammenrücken, und sie verkleinerten den Kreis, bis wir viel weniger Platz hatten. Ich sah, wie Carlos sich unser Spiel vorstellte, dicht über dem Boden, dicht beieinander. Diese intime – und gefährliche – Variante des *jogo* nennt sich *de dentro*, »Spiel innen«.

Mein Herz hämmerte, als wir vor der größten Berimbau zu Füßen des *mestre* knieten. Er gönnte seiner Stimme zum ersten Mal an diesem Abend eine Pause, und statt seiner sang Carlos:

Camarada, o que ele é meu camarada?

Im Chor erwiderten alle anderen: »*É meu irmão*«, dehnten das zweite Wort, damit der Satz zum Rhythmus passte. Carlos führte weiter an. Auch er hatte eine herrliche Stimme – etwas rauer geworden mit der Zeit –, und ihr Gewicht und Timbre bedrängten mich. Der uns umgebende Chor hüllte uns in eine Säule aus Klang, schloss uns in den Raum des verengten Kreises ein. Nach Carlos nächstem Ruf: »*Meu irmão do coração, camarada*«, fiel ich in den Wechselruf mit ein, und das Lied ging weiter:

É meu irmão
Na roda da capoeira, camarada
É meu irmão
Irmãozao de coração, camarada
É meu irmão

Er überließ den Gesang dem *mestre*, der nun führte und die Worte antrieb, bis sie tief in mich eindrangen. Ich verstand sie. Carlos und ich beugten die Köpfe und reichten uns die Hand. Wir duckten uns in die *roda* und begannen.

Eine Familie

Curtis Smith sah von der anderen Straßenseite aus, wie der Junge vor dem Kino mit Lena Johnson aneinandergeriet. Sie hatte wohl Karten für den falschen Film gekauft. Oder vielleicht wollte Andre an einem Freitagabend überhaupt keinen Film mit seiner Mutter sehen. Aus ihrem Zureden wurde bald Verärgerung. Da sagte der Junge nichts mehr. Mit immer tiefer hängendem Kopf, als könnte der Hals das Gewicht nicht mehr tragen, folgte er ihr hinein.

Es war ein kalter Abend im November mit regenschwerem Himmel. Curtis blies sich warme Atemluft in die hohlen Hände. Gehorsam, dachte er, darüber könnte er mit dem Jungen reden. Er aktualisierte fortlaufend die Liste der Themen, über die sie reden könnten. Die Frage des Gehorsams erschien ihm ganz passend für einen Fünfzehnjährigen, aus dem schon manchmal mit Macht der Mann hervorbrach, der er mal sein würde. Andererseits war es auch wichtig, den Gehorsam zu verweigern. Das hatte Curtis schon gewusst, als er noch jünger war als der Junge jetzt. Daran hatten auch zwölf Jahre Knast nichts geändert, und so stand Curtis hier und tat genau das, was seine Mutter ihn am Morgen gebeten hatte, nicht mehr zu tun. Irgendwer hatte ihn Andre und Lena beobachten sehen, und die Freunde seiner Mutter tratschten eben über das, was irgendwer sah. Sie sagten, Curtis hege gegen Lena einen Groll, oder er könne einfach nicht loslassen. Aber ihm war egal, was seine Mutter und ihre Freunde sagten. Ein Mann musste seinen Weg gehen, und es kam die Zeit, da musste das auch ein Junge, der zum Mann reifte. *Es sei denn, du hast noch keine Haare am Sack.* Das könnte Curtis zu dem Jungen sagen, ihn aufziehen, wie er und der Vater des Jungen, Marvin Caldwell, sich in ihrer Jugend aufgezogen hatten. Marvin hatte besonders von allem geträumt, was er eines Tages für seine Mutter tun würde, doch selbst er wusste, wie man den Gehorsam verweigerte.

Curtis studierte ein letztes Mal die Leuchtwerbung und versuchte zu erraten, welchen Film Andre hatte sehen wollen und welchen Lena stattdessen gewählt hatte. Er zählte sein Geld. Er hatte erst zwölf der vierzig Dollar ausgegeben, die seine Mutter ihm hingelegt hatte, also beschloss er, einen Happen zu essen, während er auf das Ende des Films wartete. Im Downtown Bar and Grill, einem alten Lieblingslokal, bestellte er einen Burger und eine Limo. Weil niemand bei Getränken mehr gratis nachschenkte, bat Curtis wiederholt um Wasser. Von seinem Platz aus konnte er noch gut den hellen Neonfleck des Kinos sehen.

Der Regen setzte ein, bevor Andre und Lena aus dem Kino kamen. Sie gingen trotzdem zu Fuß, und Curtis folgte. Lena spannte einen Schirm auf, der für beide groß genug war, doch auf der Promenade strebte Andre ständig von ihr weg in den kalten Niesel. Lena hielt vor einer Bank und wischte sie mit Zeitungspapier ab. Andre ließ zwischen sich und seiner Mutter viel Platz. Curtis bummelte ein wenig, dann setzte er sich ungefähr in die Mitte der benachbarten Bank. Ein großer Abfallbehälter verdeckte ihm teils die Sicht, aber er konnte mithören.

»Dein Daddy ist gern hierhergekommen«, sagte Lena.

»Das hast du mir schon erzählt«, erwiderte Andre. Curtis folgte ihnen jetzt seit Wochen, war ihnen aber selten so nah gewesen. Und er hatte sie nie von Marvin sprechen hören.

»Ist ja auch nett, oder? Tolle Aussicht.«

Andre stand auf und gestikulierte wild in den Regen. »Hallo? Ich seh überhaupt nichts.«

Curtis war seit seiner Entlassung aus dem Gefängnis mehrmals auf der Promenade gewesen. Es gab sehr viel zu sehen, fand er. Eine große unsichtbare Hand griff in die Tasten der Stadt und hielt die Töne in den hellen Fenstern, tausend kleine Quadrate summenden Lichts, die, da die Hochhäuser wegen ihrer verwischten Umrisse vom schwarzen Lack des Himmels nicht zu unterscheiden waren, in der Luft zu schweben schienen. Es wurde immer stürmischer, aber in dem von Brücke und Stadt reflektierten Licht sah Curtis die Oberfläche des Flusses mit seinen unzähligen plappernden Mündern. Nach den vielen Abenden, die er seit seiner Entlassung hier verbracht hatte, fühlte es sich wie ein Sieg an, dass er sich nicht mehr ins Wasser stürzen wollte.

»Was wollen wir hier, Ma?«, fragte Andre und setzte sich wieder. »Es schifft. Mir ist kalt.«

»Unter dem Schirm ist es gar nicht so schlecht.«

»Können wir jetzt bitte gehen?«

»Ich dachte nur, du würdest gern noch ein bisschen draußen unterwegs sein. Du solltest das Beste draus machen. Morgen musst du nämlich zu Hause bleiben.«

»Wieso das denn?«

»Du weißt, dass die Mädels nach der Arbeit immer ins Temptations gehen«, sagte Lena. »Jetzt haben sie mich endlich auch gefragt.«

»Morgen ist Samstag, Ma.«

»Ich weiß, was für ein Tag ist. Und ich erwarte, dass du zu Hause bleibst. Sonst hab ich keine Ruhe.«

»Während du im Klub richtig abgehst.«

»Bitte? Was sagst du da?«

»Nichts«, sagte Andre. »Mir ist kalt.« Er sprang wieder auf und machte sich auf den Heimweg.

Lena lief ihm hinterher und rief kläglich seinen Namen.

Curtis ließ die beiden ziehen. Schließlich erhob auch er sich und schlenderte auf der Promenade Richtung Brooklyn Bridge. Die einzige Person, die ihm begegnete, war ein Mann mit alarmierendem Gesicht. Gemurmelte Schimpfkanonaden wölkten über ihm hoch wie sichtbar gewordene Chiffren, ehe der Wind sie verwehte. Es war jedoch die Unrast der Hände unter dem dreckigen Mantel, die den dahinschlurfenden Mann als verrückt und gefährlich auswies. Beides war auch Curtis schon gewesen, in den Monaten nach Marvins Flammentod und vor seiner eigenen Inhaftierung. Die Gefahr, vermutete er, lauerte in der linken Manteltasche des Mannes, die Verrücktheit zappelte in der rechten. Ihm gefiel, dass sie an ihm vorüberzogen.

Curtis hauchte den Namen seines lang verlorenen Freundes – *meines toten Freundes*, sagte er sich nüchtern –, um den Wind ihn fortreißen zu sehen. Er stellte sich vor, wie er zusammen mit den aus dem Mund des Mannes wölkenden Worten davontrieb und sich über dem East

River aussäte. Der Fluss war stark verschmutzt, aber er mochte ihn trotzdem. Er floss in beide Richtungen, griff mit beiden Armen nach dem Meer. Der gefährliche Mann brabbelte inzwischen ein gutes Stück weiter, und Curtis stieß noch einmal Marvins Namen hervor, sah ihn von seinen Lippen aufsteigen und dort einen Augenblick noch als Substrat hängen.

Er hätte auch den Namen der toten Frau sagen können, die, die er mit dem Wagen erfasst hatte, die, die ihn nachts im Traum heimsuchte. Aber er widmete sein Leben jetzt anderen Dingen, hatte er sich eingebläut, schönen, wunderbaren.

Aus Regen wurde Griesel, der Klang ein Zischeln, das die Welt schweigen hieß. Curtis gönnte sich das Gefühl, aufgehoben, aber nicht gefangen zu sein. Unter der weiträumigen Kuppel des Himmels war er frei und gebunden zugleich: In dieser neuen Bewegungsfreiheit konnte er nicht auseinanderfliegen. Er wäre gern länger an der Promenade geblieben – oft harrte er aus, bis der nächtliche Zauber verging –, doch die Nässe drang durch seine Regenhaut und den dünnen Mantel darunter. Hände und Füße waren schon taub. Curtis fröstelte. Es wäre ziemlich daneben, sich, kaum wieder auf freiem Fuß, den Tod zu holen. Er beschleunigte seine Schritte, damit die Kälte nicht in Mark und Bein kroch.

Am Abend drauf ging Curtis unweit von Kino und Downtown Bar and Grill die Atlantic Avenue hinab. Es war 23 Uhr, und er genoss das Treiben dort an der breiten Durchgangsstraße. Er staunte noch immer darüber, wie viel sich verändert hatte, die Zahl der neuen Nobelrestaurants und Weinhandlungen. Aber viele der alten Bars waren noch da. Und die neuen Klubs waren bloß die alten Nachtklubs unter neuem Namen.

Ein leerer Bus schob sich vorbei, der Fahrer hell gefasst wie ein Insekt in Bernstein. An der Ecke versuchte eine weiße Frau vergeblich, ein Taxi anzuhalten, und Curtis stellte sich neben sie, als wollte er die Straße überqueren. Mit ihrem Halstuch und dem schicken Jackett über einem kurzen Kleid war sie für das Wetter falsch angezogen. Sie schüttelte den unbedeckten Kopf und löste so die kurzen Strähnen von ihren Lippen, ihre Beine waren dünn, aber wohlgeformt, ihr Teint wie Schlagsahne. Sie war, was Marvin früher als Slim Fit bezeichnete. Curtis stellte sich vor, wie weich ihre Innenschenkel wären. Er stellte sich ihren offenen Mund vor.

Es war lange her, dass er mit jemand anderem als sich selbst Sex gehabt hatte, seiner krampfenden Hand. Die ersten paar Jahre im Knast hatte er ein altes Schwarz-Weiß-Foto der Schauspielerin Marpessa Dawn an der Wand hängen gehabt. Den Jahren ihres Liebreizes im Swimmingpool waren explizitere Bilder von Frauen gefolgt, die der Kamera geölte, haarlose Körper darboten. Nach seiner Entlassung hatte er ein paar Zeitschriften mit Pin-up-Seiten gekauft, bald aber entdeckt, wie mühelos mit dem Computer seiner Mutter Videos aufzuspüren waren. Das Foto von der Schauspielerin im Pool aber gefiel ihm immer noch am besten.

Das Handy der weißen Frau klingelte, und sie begrüßte jemanden knapp, offenbar ihre Mutter; schon die wenigen Worte trugen schwer an den Altlasten. Kaum hörte Curtis sie sprechen, befiel ihn eine große Müdigkeit. Sie erinnerte ihn aus unerfindlichen Gründen an die Frau, die er mit dem Auto erfasst hatte. Wäre die aber weiß gewesen, das wusste Curtis, säße er bis heute und hätte noch lange Haftjahre vor sich. Um der Stimme zu entkommen, die nun weinerlich ins Handy sprach, trabte er über die Straße.

Vor dem Temptations warteten drei Männer an einer schwarzen Samtkordel. Der Türsteher trug eine dunkle Sonnenbrille und schien nicht geneigt, die drei einzulassen. Curtis stellte sich gerade hinten an, als der Erste sich beklagte.

»Komm schon, Chief. Wir stehen hier schon ewig und drei Minuten.«

»Geschlagene halbe Stunde«, sagte ein anderer. »Wenn du's genau wissen willst.«

»Und wir frieren uns die Eier ab, Big Man. Komm schon.«

Der Türsteher blieb hart. Hinter Curtis stellte sich ein weiterer Mann an, dann fuhr ein Taxi vor. Es stiegen drei Frauen aus und zuletzt, wie nachgereicht, Lena Johnson. Bei ihnen fackelte der Türsteher nicht lange.

Dort in der Schlange hatte Curtis reichlich Zeit, sich den Klubbesuch noch mal zu überlegen. Tatsächlich versuchte er, sich davon abzubringen, indem er Gründe für einen Verzicht heraufbeschwor – Bilder der Promenade, der weißen Frau an der Ecke –, aber überstrahlt wurden sie in seinem Kopfkino allesamt von Lenas aus dem Taxi steigenden Strumpfbeinen. Zögernd folgte sie in einem saphirblauen Kleid den anderen Frauen. Der Schock, sie so aufgedonnert zu sehen, hielt sich in Grenzen, aber sobald sie durch die Tür geschlüpft war, spielten in seinem

Kopf die Strümpfe und das saphirblaue Kleid bei allen Dummheiten eine zentrale Rolle. Er musste an Andre denken und wie der sich solche Szenen gerade ausmalte oder morgen am Sonntagnachmittag bei der Übertragung der Footballspiele im Gesicht seiner Mutter abzulesen versuchen würde. Dem Jungen mussten die kleinen Tragödien seiner Mutter erspart bleiben.

Knapp eine Viertelstunde später nannte der Türsteher den Männern, als wären sie eb en erst eingetroffen, den Eintrittspreis: zehn Dollar. Er beäugte Curtis' Aufmachung skeptisch, ließ ihn aber durch. Ja, Curtis trug Jeans, aber die waren nicht einmal sonderlich dreckig, das eigentliche Problem waren die Arbeitsstiefel – nicht gerade das, was Marvin als »Edeltreter« bezeichnet hätte. In der Aufmachung wäre er in die Läden, die sie früher frequentiert hatten, nicht reingekommen, damals, als sie mit gefälschten Ausweisen loszogen.

»Viel Glück, Playboy«, sagte der Türsteher. Er trat beiseite, um Curtis durch den Vorhangspalt zu lassen. »Haben Loser wie du dringend nötig.«

Der Klub ging über zwei Etagen. Weil er Lena oben nirgend sah, stieg Curtis hinab in den Keller. Er suchte sich an der Bar einen Platz, der einen guten Überblick bot, und erkannte gewisse Details wieder: die niedrige Decke mit den Kupferplatten, die vier Eckpfeiler um die Tanzfläche. Er und Marvin waren hier schon gewesen, als es nur diesen Keller gab. Damals hieß der Schuppen Nelson's.

Curtis hatte noch etwas Geld übrig, das er von einem Nachbarn seiner Mutter bekommen hatte, nachdem er mit ihm ein paar Kisten geschleppt hatte, und dazu den

Rest der vierzig Dollar von gestern. Einen Bourbon zu bestellen, war einfacher als erwartet. Die Wörter blieben nicht stecken, der Barkeeper glotzte nicht. Als ihn der Whiskey von der Kehle bis zum Nabel wärmte, schloss er genussvoll die Augen.

Die laute Musik schien bloßes Getöse, aber das war nichts Neues. Zwar hatte ihm der Rap, den in seiner Jugend die anderen Jungen hörten, durchaus gefallen, aber Curtis hatte es immer eher mit der älteren Musik gehabt, Songs aus den Sechzigern und Siebzigern. *Nur zu, Opa.* Marvin konnte ihn gar nicht oft genug aufziehen. *Ey, seht nur: Der Grufti groovt.* Er verspottete Curtis, indem er mit gespieltem Buckel und Krückstock und einer ins Kreuz gedrückten Hand einen schlurfenden Twostep mimte.

Lena und ihre Freundinnen tobten sich schon auf der Tanzfläche aus, Drinks in der Hand. Offenbar hatten sich bestimmte Schrittfolgen aus Musikvideos verbreitet. Curtis sah zu und bekannte sich abermals zur Oldschool. Er wandte sich wieder der Sache mit Andre zu: wie er es schaffen sollte, mit dem Jungen zu reden, und was er als Erstes sagen sollte. Nach einer Weile näherte sich ein hochgewachsener Typ im Anzug Lena von hinten und raunte ihr etwas ins Ohr. Sie lachte. Bald drängte sie sich rückwärts an ihn heran, und die beiden verschmolzen zu einem Körper, einem Rhythmus. Sie spitzte die Lippen und schlug mit der freien Hand im Takt auf ihren Schenkel. Obwohl er selbst und Lena gleich alt waren, fünfunddreißig, störte es Curtis, sie sich so aufführen zu sehen. Es tat ihm für den Jungen und irgendwie auch für Marvin leid, und er wünschte, er wäre einfach zur Promenade gegangen. Er bestellte einen zweiten Bourbon.

Lena und der Anzugtyp unterhielten sich eine Zeit lang an einem anderen Teil des Tresens. Er hatte ihr einen neuen Drink besorgt, aber aus ihren Augen war das Lächeln verschwunden. Jetzt, wo sie nicht mehr tanzten, wirkte sie weit weniger angetan. Das war auch dem Mann aufgefallen. Er wollte sie wieder auf die Tanzfläche ziehen, aber sie zierte sich. Der Mann versuchte es noch eine Weile, dann verzog sich sein Mund böse. Er beschimpfte Lena, ehe er sich trollte.

Sie blieb noch an der Bar stehen und starrte in ihren Drink. Dann kippte sie ihn in einem Zug herunter und fischte eine schlanke Zigarette aus ihrer Handtasche. Sie sagte kurz etwas zu einer der Frauen, mit denen sie gekommen war, dann ging sie an Curtis vorbei nach oben. Einen Moment lang war ihm, als sehe sie ihn direkt an, aber in so einem Schuppen flogen die Blicke überallhin. Er folgte ihr. Vom Eingang aus sah er sie am Kantstein rauchen. Ihr Mantel war noch drinnen an der Garderobe, und sie hielt sich zitternd in der Kälte umschlungen, Handtasche eingeklemmt unterm Arm. Sie ließ die Kippe fallen und sah zu, wie sie auf der Erde verglimmte. Sie erinnerte an einen Vogel, der mit eng an den blauen Leib gepressten Flügeln von einer hohen Warte hinabsah und nicht losfliegen wollte.

»Hey, Playboy«, rief der Türsteher. »Gehst du, oder was? Raus oder rein, Bro, entscheide dich.«

Als Lena eine zweite Zigarette hervorholte und sie sich umständlich anzündete, kehrte Curtis in den Klub zurück. Diesmal blieb er oben, wo die Musik nicht ganz so laut schien. Er nahm kleine Schlucke von seinem dritten Bourbon und dachte daran, wie mühelos er damals vom ersten auf den dritten und mehr gekommen war an dem Abend, als das Mädchen vom Auto erfasst wurde. Er verscheuchte den Gedanken und fragte sich stattdessen, was Andre wohl machte, ob er die Gelegenheit genutzt hatte oder zu den kleinen Tragödien der Nacht beitrug, indem er bange zu Hause blieb. Ein Junge in seinem Alter musste in die Welt hinaus, so viel sehen wie möglich. Er musste bei dem so neuen Gefühl seiner Hände auf den bescheidenen Brüsten eines Mädchens erschaudern, dem so neuen Gefühl ihrer Hände in seinen Jeans, nicht beim Gedanken an eine Mutter in einem knappen Kleid, die hier draußen in der trunkenen Nacht auf jung machte. Sie waren fünfunddreißig, gut, aber sie waren alt. Der Junge war jung, und er hatte das Gesicht seines Vaters. Curtis war ihm nahe genug gekommen, um das feststellen zu können. Das Gesicht war dasselbe, das Schicksal sollte es nicht sein.

Curtis roch ihren Nikotinatem, noch bevor er ihre kalte Hand auf der Schulter spürte.

»Na, dann komm«, sagte Lena.

Als er auf seinem Barhocker herumfuhr und sie ansah, schnappte sie sich seinen Drink und stürzte ihn in einem Zug herunter. »Komm, tanz mit mir«, sagte sie.

Er ließ sich auf die Tanzfläche führen, die weniger voll war als die unten. Er ging leicht in die Knie, suchte die richtige Passform für sie beide – offenbar hatte er es nicht verlernt: wie man einem Frauenkörper entsprach. Sie tanzten zu Kuschelrock. Ihre Brüste waren an seine Rippen gedrückt, sein Bein zwischen ihre geschoben. Sie hielt sich an seiner Schulter fest, klebte förmlich an seiner Hüfte. Er legte ihr kurz eine Hand ins Kreuz und berührte nackte, verschwitzte Haut. Er roch in ihrem Haar den Zigarettenrauch.

Sie war eindeutig betrunken, und er, dem der Bourbon das Blut erhitzte, kam sich namen- und gesichtslos vor. Am liebsten hätte er sich in Luft aufgelöst und sie ihrem Phantompartner überlassen, aber irgendetwas, was er nicht hätte benennen können, bewog ihn zu blieben. Es war nicht Sex – körperlich hatte er sich nie zu ihr hingezogen gefühlt –, vielmehr, sagte er sich, vielleicht das, was er dem Jungen schuldete. Doch das fühlte sich verwirrender an als Schuldigkeit. Die Sehnsucht gehörte nicht zu ihm und auch nicht zu ihr. Sie ging über sie beide hinaus, fand er, und ergriff deshalb von ihnen beiden Besitz. Als würde zwischen ihnen ein unsichtbarer Glühfaden gespannt, an der von seinem Schenkel gedehnten Partie ihres saphirblauen Kleids entlang, heiß glimmend dort, wo er mit der Hüfte führte und sie auf der Stelle zum Rhythmus wiegte, sodass ihnen gar nichts übrigblieb, als sich dichter aneinanderzuschmiegen, das glühend Helle zwischen sich zu konservieren, das sich sonst lösen, ihnen entgleiten und erlöschen könnte. Das Berauschende ihrer Atemzüge und ihrer drangvollen schlanken Schenkel, der Hand, die an seiner Schulter zog, waren die Elementarkräfte, die sie auf ihn ausübte, und er führte mit der Hüfte bei leicht gebeugten Knien und leise schmerzendem Rücken, und es zählte einzig der zerbrechliche Faden, heiß vor etwas, was sie sich weder eingestehen noch entgehen lassen konnten.

Das Gefühl von Unentrinnbarkeit blieb und erschreckte Curtis zutiefst. Als der lange Kuschelrock-Set zu Ende ging und sie erlöste, wandte er den Blick von dem saphirblauen Kleid ab, das nun zwischen Lenas Schenkeln wieder nachgab. Er wusste sich nicht anders zu helfen, als an den Tresen zurückzukehren und einen weiteren Drink zu bestellen, und als sie ihm folgte, bestellte er auch einen für sie. Es war das, was ein Phantompartner täte. Ihr Drink wurde von einem Eiswürfel in Kugelform gekühlt, ein scheinbar vollendetes und unzerstörbares Gebilde, ein Miniaturmond im Glas. Lena trank gierig, und der Mond rutschte und befeuchtete ihre Nasenspitze. Curtis hatte in seinem Glas kein Eis. Als er es hob, kippte er es gerade so weit, dass der Bourbon ihm kurz vor der Unterlippe stand und er das Feuer einatmen konnte, ehe er trank.

Was sah sie, wenn sie ihn ansah? Zusätzliche Pfunde hatten sein Gesicht voller gemacht, das zudem von einem Bart verschattet wurde. Sein Haar wich über den Schläfen zurück, sodass ein stumpfer Pfeil auf seine Nase wies. Wie sähe Marvin aus, wenn er noch lebte?

Curtis mied Lenas Blick und hoffte, dass das, was ihnen an gemeinsamer Zeit noch bliebe, genau so verstreichen würde – schweigend. Er versuchte, sich in der Musik zu verlieren, aber sie nahm ihn nicht auf, die Grenzen ein Dickicht, ihr Verlauf unvorhersehbar.

»Ich weiß, wer du bist«, sagte Lena. »Du.«

Curtis hatte das überwältigende Gefühl, dass er sich, indem er diesen einst vertrauten Ort betrat, für weit mehr entschieden hatte. Er saß hilflos da. Alles um ihn herum – die Musik, das dreckige Lachen, die kreiselnden sternfunkelnden Lichter –, all das war Raserei. Diese grundlegende Wahrheit hatte er vergessen, dass Freiheit unwegsames Gelände war.

Sie konnten nirgends hin. Er erklärte, dass er vorübergehend bei seiner Mutter wohne, und hörte Lena sagen, zu Hause sei ihr Sohn. Und dann überraschte sie ihn, indem sie vorschlug, sie könnten sich ein Zimmer nehmen. Nur für ein paar Stunden, sagte sie. Sie sei einsam. Es sei ja noch gar nicht so spät. Der Klub habe bis vier auf, und vorher werde ihr Sohn mit ihr auch nicht rechnen. Er werde ohnehin schon schlafen, und trotzdem werde sie vor ihm auf sein. »Den Jungen interessiert nur, ob morgens sein Frühstück auf dem Tisch steht«, sagte sie. Sie sagte, sonntags mache sie Pfannkuchen mit Speck.

Curtis hatte sich nicht klargemacht, wie teuer die Drinks sein würden; ihm blieben nur sechs Dollar. Anstand wäre ein Grund gewesen, zu Lena Nein zu sagen. Andre ein weiterer, wenn auch genauso gut einer, Ja zu sagen. Sich in ihr Nachtleben ziehen zu lassen, war nicht unbedingt die beste Methode, an ihn heranzukommen, aber vielleicht die einzige.

»Ich habe alles ausgegeben, was ich dabeihatte«, sagte er.

»Macht nichts«, sagte Lena. »Geht auf mich.«

Sie gingen in das Galaxy Inn. Das Zimmer, das fast so klein war wie zuvor seine Zelle, roch unangenehm. Die Wände waren offenbar kürzlich mit Silberfarbe gestrichen worden, aber da war noch etwas anderes, ein organischer Mief. Es hatte kaum Anstrengungen gegeben, Besuche voriger Gäste vergessen zu machen. Die Wände waren übersät mit unnützen Reglern, rätselhaft blinkenden Lämpchen. Curtis fühlte sich in eine Fernsehshow aus den Sechzigern versetzt, eine Science-Fiction-Serie, die er als Kind geguckt hatte.

Lena hatte ihm den Rücken zugekehrt, plötzlich genügsam, plötzlich still. Curtis konnte sie nicht einmal atmen hören. Ihre Wildheit hatte ihn überrascht, überstieg die seine. Das raue Laken bedeckte sie bis zur Taille, ließ den langen Hals und ihre Wirbel frei, die sich unter der Haut wie Münzen erhoben. Curtis verspürte den Drang, ihr das Rückgrat herauszureißen, die Silberlinge über das ganze Bett zu schleudern und im weinroten Schein des gedimmten Lichts einen wirklichen Blick auf ihr Innenleben zu werfen.

Lena setzte sich auf. »Ich sollte gehen. Nach meinem Sohn sehen.«

Aus nächster Nähe bemerkte Curtis selbst in dem schummrigen Licht, wie trocken ihre Haut war, sah die Unreinheiten auf Stirn und Wangen. »Erzähl mir von ihm.«

»Jetzt?«

»Der Junge schläft. Du hast noch Zeit.«

Sie musterte ihn. »Was geht nur in deinem Kopf vor?«

Curtis zuckte mit den Achseln und zwang sich, ihre Hand zu nehmen. »Komm schon, erzähl mir ein bisschen.«

Als Lena nach ihren Zigaretten griff, murrte Curtis, aber sie steckte sich trotzdem eine an. Sie begann, von ihrem Sohn zu sprechen, zögernd zunächst, aber die anfangs vage Beschreibung wurde schließlich zu einer langen Klage über die Probleme mit ihm und darüber, wie schnell sie ihn offenbar nervte. Er sei ein guter Junge, sagte sie, aber ihr Verhältnis verschlechterte sich, und sie tat sich schwer, das alles allein hinzukriegen. »Nicht nur, weil er Teenager ist«, sagte sie. »Es steckt mehr dahinter.«

»Wahrscheinlich bloß verrückt nach den Weibern«, sagte er.

»Glaub ich nicht«, sagte sie und sprach weiter, sprach jetzt mit größerer Nachsicht von ihm.

Da bestand Curtis darauf, ihr seine Sicht darzulegen. Ihn beschäftigte noch immer die Frage des Gehorsams, aber was er sagte, war nicht gerade tiefschürfend. Lena hörte sich alles trotzdem an, und als er verstummte, schien sie nachdenklich.

»Weißt du«, sagte sie ihm, »wenn dich eigentlich bloß mein Junge interessiert, hättest du es einfacher haben können. Statt mir nachzulaufen, hättest du ihn einfach auf der Straße ansprechen können und sagen, wer du bist.«

Curtis schob sich am Kopfteil hoch. Für ihn klang das schwerer als alles sonst auf der Welt. »Ich wollte ein bisschen nach Marvins Liebsten sehen.« Er genierte sich, und er ärgerte sich ein bisschen. »Ich weiß, dass man das nicht unbedingt so angehen sollte«, setzte er hinzu.

Lena schüttelte den Kopf. »Sieh dich doch an«, sagte sie. »Ich weiß, dass du lange aus dem Verkehr gezogen warst, aber du bist ja nicht grad leicht zu übersehen. Die Leute reden. Ich hab Augen im Kopf.«

»Wie lange weißt du es schon?«

»Lange genug, um gründlich darüber nachgedacht zu haben, ob ich etwas unternehmen soll.«

Curtis zeigte auf die blinkenden Wände des Zimmers, diese müde alte Version der Zukunft. Er zeigte auf das Bett. »Und unternommen hast du das hier?«

»Tja, du warst eben da, bist mir wie üblich nachgelaufen«, sagte Lena. »Ich wollte was, und du warst zufällig da. Ich wusste, bei dir bin ich sicher. Und ich konnte mir denken, dass du dich darauf einlässt.«

Er riss das Laken weg und legte seine ganze Nacktheit bloß. Er sprang aus dem Bett und starrte sie an.

»Oh, damit bin ich fertig«, sagte sie. »Kannst du wegpacken.«

»Glaub ja nicht, dass du mich kennst«, sagte Curtis. »Hast du nie.«

Sie rollte den Saum des Lakens zwischen den Fingern. »Hör zu, ich muss los. Du kannst den Rest der Nacht hierbleiben, wenn du willst, wenn du nicht zu deiner Mama zurückwillst.« Sie stieg aus dem Bett und betrachtete ihn einen Augenblick stirnrunzelnd. »Du kennst mich auch nicht«, sagte sie und zog sich an.

Curtis brach bald nach ihr auf. Wozu bleiben und in eine Sackgasse starren. Die Nacht wich schon am Himmelsrand, aber er kehrte nicht gleich zum Haus seiner Mutter zurück. Am besten beruhigte er sich beim Gehen, da fand er wieder zu einem Blick für das Wesentliche, das war schon vor der Haft so gewesen, und jetzt genoss er es umso mehr, trotz gelegentlicher Schikanen durch irgendwelche Cops. In der Pubertät waren er und Marvin oft lange unterwegs gewesen, manchmal bis zum Morgengrauen, waren durch ganz Brooklyn gestiefelt. Marvin ging gern zu Fuß und nahm allenfalls den Bus. Auf die halb blinden Höllenfahrten der U-Bahn verzichtete er. Er schlug gern neue Richtungen ein, war für jeden kleinsten Umweg und sogar heikle Großsiedlungen und Problemviertel zu haben, Hauptsache, nicht ewig das Gleiche. Nur die Promenade war ihm immer recht.

Wenn die Freunde dort standen und auf das lange Kinn der Stadt blickten, sprachen sie am offensten über ihre

Wünsche. Marvin redete, als würden die kommenden Tage und Jahre Teil eines einzigen Neuanfangs. »Ich werd meiner Mutter ein Haus kaufen«, sagte er dann. Das war sein Hauptding. Er würde nicht nur ihre erheblichen Schulden begleichen, sondern auch das stemmen. Das Haus, das er ihr in seiner Fantasie kaufte, war ihm längst vertraut, mit Möbeln aus ihren Katalogen, mit dem kleinen Gemüsegarten, den sie anlegen würde. Er konnte mit ihr über den weißen Lattenzaun hoch zum blauen Dach blicken, wo Vögel wieder ein Nest bauten. »Sie wird die Vögel da nicht haben wollen«, sagte er mal. »Aber ich schon. Die können alles, was mir gefällt.«

Von Mädchen sprach Marvin, als hätte er es schon gemacht, als wüsste er etwas von der beängstigenden Sache mit der weiblichen Blöße und dem Sex, der nach seinem Verständnis animalisch und floral war: Es ging ums Riechen, ums Wittern und um Säfte, um brutale Fingernägel und krauses Haar, um das Entblättern der Sprache, bis nur das eine blieb, der harte Kern, den man einem Pfirsich entnahm, um mit ihm nach streunenden Hunden zu werfen, wie sie es früher gemacht hatten.

Dann war Marvin auf einmal, aus Gründen, die Curtis ein Rätsel blieben, von Lena Johnson besessen. Ständig redete er von ihr, und bald kreisten die Stadterkundungen der Jungen um deren damalige Nachbarschaft gar nicht weit von der Gegend, durch die Curtis jetzt strich. Dort war – noch immer, wie Curtis wusste – der Basketballcourt, zu dem es Marvin nun ständig zog, trotz der kaputten Ringe.

Dort erspähten sie Lena eines Tages im Frühling. Sie kam von der gegenüberliegenden Straßenseite und schlenderte auf dem Gehweg am Spielfeld entlang, in der Hand eine Zigarette, die sie immer wieder lässig zum Mund führte. Marvin eilte mit einem sonderbaren Gesichtsausdruck zu ihr, die Hände locker geballt. Er hielt darin kleine, von der Sonne gebackene und gebleichte Steine, als wollte er sie ihr durch die Maschen des Drahtzauns wie Gaben vor die Füße rollen. Curtis trabte hinterher, er witterte die Gelegenheit zu irgendwelchen Dummheiten. Die Jungen holten Lena ein und hielten innen am Zaun mit ihr Schritt, eifrig durch die Maschen blinzelnd, auf ihren Gesichtern das flirrende Licht, das Lena jedoch nicht verwandelte. Sie blieb ein dürres Gestell mit spitzen Ellbogen und unheimlichen Augen, deren Blusen und Strickjacken stets fusselig waren, deren Hintern so flach war, dass jede Jeans hinten schlabberte.

Als Marvin Hallo sagte, blies sie tief inhalierten Rauch aus. Sie zog an einem Joint, begriffen sie, nicht an einer ihrer üblichen Zigaretten. In der Schule behaupteten die anderen, sie stinke aus dem Mund. Curtis lachte darüber. Früher hatte Marvin noch mitgelacht.

»Meine Mama hat gesagt, ich soll nicht mit fremden Jungs reden«, sagte Lena, ohne sie eines Blickes zu würdigen.

»Was? Ich bins doch, Marvin Caldwell. Von der Schule.«

»Ich weiß, wer du bist. Heißt nicht, dass du nicht fremd bist.«

»Aber du redest doch mit mir.«

»Tust *du* immer, was deine Mama dir sagt?«

Und das wars. Sie ging wortlos weiter und ließ Marvin genau da, wo jetzt Curtis stand, zurück, die langen Finger in den Maschendraht verkrallt. Marvin machte aus ihren

Worten irgendwie ein großes Rätsel, eines, an dem er knobelte, an diesem und allen folgenden Tagen, indem er laut über ihr Leben nachdachte. Hatte irgendwer ihre Mutter schon mal in der Schule gesehen? Verstanden sie sich, oder stritten sie sich nur? Sahen sie sich ähnlich? Er weihte Curtis in seine Obsession ein. Je mehr aber Lena Teil von Marvins Leben wurde, desto seltener redete er mit Curtis über sie. Und als sie ein Paar wurden, sprach er mit Curtis ohnehin kaum noch.

Es dauerte lange, aber schließlich konnte Curtis ihn überreden, mit ihm doch mal wie früher sonntags in den Prospect Park zu gehen. Am klangdurchfluteten Drummer's Grove stellte er ihn zur Rede. »Wir sind doch Kumpel«, sagte Curtis.

»Dann freu dich für mich«, erwiderte Marvin.

»Ich kann mich gar nicht erinnern, wann wir zuletzt mal abgehangen haben.«

Das Schlurren der Kalebassen untermalte den Rhythmus der Trommeln. Marvin sagte: »Mann, du weißt doch, wie's ist, wenn man frisch verliebt ist.«

»Du redest nicht mal mehr mit mir.«

Marvin lachte. »Das stimmt doch gar nicht. Du bist *my man*. Vertrau mir. Wird alles gut.«

»Das geht also vorüber?«

»Nein, es ist was Ernstes. Freu dich für mich.«

»Und was ist mit mir?«, sagte Curtis. Das Trommeln wurde jetzt vertrackter, komplexer. Ein seltsames Instrument, das aussah wie Pfeil und Bogen, machte hohe, schnarrende Töne.

»Ach so, verstehe«, sagte Marvin. »Dir geht es um dich.«

Curtis legte die Stirn in Falten. »Warum lässt du irgend so eine Schlampe zwischen uns kommen?«

Marvin blieb stehen. Er verengte die Augen und sah zur Musik hin. Dort ruckte der Kopf eines tanzenden Manns auf und ab. Die Klänge eines Blasinstruments umwoben die Trommelschläge. »Sag so was nie wieder«, sagte er. »Das mein ich ernst, hörst du?«

Curtis lachte höhnisch. »Aber so ist es doch.«

Marvin ballte die Hände zu Fäusten und öffnete sie wieder. Curtis sah ihn sie öffnen und schließen, öffnen und schließen, dann baute sich Marvin vor ihm auf. Ihre Nasen berührten sich fast. Curtis versuchte, nicht zu blinzeln.

»Das wars«, sagte Marvin schließlich und zog ihn in eine lange, feste Umarmung.

Curtis ließ die Arme und Hände schlaff herabhängen. In der folgenden Zeit, bis zum Feuer und dem Tod, hielt er sie meist so, bis er sie dann zum Trinken wieder benutzte.

Bei Curtis' Rückkehr schlief seine Mutter wie so oft im Wohnzimmer in ihrem Sessel, blau umflort vom Widerschein des Fernsehers. Weder stellte er die alte Sitcom ab, noch weckte er sie. Stattdessen lauschte er ihrem sturen Atem. Auf dem kleinen Beistelltisch neben ihr entdeckte er Erdnussschalen auf Küchenpapier und einen Becher mit Teerest. Wenn Curtis bis morgens um sieben oder acht wegblieb, war seine Mutter bei seiner Rückkehr wach, saß müde bei starkem Kaffee am Küchentisch und drückte sich die Hände ins schmerzende Kreuz. Sonst lag sie da, wo sie jetzt war, und dümpelte an der Oberfläche des Schlafs. Wenn er ihr sagte, sie brauche nicht auf ihn zu warten, meinte sie bloß, das sei doch gar nichts, sie habe schließlich zwölf Jahre auf ihn gewartet.

Es blieb noch etwas Zeit bis zum Sonnenaufgang. Oft las Curtis dann; er war im Gefängnis zum eifrigen Leser der Romane Walter Mosleys geworden. Aber er hielt sich inzwischen gern in der Nähe seiner Mutter auf – er hatte sie gern, wenn sie schlief –, also setzte er sich mit einem großen Glas Wasser zu ihr und richtete den Blick auf den Fernseher. Die absurden Produkte der nächtlichen Werbespots fesselten ihn stärker als die eigentliche Sendung, obwohl das Gelächter aus der Konserve wie ein gemurmelter Segen war. Trotz aller Bemühungen sank er gegen die Couchlehne und schlief ein.

Curtis schlief oft tagsüber, und seine Träume waren deshalb voller Licht. Zumindest erklärte er sich so, was geschah. Jeder Traum beförderte ihn in eine Stadt mit Häusern, Gewässern und klarem, blitzendem Glas. Alle Bewohner trugen Weiß, was wunderbar zu ihrer braunen Haut passte. Die Menschen gingen lächelnd mit ihren Liebsten, ihren Kindern und Freunden Hand in Hand. Das Seltsame an diesen lichtdurchfluteten Träumen war, dass Marvin darin nie vorkam, in den Bruchstücken, die Curtis beim Aufwachen noch zusammenbrachte, fehlte von ihm jede Spur. Er sagte sich, das Erhabene der Träume – die makellosen Landschaften und geräumigen Häuser, die Vielfalt und Tiefe der Farben – deute auf eine Präsenz hin, oder das diffuse Licht, das an alte Gemälde erinnerte, repräsentiere die im goldenen Schein erstrahlenden Fantasien seines toten Freundes. Aber das waren bloß Behauptungen. Marvins Missachtung seines Traumlebens traf ihn.

Jetzt war aber noch nicht Morgen, und sein Traum war von einer anderen Art. Abgesehen von der Dunkelheit, die aus seinem Bewusstsein in den Traum sickerte, gab es den grauen Schemen der Frau, die er vor so vielen Jahren mit dem Auto erfasst hatte. Die Frau schoss in gleicher Weise in den Traum, wie sie damals auf die Straße geschossen war; sie war gesichtslos, stimmlos und fahl, gestikulierte steif am Rande seines Blickfelds. Wie in ihren letzten Lebensmomenten war sie kaum mehr als ein Nebelstreif, ein Schatten auf der Windschutzscheibe, der plötzlich barst. An jenem Abend war sie auf seinen Wagen gekracht, als wäre sie aus großer Höhe abgeworfen worden, und im Traum war es genauso, sie flog auf ihn zu und riss ihn aus dem Schlaf. Er fuhr entsetzt hoch, seine Zunge war belegt und schmeckte metallen. Der Geschmack kränkte Curtis, erinnerte an den trunkenen Höllenschlund, zu dem sein Mund in den Monaten nach Marvins Tod geworden war.

In der Küche bestrich Curtis' Mutter Toastscheiben mit Butter und Kirschkonfitüre. »Gut, dass Sonntag ist«, sagte sie. Sie hatte am Krankenhaus montags und dienstags frei, für sie stand also das Wochenende an. Sie schob ihm seinen Frühstücksteller über den Tisch und stand auf, um den Toaster mit neuen Scheiben zu bestücken und Rührei aus der Pfanne zu heben. Sie war schon in Dienstkleidung. Unter dem Salzstreuer klemmten zwei gefaltete Zwanzigdollarscheine, der Betrag, den sie ihm ein paarmal in der Woche für Essen und das Fahrgeld für die Jobsuche daließ. Während sie darauf wartete, dass der Toast hochschoss, summte seine Mutter alte Gospellieder; das hatte sie in Curtis' Jugend nie getan. Sie hatte sie wohl als kleines Mädchen in North Carolina gelernt, und jetzt, wo sie sich dem anderen Ende des Lebens näherte, kamen die Lieder offenbar wieder hoch.

Als sie sich mit ihrem Teller setzte, aß sie nicht, sondern beobachtete Curtis, der mit seinem Ei, dem Toast, dem Wurstbrät fast fertig war.

»Möchtest du noch?«, fragte sie.

Curtis nickte und grunzte ein Ja.

Seine Mutter gab ihm eine Toastecke ab und schabte etwas von ihrem Rührei auf seinen Teller. »Iss du nur, Curtis«, sagte sie. »Himmel, ich bin sowieso zu fett. Ich muss wieder mit meiner Gymnastik anfangen.«

Angesichts seines heimlichen Schwurs, sich im Leben nur noch wunderbaren Dingen zu widmen, nahm er, was letztlich fast das komplette Frühstück seiner Mutter war. So könnte sie lächelnd die Lippen schließen, und so könnten ihre Augenbrauen wieder eine annehmbare Höhe erreichen, so würde wieder befriedigende Stille einkehren. Es stimmte, dass sie um die Taille etwas füllig wurde, aber er wusste genau, dass sie ihre Gymnastik nicht wiederaufnehmen würde. Mit der hatte sie ja nie angefangen.

Curtis spürte ihren Blick auf sich, als er die zweite Portion verdrückte. Wenn sie jetzt nicht gleich aufbrach, würde sie zu spät zur Arbeit kommen. Sie war sechzig, und ihn überraschte nicht, wie alt sie langsam auszusehen begann. Ihre monatlichen Besuche oben im Gefängnis hatten ihn zum Zeugen des Alterungsprozesses gemacht, und er konnte von einem Mal zum anderen vorhersehen, wo und wann der Verfall sich als Nächstes bemerkbar machen würde. Ihre braune Haut wurde dunkler. Ein Doppelkinn entstand. An den Wangen und um die Augen zeichnete sich deutlich der darunter liegende Schädel ab. Mit ihr war nicht mehr viel Staat zu machen, auch wenn ein Mann ihres Alters vermutlich nicht klagen würde. Als sie und Curtis' Vater eingesehen hatten, dass das mit ihnen einfach nicht funktionierte, war sie noch jung und recht hübsch gewesen. Sie hatte aber nur halbherzig noch einmal Anlauf auf die Liebe genommen, so als glaubte sie, dass man im Leben im Grunde nur einen Versuch hatte.

Stattdessen richtete sie ihre ganze Energie darauf, Curtis zu verwöhnen und zu bemuttern, wie Lena offenbar Andre bemutterte. Sobald Curtis die Gabel auf dem Teller ablegte, packte seine Mutter den und trug ihn zusammen mit ihrem an die Spüle, um ihn abzuwaschen.

»Ich habe Shirley erzählt, worüber wir Freitag gesprochen haben«, sagte sie. »Sie meinte, du würdest mir Widerworte geben, aber ich habe gesagt: ›I wo, mein Junge versteht das.‹ Ich weiß ja, dass du Marvin geliebt hast. Der war für dich wie Familie. Aber hinter seinen Leuten herzulaufen, tut dir nicht gut. Das weißt du. Man darf nicht zurückschauen. Wie heißt es doch in der Bibel: *Lass deine Augen stracks vor sich sehen und deine Augenlider richtig vor dir hin blicken. Lass deinen Fuß gleich vor sich gehen, so gehst du gewiss. Wanke weder zur Rechten noch zur Linken –*«

»Ma, musst du nicht los?«, sagte Curtis.

Sie winkte mit einem Gummihandschuh ab, schnickte mit einem gelben Blitzen Schaumflocken und Tropfen durch die Küche. »Mein Baby ist wieder daheim«, sagte sie. »Da werd ich doch wohl Zeit haben, ein paar Teller zu spülen.«

Genau, dachte er. Dein Baby. Kriegt keinen Job, keine eigene Wohnung, kein eigenes Konto, verdammt. Aber dich würde es nicht mal stören, wenn ich ins Bett machte.

Seine Mutter schälte sich die Gummihandschuhe ab und blickte zur Uhr hoch. Sie blinzelte kurz, hielt die Augen einen Wimpernschlag länger geschlossen als nötig und schlug sie tief seufzend wieder auf. Curtis wappnete sich für das, was jetzt kommen würde. Sehr wahrscheinlich eine ihrer Predigten: *Baby, du weißt, dass der Herr dir vergeben hat. Jetzt musst du dir nur noch selber vergeben ...* Curtis war sich nicht sicher, dass Gott ihm vergeben hatte. Er war sich nicht sicher, ob Gott wirklich fand, dass der Unfall sich nicht hätte vermeiden lassen. Er war sich nicht mal eines Gottes sicher. Wenn das mit Gott stimmte und er ihm vergeben hatte, warum sandte er ihm die Frau dann immer noch nachts im Traum? Curtis musste es umgekehrt angehen. Wenn er sich erst einmal selbst vergab, dann würde es Gott vielleicht auch tun.

Er atmete tief durch, dachte an schöne Dinge und füllte seinen Kopf mit deren Musik: den Worten des Mannes an der Promenade, fortgerissen vom Wind. »The Payback«. Dem Geschmack der Freiheit auf der Zunge – wie Curryhuhn oder Macaroni Pie von Culpepper's. »Someday We'll All Be Free«. Eine schöne Frau, die Arme und Beine für ihn breitmachte. *Teufel in Blau.* »Ruby«. Marpessa Dawn an der Wand. »A Felicidade«. Sein Freund Marvin. Andre, der seinem Vater wie aus dem Gesicht geschnitten war. »They Reminisce over You«. »Little Ghetto Boy«.

In derselben Woche noch folgte Curtis an einem Nachmittag Lena in die Bank. Er versuchte, die Begegnung ganz zufällig erscheinen zu lassen, aber ihm war klar, dass sie Bescheid wusste. Sie unterhielten sich ein paar Minuten verlegen mit abgewandtem Blick. Er entschuldigte sich für den Abend und sagte, er wolle sie wiedersehen. Nach kurzem Zögern, anstandshalber, wie es Curtis schien, gab Lena ihm ihre Nummer.

Wenn sie sich unter der Woche ein Zimmer nahmen, sagte Lena ihrem Sohn, sie lege eine Sonderschicht ein, aber meist trafen sie sich samstags nachmittags. Einmal nahm Curtis sie mit zu sich, als seine Mutter arbeiten war, ließ sie aber vorher versprechen, dort keinesfalls zu rauchen. Lena schien es nichts auszumachen, aber er schämte sich, mit ihr in einem so kleinen Bett zu liegen, in einem Zimmer voll Kinderkram. Er war hinterher griesgrämig. Selbst der Moschus des Sex konnte für sein Empfinden den allgegenwärtigen Geruch seiner Mutter nicht vertreiben. Da Lena ihn trösten wollte, bat er sie, ihm von der Nacht zu erzählen, in der Marvin gestorben war.

Sie zuckte zusammen. »Ihr wart doch wie Brüder«, sagte sie. »Du weißt, was war.«

»Ich war nicht dabei.«

»Ich auch nicht«, sagte sie. »Zumindest das musst du doch wissen.«

»Aber erzähl mir, was ihr das letzte Mal geredet habt.«

Lena kaute innen an ihrer Wange, ehe sie sprach. »Ich habe schon damals gekellnert«, sagte sie. »Spätschicht im Diner drüben auf Coney Island. Ich mach den Job gern. Du lernst die Leute kennen, ihnen gefällt, wenn du dich erinnerst, und dann geben sie dir ein gutes Trinkgeld – na ja, so gut sie können.«

»Und was war mit Marvin?«

»Wie gesagt, ich hatte Spätschicht, die fing unter der Woche Mitternacht an. Marvin hatte seinen Baujob schon verloren. Dann war auch mit dem Nebenjob Schluss. Du weißt, wie schwer er sich damals getan hat.«

»Nein, wusste ich nicht.«

»Er kam schlecht damit klar. Der arme Kerl war meist schon k. o., weil er den ganzen Tag auf Jobsuche herumgerannt war, aber er blieb gern noch auf und sah zu, wie ich mich für die Arbeit fertig machte. Versuchte, sich ausgerechnet mit einem Buch wach zu halten. Stell dir vor. Typisch, dass er dachte, im Bett lesen hält einen müden Mann wach.«

»Was hat er an dem Abend gelesen?«

»Weiß ich nicht mehr«, sagte sie.

»Was ist mit Easy Rawlins und Mouse? Mochte er die?«

»Weiß ich nicht.«

»Und das Feuer?«

Sie sah ihn lange an, dann auf ihre Hände. Ihre Stimme, als sie sprach, war ganz tonlos: »Du musst doch gehört haben, was passiert ist, Curtis. So eben.«

»Sag schon.«

»Ich habe ihm gesagt, er soll im Bett nicht rauchen, besonders, wenn ich nicht da bin. Aber der Kerl war müde, immer so müde, und wo er doch überall wieder weggeschickt wurde, war er mit den Nerven am Ende. Wie oft habe ich ihm gesagt, er soll sich helfen lassen, aber er musste ja alles alleine machen. Zu stolz. Er wollte für uns ein anderes Leben, und für seine Mama. Die ganzen Schulden …« Sie schüttelte den Kopf. »Er fand, wir hätten es besser verdient.«

»Dass er down war, hatte ich gehört.«

»Manchmal schon.«

»Das weißt du sicher besser als ich.« Curtis gab sich Mühe, das zärtlich zu sagen, aber sie zuckte wieder zusammen. Zum ersten Mal fand er sie schön, wie eine still trauernde Frau auf einem Gemälde. Er drängte weiter: »Glaubst du, er hat …?«

»Was?«

Curtis sah sie an.

»Sich das Leben genommen? Meinst du das etwa?«

Er nickte. Er wusste, dass er grausam war, aber er konnte nicht anders. Er wollte sie verletzen.

»Wie? Er soll ein Streichholz angerissen und es auf die verdammten Kissen fallen gelassen haben? Du fragst mich, ob er Schluss machen wollte? Wie kannst du so was sagen? Wie kannst du es auch nur denken?«

Curtis stellte sich gern vor, dass sein Freund verstanden hätte, wie das war, so schwermütig zu sein, aber er wusste, dass Marvin das Leben zu sehr geliebt hatte, um es sich zu nehmen. »Vielleicht hast du recht«, sagte er. »Vielleicht hast du ja recht.« Das verblasste Knicks-Poster an der hinteren Wand hing schief. »Das hätte er wohl kaum getan, wo doch Andre unterwegs war. Er wusste von dem Kind, oder?«

Lena schien fassungslos. »Was immer passiert oder nicht passiert ist, es hatte nichts mit dem Baby zu tun.«

Curtis nickte, meinte mit der Geste aber nichts. »Erzähl mir, was er als Letztes zu dir gesagt hat.«

»Was weiß ich, Curtis«, sagte sie. »Für uns war das doch ein stinknormaler Tag.«

»*Mich* hat er bei unserer letzten Begegnung umarmt.«

Lena lag abgewandt mit angezogenen und die Wand berührenden Knien an ihn gepresst. »Das überrascht mich nicht. Ich habe ihn über dich nie ein böses Wort sagen hören, nicht eins.« Sie seufzte laut. »Was in aller Welt ist zwischen euch bloß gewesen?«

Curtis antwortete nicht. Nach dem Sonntagnachmittag damals am Drummer's Cove war Marvin irgendwann wieder auf ihn zugekommen, aber Curtis hatte ihn abblitzen lassen. Jedem Vorstoß begegnete er mit Schweigen. Als sie schließlich noch mal am Telefon miteinander gesprochen hatten, hatte Marvin ihn um Geld angefleht.

»Ich habe beide Jobs verloren, Mann«, hatte er gesagt, »und niemand stellt ein. Hab grad einfach kein Glück.«

Curtis hatte sich geräuspert, aber nichts gesagt.

»Und du weißt, wie das mit meiner Mom ist ... es läuft grad gar nicht gut, Mann.«

»Soll dir deine Schlampe doch helfen«, hatte Curtis gezischt und aufgelegt.

Davon sagte er Lena jetzt aber nichts, und es war klar, dass sie davon nichts wusste. Er lauschte ihrem Atem, dem regelmäßigen Ein und Aus, dem sich verlangsamenden. Er schloss die Augen. Später weckte ihn sein wiederkehrender Traum, und kurz darauf schreckte ihn eine kalte Hand an seiner Schulter auf. Curtis sah, dass es Lena viel Überwindung kostete, ihn zu berühren, obwohl zwischen ihnen auf seinem Bett gar kein Platz war. Ihre geröteten Augen, der schmallippige Mund und die Fingernägel, die nervös an ihren Ellbogen kratzten, verrieten, dass sie wusste, er würde sie nie lieben – das hatte er ihr vorm Einschlafen noch gesagt. Vielleicht wusste sie auch schon, dass sie ihn genauso wenig lieben könnte. Aber er hielt sie jetzt in dem kleinen Bett, und sie hielt ihn auch. Da lagen sie, und er beschloss, sie nie wieder mit zu seiner Mutter zu nehmen.

Curtis und Lena nahmen sich keine Zimmer mehr, er zog bei ihr ein. Aber das dauerte – fast sechs Monate. Beide schlichen sie so um die Frage herum, dass jeder am Ende behaupten konnte, der andere habe es vorgeschlagen. Als Curtis seiner Mutter davon erzählte, weinte sie fast so heftig wie bei seiner Verurteilung. Er lud sie ein, sie zu besuchen, aber sie meinte, sie brauche dazu Zeit.

Bis zu seinem Einzug hatte Lena Curtis bloß mal abends zum Essen eingeladen oder zum späten Sonntagsfrühstück, wo er dann den Jungen antraf. Immer waren ihre Pfannkuchen labbrig. Speckstreifen häufte Lena so dicht in die Pfanne, dass sie nicht kross wurden. Sie waren fettig und auf der Zunge fast süß. Wenn er sie runterwürgte, hielt Curtis die Hand vor den Mund und warf Andre einen komischen Blick zu, aber dem Jungen schien es zu schmecken. Es schmeckte ihm ja sonst nicht viel an der Situation.

Lena hatte Andre die schlichte Wahrheit gesagt, nämlich dass Curtis der beste Kumpel seines Vaters war. »Er ist wie ein Onkel«, sagte sie, aber der Junge verdrehte die Augen. Als er Curtis nach dessen Einzug »Onkel« nannte, tat er es eine Spur hämisch. Aber sie verstanden sich eigentlich ganz gut. Curtis tat so, als hätte Lena ihn nie als »Onkel« des Jungen eingeführt, obwohl ihn Andre weiterhin so nannte, und zwar nach wie vor in spöttischem Ton. Er sagte es gern am Morgen, wenn Curtis aus Lenas Schlafzimmer kam, oder direkt vor dem Schlafengehen abends. »Morgen, Onkel«, rief er dann, oder: »Schlaf gut, Onkel Curtis.«

Im Bett rieb Lena ihre kalten Füße an Curtis' Schienbeinen, wenn sie Lust signalisieren wollte. Ihm hatte nie gefallen, wie ihre Zunge schmeckte, aber bei ihren ersten Malen hatte ihn überrascht, wie viel Lust ihr dürrer Körper ihm bereitete. Er ging keineswegs sanft mit ihr um, und die Sachen, die sie ihm ins Ohr flüsterte, gaben zu verstehen, dass sie das auch gar nicht wollte. Doch inzwischen hasste er die Töne, die von ihr kamen, und das, was sie so laut von sich gab, dass es der Junge womöglich hörte. Manchmal hielt Curtis ihr, ohne es unbedingt zu wollen, den Mund zu.

Als es Sommer wurde, ging Curtis mit Andre zum Basketballcourt in Lenas alter Nachbarschaft und stand da, während der Junge lustlos Klimmzüge an den Ringen machte. Sie unternahmen lange Spaziergänge, aber Andre klagte. »Warum nehmen wir nicht einfach die Bahn?«, fragte er. Sie aßen bei Culpepper's Macaroni Pie, aber dem Jungen schmeckte der von Lena besser. Curtis erzählte ihm von der Zeit im Gefängnis. Andre schien das nicht groß zu interessieren, bis Curtis anfing, zu übertreiben, und da fragte der Junge ihn, ob Knast so wäre wie in irgendeinem Film, von dem Curtis nicht einmal gehört hatte. Ja, genau so, behauptete er.

Was Andre am meisten Spaß machte, weil er dann so schrecklich lachen musste, war Lästern über seine Mutter. Hinterher schämte sich Curtis immer, aber er machte trotzdem mit und ließ sich lang und breit über ihre schlechten Gewohnheiten aus. Er lästerte auch über seine eigene Mutter. Bei schönem Wetter lachte er mit Andre an der Promenade, bis dem Jungen irgendwann die Tränen kamen. Curtis schwieg oft und sah demonstrativ den Frauen nach.

»Warum sind Mütter so?«, fragte Andre eines Tages. Es war das erste Mal, dass er eine solche Frage an Curtis richtete: ein Junge, der den weisen Rat eines gestandenen Mannes suchte.

»Sie vergessen sich und sind nur noch komisch«, sagte Curtis. »Ist kein großes Geheimnis.«

Aber Andre schwieg, und es war schwer zu sagen, ob er zuhörte. Curtis heftete den Blick auf eine Joggerin in hautengen roten Shorts und lehnte sich vor, um ihr so lange wie möglich nachsehen zu können. Da fiel ihm der Witz aus dem alten Song ein, und er zeigte mit dem Finger auf die Frau. »Mannomann«, sagte er. »Gibts zu dem Shake auch Fritten?«

Andre wandte sich stattdessen mit leerem Blick dem Hafen zu. Sein schmallippiger Mund zuckte rechts, zuckte links, so rastlos wie der Fluss.

Curtis neckte ihn weiter mit der Joggerin. »Nicht schlecht, oder?«

»Wenn du meinst«, sagte Andre mit einem Achselzucken.

»Sieht allerdings eher nach Collegegirl aus, Kleiner«, sagte Curtis lachend. »Vielleicht ein paar Nummern zu groß für dich.«

»Mann, bin ich froh, wenn ich endlich ans College kann.«

Curtis nickte und hörte Andre von seiner Zukunft schwärmen, dem Erfolg, den angehäuften Reichtümern, dem wilden Singleleben. »Eins musst du auf jeden Fall schaffen«, sagte er dem Jungen. »Ein Haus. Wenn du den großen Reibach machst, musst du deiner Mutter ein Haus kaufen.«

Das schien Andre zu verwundern, er überlegte. »Ist das nicht eher *dein* Job?«, meinte er. »Klar, ich komm euch besuchen und so. Aber du bist doch mit ihr zusammen, oder? Regel du das. Das würde sie cool finden, oder?«

Curtis sagte nichts, nahm aber an, dass dem so wäre.

»Hey«, sagte er. »Du fragst mich nie nach deinem Daddy.«

Andre zuckte erneut mit den Achseln.

»Ich habe eine Menge guter Geschichten auf Lager. Willst du sie gar nicht hören? Du solltest wissen, wie er war.«

»Wozu? Tot ist tot.«

»Dein Vater war ein guter Typ«, sagte Curtis. »Und –«

»Ich weiß, ich weiß. Du hast ihn geliebt wie einen Bruder.«

»Nein«, sagte Curtis. »Das sagen die Leute so, aber es war mehr, viel mehr.« Der Klang seiner eigenen Stimme überraschte ihn, die Heftigkeit seiner Worte. Er sah auf seine Hände hinab, dem milden, neugierigen Blick Andres nicht gewachsen. Er fand keine Worte für die Zuneigung, die er, immer noch, zu dem Vater des Jungen empfand, und was das betraf, wollte er keine Missverständnisse riskieren. Die nächste Joggerin lief vorbei, aber keiner von beiden beachtete sie.

»Was ist an dem Abend passiert, als die Frau umgekommen ist?«, fragte Andre.

Curtis stieß es sauer auf. »Ich war betrunken«, sagte er. »Es heißt, sie hätte auch einiges intus gehabt. Sie ist mir vors Auto geraten. So war das.« Er rieb die Handflächen auf den Knien seiner Hose. »Ich habe etwas getan, was ich nicht hätte tun dürfen.«

Da niemand Curtis fest anstellen wollte, hatte er viel Zeit für Andre, sofern der Junge es zuließ. Lena versorgte sie alle drei, manchmal übernahm sie im Restaurant Extraschichten. Sie hielt sich zurück und ließ Curtis die Chance, sein Verhältnis zu Andre zu festigen. Sie setzte ein Lächeln auf, wenn sich Curtis und manchmal auch Andre über ihren Sonntagsspeck lustig machten, wenn sie mit den schlappen Streifen wedelten. Sie merkte sicher auch, wie die beiden sie ansahen, wenn sie nach ihren Zigaretten griff. Bald griff sie nicht mehr nach ihnen, und dann sah Curtis überhaupt keine mehr in der Wohnung. Sie gönnte sich selten einen Drink, und darin folgte er ihrem Beispiel. Sie kaufte freitags keine Kinokarten, es sei denn, sie ging allein hin. Wenn die Frau, die Curtis mit seinem Wagen erfasst hatte, weiter in seinen Träumen auftauchte, legte ihm Lena nicht mehr die Hand auf die Schulter. Wenn sie abends mal weinte, ließ sie sich von ihm nicht trösten. Aber sie gab noch immer mit ihren kalten Füßen Signale. Sie stellte ihre kleinen Forderungen nach Intimität, und er tat es manchmal auch.

Bevor sie einschliefen, lag sie neben ihm im Bett und lauschte den Ansichten über Andre, die er sich nicht verkneifen konnte. »Er wirkt ausgeglichener, oder?«, meinte Curtis eines Abends, und sie stimmte ihm zu, als verstehe er ihren Sohn eben. Stimmt, sagte ihm Lena, und sie sprach von »ihren Männern«, ihren »zwei Männern«, ganz selbstverständlich, als hätte sie sich nie etwas anderes gewünscht.

»Ich denke, Marvin würde sich freuen«, sagte er, war sich allerdings keineswegs sicher. Doch Lena stimmte ihm auch darin zu und schien erfreut über die Vorstellung all ihrer zufriedenen Männer. Curtis rang sich ebenfalls ein Lächeln ab. Er küsste sie auf die Wange, nur leicht, berührte ihre eingecremte Wange mit den Lippen kaum. Er und Lena würden sich nie lieben, aber es gab die Liebe, die sie offenbar teilten, und das musste, vorerst, für eine Art Familie reichen.

Unverschämtes Glück

In der vollen morgendlichen U-Bahn zog Lincoln Murray den Bauch ein. Er hatte Mühe, damit nicht die junge Frau vor sich zu bedrängen, deren Hals einen intensiven Parfümduft verströmte. Mit inzwischen Mitte fünfzig hielt Lincoln den Bauch ständig eingezogen. Nur im geschützten Raum seiner eigenen vier Wände erlaubte er ihm, sich zum vollen Hängebauch zu entspannen. Bis vor Kurzem hatte seine Frau Alexis ihn deswegen geneckt und zugleich zugegriffen und damit seinem Bauch und seinem Stolz gutgetan. Es war die Zitrusnote des Parfüms der jungen Frau, die ihn an den Duft seiner Frau erinnerte. Ein unmerklich an ihrem Hals entlanggezogener Finger, ein Versehen, und er hätte vorübergehend ein Andenken.

Die junge Frau hatte ein glattes, dunkles, strahlendes Gesicht. Sie schien ein wenig älter zu sein als seine Tochter Tameka. Die weißen Plastikstöpsel in ihren Ohren gaben ein lautes Dauerbrummen von sich, und die Kabel, die sie mit dem Handy verbanden, hatten sich zweimal verknäult. Bestimmt hatte die junge Frau zum Frühstück Müsli mit Mandelmilch gegessen, oder vielleicht hatte sie sich auch die Zeit genommen, Spinat, Gurke und Apfel in eine Maschine zu geben und frischen Saft zu mixen. Den trank sie in dem, was sie im Bett getragen hatte, blassgelb oder von einer anderen Farbe, die zum Frühjahr passte, etwas, was ihre Schenkel umspielte. Vielleicht hatte sie einen Lover und hatte heute Morgen mit ihrem Glas Saft in einem seiner Hemden dagestanden.

Die Bahn schwankte, und Lincoln lehnte sich vor, um zu enträtseln, was die Frau da hörte. Mehr noch als seine Beziehung zur eigenen Tochter sorgte seine Arbeit an der Tilden School dafür, dass er die Musik der jungen Leute kannte. Er konnte aber nur heraushören, dass es sich um eine Frauenstimme handelte. Er stellte sich eine dieser neuen Soulsängerinnen vor, brav gekleidet, mit Natur-Afro. Alexis verfolgte mit Freude deren Auftritte im Fernsehen. Bei dem Gedanken lächelte er die junge Frau unwillkürlich an, aber ihre Lider blieben schmal, die Augen sture Halbmonde und ihre Aufmerksamkeit auf einen Punkt hinter seiner Schulter gerichtet. Die defekte Klimaanlage pumpte röchelnd warme Luft in den Wagen. Schweiß perlte auf der Nase der Frau und bildete auf ihrem T-Shirt einen dunklen Fleck.

Sie fuhren im letzten Wagen; das würde Lincoln der Treppe zur Ecke Ninety-third Street und Broadway am nächsten bringen, und von dort wären es nur noch fünf Blocks bis zur Schule. Die Fahrweise des Zugführers ließ den Wagen schaukeln, als wäre dieser nur lose mit dem Rest des Zugs verbunden oder gar aus den Schienen gesprungen. Bei der Einfahrt in die Penn Station nahm die Bahn Kurven, die Lincoln an anderen Morgen nicht gespürt hatte, Kurven, die zu einer anderen Strecke zu gehören schienen und die die Fahrgäste im letzten Wagen aneinanderdrückten. Durchgehend aber mieden sie jeden Blickkontakt, wie es Menschen in New York nun mal taten.

Als die Türen aufglitten, lichtete sich das Gedränge etwas, und die junge Frau setzte sich auf einen von mehreren frei werdenden Plätzen. Lincoln ragte über ihr auf. Er hielt sich an einer Stange fest und holte sein Handy aus der linken Tasche. Es war ein Geschenk von Alexis, die es mit der Bemerkung überreicht hatte, es mache keinen Spaß mehr, sich über sein altes, verbeultes Klapphandy zu mokieren. Lincoln war mit neuen Technologien nicht der Schnellste. Er hielt sich das Handy dicht vors Gesicht – jetzt mokierte sich Alexis eben darüber – und las die Nachricht seiner Tochter noch einmal, obwohl sie so knapp war. Er hatte sie seit dem gestrigen Abend mehrfach gelesen. *Daddy – Bus kommt morgen 16 Uhr am Port Auth an,* lautete sie. *Holst du mich? Freu mich auf dich.* Das war alles. Tameka schloss gerade ihr erstes Collegejahr ab. Sie würde den Sommer über auf dem Campus jobben, kehrte aber erst einmal zu einem mehrwöchigen Besuch heim.

Mit der Liebenswürdigkeit der Nachricht hatte er nicht gerechnet. Er hätte wetten können, dass Alexis ihre gemeinsame Tochter gegen ihn aufhetzen würde. In seiner Vorstellung waren die beiden wie Pech und Schwefel. Selbst wenn die Tochter sich als Kind schlecht benommen hatte, war immer Lincoln der Strenge gewesen. Wenn seine Frau mal schimpfen wollte, verdrängte stets etwas anderes ihren Zorn – eine diebische Freude, vermutete er –, und sie erlag dem Trotz in Tamekas Gesicht. Wenn er und Alexis sich dann im Bett noch unterhielten, sagte sie, dieser Wesenszug sei auch eine Stärke, und sie fand, die dürfe man einem kleinen Mädchen nicht so schnell austreiben. Dabei ließ sie sich aber schon erweichen und war übergelaufen, ehe sie überhaupt ein Wort gesagt hatte. Er wusste Bescheid. Sie und ihre Tochter waren sich darin nämlich gleich.

Auch die junge Frau in der Bahn war ihnen darin gleich. Auch sie konnte immer auf so ein Gesicht setzen, glaubte er. Einem Lover würde sie nur dieses Gesicht zu zeigen brauchen. Einen Unmut, der bei Frauen von einer gewissen Schönheit anders wirkte, als brauchten sie sich nicht zu rechtfertigen – er war ihr gutes Recht. Wie Kinder von Reichen, die sich im Leben wenig Mühe gaben und doch glaubten, es stehe ihnen so vieles oder noch mehr zu – an der Tilden konnte er das häufig beobachten. Lincoln malte sich aus, wie wählerisch die junge Frau war und dass sie sich ziemlich aufreizend kleidete, wenn sie mit ihrer Clique ausging. Er malte sich aus, wie grausam sie zu ihrem Lover sein konnte. Der Mann würde ihr schnell vergeben, wenn auch nicht gleich. Nur warum? Das Geheimnis musste in diesen Gesichtszügen liegen, wie sie an ihrer eigenen Symmetrie zerrten, verlässliche Schönheit entstellten. Sie waren eine Drohung, und er war so leicht einzuschüchtern wie der Lover.

Am Times Square leerte die Bahn sich weiter, und es wurden erneut Plätze frei, aber Lincoln sah keinen Grund, sich bei nur zwei verbleibenden Haltestellen zu setzen. Die Bahn neigte sich abrupt in die Kurve, und fast fiel ihm sein Telefon aus der Hand, doch er konnte gerade noch danach greifen. Erleichtert hielt er es noch höher als zuvor und grinste die junge Frau selbstzufrieden an. Ihm fiel auf, dass sie beide die gleiche blaue Handyhülle hatten, also sagte er: »Sieh einer an.« Die junge Frau reagierte nicht. Noch immer ihrer lauten Musik lauschend, seufzte sie schwer und wandte den Kopf dem leeren Platz zu ihrer Linken zu, als müsse sie eben mal gemeinsam mit einer Freundin die Augen verdrehen. Dabei wickelte sich einer ihrer Ohrringe, ein langer, loser Silberstrang, kurz um eines der weißen Kabel und löste sich gleich wieder. Lincoln konzentrierte sich erneut auf sein Handy, berührte das Display. Die junge Frau blickte zu ihm hoch, und da war es: das, was er suchte. Er tippte auf die Stelle, die die Kamerafunktion aktivierte, und schoss ein Foto – ohne Geräusch oder Blitz. Er machte noch ein zweites, bevor er die Taste drückte, die das Display dunkel werden ließ. Er schob sich das Handy in die Tasche. Es dort festhaltend, als könnte es heraushüpfen, gab er vor, das Gedicht über seinem Kopf zu studieren, wo sonst Reklame war. »Wintersonntage«, las er, kam aber über den Titel nicht hinaus. Er spürte den prüfenden Blick der jungen Frau. Nach der Haltestelle Seventy-Second Street rückte Lincoln von ihr ab, stellte sich einen Augenblick vor die nächstgelegenen Türen und wechselte dann zu denen, die am weitesten weg waren. Im Tunnel überließ er sich bis zum nächsten Halt dem Schaukeln der Bahn und fröstelte, gebannt vom Dunkel, blind für die huschenden Lichtstreifen jenseits der zerkratzten Scheibe.

An diesem Morgen pulsierten die Straßen der Stadt vor Energie. Nach Wochen enttäuschenden Wetters war endlich Frühling. Die Regenwolken waren ausgewrungen, was blieb, war die Klarheit eines ungebrochenen Himmels und ein Glanz auf entblößten Armen und Beinen. Lincoln knöpfte seine Manschetten auf und schlug sie ein Stück um, sodass seine Handgelenke der lauen Luft ausgesetzt waren. Er ging Richtung Schule, das Handy weiter fest in der Tasche umklammernd. Als er an der Goldfinch Academy vorbeikam, der Mädchenschule, von der die älteren Jungen der Tilden so besessen waren, klopfte Lincoln an die lose Scheibe eines Fensters und winkte. Sidney war dort schon länger Wachmann als die sechzehn Jahre, die Lincoln an der Tilden diente, und sein Haar war durchgehend grau. Beim Bier nutzte er gern die Autorität seines Postens und der grauen Haare zu der Ansage – mit starkem barbadischem Akzent –, dass die Jungs an der Tilden schon immer die Mädels der Goldfinch den eigenen vorgezogen hätten. Aus unerfindlichen Gründen war er stolz drauf. Seine Mädchen seien hübscher. Auch schlauer. Und eines Tages verriet er nach mehr Bier als sonst, dass die Goldfinch-Mädchen außerdem eher auf diesen Regenbogenpartys anzutreffen wären. Von denen hatte Lincoln gehört. Er bekam einiges von den Schülern mit, aber er hatte auch von Alexis davon gehört. Tameka hatte ihrer Mutter nach dem Wechsel von der Goldfinch an die Tilden davon erzählt. Sie hatte die Partys »hardcore« genannt und gemeint, da gingen vor allem weiße Mädchen hin. Sie schwor, sie selbst würde sich da nie blicken lassen. Trotzdem fragte sich Lincoln, was Tameka so trieb, als es ihr schließlich erlaubt war, länger wegzubleiben und auch mal in der Stadt bei einer Freundin zu übernachten. Das mochte er seiner Frau gegenüber kaum zugeben.

Die Tilden School war die zweitälteste Privatschule der Vereinigten Staaten. Lincoln ging gern am Portal des Oberstufenbaus vorbei und legte, ehe er eintrat, die Hand auf den datierten, morgens noch kühlen Eckstein. Die Schüler sprachen ihn mit Vornamen an, und er war bei ihnen halbwegs beliebt. Drei Neuntklässler klatschten ihn unweit von dem vor schrillem Gelächter, Deo und jungem Schweiß berstenden Schüleraufenthaltsraum ab. Im Neonlicht johlten die Jungen, und die Mädchen warfen die Köpfe aufreizend zurück.

In der Pförtnerecke neben dem Aufenthaltsraum legte James gleich mit seinem Turbogeschwätz los, sozusagen mitten im Satz. Als noch halbwegs junger Mann und Junggeselle krempelte James seine Ärmel bis weit über die aschgrauen Ellbogen hoch, führte seine sehnigen Unterarme und dicken Muskeln vor. Er wedelte mit dem blauen Schlips, wenn er sich über Sport oder dürftig verklausuliert über seine jüngste Eroberung ausließ. Lincolns Ansicht nach prahlte James nicht bloß; er sah Frauen wirklich so. Lincoln hielt noch immer das Handy in der Tasche fest und hörte nur mit einem Ohr zu. Die Hand zog er bloß heraus, um die Feuchtigkeit am Schenkel seiner Uniformhose abzuwischen.

Bald gönnte er sich eine Auszeit von James' anstößigen Witzen und dem belanglosen Gerede mit Schülern, die ihn in den Pausen belagerten. Er schloss sich in eine Kabine des nächstgelegenen Jungenklos ein und setzte sich voll bekleidet auf den Toilettensitz. Dann wischte er mit dem Daumen über das Display seines Handys und studierte die Fotos der jungen Frau in der U-Bahn. Das erste war verschwommen, aber das zweite scharf: ihr strenger Mund – der Unmut – und die weiten Nasenflügel. Ihre Ohrringe reflektierten das Licht: zwei Splitter sichtbare Hitze zu beiden Seiten des Kinns. Was Lincoln aber nahezu aus der Fassung brachte, war ein Produkt reinen Zufalls. Er hatte ihren Blick genau in dem Moment eingefangen, als er mitten ins Bild, ja, mittendurch schoss. Sie starrte ihn vom Handy direkt an. Keines der übrigen Fotos war so. Er hatte inzwischen um die siebzig – überwiegend von Frauen Mitte zwanzig bis dreißig, nur selten älter –, und bei allen bis auf dieses war der Ausdruck unergründlich oder nichtssagend.

Zwei Schüler platzten herein, und Lincoln packte rasch sein Handy weg, als wäre die Tür zu seiner Kabine nicht verriegelt. Während die Jungen sich an den Urinalen beiläufig unterhielten, hielt er mucksmäuschenstill. Alexis hatte sich aufgeregt, als sie die Fotos entdeckte, aber warum eigentlich? Es waren alles Aufnahmen von Gesichtern, nicht die andere Sorte. Er wusste, wie leicht man die schießen konnte, etwa wenn man einer Studentin folgte, die mit aufreizend pendelndem Zopf in eng anliegender Sportkleidung die sonnengewärmte Straße hinabging, oder einer damenhaft die U-Bahn-Stufen hochsteigenden jungen Ehefrau, deren schlanke Finger den flatternden Rock hinten gegen die Schenkel drückten. Tameka sagte, Jungen würden dauernd solche Fotos machen und sie sich gegenseitig schicken. Was er getan hatte beziehungsweise tat, war bei Weitem nicht so schlimm. Nicht annähernd.

Als die beiden Jungen gegangen waren, ohne sich die Hände zu waschen, mochte Lincoln dort nicht mehr bleiben. Er warf einen letzten Blick auf das jüngste Foto und versuchte, es sich einzuprägen. Es könnte das sein, wonach er suchte. Er würde es sich ins Gedächtnis rufen können, während er in der Pförtnerecke Besucher registrierte und Ausweise prüfte, und irgendwann würde er sie verstehen, die Macht, die ein solches Gesicht besaß.

Es dauerte nicht lange, da fragte James auch nach Alexis. Er machte aus seiner Schwäche für Lincolns Frau keinen Hehl, und sie bot Anlass zu vielen seiner Scherze. Er sprach ihren Namen sehr familiär aus, fast lüstern. Trotz ihrer sechsundvierzig Jahre, zehn mehr als James, hätte sie leicht für gleich alt oder jünger durchgehen können. Anders als Lincoln hatte sie sich gut gehalten. Sie machte Sport, damit ihre Arme fest und der Bauch flach blieben. Form und Umfang ihrer Hüften waren mit den Jahren nur besser geworden. Ihr Gesicht war nach wie vor glatt, die feinen Fältchen um die Augen zeigten sich nur, wenn sie lauthals lachte. »Schwarz«, sagte sie gern, »ist hart wie Quarz.« Wenn James scherzte, war sie der Anreiz und Lincoln die Zielscheibe.

»Lexi hat sich lang nicht mehr blicken lassen«, sagte James. Lincoln hatte sich die Kurzform mehrfach verbeten. Für ihn war das ein Porno-, ein Stripperinnen-Name.

»Sie besucht ihre Leute unten in Richmond«, sagte Lincoln; mehr wollte er nicht preisgeben. Er war noch nicht bereit zuzugeben, dass Alexis ihn möglicherweise verlassen hatte.

»Mann«, sagte James. »Mir fehlen ihre Kuchen.«

Lincoln kreuzte die lang ausgestreckten Beine und klopfte mit dem Ende seines Kugelschreibers auf sein Klemmbrett.

»Mit Schokocreme«, sagte James und wedelte mit dem Schlips. »Oder Zitrone … Zitrone ist auch gut, besser als Vanille, aber du weißt ja, auf Schoko steht der Bro besonders.«

Alexis arbeitete als eine von zwei Handschriftenkuratoren am Schomburg Center in Harlem. Manchmal hatte sie montags in der Mittagspause ein Taxi zur Tilden genommen und ihnen etwas aus ihrer Lieblingsbäckerei gebracht. Sie stellte eben gern ihre Wertschätzung des Sicherheits- und Wartungspersonals unter Beweis, der »Unsichtbaren«, wie sie sagte. Es waren die einzig schwarzen und braunen Menschen an der Schule. Insofern hatte sie nicht ganz unrecht. Als Tameka für die Highschooljahre hierhergewechselt war, erwarb sich Alexis bei einem Teil der Verwaltung den Ruf einer Unruhestifterin in Sachen Diversität. Ihre Montagsbesuche sorgten jedenfalls für Aufsehen – nicht nur unter den Männern –, aber sie hatte sich jetzt vier Wochen nicht mehr blicken lassen. So lange, wie Lincoln sie nicht mehr gesehen hatte, so lange, wie sie sich nicht mehr gesprochen hatten. Schon vor ihrem regulären Urlaub und der Fahrt nach Virginia hatte sie einige Zeit in Jersey City bei ihrer Freundin Donna verbracht.

»Du sperrst sie wohl weg«, sagte James. »Kann ich dir nicht verdenken, dass du sie lieber selbst vernaschst.«

Lincoln machte grinsend gute Miene, obwohl er kurz in Versuchung geriet. Dann probierte er lieber, sich noch einmal das Unmutsgesicht der jungen Frau in der U-Bahn vorzustellen, und zwar deutlich genug, um es studieren zu können.

»Hauptsache, du bringst sie auf die Abschlussfeier mit. Weihnachten hat sie alle überstrahlt, keine Frage. Schönste im Lande? Aber hallo. Schön wie Melonen im Hochsommer, würden meine Vetter im Süden sagen. Könnte glatt Beauty der Woche in der *Jet* sein, verstehst du mich. Grüß sie von mir, ja?«

Lincoln nickte unmerklich und klopfte mit dem Kuli

noch schneller. Das Gesicht der Frau verschwamm vor seinen Augen, dann war es weg.

»Hey, grüß sexy Lexi von mir, ja?«, sagte James.

Mit heißem Kopf warf Lincoln blind und linkisch mit dem Kuli nach James. Er prallte kraftlos von der Brust des jüngeren Manns ab.

»Verdammt, Mann!«, sagte James und sprang auf. »Was soll das?«

Ein Trupp Schüler in der Nähe verstummte und glotzte.

»Du hättest mir das Auge ausstechen können«, rief James. Das stimmte nicht, aber seine Stirn und die rudernden Arme verrieten, dass er auf Krawall gebürstet war.

Lincoln hob den Kuli auf, hielt ihn in die Lücke zwischen seinen Knien und rollte ihn zwischen seinen Fingern hin und her. »Sprich nicht so von meiner Frau«, sagte er leise.

James' Miene entspannte sich zu Ratlosigkeit und schließlich Rücksicht. Er bemerkte die Schüler und schickte sie auf ihren Weg. »Komm schon, Mann«, sagte er zu Lincoln und klopfte ihm auf die Schulter. Er beugte sich vor und senkte die Stimme zu einem Flüstern. »Du weißt, dass ich bloß Spaß mache, Chief.«

Lincoln räumte es mit einem Nicken ein, den Kopf noch tief gesenkt. Alles, was er nicht hochkommen, nicht an die Oberfläche ließ, riss ihn nun in unvermeidliche Tiefen.

»Ich bin ja bloß neidisch, Chief, das weißt du. Du weißt ja gar nicht, was du für ein unverschämtes Glück hast. Wenn ich nur so eine Klassefrau finden könnte. Eine gute Frau.«

»Eine gute Frau«, wiederholte Lincoln, »aber … sie ist weg.«

James sog scharf die Luft ein und schüttelte traurig den Kopf, fühlte mit Lincoln, als hätte der ihm längst alles erklärt oder wäre das gar nicht nötig. *Männer sind Männer, und Frauen sind Frauen*, erklärten seine Gesten. Und das wars. Er richtete sich auf, und schon wieder glotzten Schüler. »Ich weiß, wie es ist, Mann«, grummelte er. Dann beugte er sich vor und nahm Lincolns mutlosen Körper in die kräftigen Arme. Für Lincoln fühlte es sich an, als würde er eine lange Zeit gehalten werden.

Danach ließ James ihn zufrieden, sofern er nicht brüderliche Unterstützung bekundete. »Das wird schon wieder«, sagte er, oder: »Mach dir mal keine Sorgen.« Er bestand darauf, Aufgaben von Lincoln zu übernehmen. Er ging blitzschnell ans Telefon, er gab Besucherausweise aus, unterschrieb, als der UPS-Mann mit Paketen kam. Er sorgte dafür, dass die Schüler im Aufenthaltsraum nicht außer Rand und Band gerieten. Aber wenn er glaubte, er tue Lincoln damit einen Gefallen, dann irrte er sich. Weil Lincoln nichts zu tun blieb, hatte er keine andere Wahl, als sich dem Gesicht seiner Frau zu stellen, das ihm gespenstisch vor Augen stand. Er versuchte, sich mit einem Artikel aus der *New York Times* abzulenken, über einen Mann aus Cleveland, der beschuldigt wurde, sich an mehreren Mädchen vergangen zu haben, aber er musste dauernd an seine Frau und ihr Gesicht denken.

Als Lincoln und Alexis sich vor zweiundzwanzig Jahren kennengelernt hatten, waren sie sich ebenbürtig gewesen. Er war so stattlich wie sie schön und klug, und trotz des Altersunterschieds sah er den kommenden Jahren ebenso zuversichtlich entgegen wie sie. Lincoln hatte ihr in Richmond mit einem Feuer den Hof gemacht, das von seinem Selbstbewusstsein zehrte. Er war ein guter Schüler gewesen, er hatte sich als Boxer und Footballspieler hervorgetan, sein Leben war voller Preise, Trophäen und Stipendien gewesen. Frauen schenkten ihm ihre Aufmerksamkeit, und Männer wollten mit ihm befreundet sein. Er hatte sich oft gefragt, was ihn im Leben erwarte, aber wenn er versuchte, die genauen Konturen der Zukunft zu erkennen, ging es nicht – sie verloren sich im Glanz. So war es auch bei ihr. Bei anderen Frauen hatte sein Blick beliebig lange auf schlanken Fesseln in Nylons ruhen können, einer kokett zurückgezogenen flatternden Hand oder einer in einem lachenden Mund kurz entblößten Zunge. Doch Alexis Campbell anzusehen, war wie in die Sonne zu schauen. Nach Sekunden schon musste er sich abwenden. In Garfield's Bar erklärte er seinen Kumpeln, dass es wehtue, sie anzusehen, und sie stimmten ihm zu, verwechselten seine Worte mit ihren üblichen Übertreibungen, wenn es um Frauen ging. An einem dieser Abende im Garfield's kam ihm flüchtig der Gedanke, dass Liebe Schmerz war.

Sein Vater, der seine Weisheiten am liebsten zum Besten gab, wenn er sich die Knie einrieb oder die Füße einweichte, hatte ihm immer gesagt: *Bloß nicht*. Bloß nicht täuschen lassen von der schlanken Taille, den prallen Hinterbacken einer Frau. Nicht, wenn du daran denkst, sie zu heiraten. Wenn dein Herz und Verstand dich da hindrängen, sagte er, dann sieh dir genau ihre Mutter an, denn das wird aus ihr einmal werden. So lautete die Mär – nicht minder oft gehört als »Stand by Your Man« –, und Lincoln nahm sie für bare Münze. Er wollte schaffen, woran sein Vater, seit Jahren ein einsamer Mann, gescheitert war.

Als sie im Auto saßen, um zum ersten Mal gemeinsam Mrs Campbell zu besuchen, hatte er daher Bedenken. Was war von einer Witwe in einer kleinen kreisfreien Ortschaft wie Hobson schon zu erwarten, bildschöne Tochter hin oder her. »Wie heißt noch der Bach?«, fragte er im Auto. »Chuckatuck«, sagte sie lachend. »Und der Fluss auf der anderen Seite ist der Nansemond«, sagte sie ihm. »Benannt nach irgendwelchen Indianern. Dann gibt es noch Nix Cove. Gutes Angelrevier.« Lincoln konnte nur den Kopf schütteln. Als sie Hobson erreichten, saßen diverse Herren auf Mrs Campbells Veranda, aber nicht bei ihr drinnen. Während des Besuchs hatte er sich von Zeit zu Zeit zu ihnen hinausretten müssen. Männer eines gewissen Schlags vertragen Licht nur in Maßen. Mrs Campbell war nicht unbedingt hübscher als ihre Tochter, aber Lincoln konnte es kaum beurteilen, weil es ihm nicht gelang, sie zu fixieren. Draußen bei den Männern, wo er von seinem Kaffee den Dampf blies wie sie von ihrem, wusste er, dass er mit ihnen etwas gemein hatte – ein kleiner Teil von ihm hatte sich auch in die Witwe verliebt. Sie alle waren mit derselben Blindheit geschlagen, würden darüber aber nicht reden; soweit er sich erinnerte, verlor darüber keiner ein Wort. Bloß nicht reden, wenn dabei doch nur eine Lüge herauskäme. Auf der Heimfahrt beschloss Lincoln, noch bevor sie Newport News erreichten, dass er Mrs Campbells Tochter heiraten müsse.

In der Pförtnerecke kümmerte James sich nun um alles, machte die Arbeit von zweien, während Lincoln mit dem

Bauch im Schoß dasaß. Er war jetzt mit James im Bunde und auf trauliche Art dankbar. Aber auf Dauer ist Dank lästig. Als er sich mit Alexis verlobt hatte und während der frühen Jahre ihrer Ehe versicherten auch seine Freunde ihm, was für ein unverschämtes Glück er habe, aber mehr im Scherz. Lincoln dankte und gab ihnen recht: Er wisse gar nicht, wie er sie verdient habe, aber das stimmte nicht. Er verdiente sie – er glaubte es von sich, und seinen Freunden, das wusste er, galt es als unumstößliches Gesetz. Ein Mann eines bestimmten Schlages sollte bekommen, was er verdiente, und wenn ein Mann wie er nicht eine Frau wie sie bekommen konnte, dann lag etwas furchtbar im Argen.

James schnippelte verwelkte Blätter vom Spinnenkraut, das hatte er noch nie gemacht. Sprachen ihre Freundinnen ihr gegenüber auch von unverschämtem Glück? Lincoln bezweifelte es. Sagte es Donna? Sagte ihre Mutter zu ihr, sie solle dem Himmel für ihren Mann danken? Womöglich sagte sie es jetzt, während sie auf dem Obstmarkt Pflaumen und Nektarinen aussuchten oder auf der Veranda saßen und Erbsen schälten. Das war sicher Unsinn, so unsinnig, wie zu glauben, Tameka würde die kommenden Jahre damit zubringen, jedem Georgetown-Verehrer das Herz zu brechen, der nicht ihrem Vater glich. Lincoln begriff, dass das immer Teil seines Selbstbilds gewesen war, Kinder zu haben, die ihn vergötterten – einen Sohn, der ihm ähnelte und ihn verehrte, eine Tochter, für die kein Mann an ihn heranreichte. Es gehörte zu dem, was er vor seiner Heirat nicht hatte sehen können. Aber es gab keinen Sohn, und Tamekas Blüte fiel mit seinem Niedergang zusammen.

Sie wurde stille Zeugin dieses Niedergangs: erlebte seinen Geschäftsflop mit den Boxschulen, die gescheiterten Experimente als Trainer und Manager. Charme und Statur öffneten ihm keine Türen mehr, und in New York hatte er keinen Namen. Er hatte unverschämtes Glück, das wusste er, den Job an der Tilden ergattert zu haben, geregelte und anständige Arbeit. Während er und seine Frau sich damals, vor Jahren, noch gegenseitig verdient hatten, musste er nun einsehen, dass die Jahre ihnen nicht im gleichen Maß zugesetzt hatten. Aber warum hatte er das auch erwartet? Man konnte zwei beliebige Menschen nehmen, und immer traf es einen härter; ihn hatte die Zeit stärker gebeutelt als alle Treffer im Ring. Die Zeit hatte ihm übel mitgespielt. Wie sah das seine Frau? Alexis war immer gut zu ihm gewesen, hatte ihn unterstützt, doch insgeheim musste sie sich ihren Teil denken. Eine lange Ehe zwang einen, solches Übel mit anzusehen oder zu erleiden. Nicht zum ersten Mal fragte sich Lincoln, ob nicht genau das eine Ehe ausmachte.

Gegenüber von der Pförtnerecke zog jetzt James den Sicherheitschef beiseite. Lincoln konnte nicht hören, was sie sagten, aber die Unterhaltung schien ernst. Er ging hinüber, aber der Chef blockte ihn mit einer eisern erhobenen Hand ab und schloss sie zur Faust, ehe er sie sinken ließ. Lincoln kehrte auf seinen Stuhl zurück.

Eines Tages würde auch seine Frau welken. Falten würden sich durch ihr Gesicht ziehen, die Haut lose und dünn werden, Säcke sich unter ihren Augen bilden, vielleicht wie bei ihm kleine Hautlappen unter dem Kinn. Und ihr Verstand, auch der würde nachlassen und leiden. Selbst Quarz splitterte irgendwann. Aber wann? Wie lange konnte gemeinsames Glück halten? Wie lange, bis es wieder ein gemeinsames war? Ihr glattes Gesicht. Selbst nach so vielen Jahren sehnte er sich danach, wollte seine Wange an ihrer reiben und ihr hitzige Worte ins Haar hauchen – diese Gefühle waren ungemindert da. Bedürfnisse hatte er nach wie vor, und sie auch. Doch ebenso verspürte er den Drang, ihr die Zähne ins Gesicht zu drücken, zuzubeißen und ihrem Quarz den ersten Knacks zu verpassen. Wer hin- und hergerissen war, unternahm oft gar nichts. Abends und am Wochenende saß er daher daheim wie ein gescholtenes Kind, Spielball ihrer kleinsten Regung. Er wollte sie nicht verlieren.

Lincoln hatte trotzdem Glück gehabt – ja, doch, hatte es immer noch, James hatte es gesagt, und er hatte recht. Aber es gab die Wechselfälle des Glücks, im Guten wie im Schlechten, und diese Wechsel hatten nicht das Geringste mit einem selbst zu tun. Jahrelang war ihm das Glück auf Schritt und Tritt gefolgt. Es begleitete ihn von der Arbeit nach Hause, lebte mit seiner Familie, behauptete seinen Platz im Bett bei ihm und seiner Frau. Sie strahlte weiterhin, und er hatte weiterhin Glück. Verließe ihn das, würde sie es auch tun. Das würde ihr keiner verübeln. Weder Donna noch andere Freundinnen noch ihre Mutter noch ihre gemeinsame Tochter. Noch James. Vielleicht hatte sich James vorhin geirrt. Vielleicht hatte das Glück Lincoln schon verlassen – seine Frau jedenfalls war, derzeit jedenfalls, weg. Oder vielleicht lag ja Lincoln falsch – vielleicht war er, der dort zusammengesackt auf seinem Stuhl saß und nicht einmal die Kraft aufbringen konnte, seinen Bauch einzuziehen, mit dem Glück allein.

Der Sicherheitschef kam nun in Begleitung eines grinsenden James zu ihm herüber. »Hören Sie«, sagte er, »warum gehen Sie heute nicht mal früher nach Hause?«

»Mir fehlt doch nichts«, sagte Lincoln. »Alles bestens.«

»Hören Sie doch auf. Sie sehen seit Tagen wie ausgekotzt aus.« Ein paar Schüler in der Nähe lachten. »In unserem Team stehen wir füreinander ein.« Er nickte James zu und richtete die hellgrauen Augen dann wieder auf Lincoln.

Der Sicherheitschef war ein Brecher, ein ehemaliger Marine und Polizist. Er hatte ein hartes, käsiges Gesicht, das im Winter rote Flecken bekam. Als er den leitenden Posten übernahm, hatte Lincoln den Eindruck gehabt, dass er erst wieder lernen müsste, menschlich zu sein. Die Kreide in seiner Stimme nutzte sich rasch ab, und ihm missfiel, wenn man eine Freundlichkeit ausschlug. Weil ihm nichts dazu einfiel, dankte Lincoln ihm schließlich, aber der Chef winkte ab.

»Bleiben Sie auch morgen zu Hause«, sagte er. »Ein paar Tage, wenn nötig. Und keine Sorge. Das Team springt schon ein. Wir schaffen das auch ohne Sie.«

Lincoln studierte lange die Etiketten auf den Paketen und schob auf dem Tresen Sachen hin und her. Da der Chef in einer Besprechung war, trödelte er noch bis Schulschluss, um sich mit der Welle ins Freie strebender Schüler forttragen lassen zu können. Draußen schaute er immer wieder durch die Glastüren auf James zurück, der winkte und ihn mit Gesten wegscheuchte. Schüler aller drei Bildungsgänge ergossen sich über den Gehweg, und am Bordstein reihten sich die SUVs aneinander. Als er sich der Columbus Avenue näherte und an den moderneren Bauten der Mittel- und Unterstufe vorbeikam, musste Lincoln sehr darauf achten, bloß keine der jüngsten Schüler anzurempeln. Das würde jetzt ein paar Blocks so weitergehen, weil die Schüler der Tilden, der Goldfinch und zwei weiterer Schulen in der Nachbarschaft zusammenkamen.

Er erwog, an der Goldfinch ans Fenster zu klopfen, aber von diebischer Freude über den vorgezogenen Feierabend konnte ja nicht die Rede sein. Sidney schien ohnehin vollauf mit den Mädchen und ihren Müttern und anderen Betreuerinnen beschäftigt. Lincoln kam auf dem Gehweg nur langsam voran, aber er mochte auch nicht auf die andere Straßenseite wechseln oder von seiner üblichen Route zur U-Bahn abweichen. Die zu einem einzigen Gezeter schwellenden Stimmen der Mädchen empfand er als tröstlich. Früher, als sie die Kreuzungen noch nicht allein bewältigen sollte, war er bei Schulschluss hier vorbeigekommen, um Tameka abzuholen. Sie war nie gern an seiner Hand gegangen und hatte ihre entzogen, sobald sie den Bordstein erreichte.

Die Schuluniform der jüngsten Mädchen hatte sich im Laufe der Jahre wenig verändert. Das Blau der Pullis war dunkler, die Blusen hatten jetzt runde Kragen, ansonsten war alles gleich. Unter den Betreuerinnen waren ein paar bekannte braune Gesichter, nur eben gealtert. Lincoln grüßte mit einem Nicken oder Lächeln auch die, die er nicht erkannte. Grinsende Highschooljungen, etliche von der Tilden, schoben sich durchs Gewühl. Einer rief einem schlaksigen asiatischen Mädchen etwas wegen des bevorstehenden Wochenendes zu. Das erschien Lincoln noch weit weg. Ihm gefiel der gegenwärtige Moment, den hätte er gern festgehalten. Während er da stand, verspürte er eine körperliche Regung, aber es war nur das Handy, das in seiner Tasche vibrierte. Ein paar Unterstufenmädchen drängelten an ihm vorbei, und da schob er sich in eine freie Lücke dichter am Bordstein und hob das Handy weit hinauf bis fast an die Augen. Auf dem Display war eine Nachricht von Tameka zu lesen: Ihr Bus würde eine halbe Stunde früher eintreffen. Er ging zerstreut ein paar Schritte weiter, während er seine Antwort eingab, blieb aber wieder stehen, weil er sich dauernd vertippte. Er ging noch ein Stück und blieb abermals stehen, um einen weiteren Tippfehler zu korrigieren. »Himmel noch mal«, murmelte er. So viel Aufwand für eine schlichte Antwort – *Gut. Bis gleich.* Er blieb zum dritten Mal stehen, drehte sich kurz, um sich zu entschuldigen, weil er jemandem vor die Füße geraten war, und suchte nach der Löschtaste.

»Was machen Sie da?«, fragte jemand.

Lincoln ging noch ein paar Schritte und blieb stehen.

»Ich sagte, *was machen Sie da?*« Es war die schrille Stimme einer Frau. Lincoln gabs auf und wollte seine Nachricht ohne Korrekturen abschicken.

»Machen Sie etwa Fotos?«

Von rechts schob sich eine junge Weiße, kaum älter als dreißig, in sein Blickfeld. Ihr Mund war ein kurzer, harter Strich in ihrem Gesicht, so schmal, dass keine Lippen zu sehen waren. Sie packte eine lose Haarsträhne und stopfte sie sich unwillig hinters Ohr.

»Machen Sie von den Mädchen etwa Fotos?« Sie meinte ihn.

Lincoln erschrak. »Bitte? Mädchen? Nein.«

»Aber ich habs *gesehen*. Ich habe Sie dabei beobachtet«, sagte die Frau jetzt lauter. Sie meinte *diese* Mädchen, die Goldfinch-Mädchen. Er starrte auf die vorzeitig ergraute Strähne an ihrer Schläfe, um ihr nicht in die Augen schauen zu müssen.

»Mich?«

»Ich habe Sie die ganze Zeit beobachtet!«

»Sie glauben, ich hätte *Fotos* gemacht?«

»Von den Mädchen!«

Die Augen anderer Frauen, einer Traube weißer Mütter, Tagesmütter und Betreuerinnen, hefteten sich auf sie. Eine Taube segelte vorbei, beschrieb knapp über ihren Köpfen einen perfekten Bogen. Das Gezeter der Mädchen war nicht abgerissen, aber leiser geworden, auch von ihnen verfolgten jetzt etliche die Auseinandersetzung.

Lincoln hörte sich herausplatzen: »Miss, meine Tochter war an dieser Schule. Ich arbeite hier.«

»Ich habe Sie hier noch nie gesehen.«

»Das heißt, ich arbeite an der Schule weiter hinten.«

»Welcher Schule?«

»Der Tilden.«

»Warum haben Sie von den Mädchen Fotos gemacht?«, insistierte die Frau.

»Aber das habe ich —«

»Zeigen Sie mir Ihr Handy.«

»Sind Sie verrückt?«

»Sie haben mich gehört. Geben Sie es mir!«

Da merkte Lincoln, dass er brüllte: »Was glauben Sie, wer Sie sind? Woher nehmen Sie das Recht —?«

»Ich schütze kleine Mädchen vor Widerlingen wie Ihnen.«

»Sie wissen überhaupt nichts über mich.«

»Und das will ich auch gar nicht«, sagte sie, und er entfernte sich ein paar Schritte. »Perversling!«

Als sie ihr eigenes Handy hervorholte, legte Lincoln einen Zahn zu und rempelte auf seinem Weg zur Ecke Broadway mehrere Passanten an.

Eine ganze Weile noch sah er sich ständig um. Obwohl ihm klar war, dass die Weiße ihn nach ein, zwei Straßenecken überhaupt nicht mehr sehen konnte, schien der Abstand zwischen ihnen sich nicht zu vergrößern. Ihre Stimme schrillte ihm noch in den Ohren. Nicht, dass sie recht hatte. Was sie über ihn gesagt hatte, war vollkommen falsch, ihre Anschuldigung haltlos und rüde. Aber er wusste auch, dass er eine unermessliche Schuld in sich trug für etwas, was sich nicht entschuldigen ließ.

Lincoln irrte ziellos umher. Er bog mal links, mal rechts ab, strebte aber im Großen und Ganzen über das Schachbrett der Straßen nach Süden. *Widerling* hatte die weiße Frau ihn genannt. *Perversling.* Unter Geschäftsmarkisen, auf Kirchenstufen, vor den zugekleisterten Fenstern aufgegebener Lokale blieb er immer wieder mal kurz stehen und löschte ein Foto von seinem Handy. Er war jetzt willens zu tun, was noch heute Vormittag undenkbar gewesen war, obwohl von Wollen keine Rede sein konnte.

Als Alexis die Fotos entdeckt hatte, waren es rund dreißig gewesen. Es war nicht ganz klar, wie lange sie schon davon wusste, aber nach ihrem veränderten Verhalten zu urteilen, mussten es mindestens mehrere Tage gewesen sein. Sie kam wie sonst etwa anderthalb Stunden nach ihm nach Hause und sah ihn wortlos an. Sie brachte chinesisches oder thailändisches Essen mit und ließ seinen Teil in der Küche stehen, während sie ihre Portion bei geschlossener Tür im Schlafzimmer aß, allein. Dann badete sie ausgiebig, obwohl sie doch jeden Morgen duschte. Nach mehreren bangen Wiederholungen fand er bei seiner Heimkehr einen Brief von ihr vor, verfasst auf Schomburg-Papier. Trotz der Dringlichkeit behielt ihre Handschrift die Perfektion eines Fonts – die ausladenden Schnörkel am Ende der Wörter, die Rundungen der Augen. Ohne die Fotos explizit zu erwähnen, teilte sie ihm mit, sie werde erst mal bei Donna bleiben. *Wenn du darüber reden willst, wenn du es mir erklären kannst, wäre ich wohl bereit, zumindest zuzuhören.* Jedes Mal, wenn Lincoln stehen blieb, um ein weiteres Foto von seinem Handy zu löschen, betrachtete er es vorher lange, als wäre dort vielleicht etwas zu finden, was ihn für das Gespräch mit seiner Frau stärken könnte. Als würde er entdecken, was ihm bisher entgangen war.

Die Nachricht, dass sie nach Virginia fahren würde, kam telefonisch. Nachdem sie zweimal versucht hatte, ihn zu erreichen, er sich aber nicht überwinden konnte, ranzugehen, übermittelte schließlich Donna abends die Nachricht, dass Alexis bei ihrer Mutter bleiben würde und Tameka das wüsste, aber nicht, warum. »Sie ist schon fort, aber du weißt ja, wo du sie erreichen kannst«, sagte Donna und legte grußlos auf. Lincoln lag an diesem Abend im Bett und starrte in den Widerschein seines Handys; es waren inzwischen rund sechzig Bilder. Im

Dunkeln suchte er sich vor mehreren Frauengesichtern zu rechtfertigen, dann gab er auf. Er fühlte sich nicht einsam, noch nicht. Alexis hatte ihn noch nicht komplett abgeschrieben, er hatte also noch Zeit.

Irgendwo westlich des Theater Districts sprach Lincoln mit seinem Handy-Display. »Ich wollte bloß sagen ...«, murmelte er, dann löschte er eines der neueren Fotos. Das Licht eines wolkenlosen Himmels fühlte sich auf seinen Wangen harsch an und prickelte unter den Ärmeln auf der Haut. Er zerrte sich das Hemd aus der Hose, krempelte sorgsam die Ärmel hoch und entblößte wie ein Arbeiter bis zum Ellbogen seine Arme. Er ging nach Süden durch Chelsea und Greenwich Village bis nach SoHo und dort an der Canal Street entlang bis zum Aufgang zur Manhattan Bridge. Bloß zwei Fotos waren noch auf seinem Handy gespeichert, die beiden vom Morgen. Er löschte das verschwommene. Nun blieb nur das letzte: der stechende Blick der jungen Frau, ihr bitterer Mund, die Lichtreflexe auf ihrem Gesicht. Ihre Augen waren schlimmer als die der weißen Frau vor der Schule. Und ihm standen noch schlimmere Augen bevor, Augen, die er sich vorerst nur vorstellte.

Lincoln war verschwitzt und müde. Die Stahlseile der Brückentürme kamen ihm im spätnachmittäglichen Licht hässlich vor. Er hätte von hier eine kühle U-Bahn nehmen können, aber er beschloss, zu Fuß in der heißen Sonne nach Brooklyn hinüberzugehen.

Hoch über dem Wasser blieb er einmal noch stehen, um die junge Frau von seinem Handy zu löschen. Als sie weg war, stellte er verblüfft fest, dass er sonst überhaupt keine Aufnahmen hatte, nicht einmal von seiner Frau. Er schaltete das Handy aus und sah auf das dunkle Display hinab, bis er fand, es sei Zeit, nach Hause zu gehen.

Er brauchte eine ganze Weile, und als er eintraf, war Tameka schon da. Er hatte sie seit den Winterferien nicht mehr gesehen. Sie trug das Haar anders, getwistet und an den Enden braun getönt. Sie erinnerte ihn noch stärker an ihre Mutter. Sie drückte ihn, schmiegte sich an. »Wo warst du nur?«, fragte sie. Sie hatte an der Port Authority auf ihn gewartet und mehrmals versucht, ihn anzurufen. Als er auf ihre Frage nicht antwortete, wich sie einen Schritt zurück und sagte: »Daddy? Sieh mich an. Was ist los?«

Zuerst sagte Lincoln nichts, gar nichts, aber sie ließ nicht locker. Sie wollte wissen, was mit ihm war. Schließlich sah er seiner Tochter in die Augen und sagte es ihr. Er beschrieb jedes erniedrigende Detail dessen, was ihm vor ihrer alten Schule widerfahren war. Er sagte es ihr weitgehend. Es sagte es und log dennoch.

Endlos zufrieden

Die neue Bedienung kam vorbei, um mir Kaffee nachzu-
schenken und Micah noch heißes Wasser für seinen Tee
zu bringen. Sie hatte hellbraune Haut und rötliche Twists.
Wenn sie sich nicht gerade auf die Lippe biss, erinnerte
mich ihr nervös lächelnder Mund an das Fruchtfleisch
einer aufgeschnittenen Erdbeere. Micahs Blick folgte ihr
bis zum Tresen zurück, und er murmelte leise etwas, was
wie ein Zauberspruch klang. Ob er damit aber sie oder
sich belegen wollte, ließ sich schwer sagen.

»Schluss jetzt«, erklärte er, spießte einen Pfannkuchen-
lappen auf und hielt ihn hoch. »Schluss mit den Stiel-
augen.«

Ich lachte, aber nur mit dem Mund.

»Außerdem steht sie auf *dich*, Blood. Hast du gesehen,
wie sie geguckt hat?«

Micah ließ seinen Tee ziehen, die penetrante Spezial-
mischung aus zerdrückten schwarzen und grünen Blät-
tern, die er in einem Beutel bei sich trug. Er lachte schal-
lend, als hätte der Witz bei ihm spät gezündet, und sein
Körper bebte in dem losen, bunten Dashiki, den er trug.
Die Krähenfüße um seine Augen waren das einzige sichtbare Indiz, dass er sich der Lebensmitte näherte. Gesicht
und Schädel rasierte er stets penibel, also war an ihm kein
bisschen Grau. Ein Übermaß an Freude schien Micahs

Los zu sein. Die Anstrengung der Heiterkeit setzte ihm zu wie Atemnot.

Seine Freundin Cody – »A Black Girl Named Cody«, wie er gelegentlich sagte, als wäre sie Legende, eine Fiktion – sollte irgendwann am Abend von dem jährlichen Familientrip zu Verwandten mütterlicherseits in Ghana zurückkehren. Sonst wäre sie zum Samstagsbrunch dort bei uns gewesen. Ich schloss mich oft den Unternehmungen der beiden an. Cody machte das nichts, also war ich, wann immer mich Micah aufforderte, zur Stelle. Schon lange war ich die Kamera, die ihre Liebe dokumentierte.

Nach meiner Uhr, die ich immer ein paar Minuten vorstellte, war es fast Mittag. Ich fragte, wann Cody landen sollte. Sie hatte auf keine der E-Mails reagiert, die ich in den vergangenen Wochen geschickt hatte. Micah nahm einen Schluck Tee, lächelte und meinte, die voraussichtliche Ankunftszeit sei halb acht. Er wusste es, ich nicht. Eigentlich selbstverständlich und so gesehen als Kommentar bescheuert, aber manchmal gehen die banalsten Fakten mit tiefen Gefühlen einher. Die kleinsten Informationssplitter können dich umhauen, wenn sie endlich eintreffen.

Während der vier Wochen von Codys Abwesenheit hatte ein entfesselter Micah die brütenden Straßen von Brooklyn unsicher gemacht, war den Frauen nachgelaufen, als wären Shorts und Röcke die kleinen Fähnchen, die man bei gewissen Geländespielen erobern muss. Vor unserem heutigen Brunch war Micah unterwegs stehen geblieben und hatte mich aufgefordert, an seinem Gesicht zu riechen. Er schloss die Augen und spitzte die Lippen. Irgendwie machte diese verstörende Mimik die derbe

Forderung harmloser. Ich hätte sonst was mit ihm anstellen können – ihm aufs Kinn spucken, ihm mit der flachen Hand an die Stirn schlagen –, aber dummerweise hielt ich mich ans Drehbuch. Ich schnupperte an seiner Wange und sagte ihm, er habe vergessen, sich zu waschen.

»Ich habs nicht vergessen«, erwiderte er grinsend.

Von Kindesbeinen an haben Männer wie Micah mich fasziniert. Sie kleiden sich auf eine Art, die lachhaft sein müsste – hohe oder breite Hüte, Hemdkragen mit der Spannweite von Kondorflügeln, vor Schmuck funkelnde Finger, Hosen und Schuhe in himmelschreienden Farben –, aber keiner lacht sie aus, weil sie ständig Frauen abschleppen. Irgendwas in mir wollte wie diese Männer sein, die wir salopp »Pimps« nannten. Auch meinem Onkel hatte ich einmal, als wir eines Nachmittags mit Eis am Eastern Parkway entlangspazierten, erklärt, dass ich Pimp werden wolle. Onkel Max machte ein für mich unergründliches Gesicht und meinte, nicht zum ersten Mal, dass schwarze Männer einst Könige waren. Dann nahm er sein Nogger in die linke Hand und haute mir mit der freien eine runter. Manchmal spüre ich noch heute den Treffer seines Rings an der Lippe.

Bei unserer Rückkehr in die Wohnung fragte Tante Leigh meinen Onkel, was mit meinem Gesicht ist. Er meinte, er trifft sich auf ein paar Bier mit den Kumpels, sie soll nicht auf ihn warten, dann verschwand er türenschlagend. Als sie mich fragte, sagte ich, ich wäre hingefallen, und beließ es dabei. Ich wollte ihr nichts erzählen. Ihre Sorge um mich, um uns, kam immer zu spät, schien nachgereicht. Darin glich sie meiner Mutter, ihrer Schwägerin. Sie tat mir leid, weil sie schwach war, so wie meine Mutter mir leidtat, die schon eine Weile im Sterben lag, als es ihr die Ärzte schließlich sagten. Mein Vater war ein Herumtreiber, und meine Mutter trieb er, ehe er sich aus dem Staub machte, zur Verzweiflung. Vielleicht war das der Anfang des Sterbens gewesen, ich weiß es nicht. Ich kann nur sagen, dass er ging und sie starb und ich bei meiner Tante und meinem Onkel in Brooklyn landete. Die hatten selbst keine Kinder.

Micahs Einzimmerwohnung war vom Restaurant aus nur zwei Ecken weiter. Sie roch noch immer nach Sex. Ich hockte mich auf seine kleine Couch, während er die Laken vom Bett zog, die Klimaanlage ausschaltete, die er hatte laufen lassen, die Fenster öffnete. Auf der Couchlehne lag aufgeschlagen Codys abgegriffene Ausgabe von *Die Liebe in den Zeiten der Cholera*, deren Seiten im warmen Luftzug flatterten. Micahs Kater Pawtrice Lumumba belauerte das Buch eine Weile und wechselte dann mit einem Satz aufs Fensterbrett. Er rieb sein Gesicht am Fliegengitter, durch das ein Schwall Straßenlärm von der Flatbush Avenue drang. Micah warf die Laken neben der Wohnungstür auf einen Haufen und zündete mehrere Räucherstäbchen einer mir verhassten Sorte an, die mit ihren Quasi-Shit-Schwaden die Luft benebelten. Er schob die Holzenden der Stäbchen in diverse Löcher in den Wänden. Obwohl Micah selten andere Frauen mit herbrachte, seit er fest mit Cody liiert war, schienen seine Bewegungen eingespielt. Die vergangenen paar Wochen hatten gereicht, ihn in alte Muster zurückfallen zu lassen.

Er räumte in Jeans-Shorts und Flipflops auf, ohne Hemd, wohl aber mit großem gelben, schräg in die Stirn gezogenem Filzhut, der zu seiner dunklen Haut zart glühte. Einen Augenblick lang sah er traurig und selbstvergessen aus, als gebe es etwas, was er versäumt hatte oder nicht wusste. Bei seinem Anblick sackte mir mein kaltes, schweres, an die Brust geklammertes Glas glatt bis in den Magen. In seiner flüchtigen Wehmut und Unwissenheit sah er aus wie ein vorzeitig zum König gekrönter Knabe.

Er schlug vor, wir könnten ein bisschen Rootsmusik hören, sein Allheilmittel, und er warf seine Lieblingsmischung aus Bunny Wailer, Burning Spear und Abyssinians an. Diesen Mix kannte in Brooklyn wahrscheinlich jeder. Reggae war ein wesentlicher Teil dessen, wie Micah der Welt die Synkopen seines Herzschlags darbot. Die Texte drehten sich alle um Kaiser Haile Selassie, Spiritualität und den lebenslangen Widerstand gegen Rassismus und Unterdrückung. Ich horchte nach den anderen Motiven, wie Verrat und Treulosigkeit. Der so banalen und unrühmlichen Unterdrückung im täglichen Leben.

»Was geht, Fremdling?«, sagte er. »Wie läufts mit dem Schreiben?« Wir hatten uns während Codys Reise nicht oft gesehen.

»Gar nicht.«

»Wo hakts denn?«

»Finde nicht die richtigen Worte«, sagte ich.

»Krass. Du brauchst eine Inspirations-Infusion, das wirds sein. Yo, warum warst du gestern nicht auf der Party?«

Fast hätte ich geblafft, wieso *er* da gewesen war, zuckte aber bloß mit den Achseln. Ich wusste, warum. Weil es ihm freistand und weil er sich unweigerlich vergnügte, selbst wenn die Leute eher in meinem Alter waren, zehn Jahre jünger, wenn nicht mehr. Die Party war eine von mehreren Spendenveranstaltungen für einen politischen Gefangenen gewesen. Für solche Partys schwirrten überall Flyer herum, im Internet, in den Auslagen der Läden im Viertel, in Restaurants. FREE CHAKRA GIBBONS. Bei diesem speziellen Gig hatte Micah die Frau von gestern Nacht aufgerissen. Er hatte mir beim Brunch davon erzählt, so wie er immer von seinen Frauen erzählte: zuerst, was ihre reine Körperlichkeit in ihm ausgelöst hatte – wie er sich bei *der* Figur in *dem* Kleid schier den Hals verrenkt hatte und was ihr wiegender Gang mit ihren Hüften machte, wie wohlriechend und weich sie beim Tanzen in seinen Armen gewesen war. Aus seiner Sicht signalisierte jede ihrer Gesten eindeutige Bereitschaft, ein klares Verlangen. Für ihn war kein Lächeln jemals ein höflich zugezogener Vorhang. Kein Lachen mit Ironie verätzt, kein Blick von Zweifeln umflort. Doch dann wurde die Geschichte nebulös: wie genau er vorgegangen war und wie er sie zu sich nach Hause locken konnte. Das Erzähltempo zog an, die Sprache wurde ausschweifender. Er und die Frau waren nicht länger nur voneinander hingerissene irdische Wesen. Sie waren mehr, Gottheiten, gewissermaßen, salbten und heiligten sich hinter einem Schleier, den er selbst vor mir, seinem Einmannpublikum, nicht lüftete.

Und nun blieb von ihr, so bald schon, nur eine sich verflüchtigende, unter Räucherwerk und Schmutzwäsche auf dem Fußboden erstickte Duftspur. Zwischen seinen Fingern wurde der Slip einer Frau zum Rosenkranz, aber lediglich für die paar ausgekosteten Sekunden, die er brauchte, um ihn ihr von Taille und Hüften, von runden Schenkeln, von den Knöcheln und Zehen zu streifen. Sobald er zu Boden geschleudert war, des Geheimnisses Micahscher Zuwendung beraubt, wurde er zum Stofffetzen, zur Hinterlassenschaft eines Akts. Und bald wurde auch die Frau von der Party, so wohlgerundet und sinnlich in ihrem Kleid, zur Hinterlassenschaft, zum Teil der zu beseitigenden oder verwischenden Spuren.

Ich kannte seine Schlafzimmerrituale oder glaubte es, weil er mit mir redete und redete. Ich hing an seinen übertriebenen Worten, tastete ihre Ränder ab, lugte auf der Suche nach Mustern, nach Hinweisen dahinter: was es zu sagen hatte, wenn er mehr als sonst enthüllte, dieses oder jenes Adjektiv verwendete, was es zu sagen hatte, wenn er sich mehr zurückhielt. Über sein Sexualleben mit Cody verlor er nie auch nur ein Wort, nicht einmal in der Frühphase, als sie erst gelegentlich miteinander ausgingen. Da lüftete er keinen Schleier.

Micah hörte zu räumen auf und drehte die launige Musik hoch. Ich muss wohl niedergeschlagen gewirkt haben. Er verriet, dass der Slogan *Free Chakra Gibbons* beim Abschleppen noch jedes Mal gezogen hatte. Micahs Repertoire war reich an angeblich unfehlbaren Maschen, und die bot er mir an wie bares Geld.

»Ich spreche Frauen auf der Straße an«, sagte er, seine Lachfalten noch ausgeprägter, »Honeys, die ich im Leben noch nie gesehen habe, und sage: ›Peace, Schwester, waren wir vor ein paar Wochen nicht zusammen auf der Spendenparty für Chakra Gibbons?‹ Zusammen, verstehst du? Kommt nicht drauf an, ob letzten Monat, letzten Abend, letztes Jahr. Spielt keine Rolle. Zieht immer.«

»Worte süß wie Honigseim«, sagte ich. »Dir tropft der Agavennektar von den Lippen.«

»Ist eine uralte Kunst, Blood. Pass auf. Wenn sie weiß, wer Chakra Gibbons ist, dann hast du gewonnen – als Bruder mit Bewusstsein. Wenn nicht, machts die Kunst. Die Wortwahl, der geheime Code.«

»So führe mich ein in diese Kunst, Meister.«

»*Free* ist ein uramerikanisches Wort. Freie Wahl. Frei-karte. Freilos. Freimarke. Freifahrtschein. Freiwild. Frei-zeichen. Den Geist befreien. Sklaven befreien. Wir stehen auf den Scheiß. Alle, von ganz unten bis ganz oben, alle, Mann. Und dann *Chakra*. Tantra. Yoga, checkst du? Und Shaka Zulu. Wilde revolutionäre Vibe-ismen, Mann. Und noch dazu *Gibbons*. Da hören sie doch gleich gib, gib. Gib dich ganz hin. Das ist, als beherrschtest du die Sprache der Ahnen, Tieftonbereich, weißt du, die heißen unterschwelligen Reize. *Free Chakra Gibbons* ist immer für eine Telefonnummer gut. Und wenn du es richtig anstellst: Pussy.«

»Was, wenn sie zufällig gerade keinen Decoder hat?«

Micah lachte wie ein Erzleinwandschurke. »Du unter-schätzt deine Macht, A. J.«, sagte er. »Du verschmähst deine Segnungen.« Er pflückte Pawtrice Lumumba vom Fensterbrett und wiegte ihn wie ein Baby, rieb ihm den weichen Bauch, bis er schnurrte. »Wann bist du zuletzt gesegnet worden, yo? Vor Wochen? Monaten? Einem Jahr? Sag bitte nicht, einem Jahr.«

»Einem Monat vielleicht«, sagte ich, möglicher Auftakt zu der Wahrheit über Cody. Aber die Frau, die ich ihm dann beschrieb, war nicht sie, und die Begegnung, die ich skizzierte, gehörte in einen anderen Monat, ein anderes

Jahr, ein anderes Leben. Zusätzlich zu der grundlegenden Verfehlung der Lüge, der Einschleusung einer alternativen und belanglosen Wahrheit, kamen ausgeschmückte Einzelheiten der weit zurückliegenden Nacht eines panischen, tollpatschigen Liebesakts. Micah setzte seinen Kater auf das Fensterbrett zurück und stand strahlend über mir. Er schraubte mir vor Spaß an meiner Geschichte den Knöchel seines Mittelfingers in die Schulter. »Sie konnte von mir gar nicht genug kriegen«, hörte ich mich sagen. »Hat danach ständig angerufen und gesimst, weißt du. Es war einfach zu viel. Musste mich rausziehen.«

»Verdammt, Blood, Vorsicht. Du kannst doch nicht jeder Honey gleich den Weg zu deinem Herzen zeigen.« Er zog zur Illustration parallele Linien vom Schritt bis zum Herzen. »Denen reicht doch die kleinste Ausrede, schon sind sie verliebt.«

Micah verwendete lauter Wörter wie Blood und Bruder, Wendungen wie Love & Peace, fand, dass man Segnungen nicht verschmähen dürfe, pflegte eine so todernst verschwurbelte Sprache, dass der Dichter in mir sich fremdschämte. Er hatte mich mit einem ganzen Glossar davon zugetextet, als wir uns vor drei Jahren kennenlernten. Es war der Morgen nach seiner ersten Nacht mit Cody, damals meine Mitbewohnerin. Sie und ich teilten uns eine Dreizimmerwohnung mit Durchgangszimmer am Rande von Clinton Hill. Eine Freundin von Cody, die ich vom Aufbaustudium her kannte, hatte ein gutes Wort für mich eingelegt, gemeint, ich sei ein Guter, harmlos, halbwegs ordentlich, zuverlässig. Mit anderen Worten: langweilig, aber geeigneter Ersatz für die Mitbewohnerin, die auszog. Die Wohnung war bezahlbar, weil eines der Zimmer, meines, kaum mehr als eine Besenkammer war, in das man nur gelangte, indem man durch ihres ging. Es lief also so: Bevor ich aus meinem Zimmer kam – um fernzusehen, um einen Happen zu essen, um aufs verdammte Klo zu gehen –, musste ich klopfen, um sicherzugehen, dass sie was anhatte. Was verrät es über mich, über meinen Zustand, meinen Lebensmut, dass ich mich unfehlbar, ausnahmslos, an die Regel hielt?

Am ersten Nachmittag, als ich mich Cody vorstellte, dauerte es ewig, bis sie mir aufmachte. Es mussten drei Schlösser entriegelt werden, von denen sie eines selbst zusätzlich hatte anbringen lassen, plus Sicherheitskette. Das kam mir seltsam vor. Die Gegend war nicht gefährlich, und die Tür selbst war leichtgewichtig, aus billigstem Holz. Jedenfalls tat sich das klägliche Ding auf, und hinter der Schwelle stand Cody im Tanktop ohne BH. Sie hatte wahrlich nicht viel an. Sie berührte den Kopf eines kniehohen Porzellaneinhorns auf einem kleinen Tisch, das mir das geschraubte Horn zeigte.

Nach einer kurzen Runde durch die Wohnung, an deren Wänden viel dick gerahmte Kunst hing, setzten wir uns auf ein Bier ins Wohnzimmer und quatschten. Sie war schon ein paar Jahre mit dem Studium fertig und arbeitete inzwischen als Pressesprecherin für eine Modefirma. Während sie redete, beschloss ich – vielleicht notgedrungen –, dass sie nicht mein Typ war. Während der Besichtigung hatte ich sie mir genau angesehen: eher schlaksig mit nur der Andeutung eines Arschs und Beinen, die weiter außen in die Hüften übergingen, als man erwartet hätte. Mit der Zeit würde ich lernen, dass sie sich selbst über ihre Figur lustig machte, ebenso wie über ihre helle Haut, die sie ihrem englischen Vater und seiner weißen Familie anlastete. Aber an Selbstbewusstsein fehlte es Cody nicht. Sie wusste um ihre Attraktivität. Sie hatte irritierend volle Brüste und, wie unter ihrem Tanktop deutlich zu sehen, große, dunkle Brustwarzen. Ich war so damit beschäftigt, nicht zu glotzen, dass ich beim Reden den Faden verlor. Dabei musterte sie mich gerade erwartungsvoll, Wimpern und Lippen gleich sanft gebogen.

»Tolle Wohnung«, stammelte ich. »Wirklich super.« Ich lobte alles darin, alles bis auf sie. Ich lobte sogar ihr Porzellaneinhorn.

»Ah«, sagte sie und streifte es mit einem Blick, »das ist kein Einhorn. Das ist ein *abada*. Aus dem Kongo.« Feine Rillen verliehen der Figur eine Holzoptik, deuteten die Haare der Mähne und die Konturen der Muskeln an. Cody verriet mir, dass das Geschöpf eigentlich zwei gegen Vergiftungen wirksame Hörner hatte, aber eines war abgebrochen und nicht mehr zu finden.

Als ich einzog, machte ich gerade meinen Master in Poesie. Ich lebte von einem Stipendium und geborgtem Geld. Trotz aller Bemühungen musste ich immer mehr hinsehen – und hinsehen. Diese Augen, diese Lippen. Dieses Haar, unglaublich, ganz gleich, was sie damit anstellte: kurzgeschoren, Fake-Iro, lang, mit einer Innenrolle, durch die man die Hand hätte schieben können. Das alles machte mich fertig. Mit der Zeit fielen mir andere Dinge auf, etwa ihre beharrliche Treue zu bestimmten Büchern und Platten. Sie las wieder und wieder Bücher aus dem Englischunterricht an der Highschool, sie lud Leute ein, mit denen sie die immer gleichen alten Miles- und Billie-Alben hörte. Zusammen ergaben sie den kompletten Soundtrack ihres Lebens. Ich empfahl ihr ständig Gedichtbände und Romane, bot ihr meine eigenen Ausgaben an, aber stets lehnte sie ab. »Die reichen mir«, sagte sie und zeigte auf ihr bescheidenes Bücherregal. Sie erzählte mir, Bibliotheken hätten sie am College nervös gemacht. »Riesige Gebäude mit so furchtbar vielen Büchern, so furchtbar vielen Autoren, ihren Ideen und Welten. Früher dachte ich, ich verpasse eine Chance, wenn ich nicht versuche, so viele wie möglich davon zu lesen, aber es geht nicht, das verkraftet das Herz nicht. Fein sortiert dort auf den Bibliotheksregalen sehen sie so anmutig aus, sie stören sich nicht, bleiben für sich. So ist es netter.«

Zwei Jahre wohnten Cody und ich zusammen, und es dauerte nicht lang, bis ich annahm, wir würden irgendwie, in einem Moment der Schwäche oder Offenbarung, zusammen in ihrem Bett landen. Ihrem, nicht meinem. Ihr Bett war größer, besser geeignet für das, was ich mit ihr alles anstellen wollte, und das, was sie in meiner Vorstellung mit mir anstellen würde. Etwas weinselig und zum Flirt aufgelegt, hatte sie mal etwas in der Art angedeutet: Was sie tun würde, wenn die Welt nur eine andere wäre. Wer weiß, was sie damit meinte. Es war vermutlich leichter, als zu sagen: *Wärst du nur ein anderer.*

Angesichts des ungünstigen Grundrisses der Wohnung hatte Cody netterweise darauf verzichtet, ihre One-Night-Stands anzuschleppen. Nach etwa einem Jahr gab es allerdings mit Micah die erste und einzige Ausnahme.

Ich kann es ihr nicht verdenken. Als sie Micah mitbrachte, wusste sie nicht, dass ich da war. Wenn es nachts sehr heiß war, übernachtete ich manchmal bei Tante

Leigh, die inzwischen allein war und südlich vom Prospect Park eine Wohnung mit Klimaanlage hatte, aber an dem Abend war ich komatös weggedämmert. Ich lag nackt im Dunkeln in meinem Zimmer reglos auf meinem Futon, umgeben von Büchern. Die Ecken ausgedruckter Gedichte von Auden und Lowell flatterten im Luftstrom meines Ventilators. Ich hatte mich an einem Langgedicht versucht, einer Elegie für Onkel Max, aber es ging nicht voran. Es war Sommer, Zeit meines zerquälten Abtauchens, meines jährlichen Rückzugs nach drinnen, und mir war, als würde mir die Fähigkeit zu wahrhaftiger Sprache ausgebrannt. Das Gedicht habe ich nie geschrieben. Ich habe nie die richtigen Worte gefunden.

Wenn es heiß wird, besonders in New York, legen die Leute bedenkenlos die Kleider ab und begnügen sich mit lediglich einem Hauch Stoff zwischen ihrem leibhaftigen Ich und der stickigen Haut der Stadt. Ich bin da anders. Mir ist in dunklen Jeans und schweren Schuhen, langärmeligen Hemden, Pullovern und dicken Jacken am wohlsten. In Shorts und T-Shirt bin ich wie ein Geist, lasse Stoffe schlottern und klappere mit den ungelenk langen Knochen. Ich kann nicht verbergen, wie dürr ich bin – wie schmal die Handgelenke und Knöchel, die Schienbeine wie Klingen –, und dann empfinde ich sie allzu schmerzlich, meine Wenigkeit. Selbst wenn ich allein bin, macht Nacktheit mich manchmal verlegen, und in Wachträumen werde ich schon vom leisesten Windstoß weggepustet.

Ich war noch wach, als sie lange vor Mitternacht lachend die Wohnung betraten. Ich atmete flacher, als Cody, um festzustellen, ob ich da war, meinen Namen rief. Sie klang betrunken. Sie rief ein paarmal, aber ich sagte nichts, rührte mich nicht. Bald atmete ich überhaupt kaum noch. In Zeitlupe schob ich mich in die Boxershorts, schaltete den Ventilator ab und stellte mich, für den Fall, dass sie nachsehen kam, schlafend, stellte mich abwesend. Ich lag in dem heißen, luftlosen Zimmer, und mein Körper kam mir unerträglich laut vor – mein Magen, meine blinzelnden Augen. Als ich mal musste, verkniff ich es mir so lange wie möglich. Schließlich, quälend langsam, setzte ich mich auf und pinkelte in eine leere Bierflasche.

Ich horchte die ganze Nacht, ich schmückte meine krassesten Fantasien aus, bis sie grotesk wurden. Sie taten es zweimal und dann noch mal am Morgen, jedes Mal eingeleitet von seinen Stimulationen und ihrer gespielten Abwehr. Es war, als würde sie unter ihm (auf ihm? wie ein Spinnentier um ihn?) zur jeweils von seinen Händen und seinem Glied geforderten nächsten Gestalt mutieren.

Es war fast Mittag, als ich sie aufbrechen hörte. Ich verließ mein Zimmer, um mich davonzustehlen, doch da war er, Micah. Er saß auf unserer schäbigen Wohnzimmercouch wie der Hutmacher, nur in Schwarz. Er strahlte mich an, zeigte mir seine Lachfalten, kein bisschen aus der Ruhe gebracht durch meinen überraschenden Auftritt.

Er sagte, Cody sei schnell um die Ecke gegangen, um was vom Bäcker zu holen und Chai Lattes. Nach einer kurzen Pause ergänzte er: »Du musst Anthony sein.« Cody war die Einzige, die mich nicht A. J. nannte.

Er nickte fröhlich, als ich ihn korrigierte. Und schon ging es los mit den Micah-Sprüchen. Ich war ihm dankbar, irgendwie, obwohl ihn meine unvermutete Anwesenheit so gar nicht kümmerte. Immerhin widmete er sich mir jetzt ganz und gar. Er schien wirklich an mir interessiert. Und ich dachte: der? Aus bestimmten Blickwinkeln betrachtet, hätte er fast ihr Vater sein können. Aber er verbündete sich mit mir, als Cody kam. Er spielte mit, nickte und grinste, als ich ihr vorlog, ich wäre nach einer wilden Nacht eben erst nach Hause gekommen.

Ab da waren wir dank seiner seltsam hartnäckigen Bemühungen ziemlich eng. Er zeigte mir, wie man mit einer Kamera umgeht und einen Galgen benutzt. Ich half bei einigen seiner Filmprojekte aus, meist waren es Kurzfilme, und wenn ich knapp bei Kasse war, besorgte er mir Jobs bei anderen Produktionen. Er schleifte mich überallhin mit, und so lernte ich in der Stadt allerhand Leute kennen. Es waren Menschen, deren Leben mir unerreichbar schienen, die in Scharen zu den Sommerkulturfesten und -festivals kamen, die Straßen mit Farbe und Musik und ungewohnter Sinnlichkeit belebten und dann für den Rest des Jahres verschwanden. Ich konnte kaum fassen, dass sie in derselben Stadt lebten wie ich, aber Micah wusste, wo sie sich herumtrieben, wenn nicht Sommer war, und er nahm mich auch dorthin mit. Er war gut zu mir. Er war zu mir netter als alle Männer bisher.

Zu den Klängen seiner Lieblingsmusik, die den Glanz unserer schwarzen Geschichte beschwor, kurvten Micah und ich durch die Ecken von Crown Heights und Bed-Stuy, die der Gentrifizierung bisher entgangen waren. Ich hatte ihn in den vergangenen Wochen gemieden, mich aber bereit erklärt, ihn jetzt bei den Besorgungen zu begleiten, die er machen wollte, ehe er Cody am Flughafen abholte. Ich hatte vor, ihm zu sagen, was zwischen ihr und mir passiert war. Wieder und wieder hatte ich in Gedanken durchgespielt, wie ich es anpacken könnte. Welches Recht hätte er schon, sich aufzuregen? Wie sollte ausgerechnet er mir Vorwürfe machen? Ich würde ihm die Wahrheit sagen: dass ich mit ihr geschlafen hatte, und dann die schlimmste Wahrheit: dass ich sie liebte. Der Zeitpunkt war günstig, sagte ich mir, genau jetzt, ich brauchte nur die Musik runterzudrehen, mich dem Mann zuzuwenden und zu sprechen. Stattdessen stierte ich auf die Scheibe des Beifahrerfensters, während er, ohne die Töne zu treffen, mitsang. Wir brachten erst seine Wäsche weg, dann fuhren wir von der Nostrand Avenue mit ihren Roti-Shops und verbarrikadierten Supermärkten zur Fulton Street, wo die Menschen sich aus der U-Bahn-Station ergossen und ein Mann vor einer Hähnchenbude DVDs vertickte.

Da merkte ich, dass Micah eine Weile schon schwieg und immer wieder zu mir herüber schielte.

»Was ist mit dir?«, fragte er.

Wir fuhren an einem Park entlang, den ich nicht wiedererkannte. Gold rieselte zwischen den Bäumen auf den stellenweise versengten Rasen, und hinter den Maschen des Drahtzauns glänzten die Rücken der Basketballspieler wie nasser Obsidian. Darüber hielt sich am Nachmittagshimmel hartnäckig eine schmale Mondsichel.

»Du bist ja völlig weggetreten«, sagte er. »Hast wohl eine Vision.«

Zur Antwort zeigte ich in den Himmel hinauf.

»Cool«, sagte er. Er war so angetan von dem Mond, dass seine Stimme erneut in Gesang überging. Als er parkte, wandte ich mich ihm mit den zurechtgelegten ersten Worten auf der Zunge zu, aber sein Gesicht war meinem, weil er sich herübergebeugt hatte, um den Mond zu bewundern, plötzlich viel zu nah. Es lag etwas liebenswert Kindliches in dieser Geste, in der ungenierten körperlichen Nähe.

Der Himmel, meinte er, biete ein gutes Omen. »Die Beständigkeit des Mondes am Tag der Rückkehr meines Mondes.« Er nannte Cody mal seinen »Mond«, mal seine »Erde«. Er hingegen war stets die leuchtende Sonne. Ein Lächeln umspielte seine Mundwinkel, während er in den Himmel hochsah und alles aufnahm, was das Universum ihm bestätigte. »Synchronizität!«, rief er und sprang aus dem Wagen.

Wir betraten eine Buchhandlung ohne Ladenschild. Ich hatte von ihr nicht einmal gewusst, und hätte ich von ihr gewusst, ich wäre nicht hingegangen. Die Auswahl war begrenzt, die Regale trüb vor dem Staub vergangener Zeiten. Der Laden erwies sich als Tempel schwarzer Heldenverehrung und der erotischen Mysterien des Ostens. Wiederkehrende Symbole und Bilder beherrschten die Wände. Nackte Haut von wollüstiger, schwüler Schwärze. Kaurimuscheln. Anch-Kreuze. Auf einem Kalender fügten sich diverse Figuren – unglaublich üppige Frauen, muskelstrotzende Babys, majestätische Männerprofile – zur Kontur des Mutterlands Afrika. Hier berief man sich wahrscheinlich auf Imhotep wie ich mich auf Whitman oder Stevens. Mir zog sich dort alles zusammen. Ich fühlte mich als Verräter, entlarvt von den Wänden.

Die Frau im Laden war fast so groß wie Micah, ihr Haar mit einem leuchtend blauen Tuch umwickelt. Sie kam hinter der Kasse hervor, um ihn zu drücken. Sie trug Leggins, die alles betonten, glätteten und gerade im richtigen Maß anhoben. Ihr Körper schmerzte mein einsames, gierendes Herz. Ihr Hintern wölbte sich so prall und selbstbewusst vor, dass er wie ein eigener Organismus wirkte. Sie wirkte etwas älter, wahrscheinlich war sie ungefähr in Micahs Alter, aber sie war sehr attraktiv. Ich ertrug die lockere Art kaum, mit der er ihr begegnete.

»Du siehst umwerfend aus, Queen!« Er nannte schwarze Frauen generell gern »Queens«. Das ließ mir keine Ruhe, in Gedanken warf ich ihm alle möglichen Einwände an den Kopf. Warum mussten die Frauen, die wir lieben wollten, Queens sein? Wenn wir alle Könige und Königinnen waren, wer waren dann die Untertanen? Wir konnten doch nicht allesamt königlich sein.

Aber die Frau im Laden war unverkennbar gern Queen. Mit erhobenen Armen drehte sie sich vor Micah wie eine verwehte Feder. Ich erwog eine Verneigung oder ein gebeugtes Knie als Beitrag zu dem Ritual – oder als Rechtfertigung für meine Anwesenheit.

»Du musst deine Mahlzeiten flüssig einnehmen, Baby«, sagte sie. »Gesundheit ist das höchste Gut.«

»Ein Segen!«, rief Micah.

»Nun, wo hast du gesteckt?«, tadelte die Frau. »Du könntest eine Sista ruhig mal anrufen. Ruhig mal mehr als einmal im Jahr vorbeischauen.«

Das war kein Scherz. Micahs Fernbleiben kränkte sie offenbar wirklich. Da nickte er zu mir hin und stellte mich vor. Was für ein Timing. Ihr Blick streifte mich gleichgültig, blieb dann aber hängen, plötzlich scharf.

»So läuft das also, Micah? Das Hemd hab *ich* dir geschenkt.«

Ich trug ein T-Shirt mit der Aufschrift MORE JUJU auf der Brust, Anspruch des Trägers auf sehr afrikanische, magisch-erotische Macht. Darunter glühten zwei große rötliche Zündkerzen. Ich trug es bloß deshalb, weil meine Sachen alle in der Wäsche waren, aber plötzlich kam ich mir vor, als liefe ich den ganzen Tag als Etikettenschwindel herum.

»Das glaub ich jetzt einfach nicht. Es war ein Geschenk an *dich*. Ich habs selbst entworfen.« Sie hörte sich an, als hätte sie den Stoff unter Schmerzen Faser für Faser entbunden. Es war schwer zu sagen, ob sie auf ihn oder mich böse war.

»Du weißt, knackenge Shirts sind nicht mein Ding. Ich steh auf wallende Königsroben.«

Er verlieh dem Gesagten den jamaikanischen Zungenschlag, den er sich gelegentlich zulegte. Wann und warum der zum Einsatz kam, blieb rätselhaft, aber jetzt sicherten ihm Akzent und Wortgewandtheit ihre sofortige Absolution. Sie sagte, sie würde ihm ein neues Hemd besorgen, in der richtigen Größe, und ich stellte mir eine Version meines T-Shirts vor, das Micah bis zu den Knöcheln reichte. Sie versöhnten sich mit einer weiteren langen Umarmung, murmelnd, zwei sich stützende Lügner. Wahrscheinlich versprach er ihr die doppelte Anzahl Besuche im nächsten Jahr, zwei nubische Orgasmen vielleicht, doppelt so viele andächtige Salbungen ihres Arschs, und das alles in seinem halbgaren Akzent. Ich hätte ihn gern daran erinnert, dass er aus Cleveland stammte, aber die beiden schienen weit weg.

Die Frau nahm sein Gesicht zwischen die Hände, der Blick, mit dem sie ihn bedachte, war allerdings mütterlich, nicht aufreizend. Sie drückte ihm, als er seinen Hut lupfte und sich zur Weihe neigte, einen Kuss auf den Schädel. Dann kam sie zu mir und zog auch mich in die Arme. Sie trat zurück und musterte mich einen Augenblick. Mit zuckriger Aufrichtigkeit versicherte sie, wie sehr sie sich freue, mich kennenzulernen. »Du bist hier immer willkommen, mein Sohn«, sagte sie. »Komm recht bald wieder.« Die Wärme ihrer Haut, ihr süßer Atem und das beständige Licht in ihren Augen vertrieben alle Bitterkeit. Es schien mit einem Mal machtvoll wahr: Ich *war* willkommen, sie hoffte *wirklich*, ich werde wiederkommen, obwohl ich so gar nichts getan hatte, diese Großmut zu verdienen. Da stand ich also, und nun endlich kam der Anlass des Besuchs zur Sprache. Micah bezahlte für ein Buch, das er über den Laden bestellt hatte. Buchhandelsketten und Onlinehändler mied er. Sie waren aus seiner Sicht Babylon und gegen alles, was wahr und rechtschaffen sei.

Das Buch hieß *Das Tao des Sex: Die heilende Praxis*. Im Auto drängte er mich, schon mal reinzuschauen. Es war ein dicker Band, über dreihundert Seiten. Natürlich war die heilende Praxis Cody zugedacht, gleich ab dem heutigen Abend. In der Einleitung stand: »Der richtige Sex bringt Individuen wie Gesellschaften Glück. Glück ist heilend, und der richtige Sex wirkt heilend und macht endlos zufrieden. Der falsche Sex – Sex als Waffe eingesetzt gegen andere – wirkt zersetzend und macht endlos leiden.« Das Buch war also eher was für ihn als für sie. Oder wenn es tatsächlich als Geschenk ihr zugedacht war, dann war damit gar nichts entschuldigt. Es war keineswegs als Wiedergutmachung für sein Verhalten gedacht. Seine Vorstellung von »richtig« hatte mit Moral nichts zu tun, sie war so physisch wie metaphysisch und kosmisch. Mir wurde klar, dass der Drang, Micah zu gestehen, was passiert war, ihm meinen falschen Sex mit Cody zu beichten, auch nichts mit einer Entschuldigung zu tun hatte. Das war nicht die Absicht dabei. Ich wollte an den Verhältnissen zwischen uns, zwischen mir und Cody und zwischen mir und ihm, etwas ändern. Mein Begehren bestand wie seines darin, das Universum in einer Weise neu zu ordnen, dass es sich künftig um mich drehte.

Zwischendurch hatte ich wegen der Art, wie er mich ansah – wie er mir und dem Buch grinsend Seitenblicke zuwarf –, den Verdacht, dass er mein Geheimnis schon kannte, dass er etwas witterte oder dass Cody längst gebeichtet hatte. Das hätte ihm ähnlichgesehen, es zu vermuten oder gar zu wissen und vor lauter Selbstherrlichkeit, ja Arroganz, aus irgendeiner mystischen Idee archaischer Brüderlichkeit heraus, nicht viel drauf zu geben. Denn nicht ich stellte, wenn überhaupt, eine Bedrohung dar, sondern die Ghanaer jenseits des Atlantiks, Menschen von Fleisch und Geist und pulsierendem Blut, nicht mythische, vorzeitliche Gestalten, sondern vor Leben strotzende. Doch seinem Denken in Korrespondenzen zufolge stellte der Tagmond eine Bestätigung der Treue Codys in der Ferne dar, und er sah keinen Grund, sich Sorgen darüber zu machen, was sie vielleicht hier getrieben haben könnte. Diesen Gedanken verwarf ich allerdings gleich wieder.

Micah hatte mir gesagt, so lange wie mit Cody sei er noch mit keiner Frau zusammen gewesen. Es wäre ihm keineswegs egal, was sie trieb, selbst mit mir. Seinerseits betrog er sie zwar am laufenden Band, aber er liebte sie. Zwei Herzen schlugen in seiner Brust, doch sein Körper konnte – offenbar mühelos – mit dem Zwiespalt leben.

Während wir darauf warteten, dass die Ampel auf Grün sprang, wandte sich Micah mir mit einem eigenartigen Ausdruck zu. Ich konnte seine Miene nicht recht deuten.

»Die Lady im Laden«, sagte ich, um irgendwas zu sagen. »Ein ziemlicher Hammer.«

»Eine Queen«, sagte er.

»Und eine Ex?«

Micah sah mich an, als hätte ich sie nicht mehr alle. »Bitte? Blood, sie ist Älteste. Die hat Kinder in meinem Alter. Hält sich gut, aber die Frau muss mindestens sechzig sein.«

Selbst ihr Körper lügt, dachte ich. Aber ich empfand es nicht als Lüge oder nicht nur, und diese Empfindung färbte die vorige Umarmung der beiden. Sich so rückhaltlos neu zu erfinden, sich so zu verbiegen. Solche Menschen mussten ständig das Bedürfnis haben, im Arm gehalten zu werden.

Wir verwandten viel Zeit darauf, Micahs bevorzugten Kräuterhändler aufzuspüren, nur um ein paar Büschel getrockneten Salbeis zu kaufen. Bis zu Codys Ankunft blieben noch ein paar Stunden. Micah sagte, unsere nächste Aufgabe, die er aus unerfindlichen Gründen ebenfalls als »Besorgung« bezeichnete, sei die Teilnahme an der wöchentlichen Meditation für People of Color. Die fand bei schönem Wetter im Fort Greene Park statt. Ich war noch nie für Meditation zu haben. Und »People of Color« empfand ich als unbefriedigende, ja problematische Wendung. Man denkt dabei an bunte Wachs- oder Filzstifte. Aber Micah versicherte, es würden richtige Honeys kommen, und führte unterwegs aus, dass diese speziellen Honeys bestimmt viel Sinn für meine »zerebralen Vibeismen« hätten. Er fügte bestimmten Wörtern gern ein -ismus an. Er war meisterhafter Entwickler obskurer Theorien und Lehrmeinungen, die nur er, wenn überhaupt, verstand. Genau besehen bestand seine Sprache aus kaum einer Handvoll Wörter, von denen wenige Sinn ergaben. Sie verpufften, sobald sie aus seinem Mund heraus waren. Er äußerte sie mit enormer Überzeugung, wie suspekt sein gesamter Wissensschatz auch sein mochte. Das war letztlich unerheblich, wegen des Gefühls, das er dir gab. Wenige Worte, als hätte er sie auf das Allernötigste heruntergebrochen, um im Unterbau der Sprache zu schürfen, Grundlagen, die so gewaltig und verblüffend einfach waren, dass sie Allgemeingut werden mussten.

Micah wollte mich mit der Aussicht auf Frauen zur Teilnahme an der Meditation locken. Es war schwer zu begreifen – war ich als Kontrastfigur gedacht? –, aber er schien mich wirklich dabeihaben zu wollen. Er konnte unmöglich wissen, was gewesen war, beschloss ich. Keiner mit nur einem Funken Verstand würde sich so an einen anderen Mann klammern, einen Freund, der mit der eigenen Partnerin geschlafen hatte. Ich hatte also immer noch zu beichten.

Wir durchquerten den Park, vorbei an spielenden Kindern. Es war heiß, aber nicht drückend. Wir wanden uns zwischen vereinzelten Eichen und Ulmen durch, stiegen einen Hang in der Mitte des Parks hinauf und tauchten schließlich aus einem schattigen, von dicht stehenden Ginkgos gebildeten Tunnel wieder auf. Der Himmel, ein großer blauer Glanz, schluckte fast ganz das schmale vergilbte Lächeln des beharrlichen Mondes. Die Teilnehmer, überwiegend Frauen, sammelten sich um das Prison Ship Martyrs Monument. Mindestens drei verschiedene Sprachen wehten von den Grüppchen herüber. Die dicke dorische Säule des Denkmals erhob sich über ihnen wie ein kultischer Phallus. Micah hatte nicht übertrieben: Viele der Frauen waren äußerst attraktiv, aber ich wollte nur Cody. Die Auswahl insgesamt war allerdings beachtlich – eine bildschöne Individualkollektion –, und niemand guckte, als gehörte ich dort nicht hin. Ein paar unverrückbare Minuten lang – die ersten seit Langem – ergab die Wendung People of Color vollendeten Sinn.

Micah wollte mich gleich ein paar Frauen vorstellen, aber ich wehrte ab.

»Komm schon, Blood«, drängte er. »Was willst du mehr? Besser gehts gar nicht. ›Du sollst die Hand auftun‹«, sagte er mit nach oben zeigenden Handtellern.

»Vielleicht nachher.«

Er lächelte, aber sein Gesicht verriet Enttäuschung. »Überlass nicht alles mir«, sagte er und hielt mir den Finger unter die Nase. »Sonst bist du selber schuld, verdammt.« Wir klatschten ab, und er zog mich an seine Brust und hielt mich dort eine Weile. Er hatte wahrlich keine Scheu, Zuneigung zu zeigen, ob Männern oder Frauen gegenüber. »Wir finden deine Queen schon noch«, sagte er.

Schwarze Liebe war eine seiner zentralen Ideen, ein heterosexuelles Paradies, in dem es für jeden begehrenden Mann eine begehrenswerte Frau gab, für jeden King eine Queen. Wenn er mich »King« nannte, meinte er es so – mehr als seinerzeit Onkel Max. Micah glaubte rückhaltloser an mich. Er staunte aufrichtig, ja sorgte sich, dass ich niemanden hatte.

Micah bewegte sich leichtfüßig durch die Menge. Wie immer ging er sehr körperbetont vor, küsste die Frauen auf beide Wangen, ergriff ihre Hände, berührte ihre bloßen Schultern. Er flirtete und lachte unablässig, die Augen weit und empfänglich, bis schwer zu sagen war, wen er unter den Anwesenden kannte und wen er erst kennenlernte. Ich ging ein paar Schritte über den harten Rasen und setzte mich unter das Denkmal. Selbst durch die Jeans spürte ich an meinen Schenkeln die Wärme des Granits, die sich in meinem ganzen Körper ausbreitete, bis ich mich fast fiebrig fühlte. Schon Onkel Max hatte mich seinerzeit hierher mitgenommen. Er erzählte mir, das Denkmal wäre unserem Volk geweiht, den Schwarzen, als Mahnmal denen gewidmet, die in den schwimmenden Gefängnissen der Sklavenschiffe gestorben waren. Nicht immer erklärte er das Denkmal so, aber das machte mir nichts. Manchmal behauptete er, es ehre Schwarze, die im Unabhängigkeitskrieg gekämpft hätten, Menschen, für die die Freiheit keine abstrakte Idee, sondern gefühlt war. Einmal packte er mich an der Schulter und fragte, ob ich mir das Wohlgefühl, die Herrlichkeit der von den Fesseln befreiten Gliedmaßen vorstellen könnte.

Mein Onkel war ein gutaussehender Mann gewesen, mit einem ernsten Gesicht, das streng werden konnte. Er arbeitete als Korrektor bei einer Boulevardzeitung und hatte ein Foto von Kwame Ture auf seinem Schreibtisch stehen. Seine Daumen waren oft tintenschwarz. Onkel Max wollte gern selbst Artikel verfassen, aber aus seinen Versuchen wurde nichts. Je mehr ihn das frustrierte, desto öfter blieb er von zu Hause weg, und wenn er das nicht tat, dann wurde die Stimmung in der Wohnung schnell bitter von seiner Galle. Ob er schreiben konnte, hätte ich nicht sagen können, aber er war ein begnadeter Erzähler, und deshalb schluckte ich auch seine widersprüchlichen Geschichten. Er hatte besonders die Gabe, Figuren, Motive und Schuld aus dem Ärmel zu schütteln. In der Geschichte, zu der er sein Leben machte, gab er allen die Schuld – seinen Chefs, weil sie rassistisch waren, meiner Tante, weil sie ihn nicht genügend liebte und unterstützte. Meinen Vater beschuldigte er, ein »Blindgänger« zu sein, und seine verstorbene Schwester, einen Mann geliebt zu haben, der nichts taugte. Meine Schuld bestand darin, das Kind dieser Eltern zu sein. Seine zugespitzten Fantastereien konnten meiner Tante Leigh und mir selbst dann noch einen Stich versetzen, als er ganz aus Stacheln bestand, selbst dann noch, als er tot war. Nur in seinen dunkelsten Stunden, in den letzten Jahren meist mitten in der Nacht, konnte er sich eingestehen, dass der Fehler vielleicht teils bei ihm lag; er hielt solche genuschelten Geständnisse am Küchentisch für geheim, aber manchmal schlich ich mich ins Wohnzimmer und hörte mit. Seine Worte erschreckten mich zutiefst. Sie machten durchlässig für alles, was der Selbsterhaltungstrieb eines Mannes abwehren musste, und er war so allein, begriff ich, so schrecklich allein. Ich

lauschte, weil ich nicht anders konnte, aber dass ich mit-
hörte, half keinem weiter.

Im vierten Highschooljahr wirkte das sehr spezielle
Gift meines Onkels ein letztes Mal, als ich durch den Fort
Greene Park ging. Auf den Tag fünf Jahre waren seit seinem Tod vergangen, und ich war überhaupt nicht mehr
dort gewesen. Ich stieß auf eine Gedenktafel und las dort
die Geschichte des Denkmals, die wahre Geschichte. Und
da war mein Onkel wieder ganz nah, eine Bedrohung
geradezu, als moderten auch seine Knochen unten in der
Krypta.

Micahs Lachen trug mühelos bis zu mir. Eine Frau mit
einem Nimbus dunklen Haars näherte sich der Gruppe,
zu der er sich gestellt hatte. An ihrem braunen Arm trug
sie einen wunderschön geflochtenen Korb mit einem
blassen Dreiecksmuster in Rot, Orange und Lila. Als die
Frau zu der Gruppe stieß, holte sie zwei kugelrunde
knallgelbe Früchte heraus. Micah und die anderen beugten sich über ihren Korb, fassten hinein, nahmen aber
nichts, und schließlich stellte die Frau ihn ins Gras. Es
gesellten sich weitere Frauen und auch zwei, drei Männer
dazu und bildeten einen Kreis um Micah.

Bei den meisten Menschen gibt es eine Kluft oder gar
einen Abgrund zwischen ihrem Idealbild und dem, wie
andere sie sehen. Diese Kluft mag sehr wohl das wahre
Maß für unsere Einsamkeit sein. Aber wenn ich Micah,
wie so oft, von der anderen Seite der Kluft sah, war notgedrungen ich derjenige, der einsam war. Alle anderen
schienen immer drüben auf seiner Seite zu stehen. Manchmal verstand ich das nicht. Er hatte Menschen verletzt,

Menschen betrogen, darunter vielleicht ebendie Frauen, die ihn gerade umschwärmten. Er hatte Cody betrogen. Und doch zog es die Leute, obwohl sie seinen Ruf kannten oder ahnten, zu ihm hin. Auch mich hatte es gezogen, als könnte mich die Nähe ihm ähnlich machen. Es war nämlich so: Er gehörte zu den seltenen Menschen, für die es überhaupt keine Kluft gibt.

Das alles widerte mich an, und es drängte mich, Micah von den Stufen zum Denkmal mein Geheimnis entgegenzubrüllen, meine Beichte zur öffentlichen Verlautbarung zu machen. Das wäre schmerzhafter, aber wessen Wunde wäre tiefer? Unter diesen bildschönen, glücklichen Menschen ginge mein Bekenntnis im Rundgesang ihres Lachens unter. Das jedenfalls sagte ich mir. In Wirklichkeit hatte ich Angst. Es war unmöglich, vorherzusehen, was die Worte anrichten würden. Sie blieben mir im Hals stecken, ich schmeckte sie unter der Zunge.

Wer von diesen sich Versenkenden, Suchenden kannte die schlichte Tatsache, dass unter uns die Rippen von Gefangenen lagen? Während ich so tat, als würde ich gemeinsam mit den anderen meditieren, sah ich mich mit zusammengekniffenen Augen um. Die in einen unbequemen Schneidersitz gezwungene Jeans schnitt mir in die Kniekehlen. Grasspeere bohrten sich in meine Füße. Das Kreischen der Kinder griff von ferne die Nerven an. Über uns warf ein Vogelschwarm sein Zwitschern aus. Die Luft roch nach Hautcreme und Haaröl. Es war fast halb sechs; in zwei Stunden landete Codys Flieger. Was ich auch tat, die Gedanken wollten einfach nicht stillstehen. Vor mir saß die Frau, die den Korb gebracht hatte. Ich verlor mich in der Sturmwolke ihrer Haare.

Ich schloss die Augen und nahm ein paar tiefe, meditative Atemzüge, aber was sollte das Ganze? Meine Augen schielten selbst dann vor Neid, wenn sie geschlossen waren, selbst wenn ich das einatmete, was Micah das »Wunder des Sauerstoffs« nannte. Ich versuchte, den Kopf freizubekommen, in die Leere, das Nichts einzutauchen, sah aber stattdessen das miese kleine Zimmer der Wohnung, die ich mit Cody geteilt hatte, Codys für einen Schluck Wein oder einen Micah-Kuss geöffnete Lippen, Codys bestürztes Gesicht, Codys Gesicht.

Am Tag vor ihrer Abreise nach Ghana hatte ich sie auf einen Drink eingeladen. Micah half in New Orleans einem Freund bei einem Dreh. Vor allem auf seinen Reisen vögelte Micah rum. Cody war geknickt, weil er sie nicht zum Flughafen würde bringen können, und mir bot sich die Chance, sie zu trösten. Als ich das Lokal betrat, saß sie schon mit einem Glas Rotwein am Tresen. Cody war immer überpünktlich. Sie hatte nichts Besonderes an, einfach ein weißes Tanktop und Jeans, doch sie sah umwerfend aus. Ich hielt nach der schulterwärts rutschenden Schlaufe eines BH-Trägers Ausschau, aber da war kein BH. Wieder hatte ich Mühe, nicht zu glotzen. Bei unserer freundschaftlichen Umarmung schauderte ihre Wange mir die dumpfe Hitze des Abends von den Lippen.

Wie immer fragte sie nach meinen Kleinen, den Sieben-, Achtjährigen, mit denen ich an Schulen Poesie-Workshops veranstaltete. Ich zitierte lustige Zeilen aus den Gedichten der Kinder, und ihr irrwitziges Lachen erschreckte die anderen Gäste. Nach mehreren Gläsern Wein ließ Cody ihre Hand auf meinem Knie ruhen. Sie fragte mich wiederholt, ob alles in Ordnung sei, was sonderbar war. Ich war doch überglücklich.

Nach weiteren Gläsern Wein kam sie auf Micah zu sprechen. Sie fragte, ob stimmte, was die Leute sagten – ihre Freundinnen und Rivalinnen. Ganz Brooklyn, wie es schien. Aber mir war klar, dass sie fragte, weil sie selbst das Gefühl hatte. »Ist er ein Player?«, fragte sie fast flüsternd. »Hintergeht er mich?«

Ihr Blick, als sie mit zusammengebissenen Zähnen die Frage stellte, legte nahe, dass sie mich abwiegeln hören wollte. Sie wollte nicht unbedingt Lügen hören, aber Ausflüchte, einen alkoholisierten Dreh, der ihr beziehungsweise ihnen die Sache überließe. Doch sie wusste, dass ich es wusste – warum sonst fragte sie? Ich war froh, dass sie fragte. Ihre Hand lag nicht mehr auf meinem Knie, und ich wollte sie wieder dort haben. Also machte ich es nach Gefühl. Ich sagte ihr die Wahrheit. Sie drehte sich den Flaschen hinter dem Tresen zu. Ich überlegte, ob ich sagen sollte, es tue mir leid, aber wieso? Es tat mir kein bisschen leid. Ich bestellte noch eine Runde, und wir tranken schweigend. Sie weinte nicht, noch bohrte sie nach, noch wütete sie gegen Micah, und darüber war ich froh. Ich wollte ihn weder weiter verteidigen oder weiter schlechtmachen.

Während ich sie heimbrachte, dachte ich fieberhaft nach. Was jetzt? Wann sollte ich ihr den Rest offenbaren, was ich für sie empfand? Würde sie das Geständnis jetzt überhaupt verkraften? Warum es nicht einfach sagen? Ich musste große Schritte machen, um ihr Tempo halten zu können. Ihre Absätze tackerten über den Gehweg, ihr Haar wechselte mit den blauen und grauen Schatten jeweils die Farbe. Sie öffnete die Eingangstür zum Apartmentblock und hielt sie für mich auf, dann schloss sie oben auf und bat mich herein. Ich war seit der Wohngemeinschaftszeit ein paarmal hier gewesen, aber jetzt kamen mir die Räume fremd vor. Es hing noch ein Hauch der ägyptischen Moschuslotion in der Luft, die Micah benutzte. Zwei Koffer standen an der Tür. Was, wenn er früher zurückgekehrt war, als Überraschung? Die ganze Nacht würde er mir vor Augen stehen.

Cody ging in die Küche, knipste das kärgliche Licht an und blieb vor der Spüle stehen. Sie ließ Wasser aus dem Hahn in ein marmoriertes Glas laufen. Ich stellte mich hinter sie und schob mich dann noch dichter heran. Ich ließ die Hände an ihren Armen hinabgleiten und meine Daumen um die zarten Kapseln ihrer Handgelenke kreisen. Unter dem fließenden Wasser zitterten Codys um das Glas geklammerte Hände genauso wie meine. Sie setzte das Glas ab und wand sich in meine Arme herum. Nasse Finger im Nacken zogen mein Gesicht zu ihrem herab. Ihr Kuss, unsanft, sog mir die Luft aus dem Mund, und ihre Hände benässten mein Hemd an Schultern und Brust. Mit einem kurzen Ruck ihrer Arme war ihr Tanktop weg, und ich trat einen Schritt zurück, um endlich den freien Blick auf ihren tiefen Nabel und ihre Brüste und ihre sehnigen Schultern zu genießen. Sie musste doch wissen, wie das schummrige Licht in der Küche ihre Haut zur Bronze machte, und ich schloss daraus, dass sie sich mir als Belohnung für meine Geduld darbot, für die viele Zeit, die ich hilflos damit zugebracht hatte, sie mir nackt vorzustellen. Heute, viele Jahre später, weiß ich, dass ihr Verhalten überhaupt nicht mir und meinem verzweifelten Verlangen galt.

Manches von dem, was danach kam, verschwimmt, trotz meiner Bemühungen, jeden Augenblick in der Erinnerung festzuhalten. Ich wollte zugreifen und das Gewicht ihrer Brüste lange, lange in Händen halten. Ich wollte zu ihr trotz unserer Trunkenheit ernste Dinge sagen, die sie verstehen und freudig annehmen würde. In der kurzen mir vergönnten Frist berührte ich sie, durfte sie aber kaum richtig halten. Wir fummelten aneinander herum, zogen uns gegenseitig aus. Ich versuchte, sie in meine Arme zu ziehen, sie zu küssen, aber es war mehr ein Ringen. Sie stieß mich irgendwie Richtung Schlafzimmer.

Dort angelangt, küsste sie mich flüchtig, schob mich aufs Bett und wühlte erst in ihrem Nachttisch, dann im begehbaren Kleiderschrank. Sie wirkte genervt. Sie suchte Kondome, begriff ich, und wusste nicht, wo sie waren. Sie und Micah benutzten wahrscheinlich längst keine mehr.

Sie fand eines auf dem Boden des Kleiderschranks und kehrte ans Bett zurück. Mit fest verschlossenen Augen küsste sie mich, wieder eher unzart, und drückte mir das Kondom in die Hand. Es war in Papier statt in Plastik- oder Alufolie verpackt, und das Papier fühlte sich mürbe an, weich, die Ecken geknickt und stumpf. Cody behielt durchweg die Kontrolle, saß oben und entwand sich, wann immer ich ihre Taille packen wollte. Mit ihm lief das garantiert anders.

Wir waren schnell, zu schnell fertig. Ich setzte zu einer Entschuldigung an, hatte aber Angst, es könnten mir unbedachte Worte entschlüpfen. Sie würden herauspurzeln und all das benennen, was falsch war. Stattdessen konnte ich sie endlich halten. Wir lagen auf der Seite, ich mit einem besitzergreifenden Arm um ihre Taille, sie mit den kühlen Hinterbacken an meinem Schwanz. Ich sah wie durch ein zweites Paar Augen beglückende Traumvisionen, und doch konnte ich nicht sagen, was ich empfand. Keine Formulierung, die ich erwog, schien richtig, also hielt ich den Mund. Nach einer Weile dämmerte ich in dieser Stellung weg, bis ich ein Beben wahrnahm. Sie rückte von mir ab, fort aus der warmen Höhle, die ich mit meinem Körper für sie gebaut hatte. Ich begriff, dass sie weinte.

»Was ist? Was habe ich getan?« Die zweite Frage bereute ich sogleich.

»Bitte, geh jetzt«, sagte sie und zog die Unterlippe ein.

Die nächsten paar Minuten vergingen in einem Nebel: aufstehen, das Zimmer verlassen, gebückt meine Kleider einsammeln. Zumal ich im Dunkeln nach Dingen tasten musste, die eigentlich nicht da waren, nach Schatten. Voll bekleidet vor der Wohnungstür, wandte ich mich noch mal nach ihr um. Sie mochte mich nicht ansehen. Ihr Haar war platt gedrückt, sie trug eines von Micahs großen bunten T-Shirts.

»Bist du sicher?«, fragte ich und streckte die Hand aus.

»Ich muss noch packen«, sagte sie, und ich ließ die Hand sinken.

»Cody, ich verstehe nicht —«

»Du bist kein Freund«, sagte sie und schloss die Tür.

Die Meditation lief letzten Endes für mich recht gut. Es fühlte sich an, als könnte ich dem harschen mittäglichen

Augustlicht entkommen und in die dunkle Kühle eines Kinos treten. Als ich wieder zu mir kam, schien alles milder, weichgezeichnet, als liefe der Film weiter. Alles war etwas unscharf, entrückt, und ich empfand tief in der Brust Frieden. Lächelnd richteten sich die Frauen auf, und einige versammelten sich um den im Gras ruhenden Korb mit den Früchten. Ein paar besprachen die Details einer für das kommende Wochenende geplanten Demo gegen Polizeigewalt. Micah näherte sich mit erhobenen Brauen. In dem Augenblick glaubte ich, etwas an ihm zu verstehen. Anziehend an ihm war weniger er selbst als die gelungene Geschichte, zu der er die Vergangenheit machte. Er glaubte voll und ganz an sie, und er glaubte, auch wir würden im Glanz dieser Geschichte erstrahlen. Warum auch nicht?, dachte ich. Warum sollten wir das nicht nur zu gerne glauben wollen? Es war eine großzügige Geschichte, in der das Universum von eindeutiger Gestalt war und seine Bewegungen vor Bedeutung pulsierten. Alles – selbst die alltäglichen Dramen und sogar der Tod – ist Zeichen, und jedes Zeichen lässt sich lesen, und Sprache zürnt dir nicht. Natürlich wollte Cody ihn noch. Sie wollte in dieser Geschichte vorkommen, und das wollte ich auch. Was konnte ich ihr, was konnte ich mir selbst schon Vergleichbares bieten? Ich hatte doch lediglich ein Wirrwarr aus Kummer, ohne eine Sprache, die es zu ordnen vermochte.

Micah packte mich an den Schultern und schüttelte mich scherzhaft. »Peacig, oder?«, sagte er.

»Ehrlich gesagt, ja«, sagte ich. »Ich fühle mich ziemlich gut.«

Er musterte mich ernst, aus seinem Gesicht verschwanden die Falten. »Meditieren, Mann, das führt dich zur Wahrheit.« Er seufzte tief und nickte mit Nachdruck. »Ich muss mich zusammenreißen. Ich muss mich bessern.« Er lächelte jetzt wieder, und vorübergehend sah er weise aus. »Man kann nicht ewig nur Party machen. Sie ist eine Queen.«

Ich wusste, noch ehe Micah es sagte, dass ich ihm nie von mir und Cody erzählen würde. Und noch etwas wusste ich genau – dass ich mit ihm nach LaGuardia fahren und dass wir drei essen gehen würden, wieder vereint, wiederhergestellt. Was ich nicht wusste, war, dass dort im Wagen auf dem Weg zum Flughafen unklar sein würde, wer von uns beiden nervöser war. Ich hätte nicht gedacht, dass Micah überhaupt nervös werden konnte. Ich wusste nicht, wie überrascht Cody sein würde, mich auch dort zu sehen, wie peinlich und schrecklich es am Flughafen werden würde, wie ihr Blick ständig zwischen ihm und mir hin- und herfliegen würde. Ich wusste nicht, wie schrecklich es sein würde, von ihr ein schiefes Lächeln zu kriegen, den dürftigen Druck ihrer Lippen an der Wange. Ich wusste nicht, dass da nichts sein würde, gar nichts.

Ich wusste nicht, hatte gar nicht bemerkt, wie vergleichsweise wenig ich an diesem Tag überhaupt an Cody gedacht hatte. Ich hatte nicht an die Möglichkeit gedacht, dass wir im Restaurant allein sein würden. Ich hatte nicht darüber nachgedacht, was dann tatsächlich geschehen würde. Inzwischen ist so viel Zeit vergangen, dass ich mich selbst den mittleren Jahren nähere, und endlich verstehe ich, warum ich kaum an Cody gedacht hatte. Es war nie um sie gegangen.

Beim Essen würde sich Micah entschuldigen, um draußen einen Anruf entgegenzunehmen. Cody würde die Augen von den letzten Streifen Injera auf unserer gemeinsamen Platte losreißen und mich durchdringend kalt ansehen, wie um zu fragen: Was willst du hier noch? Mit einem Nicken würde sie den Schweigepakt bekräftigen, den wir unausgesprochen eingingen, aber es würde eine erbärmliche Geste sein.

Doch all das wusste ich noch nicht, als ich im Park stand und Micah grinste, auch nicht, dass dieses Essen für uns alle jeweils das letzte mit den anderen sein würde. Ich wusste in dem Moment bloß im Innersten, wie offen ich mich fühlte, wie erfüllt.

»Hey«, meinte Micah, »was habe ich gesagt mit den Honeys?«

Ich lachte. »Du hattest recht.«

Er deutete mit einer Kopfbewegung hin. »Da drüben, sieh dir die mal an. Ja, Mann, die zwei da. Sehen aus wie Zwillinge, oder? Sind sie aber nicht. Ich bin von der rechts schon gesegnet worden. Unfassbar, Blood, alle beide. Winzige Taillen, aber …« Er malte mit der Hand eine ausladende Kurve in die Luft. »Horn von Afrika!«, rief er. »Mir wird ganz anders.«

Was er von ihnen sagte, stimmte. Sie waren umwerfend, ihre Körper zum Niederknien.

»Ich muss mich benehmen«, sagte er. »Neues Leben, Reinkarnation. Aber ich will dem Homegirl noch eben Peace wünschen, damit du die Schwester klarmachen kannst.« Er drehte mir einen Fingerknöchel in den Arm. »Ich fädele das schon für dich ein. Na komm, King. Die ist doch was.«

Er hatte recht, das war sie. Und doch reizte sie mich überhaupt nicht. Ich ließ mich trotzdem vorstellen, nur so, um der Schönheit willen.

Als wir zu den Schwestern hinüberschlenderten, fragte Micah mich, ob ich ihn bei einer letzten Besorgung begleiten und zum Flughafen mitfahren wolle. Er sagte, wir würden »A Black Girl Named Cody« abholen und zusammen zum Äthiopier gehen, bei dem waren wir schon länger nicht gewesen. Ich sagte Ja. Er sagte: wie in alten Zeiten.

Wolf und Rhonda

Das Klassentreffen fand im Klubraum der Tavern on Bruckner statt, die genau genommen gar nicht auf dem Bruckner Boulevard lag. Knapp über den Köpfen von »St. Paul's Class of 1991« schwebten lila und weiße Ballons lose unter der niedrigen Decke. Der betagte Priester saß hilflos nickend in der Ecke und hob das müde Gesicht nur, wenn jemand ihn begrüßen kam. Aus den Wandboxen dudelten alte Rapsongs und Schnulzen, Musik aus ihrer Highschoolzeit vor zwanzig Jahren. Die weiße Cremetorte mit den aus Geleefrüchten geschnitzten Rosen war zwischen den Biskuitlagen mit fetter Ananassahne gefüllt. Das wusste Wolf genau. Das war bei den Klassentreffen immer so. Maritza Lopez, die Organisatorin, trug wieder ihr buntes Festkleid. Sie hatte alle bisherigen Treffen geplant und behandelte sie wie Reinszenierungen ihrer Quinceañera. Wolf bewunderte ihre Standhaftigkeit, die brachiale Entschlossenheit.

Die Tavern on Bruckner lag in Mott Haven unweit von St. Paul's mit der angrenzenden Pfarrschule. Vor Jahren hatten Wolf und seine Freunde, wenn sie dort nach Schulschluss lange genug herumhingen, in der Spielhalle oder im Zeitschriftenladen, öfter mal Lehrer von der Schule ertappt. Die huschten hinter der Kirche um die Ecke und hasteten die lange Straße hinab auf einen Nachmittagsdrink in die Bar. Die Jungs fanden es zum Brüllen komisch, sich die Lehrer als in den Alkohol getrieben vorzustellen, komisch, sich auszumalen, wie sie sich vergaßen, Frauen anbaggerten, fluchten, grölten und genau die Regeln brachen, die sie während des Schulalltags so strikt durchsetzten. Heute fand Wolf das weniger komisch.

Wie so viele katholische Schulen musste St. Paul's schließen. Im Juni würde man die letzten Abgänger feiern. Ehemalige des Jahrgangs '91 streiften das Thema und überlegten laut, ob sie heute wohl zum letzten Mal zusammenkamen. Obwohl Wolf niemandem von der St. Paul's nahestand, regte ihn die Schulschließung auf, während er zugleich fand, dass die Treffen weitergehen sollten, bis sie alle ins Grab sanken.

Im überhellen Klubraum stand er mit einem Quartett früherer Highschoolkumpel herum, die immer noch in der Bronx lebten. Alle hatten sie es zu etwas gebracht. Maritza war Mitinhaberin eines Schönheitssalons, Lizzie Barnes würde bald zur Büroleiterin aufsteigen, Chucho Hernandez und Duncan Wardell erklommen gerade bei demselben Unternehmen die Karriereleiter. Auf den jährlichen Klassentreffen wurden sie nicht müde zu betonen, wie glücklich sie ihre Eltern machten, sie wetteiferten sogar darum, wessen Eltern am stolzesten seien. Wolf war als Werbefachmann am weitesten gekommen, machte seinem Vater mit seinen Leistungen jedoch keine Freude.

Jetzt tranken sie alle miteinander einen, und seine ehemaligen Mitschüler redeten von den Zeitungsberichten über Fälle von Kindesmissbrauch durch Priester. Wolf hasste es, wenn Leute derart heiklen Fragen mit blanker Neugier begegneten, tratschten wie die ollen Götter oben auf ihrem Berggipfel. Als schützte sie der bescheidene Erfolg, den sie errungen hatten, vor aller Bedrängnis im Leben, als würde es sie nie kalt anwehen, nach ihnen nie eine eisige, aschweiße Hand greifen.

»Herrgott«, blaffte er. »Was geht euch das eigentlich an, verdammt?«

Sie machten große Augen. Auf ihren Gesichtern wurde aus Verwirrung Schock. Ein paar schielten zu Father Grancher hinüber.

Wolf schüttelte energisch den Kopf. »Nein, nein, nein«, sagte er. »Teufel, nein. Da war nichts.« Der alte Mann hatte ihm nie was getan. So war er nicht. So einfach war die Sache nicht. Wolf wechselte das Thema: »Was sagt ihr zu Sterling? Das treibt *mich* um.« Sterling war Football-Star, Profi, hatte nie ein Blatt vor den Mund genommen und war letzten Monat bei einem Autorennen tödlich verunglückt. Er war stets eine schillernde Figur gewesen.

»Schrecklich.«

»Furchtbar.«

»Eine Tragödie.«

Die Betroffenheitsbekundungen gingen weiter, aber Wolf spürte, es war bloß Gerede. Er selbst war besessen von dem Mann, der zum Lieblingssportler seines Vaters geworden war. Wolf fühlte sich manchmal Sterling empfindlich nah, mit seiner großen Klappe und seiner unersättlichen Gier nach Speed und Gefahr. Vorhin, auf Besuch bei seinem Vater, hatte er versucht, die Verbindung zu erklären. Der Big Man hatte nur gegrunzt und den Kopf geschüttelt.

»Der Bursche hätte der nächste Ali sein können«, sagte er und trank von seinem Bier. Wolf hatte er keins angeboten. »Du? Du verstehst davon nicht das Geringste.«

Wolfs alte Freunde machten mit ihrem Bullshit weiter, bestätigten – genauso wie die Meetings bei der Arbeit – seine heimliche Überzeugung, dass die Mehrzahl der Menschen in diesem Land strunzdumm war. Er lenkte sich ab, indem er Maritza Lopez musterte. An der Highschool war ihre Figur Richtmaß der sexuellen Fantasien der Jungs gewesen. Hübsch und kurvenreich und mit jeder Woche scheinbar reifer, versprach sie eine Zukunft endloser Lust. Selbst beim letzten Klassentreffen hatte ein entsprechend alkoholisierter Wolf sie noch so sehen können, als vor Jugend und Vitalität strotzend. Jetzt wirkte Maritza in ihrem Rüschenkleid lächerlich. Viel zu eng, presste es ihre Fettpolster vor wie Wachstumsringe eines Schildkrötenpanzers. Obwohl sie erst siebenunddreißig war, hatte sie bereits ein schauriges Hexengesicht. Noch erschreckender für Wolf und vielleicht Grund für alles andere war die seelische Malaise, die an ihr zehrte. Es war, als erlösche ganz langsam ein Licht. Es behagte ihm nicht, sie alle fünf Jahre ein bisschen mehr schwinden zu sehen, aber er respektierte es. Er verstand es. Hier ließ sich ganz gewöhnliches menschliches Leid nicht kaschieren. Wäre Maritza mit dem Leben nur ehrlicher gewesen, mit ihrer Seele so freizügig wie vor vielen Jahren mit ihrem Körper, hätte sie eine Verbündete sein können.

»Sieh mich nicht so an, Wolf.« Sie hob ihr Martiniglas vor das kokette Lächeln, das auf ihren dick geglossten Lippen bebte.

»Macht der Gewohnheit …«, murmelte er. Dabei wusste er gar nicht, wie er sie ansah, hatte keine Ahnung, was sein Gesicht machte. Früher hatte er gewusst, wie er

Frauen ansah, vor langer Zeit, vielleicht als es noch Mädchen waren.

Was er sicher wusste, war, dass er es noch immer genoss, Wolf genannt zu werden. In Winter Garden unten in Florida, wo er jetzt lebte, kinderlos und unverheiratet, war er schlicht Wilfred Jones. Dort sagten die Leute Will zu ihm, solider Name für einen soliden, solventen Mann. Als Junge war er seiner Unverfrorenheit wegen beliebt gewesen, der krassen Art, wie er sich als schwarz und männlich inszenierte – aber das war, bevor sich die Dinge zwischen ihm und seinem Vater änderten. Die Kluft vergrößerte sich, als er aufs College ging, und noch mal, als er nach Florida zog. Je mehr er sich mit Weißen umgab, ganz anderen Menschen als denen, mit denen er in Mott Haven aufgewachsen war, desto mehr fiel seine Selbstdarstellung mal zahm, mal überzogen aus. Er verlegte sich auf einen aufdringlichen Umgang mit Frauen, auf eine bewusst heruntergespielte Intelligenz und einen Hang, missliebige Ansichten für sich zu behalten. Er war beeindruckend, aber nie bedrohlich, und dafür wurde er belohnt. In der Regel war Wolf weniger die Verstellung bewusst als der Lohn, und je handfester die Vorteile – mehr Sex, mehr Connections, zunehmend bessere Jobs mit der Aussicht auf eine ziemlich lukrative Karriere –, desto stärker setzte er auf seine vorgetäuschte Ignoranz. Bald merkte er von der Verstellung kaum noch was. Er verspürte nur eine leise, subkutane Irritation, ein Jucken, an dem er kratzen, das er aber nicht loswerden konnte.

Der alte Spitzname half. Er war ein nicht unwesentlicher Teil des Vergnügens, nach New York raufzufliegen und in die South Bronx zurückzukehren: das Wort auf den Lippen derer sich bilden zu sehen, die ihn wahrhaft zu kennen schienen. Es zu vernehmen. Der Name rührte ursprünglich von seinen spitzen Milchzähnen her, und später in der Jugend nährte er sich von der gelebten Wildheit. Zu seiner großen Erleichterung blieb er hängen und ihm die ganzen Jahre an der St. Paul's hindurch erhalten. Sein Vater hatte ihm den Spitznamen verpasst, verwendete ihn aber nicht mehr.

Wolf reagierte auf den Namen noch immer instinktiv, rein körperlich: Sein Kopf reckte sich, die Muskeln um seine Ohren spannten sich, wenn dieser, sein wahrer Name fiel. Vor allem aber rief er ihm in Erinnerung, wie es war, nicht geschliffen, sondern vollendet zu sein, zur Gänze erfüllt von Kraft und Stolz. Wolf kannte den Spott der Leute über die, die vermeintlich zu früh ihren Zenit erreichten. Er lachte mit, aber es schmerzte. Der Schmerz galt dem, was sonst im Verborgenen blieb, dem Wissen, dass der Großteil der Spötter noch keinerlei Zenit erreicht hatte und der Großteil es wahrscheinlich nie würde. Ihnen würden nur in vollem Maß ihre Sehnsüchte bleiben. Während sie auf eine bessere Zukunft bauten und sich vergebliche Hoffnungen machten, hatte er die beste Version seiner selbst wenigstens schon mal verwirklicht. Er hatte sie gelebt, und ihm bliebe auf Erden noch reichlich Zeit, in der Erinnerung zu schwelgen. Die Klassentreffen festigten die Erinnerungen; alle fünf Jahre ließen sie ihn das besonders deutlich spüren, durch und durch, und als unwiderlegliche Tatsache genießen.

In der Regel nahm er einen frühen Flug, um Zeit mit seinem Vater zu haben, aber ganz gleich, ob er wieder eine Gehaltserhöhung oder Beförderung vorweisen konnte, nie freute sich der Big Man über seinen Besuch. Zum Ausgleich für die unvermeidlichen Enttäuschungen bezog Wolf zu Schulschluss gegenüber von St. Paul's Position. Dort wartete und beobachtete er, bis er tatsächlich Doppelgänger von Maritza und Chucho und Duncan und den anderen in seiner ehemaligen Klasse ausmachen konnte, aber nie einen zweiten Wolf. Das erleichterte ihn. Wolf war einzig und allein er und kein anderer. Wolf war sein wahres Ich.

Maritza, Lizzie und die Typen waren inzwischen bei der Ausbreitung der Sahara angelangt, redeten aber so abstrakt und belanglos, als wäre eigentlich weiter nichts. Das waren, angeblich, seine Freunde. Sie nannten sich so, und sie standen ihm in etwa so nah wie jeder flüchtige Bekannte in Winter Garden, also fast gar nicht. Während ihm seine Teilnahme an diesen Klassentreffen oberflächlich Kontakt erlaubte, war unter den einstigen Mitschülern keiner und keine, deren Leben ihn interessierte oder denen er traute. So jemanden hatte Wolf nicht.

Er kehrte ihnen den Rücken und ließ sich im Partylärm treiben. Er wiegte sich zur Musik, bis er sich behäbig und alt vorkam. Er taxierte die Körper der tanzenden Frauen und schüttelte Männern im Vorübergehen die Hand, grüßte sie, wie er es vor zwanzig Jahren getan hätte, damit sie es umgekehrt mit ihm so machten. Bald aber stand er isoliert im Gedränge und ließ den Blick von der Bar zur Cremetorte schweifen. Er zupfte einen Ballon an der Schnur herunter und patschte ihn mit aller Kraft weg. Der Ballon schoss eine Armeslänge vor und schwebte aufreizend langsam wieder unter die Decke. Er hielt Ausschau nach möglichen Gesprächspartnern und sah zu seiner Verwunderung Fat Rhonda sich durch die schmale, festlich dekorierte Tür zwängen.

Sie trug zu einem engen Kleid, das ihre opulenten Kurven betonte, einen weißen Gürtel. Als sie sich ein paarmal um die eigene Achse drehte, wie um ihr Outfit vorzuführen, glich sie einem hellgrünen, in der Sonne kullernden Apfel. Sie strich sich das zum Bob gestylte und kupfergesträhnte Haar glatt und sah sich gleichmütig um.

Sie war zu keinem der früheren Treffen erschienen. Wolf sah den Gesichtern, den ringsum vor Heiterkeit oder Ungläubigkeit offen stehenden Mündern an, dass auch an diesem Abend niemand mit ihr gerechnet hatte. Nicht, dass jemand Fat Rhonda hasste. Die kollektive Meidung damals an der Highschool hatte nur eben zusammengeschweißt. Das galt auch jetzt. Die gut sechzig Personen im länglichen Klubraum gruppierten sich neu, stupsten sich gegenseitig zurecht, richteten sich nach alten Gravitationsgesetzen neu aus. Wolf nahm auch bei sich eine Verschiebung wahr. Er starrte in ihre Richtung, während alle anderen sich absetzten und Rhonda, als sie Richtung Barkeeper stöckelte, den Weg frei machten. Der erste Eindruck war richtig gewesen: Fat Rhonda war noch fetter geworden. Er dachte zurück an den Tag, an dem er in der Kirche hinter ihr hergegangen war, sie beide allein zwischen Kirchenbänken.

Gut hatte der Tag damals vor zwanzig Jahren für Rhonda nicht angefangen. Sie hatte vor Sorge um ihre Mutter, um den bevorstehenden Termin beim Schuldirektor, um die gewaltige Frage ihres eigenen Lebens, nicht schlafen können, hatte sich unruhig im Bett gewälzt. Der Stoff ihres Nachthemds war steif und kratzig, und irgendwann hatte sie mit einem flauen Gefühl den Himmel hell werden sehen. Sie starrte hinaus auf die Nummer 325, die ein Spiegelbild der eigenen Nummer 315 war, dem Block, in dem sie mit ihrer Mutter im neunten Stock wohnte. Die Fenster der 325 tauchten hinter dem Basketballcourt auf wie Hunderte im Morgengrauen wissbegierig erwachende Augen. Es waren so viele, dass Rhonda sich von dem geballten Blick bedroht fühlte. Sie zog sich das Laken über den Kopf.

»Es ist ungerecht«, sagte sie, als ergäbe das, laut ausgesprochen statt nur gedacht, eine wirkliche Bitte mit der Kraft des Gebets. Sie war nicht katholisch, besuchte aber seit drei Jahren Messen in St. Paul's. Father Grancher hatte es ihr erlaubt. Er hatte ihr erklärt, warum Beten wichtig war und was ein *Amen* bedeutete. Wenn sie hinging, suchte sie gleich ihren Lieblingsplatz am Ende der Bank unter dem rot-weißen Buntglas-Christus auf. Dort sank sie direkt unter dem guten Hirten mit dem müden Blick auf die Kniebank. Sie flüsterte das apostolische Glaubensbekenntnis und dann ihr Lieblingsgebet »Act of Faith«. Anfangs galten ihre Gebete ihrem Körper, dem Wunsch, dünner und hellhäutiger zu sein. Sie wollte, dass ihre Mitschüler aufhörten, sie entweder zu hänseln oder zu ignorieren. Sie wollte die Aufmerksamkeit von Jungen wie Wilfred Jones. Doch letztes Jahr hatte sich die Sprache ihrer Mutter verändert, ihre Wörter waren plötzlich vernuschelt und schleppend. Sie brauchte im Bad immer länger, manchmal trübte sich ihr Blick, und sie bewegte sich ungelenk. Sie war wie eine Trinkerin, jemand, an dem Probleme klebten wie Körpergeruch. Da hatte Rhonda begonnen, Gebete für ihre Mutter zu sprechen, aber auch da flehte sie anfangs Gott und seinen Sohn bloß an, die Frau weniger peinlich zu machen. Vielleicht hatten die frühen den späteren Anrufen entgegengewirkt, in denen sie für die Gesundheit der Mutter betete. Vielleicht kamen all ihre früheren Gebete in die Waagschale, und das war jetzt die Strafe für ihre Selbstsucht.

»Es ist einfach ungerecht«, sagte Rhonda lauter. Die eigene Stimme, ihre Heftigkeit und Lautstärke erschreckten sie, sie bekreuzigte sich und murmelte als Gegenzauber ihren Act of Faith: *Herr, ich glaube an den einen Gott in den drei göttlichen Personen … ich glaube an Jesus Christus, dem Vater Seiner Gottheit nach gleich, Mensch geworden, für uns am Kreuze gestorben … ich glaube an die eine, heilige, katholische und apostolische Kirche und an das, was sie uns als von Gott geoffenbarte Wahrheit zu glauben vorlegt. Amen.*

Sie stand auf und schlich Richtung Dusche, aber ihre Mutter rief aus dem Bett nach ihr.

Rhonda betrat das Zimmer, blieb jedoch gleich an der Tür stehen. Um die Hand der Mutter war das Lederarmband geschlungen, das Rhondas Vater getragen hatte. Sie rieb es unbewusst zwischen ihren Fingern, gerbte das harte Flechtwerk. Er war ein guter Mann gewesen, aber warum musste ihre Mutter sich mit diesem ständigen Andenken weiter vergiften?

»Du wirst mich füttern müssen«, sagte ihre Mutter. »Du wirst mir die Zähne putzen müssen. Du wirst mich baden müssen.« Es war die Fortsetzung dessen, was sie gestern Abend bei Tisch gesagt hatte, als wäre zwischendurch gar keine Zeit vergangen. Rhonda wurden weitere

Pflichten aufgeladen, nun, da ihr Traum – ans College aufzubrechen und ein neues, ihr wahres Leben zu beginnen – auf Eis gelegt, wenn nicht ganz ausgeträumt war. Die Litanei ging weiter: »Wenn ich falle, wirst du mich aufheben müssen. Wenn ich nicht mehr sprechen kann, wirst du mein Mund sein müssen.«

Ihre Mutter sprach langsam, musste um manche Wörter ringen. Mehrere Kissen brachten ihren Kopf auf nahezu fünfundvierzig Grad, wie es der Arzt empfohlen hatte. Obwohl erst Mai war, noch lange kein Sommer, blies ihr ein kleiner Ventilator durch das staubflockige Gitter Luft ins schlaffe Gesicht.

»Jetzt, wo ich die Trophäe hab«, sagte sie, »brauch ich deine Hilfe.«

Ihre Mutter war nicht blöd; sie wusste genau, dass das Wort für ihren Zustand *Atrophie* war, aber sie hatte schon immer einen rabenschwarzen Humor besessen.

»Ma, ich muss los. Ich komm sonst zu spät.«

»Und ich muss wissen, ob ich auf dich zählen kann, Rhonda.«

»Hab ich doch gestern schon gesagt.«

»Das war ja so nicht vorgesehen. Und es tut mir leid«, sagte ihre Mutter. »Aber ich muss wissen, ob auf dich Verlass ist.«

Rhonda wich einen Schritt zurück. »Du reibst mir ständig unter die Nase, dass du mir das Leben geschenkt hast«, sagte sie, »da kannst du es dir auch zurückholen.«

Fat Rhonda hatte zwar zugelegt, aber ihr Körper war fester, nicht der unförmige Kloß von früher. Wolf hatte sie seit dem letzten gemeinsamen Schuljahr nicht mehr gesehen. Damals hatte sie natürlich die von der St. Paul's für Mädchen vorgeschriebene Uniform getragen, zu der ein karierter Faltenrock gehörte. Gegen Jahresende, als das Verhältnis zu seinem Vater schon richtig schlecht wurde, hatte Wolf begonnen, von ihrem Rock als Zirkuszelt zu reden, weil der so weit war. Im Licht seiner Manege, höhnte er, tummelten sich Akrobaten, stolperten Clowns, marschierten stinkende Elefanten. Es gäbe da drinnen auch Naschwerk, beteuerte er seinen Freunden, Erdnüsse und Popcorn in den Dellen ihrer Schenkel. Wolf begnügte sich nicht mehr mit Widerworten gegen Lehrer. Er setzte sich inzwischen über andere Schulregeln hinweg und machte mit Mädchen, was ihm nur einfiel. Um seinen Ruf zu festigen, erzählte er jedem, der es hören wollte, er würde den Kopf unter Fat Rhondas Zelt stecken und sich mal umsehen. In Wirklichkeit tat er viel mehr.

»Ich fass es nicht«, sagte Maritza. »Krass, dass die hier aufschlägt.« In ihrer Stimme mischte sich Empörung mit Schadenfreude. »Und wie die aussieht!«

Angestrengt blinzelnd, versuchte Wolf, Maritza in die Seele zu sehen. Es ahnte zwar niemand, aber er hätte zu gerne an die Seele geglaubt.

»Was denn? Ist doch wahr. Sieht doch scheiße aus.«

»*Du* siehst scheiße aus«, erwiderte Wolf. »Wir sehen alle scheiße aus.«

Maritza und Lizzie taten beleidigt, Chucho und Duncan nahmen es gelassen. Lizzies Lippen spitzten sich zur Erwiderung.

Es tat Wolf nicht leid. Er hätte sie alle mühelos zum Gegenstand einer Präsentation machen können, wie er sie oft für Klienten durchführte. Mit dem Laserpointer, mit dem er sonst Werbekampagnen auf simple Sätze herunterbrach, würde er einen Ex-Mitschüler nach dem anderen anvisieren und auf ihre jeweiligen neuen Makel weisen: den Wanst, das stumpfe, überstrapazierte Haar und so weiter. Doch anders als in der Agentur, wo ihm die Dinge zuflogen, wo er Souveränität vortäuschen konnte, würde er hier nicht demonstrieren können, was er meinte. Hätte er einen genügend großen Laserpointer, einen genügend breiten Lichtstrahl, würde er selbst hineintreten, mit offenen Augen.

Um die Spannung zu lösen, sorgte Duncan für einen Themenwechsel. »Yo, Wolf«, sagte er. »Weißt du noch, wie du's Fat Rhonda im Treppenhaus besorgt hast?«

»Falsch«, sagte Chucho. »Er hats ihr in der Kirche besorgt. Das weiß doch jeder.«

Als Duncan das mit einem erhobenen Glas quittierte, sah Wolf noch einmal zu Fat Rhonda hin. Sie stand am anderen Ende des Klubraums neben der Torte. Sie hielt in jeder Hand einen pinkfarbenen Cocktail, nippte abwechselnd und wiegte sich zur Musik. Die Umstehenden ignorierten sie entweder oder schielten hin und tuschelten. Alles wie gehabt.

Chucho hatte recht, und die Wahrheit laut herausposaunt zu hören, war für Wolf wie der Klang seines Nom de guerre. Er fühlte sich neu angefacht. Sex in der Kirche, ausgerechnet mit Fat Rhonda, war der letzte Schuss Öl auf ein Feuer, das bald schon erlöschen sollte. Während ihr ohnehin schlechter Ruf in der Folge weiter gelitten hatte, hatte ihn die Sache auf den Gipfel des Ruhms katapultiert. Der Junge, dem alles zuzutrauen war, hatte sich getraut, doch Wolf hatte nie ein Sterbenswort darüber gesagt. Er hatte zwar vorgehabt, es überall herumzuerzählen, es sich aber anders überlegt. Das, was dort wirklich vorgefallen war, hätte er nicht vermitteln können, und er hatte nicht lügen wollen. Es war Fat Rhonda gewesen, die es ausposaunt hatte.

»Weißt du, was du tun solltest?«, prustete Duncan. Er konnte vor Lachen kaum reden. »Weißt du, was du tun solltest?«

»Ha!«, meinte Chucho grinsend. »Das wagst du nicht. Das möcht ich sehen.«

Wolf nahm einen großen Schluck Bier. Er verstand. Auch ohne Worte. Nichts ahnend hatten sie den Keim der Idee aufgespürt, die in ihm reifte.

»Was sonst hat sie hier zu suchen?«, meinte Dunk. »Ist ein Wink des Schicksals, Mann.«

Die beiden Frauen schüttelten feixend den Kopf.

»Es müsste genauso laufen wie damals«, sagte Chucho. »Ganz genauso wie damals.«

Als sie an dem Morgen vor Jahren geduscht und angezogen war, hatte Rhonda ihrer Mutter das Frühstück und ein Mittagessen hingestellt, ein Klacks im Vergleich zu dem, was noch kommen würde: dafür sorgen, dass ihre Diät genügend Salz und Ballaststoffe enthielt, Medikamente und Termine verwalten, Räume kühl halten. Mitten in der Nacht aufstehen, um ihren Atem und den unregelmäßigen Herzschlag zu kontrollieren. Ihre schwindende, stockende Sprache lernen. Nicht nur ihr Mund, sondern auch ihr Augenlicht zu werden. Und wozu? Der Arzt sagte, ihre Mutter hätte vier Jahre, maximal fünf oder sechs. Wut und Verzweiflung lagen bei Rhonda im Widerstreit. Sie sagte sich, das sei keine angemessene Reaktion, aber es nützte nichts. Ihr war, als sei *ihr* Leben zu Ende. Sie hatte doch alles richtig gemacht, hatte hervorragende Noten, sie legte sich mit denen, die sie hänselten, nicht mehr so an wie in der Mittelstufe. Sie hatte Zusagen von Colleges im eigenen Bundesstaat, in Maryland und in Georgia. Sie hatte sich Tag für Tag betend in die Kirche gekniet, aber der gute Hirte blickte geradezu hämisch auf sie herab, taub für ihre gemurmelten Bitten.

Nein, so durfte sie nicht denken. Ihr wurde eben eine Prüfung auferlegt. Heute würde sie dem Direktor erklären müssen, warum mehrere Monate keine Schulgebühren mehr gezahlt worden waren und auch die Abschlussgebühr noch ausstand. Sie würde an diesem Morgen einen festen Glauben brauchen, einen ungebrochenen, von der Not allenfalls gestählten.

Auf dem Weg zu St. Paul's kam sie wie üblich an dem gedrungenen Bau der Wohnungsverwaltung vorbei. Das weiße Schild draußen hieß einen in der Großbausiedlung Patterson Houses willkommen, einer »wunderbaren Gemeinschaft«, und verkündete darunter in etwas kleineren grünen Buchstaben NEW YORK CITY HOUSING AUTHORITY. Der Text war mit einer Impression der Hochhäuser unterlegt, einer gespenstischen grünen Silhouette, bei der Rhonda an die militärischen Nachtsichtbilder in Kinofilmen denken musste. Sie hasste das Schild und wie es die Anwohner mit einer Lüge verhöhnte. Sie fühlte sich verspottet. Sie hasste besonders das Wort *Authority*. Auf Knien in der Kirche mühte sie sich, an das zu glauben, was Father Grancher die »höchste Autorität« nannte. Sie mühte sich, ihre inständigsten Wünsche von der grünen Silhouette zu befreien, deren lange Schatten im Weg lagen.

Du bist der eine Gott in den vielen Autoritäten, zukünftig zu richten die Lebenden und die Toten ... Rhonda dachte es, verscheuchte aber den Gedanken. Sie zögerte den Abfall vom Glauben hinaus, indem sie sich sagte, es sei gut, das Auge Gottes auf sich zu wissen und das Auge seines Mensch gewordenen, in seiner Göttlichkeit dem Vater nicht nachstehenden Sohnes.

An der Ecke lehnte Kitty Towns an einem Telegrafenmast und frühstückte ihre Zigaretten. Kitty war gut vierzig, jünger als Rhondas Mutter, aber auf immer gebeugt, den Blick in ihren eigenen Abgrund gerichtet. Sie wirkte auf Rhonda, als würde sie sich jeden Moment in Luft auflösen. Kitty wohnte mit ihren noch lebenden Kindern nebenan, vier Jungen und zwei Mädchen. Rhonda mochte die Kids. Sie waren freundlich und wohlerzogen, heftig geliebt von der Mutter, die sie jahrelang im Suff oder aus Liebeskummer – durch die dünnen Wände unüberhörbar – angebrüllt hatte: »Ihr seid auch nicht besser als ich! Ihr seid nichts, null, versteht ihr, aus euch wird nie was!« Ehe Rhonda die Straße überquerte, zuckten Kittys Augen hoch, und sie winkte. Rhonda hielt gegen den Mentholgestank den Atem an und hoffte, dass Kitty sie nicht um Geld anhauen würde.

Würde er Kitty kennen, würde Father Grancher auch ihr was von der Kraft des Gebets erzählen. Er würde ihr sagen, sie solle sich niederknien, sie sei niedrig, aber nicht niedrig genug. Als Rhonda am verrammelten Justo Botanica und der mageren getigerten Katze vorbeikam, die sich im Eingang zu Benny's Kiosk-Shop putzte, dachte sie über Father Granchers zerfurchte Stirn und die fedrigen Augenbrauen nach, seine spitze Nase und den schmallippigen gelben Mund. In seiner Kutte und mit einem Haarkranz wie Raureif hatte er sie früher an Bilder der alten Griechen erinnert, einen alten Philosophen oder anderen weißen Mann von großer Weisheit und Wirkmacht. Jetzt, in Momenten des Zweifels, sah sie sein Gesicht schlicht als das eines Lügners. Er hatte gesagt, Rhondas Gebete zählten, auch wenn sie nicht getauft sei, auch wenn ihre Familie AME sei und sie die St. Paul's nur besuchte, um nicht auf die öffentliche Schule zu müssen. Als sie ihm vor Monaten anvertraut hatte, dass ihre Mutter mit den Gebühren im Verzug war, hatte er lächelnd gemeint, auch das sei ein Gebet wert. Er meinte, der einzige Preis, den Christen zu entrichten hätten, sei der Verzicht auf Gewohnheiten und Lüste, die nicht dem Willen Gottes entsprächen. Ja, wollte denn Gott, dass Rhonda in dem immer länger werdenden Schatten stecken blieb, in dem sie ihr Lebtag schon saß? Wollte denn Gott ihre Mutter sterben sehen?

Die graue Stein- und Backsteinfassade der Kirche sah kalt genug aus, einem Frostbrand zu verpassen. Die Frühjahrssonne berührte sie nicht. Rhonda wurde erneut flau im Magen, als sie daran vorbeiging. Die rote Backsteinschule war direkt daneben. Schüler, größtenteils Jungen, lungerten draußen herum, standen am Fuß der Vortreppe oder hockten auf dem Eisengeländer. Wilfred Jones und Ignacio Hernandez grapschten nach dem Saum von Liz Barnes' Rock – als hätte sie den Taillenbund nicht schon oft genug umgeschlagen. Wilfred, der neuerdings schrecklich war, verstellte Rhonda, als sie durchschlupfen wollte, den Weg. Sein Mund dehnte sich zu einem Grinsen, entblößte vor dunkelbrauner Haut weiß blitzende Zähne.

»Und was trägst *du* drunter, hä?«, sagte er. Ignacio und Duncan Wardell johlten, als wäre das der Witz des Jahrhunderts. »Ich hab nichts gegen Fettmöpse, weißt du«, sagte Wilfred. »Nichts gegen dicke Möpse.«

Rhonda drückte sich an ihm vorbei und stieg die Treppe hoch. Trotzdem spürte sie ihn noch, und als sie sich umdrehte, war er direkt hinter ihr, sein Kopf auf der Höhe ihrer Oberschenkel. Er schnupperte an ihr und meinte: »Mmh, Fickspeck. Steh ich drauf.«

Er sagte noch andere schlimme Dinge, aber Rhonda reagierte nicht. Selbst jetzt, wo sie in Gedanken bei ihrer Mutter und dem bevorstehenden Termin war, ärgerte sie, dass seine Aufmerksamkeit sie bei allem Abscheu auch erregte. Wilfred sah von allen Jungen in der Klasse am besten aus, war groß und hatte ein breites, wohlgeformtes Gesicht. Er hatte schon Muskeln, und bei ihm saß die Uniform schön stramm. Vor allem ließ er sich von den Lehrern nichts gefallen – oder so war es jedenfalls mal gewesen. Neuerdings trumpfte er eher auf die übliche blöde Art auf. Trotzdem, er ließ sie nicht kalt. Das hatte sie zwar mit einem Großteil der anderen Mädchen gemein, machte sie aber nicht zu einer von denen.

Wilfred klebte an ihr, bis sie das Portal erreicht hatte, dann war sie ihn los, nicht aber den Aufruhr, in den seine Worte sie versetzten. Kurz vor dem Büro des Direktors begann sie, leise zu beten. Sie betete gegen das unerklärliche Gefühl an, das dieser hübsche, draufgängerische Junge in ihr weckte. Doch sie behielt auch ihr modifiziertes Gebet im Sinn, die Möglichkeit, dass Father Grancher ein Lügner war, die Möglichkeit, dass Gott und der Sohn kaum anders waren als das Schild der New York City Housing Authority, kaum anders als Kitty, wenn sie im Suff ihre Kinder anbrüllte.

Wolf herrschte Chucho und Duncan wegen des blöden Gewiehers an. Er leerte sein Bierglas und drückte es jemandem in die Hand. Als er einen Schritt auf Fat Rhonda zumachte, packte ihn jemand an der Schulter.

»Hey, Mann«, sagte Chucho. »War ja nur Spaß.«

»Pfoten weg«, sagte Wolf.

»War doch nicht ernst gemeint, oder?«, sagte Chucho zu Duncan.

»Ach was, Mann, nur Bullshit.«

Wolf schüttelte Chucho ab, zupfte sein Jackett zurecht, strafte sie alle, auch Maritza und Lizzie, mit einem kühlen Blick. Sie schnallten gar nichts. Von wegen Bullshit.

Als er sich Fat Rhonda näherte, gellte das durchdringende Pfeifen eines Mikrofons durch den Raum. Alle sahen hoch, schüttelten den Kopf und zischelten wie früher bei den morgendlichen Versammlungen. Wolf schob sich näher an Fat Rhonda heran und sah, dass Father Grancher, der sich mithilfe eines Lehrers aufgerichtet hatte, zu einer Rede ansetzte. In für ihn typisch gemessenen, staubtrockenen Sätzen ließ Grancher sich weitschweifig über die Gründung der Kirche aus. Frühe Gemeindemitglieder hätten sie als »Kathedrale der Bronx« bezeichnet. Er skizzierte die Restaurierung des Pfarrhauses und Kirchturms in den 1890ern und die anschließende Einrichtung der damaligen Grundschule. Während Grancher mit der Geschichte St. Paul's kein Ende fand, warf

Wolf Fat Rhonda einen Blick zu, aber sie beachtete ihn nicht. Er sog den stickigen Duft ihres Parfüms ein, und in dem überklimatisierten Raum wärmte ihn die Hitze ihres Körpers. Grancher schloss mit den Worten: »Vergesst niemals die Kraft des Gebets.« Er forderte alle auf, in sich zu gehen, und stutzte, unfähig, sich zu erinnern, wofür sie beten sollten. Das offenbarte, wie sehr der Pater geistig und körperlich abbaute. Die Versammelten schlossen die Augen und senkten den Blick, Fat Rhonda hingegen trank abwechselnd von ihren Cocktails.

»Ich bin mal wieder in der Stadt«, sagte Wolf zu ihr. »Du erinnerst dich bestimmt an mich …« Er achtete darauf, es nicht als Frage zu formulieren. So hätte es Sterling gemacht, sagte er sich.

»Ach ja?« In ihren Gläsern dümpelten Fruchtfleischfasern. Sie betrachtete sie gebannt, als umschlösse jedes Glas seine eigene Galaxie.

Betrunken, dachte er. Oder der Schmach wegen peinlich berührt, selbst nach so vielen Jahren und obwohl sie diejenige gewesen war, die es herumerzählt hatte. Schmach war eine alte Wunde, an die Wolf zu rühren verstand.

»Zwanzig unfassbare Jahre«, sagte er, »dabei kommt es mir vor wie letzte Woche. Nicht mal. Wie gestern.«

Fat Rhonda riss den Kopf hoch und sah ihm in die Augen. Ihr rundes Gesicht war nur leicht gepudert, und darunter sah man gar keine Poren. Ihre Haut, so tiefbraun wie seine, wirkte taufrisch. »Was hast du denn für ein *Leben* gehabt?«, sagte sie.

Wolf drohte ihr neckisch mit dem Finger. »Was machst du denn hier?«, sagte er. »Ziemliche Überraschung.«

Überstürzt leerte sie eines ihrer Gläser und stellte es auf dem Tortentisch ab. Sie hielt den ausgestreckten Arm vor sich hin, formte mit der freien Hand eine Schusswaffe und zielte im Saal hierhin und dorthin. »Von Cops erschossen«, sagte sie. »Peng!« Sie riss die Hand hoch, klappte den Daumen ab und deutete so Schüsse an, die sie auf wechselnde Ziele abgab. »Vom Freund erwürgt. Peng! Von einem Vetter erstochen. Peng! Im Krieg von einer Bombe zerfetzt. Peng! Bluthochdruck. Herzkrank. Krebs. Peng! Flugzeugabsturz. Autounfall. Gebrochener Hals. Gebrochenes Herz.« Zufrieden pustete sie über ihre Fingerkuppe und ließ die Waffe dann durchs Öffnen der Hand auf eine Art verschwinden, zu der nur das *Abrakadabra* fehlte. »Weißt du, was wirklich überraschend ist? Dass so viele da sind«, sagte sie. »Jahrgang neunzehnhundert sonst was: Getto-Glückskinder im Land der mysteriösen Möglichkeiten.«

Wolf gluckste. »Das erste wahre Wort des Tages«, sagte er und fügte hinzu: »Das erste wahre Wort seit Langem.«

»Gibt zu denken. Wahrscheinlich jagen sie den ganzen Laden in die Luft, wie sie es – wo war es noch? Philadelphia? Überall anders? – getan haben.«

Wolf deutete nach oben. »Zielscheibe ist schon auf dem Dach.«

»Du sagst es.«

»Countdown läuft.«

»Dann sollten wir schauen, dass wir wegkommen«, sagte sie. »Uns in Sicherheit bringen.« Ihre Miene hellte sich zum ersten Mal auf.

Wolf grinste. Sie war also kein bisschen peinlich berührt. Sie war immer noch dieselbe Person, die das mit ihm rumgetratscht hatte. Diese Person wollte er gern kennenlernen. »Echt jetzt?«, sagte er. »Einfach so?«

Sie legte den Kopf in den Nacken und leerte ihr zweites Cocktailglas in langen, lasziven Zügen. »Echt jetzt«, sagte sie lachend. »Man ist nirgends sicher. Und genau da müssen wir hin.«

So einfach würde es also sein. Wolf umschloss ihre Hände mit seinen, nahm ihr das leere Glas ab und stellte es beiseite. Sie gingen an seiner alten Crew vorbei, er zeigte ihnen den Stinkefinger. Im Klubraum wurde es bei ihrem Abzug stiller.

Wolf gluckste. »Man beobachtet uns.«

»Uns?«, sagte Fat Rhonda. »Man beobachtet *mich*. Star des Abends. Ich bin die Ballkönigin.«

Er folgte ihr durch den nächsten Raum, die eigentliche Bar, gebannt vom Wackeln und Wogen ihres Arschs in dem grünen Kleid. Er hatte in den letzten Jahren ein Faible für vollschlanke Frauen entwickelt, wurde ihm klar, aber klar war auch, dass keine ihn je hatte befriedigen können.

Seltsam, aber Fat Rhonda hatte absolut recht. Sie *war* die Ballkönigin, die Hauptattraktion. Und noch etwas ging Wolf auf: dass er, wenn er nach einer neuerlichen Abfuhr durch seinen Vater bei Schulschluss an der St. Paul's nach einem zweiten Wolf spähte, auch nie eine zweite Fat Rhonda gesehen hatte.

Draußen war längst Abend. Die Luft war feucht, der Himmel sonderbar grün. Sie näherten sich der Willis Avenue, an der Ecke hing wenig überzeugend das öde Schild eines Zahnarztes. An der Straße zog sich Richtung Alexander Avenue eine Reihe verstaubter Läden hin, andere als damals: eine Drogerie, ein mexikanisches Restaurant, ein 99-Cent-Laden, eine Pizzeria, ein Lebensmittelgeschäft mit halb defektem Logo. Kinder mit ruhelosen Gesichtern flitzten vorbei. Wolf fragte sich, wo sie hinwollten. Hinter der Bushaltestelle, dort, wo früher die Spielhalle gewesen war, gab es einen Laden, der Mobiltelefone verkaufte. Er war zu, und das allem Anschein nach schon lange.

»Wohin also?«, fragte Fat Rhonda.

Wolf spielte mit. »Offenbar nicht zu dir.«

»Bei mir ist hier und da«, sagte sie. »Muss den Bomben ausweichen.«

Er grinste und rieb sich das Kinn.

»Ich wüsste da was«, sagte sie. »Ist aber nichts Besonderes.«

»Nicht nötig. Ich hab da eine Idee.«

»Honey, hüte dich vor zu vielen Ideen. Die machen dich fertig.«

»Ist bloß eine«, sagte er. »Aber die ist nicht schlecht. Eher gut.«

»Manchmal«, sagte sie, »gönne ich mir einen schwachen Moment und tue so, als würde ich den Unterschied noch kennen.«

»Es ist eine gute Idee.«

Sie sah ihn von oben bis unten an, bewunderte die Qualität seines Anzugs. »Lass mich raten. Wir können zu dir gehen, in ein feines Hotel in Manhattan.«

»Falsch«, sagte er. »Wann warst du zuletzt in der Kirche?«

»Ah.« Sie nestelte an ihrem Kleid, plötzlich auf ihr Äußeres bedacht. Ein Wagen brauste mit offenen Fenstern und wummernder Bachata-Musik vorbei.

»Na, was sagst du?« Er zeigte mit dem Kinn Richtung Alexander Avenue, wo an der Ecke St. Paul's aufragte.

Sie blinzelte die Kirche an, bevor sie sprach. »Du glaubst, *dort* wäre man in Sicherheit?«

Wolf holte tief Luft. Langsam nervte ihn das Hickhack. »Lass den Scheiß«, sagte er. »Treibst du bloß Spielchen?«

Nach längerem Schweigen setzte sich Fat Rhonda Richtung Kirche in Bewegung, marschierte ohne ein Wort los. Wolf folgte ihr willig, aber im Gefühl, sie könnte ihn sonst wohin führen.

Der Schultag war noch nicht rum, doch Rhonda war nicht zum Unterricht erschienen. Sie hatte beschlossen, Geschichte zu schwänzen. Die grünen Marmorsäulen der Kirche kamen ihr grell und fremd vor, und die vielen Goldtafeln und -schnörkel stachen ins Auge. Auch die Orgelpfeifen auf der Empore über dem Hauptportal zu beiden Seiten der Buntglasfenster wirkten goldüberladen. Selbst die gleichförmigen Reihen der Holzbänke glühten feurig. Rhonda war bisher nie aufgefallen, wie geschmacklos der Ort war. Als würde von sämtlichen Flächen im Innern ein Schleier gezogen, und sie sähe ihn jetzt, wo niemand hier sein sollte, zum ersten Mal, wie er wirklich war.

Bis auf ein gelegentliches Geräusch – wie ein trampeliger Schritt oder ein fallen gelassener fester Gegenstand – war es still. Sie stand vorn, dort, wo Father Grancher stand, wenn er den Gläubigen die Hostien in die Hände oder auf die Zunge gab. Da sie nicht katholisch war, musste Rhonda in der Messe ihre dicken Beine wegdrehen, um andere zur Eucharistie in den Mittelgang zu lassen. Die guckten böse oder schnaubten, weil sie sich trotzdem vorbeizwängen mussten. Die Schulmesse war für sie immer rätselhaft und frustrierend gewesen. Einerseits musste sie anwesend sein, andererseits blieben ihr die Mysterien verschlossen. Es gefiel ihr, wenn Father Grancher an den Ketten das Weihrauchfass schwenkte und den wohlriechenden Rauch über die Bänke hinaustrieb. Sie roch auch jetzt schwache Spuren davon, eine Restsüße, atmete aber etwas, was sie überhaupt nicht verstand. Auch die Vorstellung von Sakramenten hatte sie angesprochen, aber teilhaben durfte sie nie.

Das Gespräch mit dem Direktor war nicht gut verlaufen. Ohne Entrichtung der Gebühren würde Rhonda keinen Abschluss machen können. Den ganzen Vormittag lang hatte sie während des Unterrichts Schuld zugewiesen. Den latenten Glauben ihrer Mutter verantwortlich gemacht, der gar nicht »Glaube« zu nennen war. Ihre Erwartung, dass auch Rhonda, letztlich, ohne Glauben leben werde. Die Lügen Father Granchers, der sie hatte glauben lassen, ihre Gebete wären mehr als nutzloses Knien und Betteln. Die Schule selbst: den Direktor, der ihr verriet, dass sie als Härtefall ohnehin schon einen verringerten Satz zahlte und mehr eben nicht drin war. Jetzt würde sogar die Weihe eines Abschlusses verschoben, wenn nicht gar verweigert werden. Rhonda käme nicht einmal in den Genuss der Zeremonie. Sie gab ihnen allen die Schuld, und sich selbst warf sie vor, sich zum Nichts, zum Niemand gemacht haben zu lassen: Nicht-Katholikin an einer katholischen Schule, die in einer katholischen Kirche zu einem katholischen Gott für Menschen und um Dinge betete, die ihn null interessierten.

Ein weiteres Geräusch, das vierte oder fünfte seit ihrem Eintreten, schreckte sie auf. Als sie zur Seite schaute, stand Wilfred in der Tür zu dem Gang, der durchs Pfarrhaus führte und Schule und Kirche miteinander verband. Grinsend baute Wilfred sich vor ihr auf. Er sah kurz zum Tabernakel hin, dann hinauf zum Gemälde des letzten Abendmahls. Er rieb ein Stück Altartuch zwischen den Fingern, legte seine große Hand auf den Tisch des Herrn und klopfte ein paarmal darauf.

»Wir sollten es direkt hier tun«, sagte er.

Auch Wilfred blieb in der Messe stets sitzen, wenn andere aufstanden und zur Kommunion gingen. Er war auch nicht katholisch. Aus irgendeinem Grund war Rhonda die Parallele wichtig. Sie hatte sie bewogen, Wilfred anzuhören, statt ihn einfach stehenzulassen, als er in der Schulbücherei zu ihr gekommen war und ihr weitere schlimme Dinge vorgeschlagen hatte, ihr ins Ohr geflüstert hatte, dass er sie im hinteren Treppenhaus oder auf der Jungentoilette im dritten Stock ficken wollte. Sie hatte sie bewogen, ihn Wolf zu nennen, was sie noch nie getan hatte, und ihm zu sagen, sie sollten sich stattdessen hier treffen.

»Nein«, sagte sie jetzt zu ihm, »ich weiß, wo.«

Grelles Licht strömte durch die Buntglasfenster, als ziehe die Sonne um sie einen Feuerkreis. Sie gingen den Mittelgang hinab.

»Du brauchst keine Angst zu haben, dass um die Zeit jemand hereinplatzt«, sagte Wilfred. Das wusste er von seinem Freund Juan, der Ministrant war.

»Ich hab keine Angst«, sagte Rhonda. Sie bog ab und schob ihren Körper ins schillernde Licht der Bank unter dem Fenster des guten Hirten.

»Hier?« Wilfred gluckste. Er stand hinter ihr, sehr dicht. Sie wandte sich kurz um und sah ihn zum Fenster hochschauen. Im Geiste sprach sie die Worte ihres verfremdeten Gebets: *Du bist der eine Gott in den vielen Autoritäten, zukünftig zu richten die Lebenden und die Toten …*

»Willst du, dass ich dich küsse oder so?«, sagte er.

Die Falten des rot-weißen Gewands des Hirten waren schwarze Balken, sein linker Arm mit dem Stab ragte aus einer tiefen Dunkelheit hervor. Auf seinem anderen Arm hatte das kleine blitzweiße Lamm das lange Gesicht eines beleidigten Kindes.

»Ich weiß, dass du das nicht willst«, sagte sie.

Als Wilfreds Hände die Knöpfe an ihrer Bluse lösten und ihre Brüste hastig aus den BH-Körbchen holten, war sie bezaubert von dem Hintergrund, der ihr bislang gar nicht aufgefallen war. *Ich habe diese wie alle anderen Lügen geglaubt …* Die Landschaft und der Himmel waren in welligen Partien gestaltet. Es war schwer zu sagen, wo das Land aufhörte und der Himmel begann, und die Vielfalt der Farben – Pink, Messing, Königsblau, Rosen- und Karminrot, Aquamarin – ließ Rhonda an einen wild wütenden Sturm denken.

Wilfreds Hände packten und begrapschten die Speckrollen ihres Bauchs, während sie den Lichtkranz um den Kopf des Hirten musterte. Er drückte eine Hand gegen ihren Rücken, und da lehnte sie sich mehr zum Fenster hin, die Ellbogen aufgestützt auf die Banklehnen. Sie sah, dass winzige Perlen den gesamten Heiligenschein des Hirten säumten. Seine Haut war weiß, fast so weiß wie die Wolle des Lamms, aber es waren die Augen, die sie besonders fesselten. Während Wilfreds Hände unter ihrem Rock fummelten, dachte Rhonda an ihre Mutter und an Father Grancher. *Deine Autorität täuscht und muss getäuscht werden* … Sie beugte sich noch stärker vor und suchte die Augen des Hirten unter den müden Lidern, hoffte auf ein wahres und himmelschreiendes und scharfes Gefühl, stärker als alles, was sie bei ihren alten Gebeten gefühlt oder hatte vermitteln können, etwas, was die niedergeschlagenen Augen des Hirten nicht ignorieren könnten.

Noch bevor Wolf nach der schmiedeeisernen Klinke griff, wusste er, dass das Portal verschlossen sein würde. Er hatte eine leise Hoffnung gehegt, weil das Tor offen war, doch wie befürchtet blieb ihnen die Kirche versperrt.

Er rüttelte an der Klinke, aber vergeblich, dann sah er an dem grauen Glockenturm hoch. Der Himmel wirkte noch immer grün, eine Sinnestäuschung, vermutlich: Es lag keine Spur Regen in der Luft. Er fluchte leise. War ja klar, dass es so kommen würde. War ja klar, wo er vollkommen darauf fixiert war, den Akt exakt so zu vollziehen wie damals.

»Ist dir kalt, Baby?«, meinte Fat Rhonda träge.

Eine leichte Brise war aufgekommen und ordnete den Müll auf der Straße um, aber kalt war es nicht. Er sank zu Boden und saß dort mit ausgestreckten Beinen und schwer ans Portal gelehnten Schultern. Er wollte rücklings in den See alter Gefühle stürzen und darin versinken. Doch was er wirklich wollte, schien ihm verwehrt, so energisch verschlossen wie das enttäuschte Gesicht seines Vaters.

»Nein, alles gut«, sagte er, und nach kurzem Zögern klopfte er neben sich auf den Boden, Aufforderung an sie, sich ebenfalls zu setzen. Sie ließ sich nieder und zupfte ihr

Kleid zurecht. Wolf legte ihr eine Hand aufs rechte Knie und ließ sie dann an ihrem Schenkel hochgleiten, unter ihren Rock, aber Fat Rhonda wollte nicht. Sie warf seine Hand von sich, sie landete in seinem Schoß.

Wolf betrachtete seine Hände, ballte sie zu Fäusten und ließ wieder locker. Er hatte immer starke Hände gehabt, und er hatte sie benutzt, um Dinge zu brechen und zu zerreißen, um zu nehmen, was er wollte, und zu gehen, wohin er wollte, um andere sich klein vorkommen zu lassen. Er hatte damals vor vielen Jahren in dieser Kirche vorgehabt, Fat Rhonda zu demütigen, sie ganz klein werden zu lassen, zu einem Klümpchen schmuddeligen Wachses, das er zwischen Daumen und Zeigefinger rollen und dann wegschnicken könnte.

Aber Wolf hatte das mit ihr genossen. Es war weit mehr gewesen als Lust, weit mehr als das Risiko, erwischt zu werden. Klar hatte es ihm gefallen, sie im Licht des Kirchenfensters zu packen, aber ihn hatte überrascht, wie sehr es ihm gefallen hatte, dass es immer noch mehr von ihr gab – sie sich regelrecht weitete, füllte, vertiefte –, mehr, als er je fassen könnte. Er hätte nicht benennen können, was er tat, indem er einem Körper so viel Bedeutung verlieh. Er war zu sehr in die Erfahrung vertieft. Sie gab ihm das Gefühl, es gäbe auch von ihm mehr.

Auf eine Art, die Wolf nicht wirklich bewusst war, erinnerte ihn das Gefühl an die einstigen Balgereien mit seinem Vater zu einer Zeit, als zwischen ihnen noch alles gut war. Zuletzt hatten sie so einen Scheinkampf irgendwann in seinem letzten Jahr an der St. Paul's veranstaltet, als er an der Schule wieder Ärger hatte. Er hatte Ms Pritchett während einer Geschichtsstunde zur Sklaverei beschimpft und vorgeworfen, sie lehre Lügen. Sein Vater war zur Schule marschiert und hatte bei der Unterredung mit Ms Pritchett und dem Schulleiter neben ihm gesessen. Wie üblich hatte er Wolfs Verhalten nicht entschuldigt, aber doch die Worte gefunden, die einen Rauswurf verhindern würden. Nachmittags hatten sie, wie oft nach solchen Terminen, daheim zusammen gelacht. »Mach du ihnen nur die Hölle heiß, Junge«, sagte der Big Man. »Mach den Weißen nur ordentlich die Hölle heiß. Der Teufel ist ein Lügner.« Auch sein Vater machte den Weißen die Hölle heiß, weswegen er Schwierigkeiten hatte, seine Jobs zu behalten, und oft mit der Polizei zu tun bekam. »Du bist nicht deren abgerichteter Affe«, sagte sein Vater. »Du bist mein Wolf.« Er hatte dem Jungen den Arm um die Schultern gelegt und ihn knurrend an sich gedrückt. Sie hielten sich einen Augenblick umschlungen. Wenn er die Arme um seinen Vater legte, gefiel Wolf, dass seine Finger sich kaum berührten.

Da fingen sie mit der Balgerei an, was Wolf das Liebste von allem war. Sie rangelten ein bisschen auf der Couch und rollten schließlich auf den Teppich. Der Big Man war stärker, aber Wolf war wendig, und er zog Kraft aus dem Geruch seines Vaters, der Haut, dem Schweiß und dem warmen, sauren Atem. Ihre Gliedmaßen rieben und scheuerten aneinander, während sie um die Oberhand rangen und sich jeweils dem Zugriff des anderen zu entwinden suchten. Ihr Scheinkampf dauerte nun schon länger an als jemals zuvor, und Wolf glaubte langsam, er würde tatsächlich gewinnen können. Er machte eine unerwartete Bewegung mit dem Knie, die den Big Man kurz außer Gefecht setzte, und griff hinab, um dessen

Handgelenk zu packen. Er berührte seinen Vater an einer ungewollten Stelle, ein Versehen. Der große Körper zuckte, und einen Augenblick trafen sich ihre Blicke, ehe sein Vater einen Unterarm zwischen sie schob und ihn mit einer ungeahnten Wucht abwarf. Wolf landete unsanft auf dem Steißbein, verbiss sich aber einen Schmerzensschrei oder Tränen. Schon auf den Beinen, sah sein Vater ihm eine Zeit lang ins Gesicht. »Daddy, was ist?«, fragte Wolf. »Was ist los?« Sein Vater gab darauf keine Antwort. Er ordnete in aller Ruhe seine Kleider und sagte dann: »Geh und mach dich frisch. Ich setz jetzt das Essen auf.«

Um diese Zeit kriegte Wolf immer mehr Ärger, und das nicht nur wegen der Widerworte, die er Lehrern gab, die ungerecht waren oder Lügen lehrten. Er verstieß an der Schule gegen so viele Regeln, dass er fast keinen Abschluss machen durfte. Sein Vater musste noch häufiger zum Direktor, nur lachten sie daheim nicht mehr gemeinsam darüber. Wenn Wolf versuchte, seinen Vater zu einem ihrer Scheinkämpfe zu bewegen, sagte ihm der Big Man, er sei kein Kind mehr. Mit einem warmen Lächeln sagte er: »Du bist zu alt für solche Spiele.«

»Uns führt das Schicksal her«, sagte Wolf nun zu Fat Rhonda. »Es muss hier sein.«

»Was denn?«

Er hatte niemandem verraten, was sie damals getan hatten, aber wenn sie es jetzt wieder taten, würde er es allen erzählen. Vielleicht sogar seinem Vater. »Ich spüre es«, sagte er. »Du und ich, es gibt da eine Verbindung. Es ist vorbestimmt, dass wir hier noch mal reinkommen.«

Sie sagte nichts. Sie wandte den Kopf und sah einem Mann nach, der langsam auf seinem Rad vorbeifuhr, ein dahingleitendes Phantom.

Er und sein Vater könnten sich zusammen mit Bier volllaufen lassen und drüber lachen. »Wir könnten versuchen, durch die Schule reinzukommen.«

Sie schüttelte den Kopf.

»Wir könnten ein Scheißfenster einschmeißen«, sagte er ihr. Und auch das könnte er seinem Vater erzählen.

»Das ist einfach uninteressant«, sagte sie.

»Es muss doch eine Möglichkeit geben, wieder reinzukommen. Fällt dir was ein?«

»Mir fällt vieles wieder ein«, sagte sie. »Aber ich versuche, es zu vergessen.«

Der Mann neben ihr sackte am Kirchenportal tiefer. Rhonda hörte ihm zu, aber nicht so richtig. Sie hatte es sich anders überlegt. Er war ihr zu traurig. In dieser Nacht würde zwischen ihnen nichts passieren.

»Ich habs niemandem gesagt«, sagte er. »Nicht ein Wort. Wollte ich eigentlich, aber ich habs keiner Menschenseele erzählt.«

Sie hörte mit einem halben Ohr zu, weniger noch, als er von einem Tag vor vielen Jahren sprach, der ihm etwas bedeutet hatte. Sie hatte längst beschlossen, dass es nicht lohnte, aufmerksam zu sein. Die Welt war zu schrecklich. Was man liebte – Familie, Freunde, Selbstbilder –, das verlor man. Und was einen schmerzte, das würde nur umso mehr schmerzen, wenn man ihm gedanklich Raum gab. Ihre Mutter hatte viel länger gelebt, als die Ärzte behauptet hatten, Jahre länger, und jeder Tag, der über die Prognosen hinausging, war nur weitere vorenthaltene Gnade. Wenn Rhonda an ihre Mutter dachte, schimpfte sie mit sich. Ihr Ziel, obwohl sie klug genug war, es nicht mit allzu großer Inbrunst zu verfolgen, bestand darin, so viel wie möglich zu vergessen.

»Aber *du* hast es«, sagte der Mann neben ihr. »Du hast es erzählt.«

Sie sah in den Himmel hoch. Es war erschreckend, von Dingen zu hören, die sie getan haben könnte. Erschreckend, selbst wenn sie sich mit abschätzigen Blicken abgefunden hatte, dem ständigen Gefühl, beurteilt zu werden. Als ihre Mutter endlich gestorben war, gestern vor zehn Jahren, hatte Rhonda ihre Wanderschaft aufgenommen wie die Menschen in den vorzeitlichen Geschichten, die sie sich einst eingeprägt hatte. Sie zog nach Süden und durch etliche Städte – Philadelphia, Baltimore, Washington, Richmond, Charlotte, Atlanta – und dann nach Westen, nahm Jobs und Männer, wie sie kamen, auf die immer gleiche unverbindliche Art. Sie glaubte, sie ziehe unter dem Radar umher – eine Illusion, vermutlich, aber eine, die ihr das Gefühl von Freiheit gab.

»Du hast es erzählt«, wiederholte der Mann. Sie fragte sich, wie und warum er sich in eine so unwichtige Sache verbiss.

Irgendetwas hatte sie wieder an diesen Ort geführt, wo sie geboren und großgezogen worden war und gelitten hatte, und zwar mehr als nur die schlichte Tatsache, dass es der zehnte Todestag ihrer Mutter war. Was immer es war, entzog sich ihrer Kontrolle, es war instinktiv, wie bei einem Vogel, in dessen Schädel mineralische Bestandteile einen Sog entstehen ließen, der ihm den rechten Zeitpunkt zur Rückkehr signalisierte. Dieses Rätsel rührte an Überzeugungen, denen sie sonst wohlweislich nicht nachspürte. Autorität war mehr als ein Rätsel, fand sie, man durfte sich weder mit dem einem noch mit dem anderen aufhalten. Man durfte sich mit gar nichts aufhalten: Hoffnung, Liebe, Glaube. Nur, weshalb war sie zurückgekehrt? Das fragte sie sich schon. Vielleicht war es dies: dass man nie wissen konnte, ob nicht etwas seine Macht über einen verloren hatte, wenn man immer nur davor davonlief.

Probe aufs Exempel war es gewesen, in die Patterson Houses zurückzukehren, in die Nummer 315, mit dem Fahrstuhl hinaufzufahren und vor der Tür ihres alten Zuhauses zu stehen. Probe aufs Exempel, an ihrer alten Schule vorbeizuschauen, die Ankündigung des Klassentreffens zu lesen und gar nichts zu empfinden. Eine weitere Probe aufs Exempel war es gewesen, den Klubraum mit seinem schrillen Dekor zu betreten. Sie hatte nicht erwartet, dort so viele Menschen zu sehen – am Leben, unbezwungen –, Menschen, denen noch immer an den alten Zeiten lag. Aber mit Erleichterung hatte sie festgestellt, dass keines der Gesichter für sie die geringste Bedeutung besaß. Nicht eines. Der Totenkopf des Priesters, sein unverständlicher Aufruf zum Gebet – sie bedeuteten ihr rein gar nichts.

»Du wolltest es so«, sagte der Mann neben ihr.

Dieses würde das letzte Jahr für die Schule sein, bevor sie für immer schloss. Vielleicht komme ich wieder, sagte sich Rhonda. Vielleicht komme ich an dem Morgen wieder, an dem sie dieses Kirchenportal für die allerletzten Schulabgänger öffnen.

»Du wolltest, dass alle es wissen«, sagte der Mann. Ein abwegig jubelnder Unterton schwang in seiner Stimme mit, der gar nicht zu seinem Gesichtsausdruck passte. Er blickte abermals in den Himmel hoch und machte irgendeine Bemerkung, als sähe er ihn zum ersten Mal.

Männer wie er waren ihr in mancherlei Hinsicht vertraut. Es gab viele: gut gekleidete, erfolgreiche Männer, die dennoch unglücklich waren und oft allein. Sie hatte gedacht, er werde einfach ein weiterer solcher Mann sein, einer, mit dem sie eine angenehme Nacht verbringen und den sie gleich wieder vergessen könnte. Doch dieser Mann war schwer vor Verzweiflung. Wider Willen erkannte sie die spezielle Last, die er trug. Sie warf ihm einen seitlichen Blick zu und dachte: Vielleicht bedeutet dieser Abend, dass ich überhaupt nicht wiederkommen sollte.

»Sag mir, warum. Bitte, sag es mir.« Er sah immer noch hoch. »Behandle mich nicht wie irgendeinen dahergelaufenen Fremden. Ich bin es. Warum hast du es ihnen erzählt?«

Seine Stimme war anders. Jetzt, da er das Gespräch allein stemmen musste, klang er zornig, empört. In seiner Kehle vibrierte ein Ton, den sie von Männern kannte. Und wie der Ton spannte sich auch sein Körper.

»Was wir getan haben, war zwischen uns«, sagte der Mann. Er senkte den Blick und schlug sich mit der Faust in die hohle Hand, eine einsame Geste. »Es war *unser* Ding. Wieso musstest du *denen* davon erzählen, verdammt.«

Als Rhonda nicht antwortete, fluchte er und nannte sie Schlampe. Sie fragte sich, warum sie sich gar nicht bedroht fühlte. Sie wartete, prüfte die Beschaffenheit des Schweigens. Was er gesagt hatte, beschloss sie, war bloß pubertäres Gepöbel, ein hilfloser Ausbruch.

Der Mann, der neben ihr saß, war ein Junge, den sie mal gekannt hatte. Wenn sie sich Mühe gab, würde sie sich an den einstigen Jungen erinnern können, aber die gab sie sich nicht, würde sie sich nicht geben. Sie weigerte sich. Als klar wurde, dass sie ihm weder antworten noch auf seine Schmähungen reagieren würde, blickte er abermals in den Himmel hoch und nahm den Faden wieder auf, wiederholte sich endlos, wiederholte seine wütenden Bitten. Sie starrte über die Straße hinweg auf die Reihe geparkter Wagen und hob ihr Gesicht dann der Brise entgegen. Die Luft schmeckte nach Regen, weit weg noch, aber im Anzug. Sie hob das Kinn höher und noch höher, bis ihr Kopf zurückgeneigt war wie seiner. Er fuhr fort mit seinen Erinnerungen, breitete sie aus wie eine Fossiliensammlung. Seine Worte türmten sich zu einem seltsamen Rhythmus. Sie bildeten Mauern, hinter denen er Schutz nehmen konnte. So sei es, dachte sie. So sei es. Sie öffnete sich, kurzzeitig nur, dem Mann, der der Junge gewesen war, an den zu erinnern sie sich weigerte, lauschte seinen endlosen Reden über einen fernen Tag, ein gewichtloses Stäubchen Zeit. Dann, als sie gerade darüber nachdachte, wohin sie als Nächstes gehen sollte, griff sie durch den Spalt, der von der Vergangenheit noch zu verschließen war. Für einen kurzen Moment verschränkte sie ihre Finger mit seinen.

Clifton's Place

Das Schild hing erst seit Kurzem draußen. Es nannte den Namen und die Öffnungszeiten der Bar, untrügliches Zeichen dafür, dass es sich nicht bloß um einen privaten Kellereingang handelte. Und doch kam dort trotz der angeführten Geschäftszeiten niemand vor Sonnenuntergang rein, selbst im Sommer, selbst wenn man sich direkt vor die Gittertür stellte, hineinspähte und winkte. Diejenigen, die sich ans Schild stellten und winkten – im Zwielicht ignoriert –, waren von allen Neuen die neuesten, diejenigen, die Schilder, Termine, Visitenkarten und Happy Hours am nötigsten hatten.

Erst bei Anbruch der Dunkelheit tat sich also dieses Tor zu einer anderen Welt auf. Ein über achtzigjähriger, auf einem Stuhl am Eingang postierter Mann, Julius, prüfte die Ausweise. Julius sah sich noch genauso wie vor Jahren: als jungen Heißsporn, zäh und noch ganz der Rausschmeißer von einst. Waren sie erst an ihm vorbei, setzten sich die von allen Neuen neuesten dorthin, wo nur Nichteingeweihte saßen, nämlich an die Tische vor der getäfelten Wand gegenüber vom Tresen. Selten kamen Neue allein, meist zu zweit oder in kleinen Gruppen. Sie kommentierten die unter der niedrigen Decke kreuz und quer gespannten Lichterketten und nickten zu der Musik, die leise aus der wuchtigen alten Jukebox dudelte. Sie gefielen sich darin, mit dem Finger auf die altmodischen, in der Ecke an der Küche gestapelten Gerätschaften zu zeigen: eine riesige Mikrowelle, eine verrostete Kochplatte, ein paar aus einem Elektroherd ausgebaute Heizschlingen, eine Uhr, deren einzig verbliebener Zeiger an der Neun zitterte, Dinge, die viele nicht einmal hätten benennen können. Bis sie es endlich kapierten, saßen sie da, als würden sie bedient werden, als würde man ihnen Speisekarten reichen. Im Clifton's Place gab es keine Karten.

Leute aus dem Viertel, die seit Jahren herkamen – Stammgäste oder einfach »die Leute«, wie sie selbst sagten –, wussten, dass nie ein Clifton mit der Bar zu tun gehabt hatte. Sie wussten, dass die Inhaberin, Sadie, sich in einen Kerl namens Clifton verguckt hatte – zu einer Zeit, als sich nach ihr auf den Straßen von Bedford-Stuyvesant noch die Köpfe drehten. Die Beziehung hielt nicht. Wochenlang fetzten sich die beiden, bis Sadie, die für ihr loses Mundwerk bekannt war, ihrem Kerl sagte, sie wolle ihn nie wiedersehen. Da verließ er sie und gleich auch, hieß es, die Stadt. Sadie aber begriff, dass sie einen Fehler gemacht hatte. Mit dem Namen für ihre neue Bar gab sie Clifton zu verstehen, dass er zu ihr zurückkommen könne. »Die Leute« wussten, dass Sadies Freunde sie gescholten und gesagt hatten, der kommt nicht zurück, und sie würde sich, wenn ihre Liebe zu ihm erst erkaltet war, idiotisch vorkommen mit ihrem Clifton's Place. Sadies Freunde sagten die Schmach der Formulare voraus, die sie würde ausfüllen müssen, um den Namen zu ändern. »Nur gut, dass kein Schild ersetzt werden muss«, hatte Julius gemeint. Vierzig Jahre später aber gab es ein Schild und hieß die Bar noch immer Clifton's. Wenn sie sich fit genug fühlte, ließ sich Sadie dort blicken, auf hohen Absätzen in einem ihrer vielen farbenprächtigen Kleider. Doch immer seltener fühlte sie sich fit genug.

Ellis war einer »der Leute«. Eines Sommerabends saß er auf seinem üblichen Platz in der Nähe der Tür auf dem Hocker, wo der Tresen sich zur Wand bog, klopfte mit der Fingerkuppe gegen die Spitze des Bleistifts, den er mit dem Radiergummiende im Mund hielt, die Metallzwinge zwischen den Zähnen. Wie häufig in letzter Zeit dachte er über Sadie nach. Was »die Leute« immer öfter sagten, schien zu stimmen, nämlich dass sie nicht mehr ganz richtig im Kopf war.

Ihr Neffe Sharod, der irgendwann zum Barkeeper aufgestiegen war, setzte sich schwerfällig in Bewegung, parkte sein Gewicht direkt vor Ellis auf den wuchtigen Unterarmen und verdeckte so den Stoß Zeichenpapier. »Du hängst an dem Ding wie an einer Titte«, sagte Sharod.

Den Bleistift hatte Ellis frisch aus der Packung geholt, ehe er seine winzige Wohnung verließ, hatte ihn im Spitzer gedreht, bis die Mine genau so weit vorguckte, wie er das mochte. Der feste rosa Stummel des Radiergummis, jetzt aus dem Mund geholt und noch unbenutzt, glänzte im flackernden Licht der Bar vor Spucke.

»Guck nicht so«, sagte Sharod. »Da gefällt eben jedem was anderes. Obwohl das Beste an den Dingern ist, dass Frauen gleich zwei haben.« Er deutete mit vor der Brust gerundeten Händen Brüste an. Ellis fiel dazu ein, wie oft Männer die Hände einsetzten, um Frauenkörper zu beschreiben. »Erst letzte Woche«, fuhr Sharod fort, »werd ich eingemacht, weil *ich* ein Spinner und fantasieloser Stecher bin. Dann spinnt *sie* rum, ihre *anderen* Fantasien kämen zu kurz, und wirft mich hochkant raus. Wird zu ihrer eigenen Rivalin, oder was?«

Ellis war sich nicht sicher, ob von ihm eine Antwort erwartet wurde.

»Und wer oder was geht dann vor?«

»Weiß ich nicht«, sagte Ellis, aber eine Vorstellung hatte er schon. Er hörte ja, was Männer zu Frauen auf der Straße sagten. Manchmal hatte er das Gefühl, auch er sollte zu den Frauen was sagen, was Nettes, als Ausgleich für das, was die anderen sagten, aber das tat er nie.

»Das kann ich dir sagen«, sagte Sharod. »Alles an einer Frau lieben ist zu viel Frau.«

Ellis blinzelte. »Aber es besteht noch Hoffnung für uns, oder?«

»Lusche«, sagte Sharod und richtete sich auf. Er funkelte Ellis einen Augenblick an, bevor er sich ein breites Grinsen abrang. Aber das Grinsen war überhaupt nicht tröstlich. Sharods besonders miese Stimmung an diesem Abend drückte auf seine Gesichtszüge und verdarb den Schwung seiner Lippen.

Als Sadie in der Bar erschien, verbreitete sie den Geruch verkohlter Haare. Julius überging das und sagte: »Würden Sie sich bitte ausweisen, junge Dame?« Wie immer lachte sie über seinen Dauerwitz und sagte: »Danke sehr, junger Mann.« Als Sharod sie nach dem Brandgeruch fragte, sagte sie, es hätte ein kleines Malheur mit dem Glätteisen gegeben, aber es sah nach deutlich mehr aus. Ellis konnte erkennen, dass eine ganze Partie Haare bis fast auf die Kopfhaut weg war.

Sadie verschwand hinter dem Tresen. Als sie sich ihren Standarddrink mixte, einen Golden Cadillac, glitt ihr die schlanke Galliano-Flasche aus der Hand und zersplitterte. Sharod wurde laut mit ihr. Er hatte keine Geduld mehr mit ihren Patzern und Aussetzern. Während er brüllte, skizzierte Ellis gedankenverloren Rauchschwaden. Reglos und stumm starrte Sadie vor sich hin, die Augen feucht und zerbrochen wie die Flasche zu ihren Füßen. Ellis legte den Bleistift weg und eilte zu ihr hin. Er führte sie um den Tresen herum zu einem Hocker neben seinem.

Sadie sah auf Ellis' Zeichnung herab. »Die ist aber hübsch«, sagte sie. »Ist die für mich?«

Ellis schob die Zeichnung unter den Stoß, besorgt, sie könnte annehmen, er habe sich über sie lustig machen wollen. Als ihre Blicke sich trafen, lächelte sie und sagte mit gesenkter Stimme fast kokett: »Tja, Baby, es ist spät. Vielleicht sollten wir jetzt nach Hause gehen.« Er stand auf, bereit, sie auf den Weg zu bringen, aber da griff Julius ein. Er packte Ellis an der Schulter und drückte ihn mit überraschender Kraft auf seinen Hocker zurück.

»Überlass das mal lieber einem richtigen Mann«, sagte er. »Zeiten haben sich zwar geändert, aber da draußen auf den Straßen gibts noch Ärger genug.«

Er brach mit Sadie auf, und Sharod wischte die Schweinerei hinter dem Tresen auf. Ellis blieb still sitzen. Der Geruch von Sadies versengtem Haar lag weiterhin in der Luft, so penetrant wie vorhin, als sie noch da war.

Er war kein großer Redner. Er zog es vor, die Zeit am Tresen vor seinem Irish Blend zu verbringen und Menschen und Dinge zu zeichnen, die ihm ins Auge fielen. Wie andere Eigenbrötler unter den Stammgästen kleidete sich Ellis mit großer Sorgfalt. Heute Abend setzte seine gelbe Krawatte sich als heißer Blitz angenehm von dem verwaschenen blauen Feld seines Hemds ab. Das war die Zeit, da er noch auffällige Krawatten trug, und er war sich erst kürzlich seiner Neigung bewusst geworden, sie der Länge nach durch die Finger zu ziehen, als wollte er sich oder andere daran erinnern, dass er lebte. Als einer der jüngsten Stammgäste des Clifton's – er war im Dezember vierzig geworden – gehörte er zu den wenigen, die glatt-rasiert blieben und keinen Hut trugen. Es hatte Zeiten gegeben, da er mit Fedora herumlief, hauptsächlich, weil ihm die sich lichtenden Haare und frühen grauen Partien peinlich waren, die im Widerspruch zu seinen jungen-haften Zügen lagen. Inzwischen begriff er, dass die Klei-dung der Stammgäste im Clifton's nichts zu verbergen suchte. Was sie selbst und ihre Kümmernisse anging, waren sie eher aufrichtig, und er bemühte sich ebenfalls darum.

Zu »den Leuten« gehörte auch Yolanda, eine attraktive ältere Frau, die manche für die Geliebte von Julius hiel-ten. Die unergründlichen Blicke, die die beiden wech-selten, überzeugten Ellis von der Richtigkeit des Ge-rüchts. Und gegenüber am Tresen hatte immer der alte Mr Edmonds gesessen, aber der kam nicht mehr. Er fand, das Clifton's sei nicht mehr wie früher. Die auffälligen Krawatten hatte Ellis sich bei ihm abgeguckt, und er trug sie jetzt ihm zu Ehren. Meist hatte Mr Edmonds seine un-geteilte Aufmerksamkeit dem stummen Fernseher über der Bar geschenkt, doch manchmal, meinte Ellis, ruhte der scharfe Blick auch auf ihm. Natürlich war es albern zu meinen, dass Mr Edmonds oder irgendwer sonst sich so für ihn interessieren könnte. Unmöglich, sagte sich Ellis jetzt in einem Anflug der alten Unsicherheit oder gar einer Anwandlung von Selbstgefälligkeit, dem Bemühen, sich so ein klitzekleines bisschen über sein ödes Dasein hinwegzutrösten. Mr Edmonds fehlte ihm.

Dyson, ein weiterer Stammgast, war ein dürrer, arthritischer Mann mit einem Hang zu Getränken mit Lakritzgeschmack. Nur ihm zuliebe führte die Bar Fernet Branca, der schonte angeblich den Magen, das Organ, das viele im Viertel für den Sitz des Wahnsinns hielten. Es kam bei Dyson wiederholt zu unsinnigen, irgendwie gewaltigen Ausbrüchen, eine Macke, die er ungefähr um die Zeit entwickelte, als das Clifton's aufhörte, ausschließlich eine Bar für »die Leute« zu sein. An manchen Abenden geiferte er sich heiser, aber wenn die Tische nicht besetzt waren, wenn die Bar aussah und sich anfühlte wie früher, dann sagte er kein einziges Wort. Jetzt gerade begann er allerdings, leise zu fluchen, stammelte bitter vor sich hin. Obwohl es ein Montagabend und nicht viel los war, hatten zwei Neue, ein weißes Paar, das Clifton's betreten. Sie versuchten, mit Julius ins Gespräch zu kommen, der jetzt wieder an der Tür saß. Wie immer bei Neuen gab er sich bei der Prüfung der Ausweise barsch.

Ellis verfolgte, wie das Paar am Tresen etwas zu essen und Bier bestellte und sich dann nebeneinander an einen Tisch hockte. Als das Bestellte kam, aß die Frau ihren Backfisch mit den Händen, brach mit ihren langen Fingern kleine Bissen ab und tunkte sie in den Klecks Ketchup auf ihrem Teller. Sie ermutigte den Mann, es ihr gleichzutun, turtelte geradezu, fand Ellis, und nach einigem Zögern, ja, Missmut, aß er tatsächlich wie sie. Die Musik schien den beiden vertraut und daher ganz recht. Sie verlangten nicht wie andere Neue lauthals, man möchte die Jukebox aufdrehen. Sie tanzten nicht albern. Sie genossen einfach die Musik und die Stimmung im Clifton's Place so, wie sie waren, und die Frau sang sogar lautlos den Text eines Blues mit. Einige Meter trennten die Tische vom Tresen, aber Ellis kam es vor, als brauchte er nur den Arm auszustrecken, um sein Whiskeyglas auf ihre rote Wachstuchdecke zu stellen und mit der Frau in »Mean Old World« einzustimmen.

Er begann, das Paar auf demselben Blatt, das er für Sadies Rauch benutzt hatte, zu skizzieren. Der Bleistift bewegte sich mit Leichtigkeit und lag gut in der Hand. Bald schon nahmen die Striche die Züge des Paars an. Die Finger der Frau mit dem Stück Fisch, ihr traurig singender unbezwungener Mund. Der bewundernde Blick des Mannes. Obwohl es bloß eine Skizze war, schien irgendwas daran sehr lebendig, eine Wechselwirkung zwischen Sujet und Strich, wie sie Ellis selten gelang. Er stand auf und näherte sich dem Tisch des Paars, hielt ihnen die Skizze mit beiden Händen entgegen. Die beiden blickten hoch, verwundert und zugleich schmunzelnd über die stumme Aufwartung.

Lächelnd überreichte ihnen Ellis die Zeichnung. »Kleines Andenken für die Turteltauben«, sagte er.

Die Augen des Mannes wurden schneller schmal als der Mund der Frau. Sein Gesicht wurde hart, er griff nach der Zeichnung. Er sah die Frau finster an und zerknüllte das Blatt zu einem dichten Ball. Er richtete sich auf, drohte Ellis mit dem Finger und stieß ihn an der Schulter zurück. »Perverses Schwein«, sagte er. »Kranker Bastard.« Er versetzte ihm einen zweiten Stoß und warf den Papierball so fest, dass er von Ellis' Brust abprallte. Er riss die Frau an der Hand von ihrem Stuhl hoch. Als er sie mitschleifte, an Julius vorbei und zur Tür hinaus, und die Frau sich nach Ellis umsah, waren ihre Gesichtszüge zu winzigen Punkten geschrumpft. Julius schwang sich kampfbereit hoch, doch bis er sich überhaupt ganz aufgerichtet hatte, waren die beiden weg.

Für die Frau, beschloss Ellis, fingen die Unannehmlichkeiten des Abends gerade erst an. Es war sonnenklar, dass ihr Kerl nichts taugte.

Doch dann hob Sharod das zerknüllte Blatt auf und strich es auf dem Tresen glatt. Als Ellis noch einmal hinsah, zeigte sich, was er wirklich skizziert hatte: einen schraffierten halb offenen Mund, der lasziv an dem Fisch in den Fingern lutschte. Der Körper der Frau nahm fast das ganze Blatt ein. Mit den Konturen und Falten ihres Kleids hatte Ellis sich nicht lange aufgehalten; sie erschien nackt. Der Mann, flüchtiger skizziert, war kaum da.

Sharod prustete los. »Da gefällt eben jedem was anderes«, sagte er, und dann stieg Julius auch noch in die Stichelei mit ein. Sharod riss den Teil mit dem Schattenmann weg und setzte mit Ellis' Bleistift zwei Punkte auf die Brust der Frau. Immer noch prustend, umrundete er den Tresen und hängte das, was von der zerknitterten Skizze übrig war, mit Klebestreifen auf, stellte es aus wie ein billiges Pin-up.

»Nimm das runter«, flehte Ellis, aber Sharod weigerte sich.

»War höchste Zeit, dass du was Ordentliches aufs Blatt bringst«, sagte er. »Ich glaube, ich lass sie mal hängen.«

Als alle seine Bemühungen vergeblich blieben, packte Ellis seine Sachen zusammen und verließ die Bar, so schnell er konnte, zweifach gedemütigt. Er schwor sich, nie wieder hinzugehen.

Er dachte, es würde ein Leichtes sein, die Bar zu meiden. Bei seiner geregelten Arbeit in einem Geschäft für Künstlerbedarf mit entsprechendem Mitarbeiterrabatt sah er überhaupt kein Problem. Er würde mehr Geld für Material haben und mehr Zeit für seine Zeichnungen, aber in Wirklichkeit tat Ellis sich schwer. Ohne es zu wollen, musste er ständig daran denken, wie untröstlich er gewesen war, als seine Eltern, das ideale Paar, vor wenigen Jahren beide innerhalb weniger Monate gestorben waren und ihn alleingelassen hatten, verwundert über seine Hilflosigkeit, verwundert über die Fähigkeit anderer, solche Verluste zu verkraften. Er studierte die Zeichnungen, die er von beiden auf dem Krankenlager gemacht hatte. Die Einsamkeit seiner Wohnung schnürte ihm die Luft ab. Jedes Mal, wenn er es wieder nicht fertigbrachte, sich im Laden oder im Bus einer nett aussehenden Frau vorzustellen, litt er. Nach kaum einer Woche saß er wieder im Clifton's auf seinem gewohnten Platz. Er rechnete damit, dort immer noch den Brandgeruch der versengten Haare Sadies zu riechen, aber nichts dergleichen. Seine abgerissene, zerknitterte Zeichnung hing allerdings unverändert hinter dem Tresen.

An diesem Abend kam eine Frau von einem lauten Tisch Neuer herüber. Ellis wartete, während sie sich über einen der unbesetzten Barhocker lehnte. Er sah, dass sie sehr jung war, in manchem ein halbes Kind. Sie war klein, in den Wintermonaten vermutlich blasser, und hatte ein eifriges, über alle Züge ihres breiten Gesichts turnendes Grinsen. Sie besaß die Spannkraft einer Athletin, einer Läuferin oder Turnerin, und Ellis fand sie hübsch in ihren engen Jeans. Sharod sah zu ihr herunter und verzog den Mund zu einem harten, schmallippigen Lächeln, das besagte: *Was wollen Sie.* Sie bestellte drei mexikanische Bier.

»Neun Dollar«, sagte Sharod.

»Im Ernst?«

»Neun Dollar.«

In ihrem Erstaunen über die niedrigen Preise bemerkte die junge Weiße nicht, wie fest Sharod die Flaschen auf den Tresen knallte, und versuchte, ihn in ein Gespräch zu verwickeln. »Hey, sind Sie Clifton?«, fragte sie.

Sharod, der die Frage nicht zum ersten Mal hörte, maß sie mit einem kühlen Blick und rieb sich mit einem Fingerknöchel die stets tränenden Augen. »Nein«, sagte er. »Und Sie? Molly? Katie? Oder sagt man vielleicht noch Ms Anne?«

»O Mann, tut mir leid«, sagte die Frau. »War doch nicht so gemeint.« Es klang aufrichtig zerknirscht. Ihr Lächeln war jetzt verhalten, genau dosiert, ohne eine Spur der Herablassung, die Ellis bei anderen Neuen gesehen hatte. Sie stellte sich als Allegra vor, aber Sharod ging nicht weiter auf sie ein.

Allegra legte fünfzehn Dollar auf den Tresen und packte die drei schwitzenden Bierflaschen an den langen Hälsen. Sie kehrte zu ihrer Clique an den Tischen zurück und nahm leicht versetzt mit dem Rücken zu Ellis Platz. Die Gesichter der anderen weißen Frauen, auch jung und makellos, blinkten rot, grün und gelb unter den Lichterketten. Im Hintergrund dudelte die »Yesterday«-Version von Donny Hathaway aus dem Jahr 1971, doch ihre Stimmen waren gut vernehmbar. Allegra staunte erneut über die Preise, und eine in der Runde meinte: »Sag ich doch.« Wenn sie ihre Flaschen anhoben, schimmerten feuchte Ringe auf der roten Wachstuchdecke. Ellis studierte Allegra und ihre Freundinnen und die Schatten, die ihre Körper warfen.

»Soso«, sagte Sharod. »Wieder aufgetaucht? Freut mich. Sollen wir uns etwa von den weißen Teufeln aus unseren eigenen Schuppen vertreiben lassen?«

»Wohl nicht«, sagte Ellis mit einem kurzen Seitenblick auf die Zeichnung hinter dem Tresen.

»*Wohl nicht. Wohl nicht*«, äffte Sharod ihn nach. »Bisschen mehr Rückgrat, Motherfucker. Läuft hier nicht mit Wegducken, dem Massa Geschenke darbringen, den braven Boy geben. Ich seh doch, wie du das Whitegirl angaffst, aber mach dir nichts vor. Die Kolonisatoren scheißen auf dich.«

Ellis setzte ein paar vereinzelte Striche auf sein Blatt und lauschte Julius' Husten in seinem Rücken. Was Sharod sagte, war größtenteils unnötig, ja gemein in seiner Vereinfachung, aber Männer waren ja oft grob in ihrer Zuneigung.

Ellis schielte noch mal zu Allegra hin. Er hatte eigentlich nie groß auf weiße Frauen geachtet, aber doch, ja, sie war hübsch. Eine ihrer Hüften wölbte sich über die Stuhlkante hinaus. Sie sah nach Maisgürtel aus, Mittlerer Westen, vielleicht sogar Südstaaten. Er glaubte, bei ihr vorhin einen leichten Akzent gehört zu haben, sicher war er sich nicht.

Die Bar füllte sich langsam mit weiteren Neuen. Zunächst waren es nur zwei oder drei auf einmal, dann platzte ein lauter, vielköpfiger Pulk herein, und es wurde eng in dem Laden. Vom anderen Ende des Tresens war Dysons Gemurre zu vernehmen. Je lauter er wurde, desto häufiger lachte im Gedränge jemand und guckte schief. Einer, ein baumlanger Kerl mit nach hinten gedrehter Baseballmütze, nickte Dyson zu, als führten sie ein Gespräch. Er hatte zum Spaß eine Miene aufgesetzt, als würde er den alten Mann ernst nehmen.

Bis auf die unvermeidlichen Kontakte mit Julius und Sharod beachteten die meisten Neuen »die Leute« nicht, nicht einmal Dysons Ausbrüche. Sharod war unerreicht ruppig, besonders wenn er das Trinkgeld vom Tresen einsammelte. Seine Gunst war nicht käuflich. Er verweigerte ihnen das begehrte Essen, selbst die Körbchen mit Kartoffelchips und Salzbrezeln, die er sonst hinstellte, und er gefiel sich darin, ihnen zu erklären, die Jukebox werde grundsätzlich nicht lauter gestellt. Viele Neue tanzten dennoch, johlten selbst zu Songs, die sie nicht kannten.

Dyson verstummte, bewegte aber weiter die Lippen, und der Kerl mit der Baseballmütze prostete ihm spöttisch zu. Ellis sah jetzt, warum Dyson sein Murren eingestellt hatte. Inmitten der Konfusion der lauten Stimmen, des Gejohles, der Trink- und Tanzphasen machte Julius an der offenen Tür mit weiten Schwüngen eines Arms den Weg frei. Den anderen Arm hielt er zusammen mit einer wohlbekannten, unverändert anmutigen Hand hoch über den Kopf erhoben. Sadie war wieder da.

»Ihren Ausweis, bitte, junge Dame«, scherzte Julius.

»Pfoten weg«, sagte sie in klirrendem Ton. Sie entriss ihm ihre Hand und sah sich bestürzt im Gedränge um. »Die ganzen Babys brauchen was zum Spielen.«

»Ms Sadie«, sagte Julius, von heftigem Husten geschüttelt, »wer hat Sie hergebracht?«

»Ich *selbst*, junger Mann. Ich mich.«

Elegant geschwungene braune Schlangenlinien kreuzten sich auf dem jadegrünen Kleid, das ihr bis knapp unters Knie reichte. Unter den länglichen losen Ärmeln klingelten silberne Reife an ihren Handgelenken. Eine vielfarbige Kette aus Holzperlen zierte ihren faltigen Hals, und ihr Haar war modisch geschnitten, kürzer, sah Ellis, als beim letzten Mal. Von der versengten Partie war nichts zu sehen. Sie drehte den Kopf ruckhaft und grinsend hierhin und dorthin und klopfte sich mit der Handtasche an die Hüfte. Aber irgendwas stimmte nicht: Sadie hinkte, als wäre eines ihrer Beine lahm.

Ellis sprang von seinem Hocker auf. »Ms Sadie, möchten Sie sich hersetzen?«

»Sitzen kann ich überall«, sagte sie, kaum Notiz von ihm nehmend. »Bin aber nicht hier, um rumzusitzen. Muss doch die ganzen Babys füttern.« Sie rief nach Sharod und bahnte sich taumelnd wie ein defektes Aufziehspielzeug einen Weg durchs Gedränge Richtung Küche. Hinten an ihrem Kleid schien knapp über dem Saum ein großer schwarzer Fleck sich auszubreiten, als drückte eine unsichtbare Hand die Spitze einer undichten Feder auf. Ach was, nichts breitete sich aus, schalt sich Ellis, und doch wusste er ebenso gut wie die anderen »Leute«, dass eine Tragik Ms Sadie überwältigte, deren Bazillus sie schon vor einiger Zeit infiziert hatte.

Bald zog der Geruch von Frittieröl durch die Bar, während Sadie die Leckerbissen zubereitete, die Sharod den Gästen verwehrt hatte. Im Dunstkreis ihrer Kochkunst ließ selbst Dyson sein lautloses Meckern. Sharod wirkte nun kleinlaut, mit aufgestützten Ellbogen richtete er den Blick grimmig auf die steif zwischen Tresen und Tischen Tanzenden. Vier weiße Männer umzingelten Allegra und ihre Freundinnen, bauten sich um ihren Tisch auf. Sie belagerten die Frauen trotz fehlender Ermutigung hartnäckig – Allegra jedenfalls wirkte sichtlich genervt. Ellis bezweifelte, dass sie sich in der Stadt wirklich zu bewegen wusste. Einer der Männer schob sich durch das Gedränge zum Tresen, um eine Runde Wodka zu bestellen. Ellis abseits in seiner Ecke blickte von Zeit zu Zeit hoch. Er zeichnete gedankenverloren, das Blatt ein Wirrwarr von dicken Strichen und dunklen kalligrafischen Schwüngen.

Von hinten rempelte ihn ein Weißer im Gedränge an, und Ellis' Stift schmierte schwarz übers Blatt. Der Mann sah sich entrüstet um. »Verzeihung«, sagte Ellis. Er wollte den Strich ausradieren, stattdessen aber studierte er das Blatt und die übrigen Skizzen des Abends noch mal. Sie waren schlechter geworden, noch formloser und irgendwie verlorener.

Die Männer an Allegras Tisch waren ihrem Ziel nähergekommen. Inzwischen kippten alle weitere Schnäpse und mischten sich unter die Tänzer. Es war schwer, Allegra in der Menge im Blick zu behalten, doch die paar Male, die Ellis ihr Gesicht und ihre mechanischen Bewegungen sehen konnte, verrieten ihm, dass sie sich keineswegs amüsierte.

Wenig später tänzelte Sadie mit ihren frittierten Leckereien durch die Menge, den Chickenwings und Witt-lingsfilets. Sie forderte die Neuen auf, sie sich gleich vom Tablett zu nehmen, und fuhr sich dabei fortwährend selbst mit der Zunge über die Lippen. Sie wankte, und mit jedem zweiten Schritt kippte ihr Kopf nach links weg.

»Die hats drauf!«, rief jemand.

»Die bricht sich noch die Hüfte.«

»Sie soll den Fisch hierherbringen.«

»Guck mal, die Schuhe!«, sagte wer anders.

Ellis erkannte nun, dass sie zweierlei Absätze trug. Hinterm Tresen warf Sharod ihm einen Blick zu und sagte: »So eine Scheiße.«

»Die Arme ist eben nicht ganz fit.«

»Sie macht sich zum Affen. Und uns.«

»Die Schuhe. Es ist furchtbar«, sagte Ellis und bereute es sogleich wieder, kam sich vor, als wäre er Sadie ein biss-chen in den Rücken gefallen. »Ich sollte sie heimbringen.«

Sharod sah von seinen geballten Fäusten hoch. »Die kommt doch bloß schnurstracks zurück. Sie schwingt ihren Arsch einfach immer wieder her. Würde sonst ein-gehen. Die hat ja sonst nichts.«

Das kann nicht stimmen, sagte sich Ellis. Er fand, das durfte einfach nicht sein, dass der Faden, an dem ein Leben hing, so fein sein konnte, so schrecklich dünn. Doch dann dachte er an sein eigenes Leben in den letzten zehn Tagen. Er sah zu der hinter dem Tresen aufgehäng-ten Zeichnung hin. Selbst eine Demütigung hatte ihn nicht ferngehalten.

»Hey, lass das!«, brüllte Sharod. Aber es war zu spät – plötzlich wummerte die Musik ohrenbetäubend laut aus der Jukebox, und der Weiße, der daran herumgefummelt hatte, reckte siegreich die Arme in die Höhe und nickte seinen Kumpeln triumphierend zu. Die Neuen begannen, auf und ab zu hüpfen, und drängten auch Sadie, es zu tun. Was sie machte, konnte Ellis nicht mehr sehen. Sie verschwand im Gewoge der Menschen. Dyson brüllte, lauter als je zuvor, übertönte sogar die Musik. Neben der Küche hing die Lichterkette durch, losgerissen von rudernden Armen.

Sharod schob sich hinter dem Tresen hervor und auf Sadie zu. Ellis sprang auf und wand sich mit Entschuldigungen um mehrere Tänzer herum. Er kam an Julius vorbei, der die Hände über dem Kopf zusammengeschlagen hatte, zog die Tür auf und trat hinaus. Er wollte weiterlaufen, vielleicht gleich nach Hause, doch da draußen, in der unendlich warmen Nacht, stieß er auf Allegra, die eine brennende Zigarette in der Hand hielt.

Sie sah ihn an. »Rauchen Sie?«

Er verneinte im Gefühl, mehr als diese eine Frage zu beantworten.

»Aber Sie trinken.« Sie deutete mit dem Kopf auf die geschlossene Tür in ihrem Rücken. »Bar«, sagte sie überflüssigerweise. »Gott, ich weiß nicht mal, warum ich diese Schuppen noch aufsuche. Ich bin es so leid.«

»Aber Sie sind doch viel zu jung, um so zu reden«, sagte Ellis.

»Was wissen Sie schon?«, sagte sie. »Wir Frauen sind vieles bald leid.«

»Nun«, sagte Ellis. »Ihre Freundinnen haben aber einen recht vergnügten Eindruck gemacht.«

»Meinen Sie?« Der sarkastische Ton ließ sie sehr jung erscheinen, obwohl sie aus der Nähe reifer wirkte, als er zunächst gedacht hatte. Ihr eigenartiger Teint verlieh ihr ein verwittertes Aussehen, wie ein von Niederschlägen abgeschliffener Fels. Er hörte jetzt, dass ihr Akzent keiner aus dem Süden war.

»Wo sind sie denn – Ihre Freundinnen?«

Sie zog heftig an der Zigarette und stieß ihre Worte in kleinen Wolken aus. »Keine Ahnung. Weg. Flachgelegt, vermutlich. Beine breit für Gott und die Welt.«

»Nun«, sagte Ellis, »warum sollten sich die Menschen nicht vergnügen? Besonders, wenn sie jung sind.«

»Ich verurteile niemanden«, sagte sie. Dann musterte sie ihn einen Augenblick, und er sah, dass ihr Blick unstet war. Unwillkürlich griff er nach dem weichen Stoff seiner Krawatte. »Sie sehen aber auch nicht gerade alt genug aus für die Guru-Nummer, Mister.«

Wie sie »Mister« sagte, hob einiges von dem auf, was er in ihren sonstigen Äußerungen vermutet hatte. »Gehen Sie wieder rein?«, fragte er. Er hatte nicht die Absicht gehabt, umzukehren, begriff aber, dass diese Kindfrau ihn umstimmen könnte.

»Ich gehe heim, bevor die Kutsche zum Kürbis wird.«

»Es ist lange nach Mitternacht«, sagte Ellis und schlug einen Fahrservice vor. Er malte sich aus, wie er für sie ein Taxi anhielt und ihr den Wagenschlag öffnete.

»Ich wohne ganz in der Nähe. Das kurze Stück geh ich zu Fuß.« Sie ließ die Zigarette fallen und trat sie aus.

»Es ist, wie gesagt, spät. Die Gegend war mal ein bisschen heikel.«

»Ist sie aber nicht mehr.«

Ellis blickte zur Tür zurück. Sie schien vor der Musik und dem Trubel drinnen zu vibrieren, Portal zu einer anderen Welt.

»Gehen Sie wieder rein, oder begleiten Sie mich?«

»Wenn es recht ist.«

»Die Gegend ist nicht gefährlich«, sagte sie. »Sind Sie es?«

Ellis ging nicht ganz neben, sondern etwas versetzt hinter ihr. Ihr Kopf reichte ihm kaum bis zur Brust, und unter ihrer dünnen Strickjacke waren Form und Kraft ihrer Schultern deutlich zu erkennen. Ihr gewelltes braunes Haar, von der Brise zu ihm zurückgeweht, roch leicht säuerlich. Ihm gefiel, was das zu verraten schien, dass sie unbekümmert war, dass es ihr nichts ausmachte, ein klein wenig ungepflegt zu sein.

»Die Arbeit in einem Künstlerbedarfsladen ist ziemlich interessant«, erzählte er gerade. »Es wird einem klar, wie viele Menschen insgeheim eine künstlerische Ader haben. Man erfährt, woran sie arbeiten, und manchmal kriegt man auch was zu sehen.«

Allegra sah sich kurz nach ihm um und brummte.

»Ich kriege dort Rabatt, was auch nett ist. Ich zeichne ein bisschen – oder eigentlich mehr als ein bisschen. Ich zeichne seit meiner Kindheit. Meine Eltern haben mir Malunterricht bezahlt. Einmal konnte ich meine Arbeit zusammen mit anderen lokalen Künstlern im Waschsalon zeigen. Das war großartig. Es sind viele Leute gekommen, sogar ein paar, die nicht nur Wäsche waschen wollten.«

»Beeilung«, sagte sie und joggte bei Rot kurz vor einem heranbrausenden Auto über die Straße. Ellis musste an der Ecke warten und konnte bloß der Bewegung ihrer Hüften und Beine nachsehen. Als der Wagen durch war, holte er sie ein.

»Nicht mehr so flink auf den Beinen, alter Mann?«, meinte sie lachend.

Ellis fiel keine schlagfertige Antwort ein, also lachte er bloß mit. Er versuchte, den Faden des vorigen Gesprächs wiederaufzunehmen, die Ausstellung im Waschsalon, aber auch da wusste er nicht mehr weiter.

Sie hielten kurz an einem Eckladen, weil sie schnell noch Milch besorgen wollte. Ellis war dort schon einmal gewesen, aber drinnen war es jetzt anders, sauberer, heller, auf den Regalen organische Produkte. »Sind fast da«, sagte Allegra, als sie aufbrachen, dann verstummte sie wieder. Ellis zwang sich zum Reden, erzählte ihr von der Bar, dass sie für ihn eine Art zweite Heimat war, erzählte ihr Dinge, die nur »die Leute« wussten, über Dysons kuriose Ausbrüche etwa, über Julius und Yolanda, Sadies verlorenen Clifton. »Wow«, sagte sie in immer neuen, dem Thema angepassten Variationen. Schließlich, um sie endlich reden zu hören, um sich ihre Stimme einprägen zu können, erkundigte er sich nach ihr.

»Tja, ich komme aus einem kleinen Kaff in Illinois, und meine Eltern haben mich Allegra genannt.« Das deute darauf hin, dass ihre Eltern gewisse Erwartungen gehabt hätten, sagte sie, Erwartungen, denen sie, wie Ellis vermutete, nie genügt hatte. »Mein Name türmt sich über mir auf«, sagte sie und klang wie ein aufgewecktes Kind. Die Bemerkung ließ Ellis daran denken, wie weit er sich runterbeugen müsste, um sie zu küssen, wie umständlich sie hochgreifen müsste, um ihre Hand an seine Wange zu legen. Doch egal wie umständlich, er würde sich vor dem alten Fehler hüten, nämlich nicht forsch, nicht mutig genug zu sein, Grenzen zu überschreiten, die zu überschreiten er aufgefordert wurde. Und das tat sie doch, sagte er sich, sie forderte ihn dazu auf. Sie wirkte nicht sehr betrunken. Vielleicht hatte seine Bemerkung zum Leben, das es zu genießen galt, sie aufhorchen lassen, oder vielleicht wollte sie es ihren Freundinnen zeigen oder sie gar übertrumpfen, indem sie die Nacht mit ihm verbrachte, einem älteren Mann, einem Schwarzen. Warum sonst hätte sie ihn auffordern sollen, sie zu begleiten?

»Ich werde nächstes Jahr fünfundzwanzig. Fünfundzwanzig, und was habe ich vorzuweisen? Fast jeder Cent, den ich verdiene, geht für die Miete und Rechnungen drauf. Ich bin pleite genug zu beweisen, dass ich in New York lebe, und ich habe genug Stadtjungs geküsst, um zu wissen, wie der Hase läuft. Gott«, sagte sie, »was mache ich hier bloß?«

Ellis ging jetzt neben ihr her. Nach dem, was sie sagte und wie sie es sagte, und nach dem, wie sie es mied, ihn anzusehen, rechnete er damit, dass sie weinen würde. Stattdessen schlug sie sich mit der Faust in die hohle Hand.

»Fuck«, sagte sie. »Tut mir leid. Ich wollte das nicht alles bei Ihnen abladen. Ich kenn Sie doch gar nicht.«

Sie gingen eine Weile schweigend an einem großen Bauwerk vorbei, das Ellis noch als Kingsbury Hospital kannte. Kürzlich war es in Apartments umgewandelt worden. Er hatte »die Leute« im Clifton's über die Sanierung tratschen und sich über die hohen Mieten auslassen hören, aber er selbst sah es jetzt nach der Umwandlung zum ersten Mal. Seine Mutter war in Kingsbury zur Welt gekommen. Er sah, als sie an den verschiedenen Eingängen zum Komplex vorbeigingen, dass die Anlage jetzt

New City Gardens hieß. Sie erreichten das Ende der Straße, und Allegra blieb vor dem letzten Eingang stehen, vor zwei vergitterten, extra dick aussehenden Glastüren. Sie drehte sich nach ihm um und lächelte. »Nun, vielen Dank für das sichere Geleit, Mister«, sagte sie.

Ellis schwitzte, als wären sie meilenweit gelaufen. »*Hier* wohnen Sie?«, fragte er.

»Der heimische Palazzo«, sagte sie spöttisch.

»Das war früher ein Krankenhaus.«

»Ich weiß. Eklig. Nur nicht dran denken.«

Ellis tupfte sich die Stirn ab. Er hörte nicht auf das Getöse seiner rasenden Gedanken, sagte sich, er dürfe nicht zögern. Er wusste ja, was Zögern, besonders in Gegenwart einer Frau, bei ihm anrichten konnte. Er neigte ihr das Gesicht zu und öffnete seine Lippen leicht.

Sie gab einen angewiderten Laut von sich und drehte das Gesicht weg, ihr Haar vor der Wange nun wie ein Vorhang. »Hey«, sagte sie, »so haben wir nicht gewettet, Mister.«

»Ich dachte —«

»Ja, was *haben* Sie sich eigentlich dabei gedacht?«, sagte Allegra. Sie trat einen Schritt zurück. »Gott, was habe *ich* mir dabei gedacht?«

Er trat einen Schritt vor. »Tut mir leid, aber —«

»Wollen Sie Ärger?« Sie guckte grimmig und griff in ihre Handtasche.

Ellis verstand die Geste sehr wohl und wich zurück. »Natürlich nicht«, sagte er. »Ich bin nicht gefährlich, schon vergessen?« Er lächelte gequält, ernüchtert.

Sie ging nicht darauf ein. Ihr Schlüssel drehte sich im Schloss, sie schob mit der Schulter die Tür auf, ließ ihn keinen Moment aus den Augen. Ehe sie die kurze Treppe hochschoss, drückte sie mit der flachen Hand noch gegen das Glas, damit die Tür schneller einschnappte.

Ellis ging durch die lauen Straßen und fragte sich, was der Grund für diese weitere vergebene Chance gewesen sein mochte, ob er sich durch irgendwelche Bemerkungen über sein Leben verraten hatte. Vielleicht fand sie seinen Job erbärmlich. Vielleicht hielt sie ihn für einen Säufer, weil er die Bar als zweite Heimat bezeichnet hatte. Warum hatte er nur so geschwafelt? Er wusste, dass keine Frau ihm etwas schuldete, aber das hier war eine Chance gewesen, da war er sich sicher. Wenn auch nur für eine Nacht – Beine breit für Gott und die Welt.

Dann packte ihn Wut. Es war unglaublich, dass Menschen in dem einstigen Krankenhaus wohnten, dass *sie* dort wohnte. Es hätte mich angekotzt, dort mit Allegra zu schlafen, sagte er sich. Es wäre falsch gewesen. Eine Entweihung des Namens seiner Mutter.

Es vergingen Minuten, ehe Ellis begriff, dass er auf dem Weg zurück in die Bar war. Er blieb ein paar Straßen vor der Bedford Avenue stehen, flüchtig besorgt um seine Skizzen und Stifte, aber Erstere waren schlecht und Letztere leicht zu ersetzen. Und was er jetzt wirklich nicht brauchte, waren Sharods Kommentare und die Knitterzeichnung über der Bar. Er dachte an den furchtbaren Lärm dort, das furchtbare Publikum, und machte sich stattdessen auf den Heimweg.

»Können Sie mir helfen?« Hinter ihm die Stimme einer Frau, einer weiteren Frau in Not. Keine Sorge, dachte er, das Viertel ist nicht gefährlich. Zieh einfach Leine. Wo du herkommst, gibt es bestimmt einen Arzt. Er ging weiter.

»Können Sie mir bitte helfen?«

Ellis fragte sich, ob auch diese Frau ihr Pfefferspray bereithielt, falls der harmlos wirkende Schwarze in der neuen, aufgemotzten Gegend sich doch als gefährlich entpuppte. Er sah es vor sich: eine Hand offen, um Hilfe oder Liebe flehend, die andere mit den Fingern um die Sprühdose.

»Bitte, junger Mann. Helfen Sie, Baby. Ich hab mich irgendwie verlaufen.«

Es war das »Baby«, das ihn stutzen ließ, noch vor dem »jungen Mann«. Er drehte sich um, und dort stand Sadie so dicht vor ihm, dass sie sich hätten küssen können. Die alte Dame war groß, viel größer als Allegra, auf ihren hohen Absätzen fast so groß wie Ellis.

»Ms Sadie? Ist alles in Ordnung?«

»Müsste nicht um Hilfe bitten, wenn *alles* in Ordnung wär, Baby. Und das ist kein Aprilscherz.«

»Weiß jemand, dass Sie hier unterwegs sind?«

»Ja«, sagte sie, »du.«

»Wo wollten Sie denn hin?«

»Meine Güte, du stellst aber dumme Fragen. Nach Hause! Was glaubst du denn. Sehe ich etwa nach Nachtschwalbe aus?«

Ellis entschuldigte sich. »Keine Sorge, ich bringe Sie heim.«

»Na also. Hätte sonst auch keine Verwendung für dich.«

»Haben Sie Ihren Hausschlüssel, Ms Sadie?«

»Nein, Baby, ich dachte, du kannst mich zum Schornstein reinschieben wie Santa Claus.«

Arm in Arm schlenderten sie Richtung Lafayette Avenue. »Die Leute« wussten alle, wo sie wohnte. Da die Absätze ihrer Schuhe unterschiedlich hoch waren, wankte sie heftig. Sie duftete nach Parfüm und Frittieröl, eine Hand und der Unterarm waren mit Mais- und Weizenmehl bestäubt.

»Ms Sadie«, sagte Ellis, »wo ist Ihre Handtasche?«

»Die? Die hat ein weißer Gentleman mir vorhin abgenommen, wollte sie kurz für mich halten. Sagte ich doch, dass ich keinen Schlüssel habe.«

Ellis blieb stehen, sie auch. Wer weiß, wie lange sie schon allein herumirrte? Wem war sie begegnet? Er hätte sie vom Clifton's heimbegleiten müssen. »Geht es Ihnen auch wirklich gut?«, fragte er.

»Jetzt wieder bestens«, sagte sie, und er glaubte es ihr. Ihr Lächeln war so gelassen, sie hielt den Kopf so mühelos schief, als wäre er auf ein Kissen gebettet. Abgesehen von dem Vogelnest ihrer Haare, schien sie wohlauf, vollkommen unberührt von dem, was ihr widerfahren war.

»Wir sind fast da, Ms Sadie«, sagte Ellis und bot ihr erneut den Arm. »Wollen wir?«

»Moment, Baby. Ist es nicht herrlich hier draußen? Sieh nur.«

Sie betrachtete den Himmel, ließ den Blick schweifen, als wären sie nicht in der lichtverschmutzten Stadt, sondern könnten die Galaxie sehen, die wie mit dem Daumen über die dunkle Scheibe der Nacht geschmierte Galaxie. Der Schein der Straßenlaternen hüllte sie in ein strahlendes Kleid, und auch Ellis fand sich sonderbar glänzend, als er an seiner zerknitterten Hose und auf seine Schuhe hinabsah. Die Laterne über ihnen brummte elektrisch, eine feste, grelle Scheibe, von der eine flirrende Lichtbahn, wie ein Schwarm wehrloser Motten, sich zu ihnen herabzog.

Sadies Hände an seinen zu spüren, überraschte ihn, aber er wehrte die Berührung nicht ab, als sie die Knöpfe erst einer, dann der anderen Manschette löste. Sorgfältig krempelte sie die Ärmel auf.

»Musst doch atmen können«, sagte sie. »So, besser?«

Dann hakte sie sich wieder bei ihm ein, und an seinem Handgelenk spürte er ihre warme Haut und die kühlen Armreife.

Zu Ellis' Erleichterung und Entsetzen öffneten sich die Türen sowohl zum Wohnblock wie auch oben zu ihrem Apartment mit einer bloßen Drehung des Knaufs. »Ms Sadie«, sagte er auf der Türschwelle, »vergessen Sie nicht, hinter sich abzusperren.«

»Wenn ich das getan hätte, kämen wir ja nicht rein«, sagte sie langsam, als wäre er schwer von Begriff. »Steh doch nicht einfach da rum. Komm rein. Ich mach dir einen Kamillentee.«

Ellis trat ein und gluckste ein bisschen.

»Verrat mir, was so lustig ist«, sagte Sadie. »Damit ich auch was zu lachen hab.« Sie ließ sich aufs Sofa plumpsen. »Dauert einen Moment mit dem Tee.« Sie streifte ihre Schuhe ab und hielt sie hoch. Das eine war ein schwarzer Pump, dessen Absatz zwei Zoll höher war als der des anderen, einer rosa Sandale. »Na, so was«, sagte sie. »Hast du *darüber* gelacht, Baby?«

»Nein, natürlich nicht, Ms Sadie.«

»Puh, tun mir die Füße weh«, sagte sie. »Ein Fußbad wär nicht schlecht.« Sie streckte die Füße und massierte die Sohlen. Besenreiser zogen sich über ihre Waden und

Knöchel, ihre langen Zehen war gequetscht. »Was war es dann?«, sagte sie. »Was so lustig war.«

»Bloß Männer und Frauen allgemein.«

»Ha, das ist *wirklich* zum Lachen, oder?«

Eine kleine Weile hörte Ellis sich einiges von dem loswerden, was seine Chancen bei Frauen über die Jahre wahrscheinlich zunichtegemacht hatte, die Angeberei mit dem Künstlerbedarf, die Illusionen, die voreiligen Liebeserklärungen. Oder, noch wahrscheinlicher, sein Schweigen. Er sah sich, wie er gewesen war, wie sie ihn gesehen haben mussten, mit seinen Geheimratsecken und den flehenden Augen, dem Fedora, der ihm nicht stand, und den Krawatten, die vielleicht doch zu auffällig waren.

»Ich wüsste nicht, was es sonst sein könnte, Ms Sadie.«

»Was was sein könnte?«

Nach diesem ersten Abend, an dem er mit ihr bis zum Morgengrauen geredet hatte, machte es sich Ellis zur Gewohnheit, Sadie in ihrem Apartment aufzusuchen. Anfangs zwei-, dreimal die Woche, dann kam er schließlich jeden Tag. Nirgends sonst fühlte er sich noch wohl, außer vielleicht im Laden und bei sich daheim. Oft kochte sie für ihn, bestand darauf, verblüffte ihn mit den vielen Gerichten, die sie neben ihren frittierten Bar-Happen beherrschte. Wenn sie sich fit genug fühlte, machte sie sich für ihre Stippvisite im Clifton's kurz vor Mitternacht fein. Ellis sorgte dafür, dass ihre Schuhe zum selben Paar gehörten, dass sich auf ihren Kleidern keine Tintenkleckse ausbreiteten. Er brachte sie so dicht vor die Bar wie für ihn eben noch erträglich und ging heim. Er tat sein Möglichstes, dafür zu sorgen, dass auch die anderen »Leute« sich um sie kümmerten.

Doch immer häufiger fühlte sie sich nicht fit genug. An solchen Abenden, wenn ihr Geist zu verwirrt war, leistete Ellis ihr Gesellschaft. Er lauschte ihren Klagen über Sharod und die anderen Familienmitglieder und Freunde, die sie tagsüber betreuten. Er lauschte ihrem Gerede über Menschen, die sie vielleicht nie gekannt hatte.

»Ein Jammer mit Julius«, sagte er eines Abends zu ihr.

»Wem?«

»Ihrem Freund, Ms Sadie. Julius. Er ist von uns gegangen. Er ist tot.«

»Und so was nennt sich Freund. Warum hat er nichts gesagt?«

Es waren etliche Monate vergangen seit der Nacht, in der Ellis sie heimgebracht hatte. Seit zwölf Jahren, seit er angefangen hatte, ins Clifton's zu gehen, war er nicht so selten da gewesen. Die Bar fehlte ihm bei Weitem nicht so wie damals während der einen Woche. Vielleicht hatte Mr Edmonds recht gehabt – es war einfach nicht mehr wie früher. Und vielleicht war Clifton's Place nie gewesen, was Ellis darin hatte sehen wollen.

»Sie sollten an eine Einrichtung denken«, sagte er ihr eines Tages. »Wo man sich um Sie kümmern kann. Langzeitpflege. Ich käme Sie auch besuchen. Ganz oft.«

Nach einer längeren Pause sagte sie: »Da geht man hin, wenn man nicht gefunden werden will, Baby.«

»Da geht man hin, wenn man Hilfe braucht.«

»Dann geh *du* doch.«

In Sadies Kopf herrschte allmählich eine solche Unordnung, dass sie ihr Apartment gar nicht mehr verließ. Und dort war das Chaos so unermesslich, dass sie wenig mehr tat als sitzen und darüber staunen. Sie weigerte sich, zu Arztterminen zu gehen, und sie schien sich für Neuigkeiten aus der Bar weder zu interessieren noch sie zu registrieren. Manche »Leute« fanden es schlimm, dass man sie so vernachlässigte, sie einfach vor sich hinvegetieren ließ. Andere sagten, es sei ihre Sache, wie sie ihre letzten Jahre zubringen wolle. Den Ältesten stehe das zu, sagten sie, auch den geistig verwirrten.

Inzwischen hatte Ellis eine Reduzierung seiner Arbeitsstunden hinnehmen müssen. Eine große Kette hatte seinen Laden übernommen, und bald würde er einen Zweitjob brauchen. Einen freien Mittwoch brachte er in seiner Wohnung damit zu, eine detaillierte Zeichnung von Sadie anzufertigen. Er nahm dazu einen Aquarellblock statt des normalen Druckerpapiers und zeichnete sie aus dem Gedächtnis, erschuf noch einmal das Bild von dem Abend, als er sie heimgebracht hatte. Bei einigen Details zögerte er, aber letztlich beschloss er, sie lebensecht darzustellen. Er trennte das Blatt vom Block, passte es in einen neun mal zwölf Zoll großen Holzrahmen ein und verlieh diesem mit Küchenpapier und ein paar Spritzern Möbelpolitur etwas Glanz. Als er fertig war, zog er sich an, wickelte die Zeichnung in Seidenpapier und nahm einen späten Bus in Sadies Gegend.

Im Bus erkannte er eine Frau, die in oder unweit seiner Nachbarschaft wohnen musste. Er sah sie nicht zum ersten Mal auf dieser Strecke, und er hatte sich mehr als einmal gewünscht, mit ihr sprechen zu können. Sie war etwa in seinem Alter, vielleicht etwas jünger, und sie trug einen feinen Schal um den langen Hals. Sie sah hübsch aus in ihren spätherbstlichen Kleidern, dem langen Rock und den Stiefeln, doch Ellis drängte es nicht, sie anzusprechen. Er lächelte in sich hinein, weil es seltsam war, draußen in der Welt zu sein und sie gar nicht zu spüren, die alte immer gleiche Wehmut.

Sadie trug Pyjama, als er eintraf, ihr Haar war struppig und zu lange schon ungetrimmt. Neben ihr war ein Kleid übers Sofa gebreitet, hübscher noch als das, das sie vor so vielen Monaten getragen hatte, hübscher als das in seinem Porträt. Es war kobaltblau, die Ärmel waren kürzer, und von dem dezenten Ausschnitt strahlten schwarze und weiße Streifen aus wie in einer Kinderzeichnung der Sonne.

Sie sah von den Händen hoch, die sie in ihrem Schoß rang, und lächelte. »Da bist du«, sagte sie.

»Tag, Ms Sadie.«

»Oho, so förmlich heute? Na gut, Mister. Lang genug weg warst du ja. Ich sollte stinksauer sein. Ich weiß, was ich gesagt habe – das war falsch –, aber wie konntest du nur so lange fortbleiben?«

Ellis gab sich Mühe, keine Miene zu verziehen; sie war noch verwirrter als sonst. »Ich war doch gar nicht lang weg. Ich war erst gestern hier.«

Sie lächelte erneut. »Kaum ein Wimpernschlag also.«

»Ich habe was für Sie.« Er hielt ihr die gerahmte Zeichnung hin. In den letzten paar Wochen hatten bestimmte Gegenstände – ein Foto, ein alter Erzählband, ein Wollknäuel – ihr geholfen, wieder Klarheit zu gewinnen. Er hoffte, dass er sie diesmal gut getroffen, sie so gesehen hatte, wie sie gesehen werden wollte.

Der Ausdruck in ihren Augen wechselte von argwöhnisch zu billigend zu etwas, was er nicht recht ergründen konnte. »Noch ein Geschenk?«, sagte sie. »Charmeur! Bringst mir dauernd Geschenke.« Mit vorsichtigen Fingern schälte sie das Klebeband ab und zog den Rahmen aus dem gelben Seidenpapier. »So ein hübsches Papier. Passt zu deiner Krawatte.«

Sie studierte die Zeichnung, neigte den Kopf abwägend mal zur einen, mal zur anderen Seite. »Gefällt mir«, sagte sie schließlich. »Das ist wunderschön.«

Sie stand auf und umarmte ihn, dann trat sie zurück, betrachtete ihn und schüttelte den Kopf.

»Was ist?«, sagte Ellis.

»Ich freu mich eben, dich wiederzuhaben, Dummerchen.« Ihre Stimme war tief und betörend, wie damals, als sie mit versengtem Haar in der Bar aufgetaucht war.

Ellis machte der Blick, mit dem sie ihn bedachte, Angst, die Augen, die ihn kokett abtasteten, wie er es Frauen bei anderen Männern hatte tun sehen. Es ging hier etwas vor, was er nicht verdiente, etwas, was er im Leben noch nicht gehabt hatte. Aber er war nicht willens, es zu verhindern. Zusammen mit der Angst stellte sich die Erkenntnis ein, dass sie es beide brauchten, was immer es war. Jetzt die unschöne Wahrheit zu sagen, würde den Zauberbann brechen und sie beide dazu. Zu weit werde ich es aber nicht kommen lassen, dachte er und entschied sich für eine abgemilderte, eingeschränkte Wahrheit: »Ich bin auch froh. Schön, dich zu sehen.«

»Mehr als schön, hoffentlich, wenn du mich heut Abend noch rumkriegen willst.«

Da verschlug es Ellis die Sprache. Er fand keine Worte.

»Tja, ich habe für dich auch ein Geschenk«, sagte Sadie. »Nur nicht hier.«

»Wo dann?«

»Wir müssen hingehen. *Warte* nur, bis du das siehst. *Warte* nur. Keine Sorge. Ist nicht weit.«

»Wollen wir gleich los?«, sagte Ellis wider besseres Wissen. Er ließ sich hinreißen, merkte er.

»Ist noch ein bisschen früh, aber wenn du willst.« Ihre Finger waren dicht an seinem Hals, rückten den Krawattenknoten zurecht. Sie ging ans Fenster und zog die Vorhänge auf. »Die Sonne geht unter«, sagte sie. »Gleich ists so weit. Zehn, neun, acht.«

Ellis spähte in die Dämmerung hinaus.

»Wollen wir?«

Ja, dachte er, und einen Augenblick war alle Angst wie weggeblasen. Wir wollen.

»Kanns kaum erwarten, dich vorzustellen. Manche werden sich gar nicht erinnern. Ein paar werden …«

Ihre Miene verfinsterte sich zu Verwirrung, ja Ärger. Ellis sah sie Dinge bedenken, die ihr neu in den Sinn kamen. »Ein paar werden keine Ahnung haben«, sagte er.

Ihre Züge glätteten sich. »Genau. Sie werden keinen Schimmer haben.«

»Wollen wir?«, sagte er.

»Ich mache mich nur schnell hübsch.« Ein listiges Lächeln umspielte ihre bebenden Lippen. »Du kannst mir mit meinem Kleid helfen.«

»Aber nein. Ich warte lieber, bis du fertig bist.«

»Spielst plötzlich den Gentleman, wie? Der Anblick ist dir ja nicht unbekannt.«

Sie knöpfte ihr Pyjamahemd auf. Ihr Bauch war glatter und flacher, als er gedacht hätte, mit nur einem kleinen Wulst. Ihre entblößten Brüste hingen tief herab, als reckten sie sich nach den Hüften. Sie sich entkleiden zu sehen, erinnerte Ellis an die Aktfotos, die er als Junge betrachtet hatte. Ihn befiel dieselbe Erregung und Panik wie damals angesichts einer Sache, der er nicht gewachsen war, die aber unausweichlich schien. Sie schlüpfte in ihr Kleid und bot ihm ihren Rücken. Er half ihr, und dabei strichen seine Finger über die Haut an ihrer Wirbelsäule. Den Reißverschluss hochzuziehen, war der intimste Akt, den er je vollführt hatte.

»Danke, Baby. Jetzt die Schuhe.«

Sie setzte sich, und Ellis hielt ihre Füße in Händen, als er ihr in die Schuhe half. An den Fersen war die Haut verhornt, oben aber erstaunlich zart. Ihr Nagellack war von dem gleichen Blau wie ihr Kleid.

»Ach, übrigens«, sagte sie. »Tut mir leid, dir das sagen zu müssen, Clifton, aber im Bild sind sie ganz falsch.«

Ellis war erleichtert, sie den Namen laut aussprechen zu hören. Er hatte sich den Mann schon ausgemalt, eine Persönlichkeit zurechtgebastelt. Jetzt, wo es heraus war, konnte er wieder atmen. »*Mir* tut es leid«, sagte er so, wie es seiner Vorstellung nach gesagt werden musste. »Dass ich so lange fort war.«

»Bin ich noch deine Foxy Lady?«

»Aber ja. Meine wunderschöne Foxy Lady.«

Ellis wusste, welches Risiko er einging. Er war sich dessen bewusst, dass sich Köpfe nach ihnen umdrehten, als er Hand in Hand mit Sadie dahinging, mit verschränkten

Fingern wie ein verliebtes Pärchen. Er war sich, als Sadie zu ihm hochblickte – ungeniert und staunend, ihr Schritt anmutig fest –, der Lüge bewusst, die sich entfaltete, und er wusste, was höchstwahrscheinlich passieren würde, wenn sie die Bar erreichten. Das, was er in Sadies Apartment zu zerstören sich weigerte, würde doch zerschellen. Aber es würden dort Menschen sein, die nicht wussten, dass er nicht Clifton war, also bestand noch eine Chance. Es gibt eine Chance, sagte er sich, dass »die Leute« ihr dieses Geschenk gönnen werden. Vielleicht würden sie es auch als Geschenk für ihn betrachten. Nur diesen einen Abend.

Das Wummern der Jukebox war schon vom Ende der Straße zu hören, so laut, dass die Musik selbst unterging und nicht zu erkennen war.

»Hör nur«, sagte Sadie. »Ist es nicht herrlich? Wie haben wir diesen Song geliebt. Das war unser Groove.«

»Ich erinnere mich. Kann kein Zufall sein, dass er gerade jetzt spielt.«

Draußen vor der Bar zeigte Sadie auf das Schild und schüttelte sich vor Lachen. »Siehst du? Für dich. Ich wusste, du kommst zurück. Wie peinlich. Findest du mich albern?«

»Nein, Baby, wieso denn«, sagte Ellis. Dann schloss er die Augen und hielt kurz inne. Keiner von uns verdient es, geliebt zu werden, dachte er, deshalb verdienen wir es alle. Er schlug die Augen wieder auf und sagte: »Lass uns reingehen. Ich brauch jetzt einen Golden Cadillac.«

»Was, die trinkst du auch immer noch?«

»Bei mir hat sich überhaupt nichts geändert.«

»Dann los«, sagte sie. »Ich will, dass dich alle sehen.«

»Und ich will, dass mich alle mit dir sehen.«

Die Tür bebte, als er ihr aufmachte. Der Song, jetzt deutlicher zu hören, war zufällig einer, der ihm gefiel, aber die Lautstärke tat ihm in den Ohren weh. Natürlich war kein Julius zur Stelle, um sie zu begrüßen oder im Scherz ihre Ausweise zu verlangen – da war niemand –, und wie Ellis wusste, stand auch Sharod nicht mehr hinterm Tresen. Mr Edmonds war lange fort, und Julius' Geliebte Yolanda war in Kummer versunken. Für einen Mittwochabend war ganz schön viel los, aber es waren hauptsächlich Neue da. Es hatte sich in so kurzer Zeit so vieles verändert. Ellis beobachtete Sadie und das, was sie wiederzuerkennen schien: die winzige Küche hinten, den Haufen Zeug in der Ecke, die wilden Lichterketten an der Decke. Dyson war da und schimpfte wie üblich. Irgendetwas an ihm schien Sadie bekannt vorzukommen. Er war als Einziger von »den Leuten« da, und erst später, lange nachdem er als Clifton vorgestellt worden war, sollte Ellis bedauern, wie glücklich er darüber war. Wir alle sollten geliebt werden, dachte er erneut. Komme, was wolle, und sei es für eine Nacht. Er schob Sadie den Arm um die Taille, wie es Clifton getan hätte, und sie umschlang ihn. Zusammen beobachteten sie Dyson, obwohl unklar war, ob er sie bemerkt hatte. Er hob die Stimme, und sein Mund wurde zum weit aufgerissenen Oval. Sie beobachteten ihn, als könnten sie seine Worte hören und verstehen. Als brüllte er gar nicht, sondern singe zu ihrer Musik mit.

Danksagung

Für die großzügige Unterstützung bei der Arbeit an diesem Band danke ich dem Iowa Writers' Workshop, dem Programm Provost Postgraduate Visiting Writers der University of Iowa, dem Wisconsin Institute for Creative Writing sowie dem *Tin House-,* dem Bread Loaf- und dem Nappa-Valley-Workshop. Danken möchte ich auch Kimbilio Fiction, dem *Callaloo* Creative Writing Workshop, dem *Kenyon Review* Writers Workshop, dem Key West Literary Seminar und dem Juniper Summer Writing Institute. Dank an alle guten Leute, die ich dort kennenlernen durfte.

Von Herzen danke ich meiner Agentin Jin Auh, einem richtigen Ass. Sie hat mich unter ihre Fittiche genommen, obwohl ich nicht viel vorzuweisen hatte, hat mich, wo nötig, angestupst und mich meisterhaft auf dem Weg zu druckbaren Texten geleitet. Dank auch an Jessica Friedman und Alexandra Christie.

Meinen Lektoren Fiona McCrae und Steve Woodward bin ich unendlich dankbar. Sie haben meine Texte wieder und wieder mit unfassbarer Sorgfalt und Einfühlung gelesen. Zu danken habe ich außerdem Katie Dublinski, Marisa Atkinson, Caroline Nitz, Casey O'Neil, Yana

Makuwa, Karen Gu und den vielen wunderbaren Menschen bei der Graywolf Press.

Ein Dankeschön an alle, die mit meinen Texten ein Wagnis eingingen, besonders Brigid Hughes. Wie wichtig Brigid und *A Public Space* für meine schriftstellerische Entwicklung waren, kann ich gar nicht genug betonen.

Ich hatte das große Glück, bei erstaunlichen Mentoren in die Lehre zu gehen, und ihre Großzügigkeit, ihr Scharfsinn, Humor und ihre hohen Maßstäbe sind mir Vorbild. Wer immer Schreibkurse belächelt, weiß offenbar nichts von Menschen wie Mat Johnson, Nelly Rosario, Myung Joh Wesner, Nick Dybek, Lee K. Abbott, Margot Livesey, Jim Shepard, Helena María Viramontes, David Haynes, ZZ Packer, Ethan Canin, T. Geronimo Johnson, Kevin Brockmeier, Charles Baxter und Marilynne Robinson.

Drei Lehrer insbesondere, allesamt genial, sind hier zu erwähnen. Lan Samantha Changs Ermutigung und sichere Hand haben buchstäblich mein Leben verändert. Yiyun Li bewahrt sich ein mehr als förderliches Vertrauen in meine Erzählungen, zögert nicht, mich wissen zu lassen, wann meine Sätze nicht tragen, erinnert mich stets an die entscheidenden handwerklichen Fragen und fordert mich im richtigen Moment zu mehr Gelassenheit auf. Und Charles D'Amrosio hat mehr als irgendjemand sonst dazu beigetragen, aus mir einen besseren Leser und Schriftsteller zu machen. Seine Kompromisslosigkeit, Einfühlung, Großmut und Freundschaft sind ein Geschenk, für das ich ewig dankbar sein werde.

Ich bedanke mich bei Connie Brothers, Deb West, Jan Zenisek und Kelly Smith für alles, was sie in Iowa möglich machen.

Ich habe mehr Freunden, Lesern, Mitstudierenden und Schriftstellerkollegen zu danken, als ich hier aufzählen kann, besonders aber – für Gespräche, Kommentare, Großzügigkeit, Orientierung und gute Gesellschaft in allen ihren Kombinationen: D. Wystan Owen, Garth Greenwell, Jennie Lin, Jake Andrews, Alex Madison, Sarah Frye, Noel Carver, Ellen Kamoe, Willa Richards, Novuyo Rosa Tshuma, Nyuol Tong, Catherine Polityllo, Marcus Burke, Carmen Maria Machado, Chaney Kwak, Andrew Dainoff, Sam Ross, Margaret Ross, Kathryn Savage, Jessamine Chan, Phillip B. Williams, Solmaz Sharif, Jamey Hatley, Steven Kleinman, Keith Leonard, Alice Kim, Noah Stetzer, LaToya Watkins, Maud Streep, Kenyatta Rogers, Matt Kelsey, Derrick Austin, Natalie Eilbert, Sarah Fuchs, Marcela Fuentes, Jordan Jacks, Barrett Swanson, Roger Reeves, Brian Gilmore, William Fisher, Vernon Wilson, Marzia Severi Wilson, Nick Bentley, Kaori Miller, Shawn Sadjatumwadee, Tene Howard, Cindylisa Muñiz, Gabriel Louis, Lance Cleland, Julia Fierro, Megan Cummins, Tanya Diallo Welsh, Shivani Manghnani, Karin Davidson, Zahir Janmohamed, K. C. Sinclair, Ploi Pirapokin, Rachelle Newbold, Bryant Terry, Alexia Arthurs, Ayana Mathis, Danielle Evans, Amaud Johnson, Tayari Jones, Victor LaValle, Kima Jones und Jean Ho. Besonderer Dank gilt Lakiesha Carr, die mich überredet hat, eine Geschichte wiederauferstehen zu lassen.

Dank auch an alle meine New Yorker Freunde. Dank dem legendären João Oliveira dos Santos, *meu mestre*, und meinen Capoeira-Angola-Freunden, insbesondere der 36er-Crew. Dank an Freunde, Kollegen und Schüler am Double Discovery Center, an der Trinity School, am Sackett Street Writers' Workshop und vom Iowa Yo jung Writers' Studio.

Und ewig dankbar bin ich meiner Familie.

RICHARD WRIGHT
Sohn dieses Landes

»Der Roman von 1940 über einen schwarzen Mörder ist zweifellos
Wegbereiter für James Baldwin und Colson Whitehead.«
Die Welt

Als Bigger Thomas eines Nachts die Tochter eines reichen Weißen
versehentlich umbringt, verstrickt er sich aus Angst, seine Tat
könnte missverstanden werden, zusehends in Lügen und Gewalt.
Nach seiner Verhaftung sieht er sich mit der Wut und dem Hass
eines ganzen Landes konfrontiert, nur der Anwalt Max kämpft für
eine gerechte Verhandlung.

Roman
gebunden, 567 Seiten
ISBN 978-3-0369-5795-1

Auch als eBook erhältlich

www.keinundaber.ch

ALEXANDRA KLEEMAN
Kunstblut

»Das Beunruhigende ist nicht das Fantastische, sondern das Gefühl von Realität, das noch die aberwitzigsten dieser penibel erzählten Szenen von Selbstauflösung vermitteln.«
VOGUE

Eine junge Frau kommt kostümiert auf eine Party, die keine Kostümparty ist. Eine andere folgt am Tag ihrer Verlobung einem fremden Schönling in ein Meer voll Quallen. Und hat sich eigentlich schon mal jemand gefragt, warum sich Wattebällchen und weiße Kaninchen so ähnlich sehen? Alexandra Kleemans unvergessliche Kurzgeschichten erforschen das gesamte menschliche Leben von Anfang bis Ende.

Kurzgeschichten
gebunden, 256 Seiten
ISBN 978-3-0369-5768-5

Auch als eBook erhältlich

www.keinundaber.ch

DINAW MENGESTU
Unsere Namen

»Die Geschichte ist berührend und knallhart zugleich –
in jeder Hinsicht vielschichtig.«
Süddeutsche Zeitung

In einer verschlafenen Kleinstadt im Mittleren Westen verliebt sich
die junge Sozialarbeiterin Helen in den Afrikaner Isaac. Die Welten,
aus denen sie stammen, scheinen unvereinbar, die Kluft zwischen
ihnen zu groß. Um sie zu überbrücken, fängt Helen an, die Schatten
in Isaacs Vergangenheit auszuleuchten. Ein mitreißender Roman
über Identität und die Frage, was uns bleibt, wenn wir alles zurück-
lassen müssen.

Roman
broschiert, 336 Seiten
ISBN 978-3-0369-5941-2

Auch als eBook erhältlich

www.keinundaber.ch